主編　歐陽健　歐陽縈雪
顧問　侯忠義　李靈年　王立興

全清小说

蘇士澍題

康熙卷・一

明語林 — 闡義 — 厝亭雜記 — 庭聞州世説

文物出版社

圖書在版編目（CIP）數據

全清小說. 康熙卷. 一 / 歐陽健，歐陽縈雪主編. -- 北京：文物出版社，2022. 10
ISBN 978－7－5010－7799－1

Ⅰ. ①全… Ⅱ. ①歐… ②歐… Ⅲ. ①古典小說－小說集－中國－清代 Ⅳ. ①I242

中國版本圖書館 CIP 數據核字（2022）第 177455 號

全清小說·康熙卷（一）

主　　編： 歐陽健　歐陽縈雪
校 點 者： 陸　林　謝超凡　歐陽健　邱建新

責任編輯： 賈東營
策劃編輯： 劉永海
特邀校對： 華雲剛
封面設計： 程星濤
責任印製： 張　麗
出版發行： 文物出版社
地址：北京市東城區東直門內北小街 2 號樓　郵編：100007
網站：http：//www.wenwu.com
印　　刷： 寶蕾元仁浩（天津）印刷有限公司
經　　銷： 新華書店
開　　本： 880×1230 毫米　1/32
印　　張： 23. 375
版　　次： 2022 年 10 月第 1 版
2022 年 10 月第 1 次印刷
書　　號： ISBN 978－7－5010－7799－1
定　　價： 99. 00 圓
本書版權獨家所有，非經授權，不得複製翻印

序一

侯忠義

歐陽健先生邀我爲《全清小説》寫序，我的心情久久不能平静，使我想起了許多往事。

中國古代小説，種類繁多，卷帙浩繁，具有重要文學價值與史料價值。而文言之小説，又因其年代久遠，作品分散，搜求不易，使用不便，遂有整理編纂《全古小説》總集之議，并得到了全國高等院校古籍整理研究工作委員會的支持，列入了古籍整理規劃。

爲此，二十世紀九十年代，全國部分高校同仁，在南京、長春進行過兩次研討，就古小説的概念、選書的範疇及校勘的體例，進行了詳細討論，并取得了一致意見。此所謂古小説，區别於宋元以後之白話通俗小説，專指以文言撰寫之小説，實即爲史官與傳統目録學於子部所列各書。以今例古，其中多有不類小説者。從文學的角度，依古今結合的原則，確定以叙事性爲區分小説與非小説的標準，分編成唐前卷、唐五代卷、宋元卷、明代卷、清代卷，確定了各卷主編人選。會後聯繫出版單位，均承認此書的學術和文獻價值，但限於當時條件，資金短缺，篇幅過大，運作不易，事遂中輟。

唯主編『清代卷』之歐陽健先生，不離不棄，精益求精。在二十年中，廣爲搜羅，多方訪求，力求完備。凡見於藝文志、官私目録、地方志及晚清小説雜志者，均一一加以考察、甄别。然古代目録之於小説家類，取捨不盡相同，一書或隸史部，或隸子部；同隸子部者，或入小説家類，或不入小説家類，并無定論。爲此又深入北京、杭州、南京、福州、太原各大圖書館，兜底調查，查閲鑒定（審查量不少於千種），以免疏漏。《全清小説》所得底本，均追真求實，精加校勘，多所糾謬，幾成善本，爲讀者交出了滿意的答卷。全書十卷五千餘萬字，是清代古體小説的總集成，也是對清代古小説全面的搜集、整理和總結，是重大古籍整理工程。此一專案，歷經坎坷和磨難，集衆人之力，始得完成，實在值得讚揚和肯定。

感謝文物出版社慷慨支持《全清小説》的出版，與作者共襄義舉，十分感佩。

適逢《全清小説》出版之際，聊記數語，以代賀辭。期盼《全清小説》對思想學術界有所裨益。此爲序。

二〇一九年六月序於北京大學，時年八十三歲

序　二

李靈年

歐陽健教授主編的《全清小説》，在擱置近二十年之後，終於得以全新面貌出版，真是令人快慰的好事。

一九九七年十一月，由江蘇省社會科學院和江蘇明清小説研究會牽頭，并得到全國高等院校古籍整理研究工作委員會支持，在南京召開了中國古代文言小説研討會。與會專家雄心勃勃，决定編纂巨型《全古小説》，由侯忠義、安平秋任總主編，下分唐前卷、唐五代卷、宋元卷、明代卷、清代卷。侯忠義先生信心滿滿，鼓勵大家鼓足幹勁，争取兩年内完成。雷厲風行、説幹就幹的歐陽健，回到所在的福建師範大學文學院，即編成《全清文言小説書目》，動員古代文學教研室的同仁，又約請外地高校數十位專家參與，至一九九九年已整理好二百多部，交侯忠義先生審閲，勢頭喜人。不料，亞洲金融危機暴發，原聯繫好的出版社因故放棄出版。此後，歐陽健又做過種種努力，雖有出版社爲之動心，但終因投入至巨，都無結果。

二〇一八年春夏之交，此事再次被提上議事日程。有多位治小説的時彦精英，如李時人、沈伯俊、曲沐等相繼逝世，對大家震動很大。懷着『不能讓十大箱《全清小説》積稿變成廢紙』的緊迫感，歐陽健偕夫人專程來到南京，約請幾位老友一起來想辦法，甚至擬以轉讓主編的方式謀求出路。兹事體大，經幾番聯繫交涉，一波三摺，仍然未能落實。幸有文物出版社獲悉此一情況，主動與歐陽健聯繫，決定將《全清小説》列爲戰略性重點規劃，遂於二〇一九年初簽訂出版合同，決定從二〇一九年始，分階段推出。這真叫人喜出望外，關注此書者的欣慰心情，是不言而喻的。

綜觀《全清小説》的編纂，可用三個字概括：曰「新」，曰「全」，曰「精」。

先説『新』。

所謂『新』，是以『古體小説』的全新面目呈現給讀者。回想二十世紀八十年代，南京師範大學談鳳梁先生主編《歷代文言小説鑒賞辭典》，擬請吴組緗先生賜序，先生原本是答應了的。爲此，我們寄了幾篇樣稿供吴先生參考，其中有何滿子先生所撰沈既濟《任氏傳》賞析，文中有這樣的話：『《任氏傳》可以當作唐人傳奇的標準性文體看待；在某種意義上，它凝聚着中國古代叙事藝術和小説文化的幾乎全部因素。』一天，突然接到吴先生的電話：『靈年，你説甚麽叫標準小説？世上有没有標準小説？這個序我不能寫。』先生的決定，讓我感到錯謬，細思之又覺得確有道理。我國古代文言小説，文備衆體，不存在純而又純的單一的『標準化』作品。即便《聊齋志異》這樣最成熟的小説集，也是如此。正如吴組緗先生所説，《聊齋志異》的文體有三種：一是魏晉『志怪』式，即三五行的簡短紀事；二是唐人『傳奇』式，臻於成熟的文言小説；還有一種没有故事，專寫一個場面、一個片段的散文特寫。吴先生還説：『「異史氏曰」的議論不一定就事論事，而是現實針對性特别强。有時索性離開了本題，或取某一點引申發揮，成爲批評時事的「雜感」，有些記事，本文不過幾行，後面却大發議論，不顧喧賓奪主，實際成爲先魯迅出現的指摘時弊的雜文。』（見《説稗集》，北京大學出版社，一九八七年，第十六～十七頁）。

我們從吴先生的意見中體會到，應該尊重叙事藝術豐富多彩的文體及其各種表現手法。本着這種開放的小説觀念，應該有一個能體現這種觀念的名稱。近幾十年來，學界就此問題多有探索。如程毅中先生，將古代小説的源頭、演變的歷史、目録學的著録與作品本身結合起來，進行全面系統地考察，得出一個具有創新性的認識，即把我國古代小説分爲『古體小説』和『近體小説』兩大系統。『古體小説』包括一切用文言書寫的古代小説創作，『近體小説』則指宋元以來以白話書寫的通俗小説（《古體小説論要》，華齡出版社，二〇〇九年）。程先生的這一創見，是對小説目録學的重大貢獻。衆所周知，我國古代小説的歷史發展過程極爲複雜，目録學很難理清它的文體歸類，找不到合適的『量體裁衣』的名詞。『古體小説』的概念具有極大的包容性，不僅可以涵蓋所有古代文言小説體裁，而且便於收容現存的所有叙事作品的文集。程毅中先生整理的《古體小説鈔》（宋元卷、明代卷、清代卷），堪稱成功的示範。

歐陽健主編《全清小説》，所擬《凡例》第一條就是：『爲全面整理清代古體小説的豐富遺産，爲學術界提供完備資料，特編纂本書。』標舉『古體小説』這一概念，就是要放寬叢書的收容尺度，做到不遺不漏，完備無闕。《全清小説》的創新處，在於從文學的角度，依古今結合的原則，確定以叙事性爲區分小説與非小説的標準，舉凡具備一定情節與審美意趣的叙事作品，均視爲小説入選。這是迄今爲止以最新標準編纂的清代文言小説總集，這是與二十多年來小説史研究的發展相適應的，體現了新的觀念，反映了時代的要求。有的學者二十多年前就提出，要合理借鑒西方理論的叙事觀點，以中國小説的創作，用中國的理論進行評判，在繼承改造中進行創新（參見楊義著《中國古典小説史論》，中國社會科學出版社，一九九五年）。反之，如果獨尊某體某派，以今隸古，勢必排斥許多優秀作品。不必爲『小説』體裁設下過多框框，而要尊重歷史、尊重古人的審美情趣，開拓視野，編纂出具有現代特色的古體小説叢書，這是大家所期盼的。略嫌遺憾的是，正名若題《全清古體小説》，就與《凡例》所提相一致了。

再説『全』。

所謂『全』，就是按照凡例規制，應收盡收，不留遺珠。『全』的問題，實際上是緊承第一點『新』而來的。有了新的觀念，即有了相容并包的『古體小説』這一界定，纔能真正解决『全』的問題。

清代文言小説卷帙浩繁，豐姿多彩。依據叙事性的標準，《全清小説》雖然剔除了以往列爲子部小説的非叙事性的『叢談』『辨訂』『箴規』，但將列爲史部的具有叙事性的『偏記』『小録』

『逸事』『瑣言』『雜記』『别傳』，乃至部分『地理書』『都邑簿』視具體情況入選，這就大大地擴展了入選範圍。《全清小説》共收録清代『古體小説』五百餘種，約五千萬字，有一百餘種未經袁行霈、侯忠義《中國文言小説書目》及寧稼雨《中國文言小説總目提要》著録，堪稱最完備的清代小説總集。

需要説明的是，五百種入選作品，不是從書目上抄録的，而是進到圖書館（包括北京、杭州、南京、福州、太原）查閲鑒定的結果。自然，這已是多年前的情況。《全清小説》被擱置了二十年，今天再啓動這項工作，却也因此獲得了良好的孕育環境。晚有晚的好處，隨着時間的推移，反而爲全面收録提供了更優越的條件。現在是網絡時代，搜尋資訊更加方便。爲此，歐陽健殫精竭慮，竭力擴大搜求範圍，向學界和圖書館同仁發出資訊，尋書徵稿，收到了很好的效果。如南京圖書館徐憶農研究館員，就在本館查到多種未見著録的作品，并積極承擔了這批小説的整理校點工作。可見，編輯的過程也是不斷擴展、不斷發現的過程。可以預見，等到編到最後一卷時，一定會大大超過原先的估計，使讀者耳目一新。

有一種意見認爲，爲避免全書篇幅過大，可否不收通行易得的名著，如《聊齋志異》《閲微草堂筆記》《子不語》之類。但叢書本身是一個自足的文庫，必須以齊全完整爲準。如若不收這些大部頭——它們恰恰又是清代古體小説的核心或代表，這部叢書就不能稱之爲全帙。重要的是，要在版本選取上有自己的特色，在整理質量上多下功夫。據悉，出版社已經充分注意到這一點，這也是令人嘉許的。清代大學者閻若璩在《潛丘劄記》中曾説：『或問，古學以何爲難？曰不誤。又問，曰不漏。』這部叢書所收皆爲整理本，手批目擊，祇要掌握好尺度，不會誤收；至於不漏，應當做到盡力而爲。

再説『精』。

所謂『精』，就是要堅持學術品位，力求校點精審，不出或少出常識性錯誤，以精品面世。這説來容易做來難。面對這一巨大工程，文出衆手，如何保證質量，歐陽健採取了多種措施。首先製定了工作細則，從底本的選擇、作品的分段，到校勘、標點，再到題解的内容，都作了詳細規定，並提供範本，以供參考。其次，在全國範圍内招聘審讀班子，由這些專家負責把關，然後交出版社責編審定發排。

尤爲重要的是工作隊伍的組建。編纂這套叢書，受到學界普遍歡迎和高度重視，許多成就卓著的學者，如侯忠義、王立興、趙景瑜、林驊、杜貴晨、郭興良、曾憲輝、劉勇强、寧稼雨、潘建國、陸林、韓石、陳節、陳年希、歐明俊、占驍勇、羅寧、王憲明、李金松、李延年、蘇鐵戈、鄒自振、王恒柱、石育良、王火青等，還有一批後起的博士、碩士，都踴躍參加了這一工作，這無疑是確保質量的重要條件。

當然，要達到預定目標絶非易事，有許多艱苦細緻的工作要做。要做到精審，還是要下一番功夫的。例如李清《女世説》所録巾幗人物，多爲截取史傳之片段改寫而成，各版本在鈔録和刊刻過程中，會出現各種各樣的問題，甚至連主名都可能弄錯。全書所收七八百人，校點者如不一一核對原始出處，糾正失誤，便不能保證新校點本的質量。至於斷句標點，不僅要弄通文義，還要熟悉史實、文體、典章制度、典故等多方面的知識，否則極易出現紕繆。一部小書的校點要做到没有問題，已經不易，要使整套叢書的校點不留缺憾，很難，但是應當盡全力將校點的缺憾減少到最少最小。

求真務實，知難而上，矢志不移，咬定青山不放鬆，這就是歐陽健的治學態度和風格，也是他成功的秘訣。對於編纂大型書籍，他有着豐富的經驗。早在一九八五年，他與蕭相愷即受命編輯《中國通俗小説總目提要》，經過三年的艱苦努力，終於完成了這部收書一千一百六十四部三百一十四萬字的目録學巨著，爲小説研究界提供了完備的文獻資料，功莫大焉。他們之所以成功，開放的心態不可或缺。學術，公器也，容不得半點私心雜念。祇有敞開胸懷，放眼世界，集思廣益，才能以集體智慧，創造出符合時代精神的精品。我們看到，歐陽健嘔心瀝血，在全身心投入編纂工作的同時，又千方百計招攬學界同仁參與，充分體現了開門搞科研的決心。這和三十年前動員全國十八個省市一百單八將，一齊編輯《中國通俗小説總目提要》的盛况交相輝映。筆者堅信，今日條件更加優越，萬事俱備，此項工程必將大獲成功。

筆者未參與《全清小説》的具體工作，但自參加南京一九九七年中國古代文言小説研討會以來，對此始終是十分關注的。歐陽健多次通過微信和電話，報告進展，交流心得，不僅增長見識，也深受感染。筆者能在耄年參與這一世紀壯舉，雖然衹能敲敲邊鼓，却對『以學養生』之志却大有裨益。這是友人的青眼，也是時代的恩賜，實在大可慶幸。感佩之餘，書此聊表心意，淺薄之見拉雜道來，謹請讀者批評指正。

二〇一九年六月序於南京師範大學，時年八十九歲

序　三

王立興

主編歐陽健先生命我爲《全清小説》寫序。侯忠義先生已寫了此書的編纂緣起，李靈年先生已寫了此書的編纂特點。對於這樣一部體量大的工程，將從何説起呢？考慮再三，還是從讀者的視域説起吧。

清王朝是中國封建社會的終結期，也是社會性質的轉型期。其開國的一個半世紀，國力强大，經濟繁榮，文化興盛，四民樂業，人口蕃衍，社會穩定；其後的六十多年，進入了衰落期，内憂外患，接踵而至；而最後的五十年，是清王朝的覆亡期，中國已逐步淪爲半封建半殖民地社會。綜觀清代二百六十八年的歷史，有功績，也有過失。而其功績之犖犖大者，首先在融匯了大一統的華夏民族，促進了國家的統一，奠定了國家今日之版圖，穩定了人口之基數。作爲一個入主中原的少數民族，清王朝十分重視處理好民族關係，尤其是滿漢之間的關係。清朝歷代帝王都傾心漢文化，從小除學習滿語和騎射外，主要精力放在學習儒學等中華傳統文化上。康熙、雍正、乾隆三帝，在詩、書、畫方面都有很高的造詣。他們重視漢族知識分子的工作，注意吸納人才。順治二年就恢復了科舉考試，擴大了取士名額。康熙、乾隆都曾舉行『博學鴻詞科』，徵集名儒碩彦爲王朝服務。爲了讓青年學子有安身立命之所，各地設立了官方和民間的書院，培養出大量人才。對邊疆少數民族，採取安撫容融的方針，尊重各族習俗，使之融入中華民族共同體。清王朝極重視中華傳統文化的整理和傳承，官方整理修纂的圖書和私家著述，汗牛充棟，碩果纍纍。經學、史學、諸子學以及文字學、音韻學、訓詁學、考據學，都取得了輝煌成就。

清代是中國古代文學的總結期，也是各種文學長足發展的時期。清代詩、詞、散文、駢文、戲曲、小説，作家衆多，人才輩出；各種文學流派，各體文學理論，衆多女詩人、女詞人的佳什，争奇鬥豔，各有擅場。清代文學成果豐碩，清詩和散文的拓境開廡，清詞的中興光大，駢文的復興，戲曲《長生殿》《桃花扇》的應時而生，小説《儒林外史》《紅樓夢》的横空出世，更是將古代戲曲、小説推上頂峰。還有京劇和各種地方戲的蓬勃興起，彈詞、寶卷的漫衍滋長，由駢文派生出的楹聯創作的極大發展，組成了一道道靚麗的風景綫。可以毫不誇張地説，經過長期歷史文化積澱和藝術積纍，清代爲中國古代文學畫上了圓滿的句號。

鴉片戰争以後，是清代文學的變革期。求變，求新，强調文學的社會教育功能，成爲文學創作的主潮。以龔自珍爲代表的作家群呼唤風雷，要求變革。梁啓超先後提出了『詩界革命』『文界革命』『小説界革命』『戲劇改良』的主張，其中，『小説界革命』声勢最爲浩大，在其號召下，小説創作和小説譯述各達千種以上，出現爆棚式的增長，《官場現形記》《二十年目睹之怪現狀》《老殘遊記》《孽海花》四大名著應運而生，並出現了『政治小説』『教育小説』『科學（科幻）小説』『偵探小説』等新的門類。專門出版小説的刊物，有《新小説》《繡像小説》《月月小説》《小説林》等三十多家。辛亥革命時期，資産階級革命派的小説，以『反滿革命』爲導向，在内容上已有所昇華。

白話與文言，是清代小説創作的兩翼。清代的文言短篇小説，也大大超越了以往任何一個朝代，達到了中國文言小説的最高峰。文言小説集就有五百多種，散見於諸家文集及各種報刊的單篇佳什，還不計在内。這些小説體式不一，内容豐富，手法多樣，異彩紛呈。現分别就各種體式的特點作一簡單掃描：

一　傳奇體小説，以蒲松齡《聊齋志異》爲代表。

蒲松齡深深植根於人民生活的土壤之中，他以獨有的文心，創造性地用傳奇體寫志怪題材，選取超現實的談狐説鬼形式觀照現實，寄托真情，極力追求一種幻中見真、幻中見美的藝術境界。小説在表現主題、刻畫人物、謀篇佈局、運用語言諸方面，都表現了極高的寫作技巧，藝術上達到了完美的程度。蒲松齡是中國古代短篇小説之王，將文言小説推上了一個新的高峰，代表了我國文言小説的最高成就。他的小説雅俗共賞，使人百讀不厭，對有清一代的小説創作産生了深刻影響，效法者輩出。較著者有徐昆《柳厓外編》、沈起鳳《諧鐸》、長白浩歌子《螢窗異草》、和邦額《夜譚隨録》、曾衍東《小豆棚》、樂鈞《耳食録》、馮起鳳《昔柳摭談》、范興榮《啖影集》、吴薌厈

《客窗閑話》、宣鼎《夜雨秋燈録》、王韜《遁窟讕言》《淞隱漫録》《淞濱瑣話》、鄒弢《澆愁集》等。這些小説集具有多樣化的藝術風格和時代特點，整體上雖不逮《聊齋志異》，但在内容和藝術上也有所創新和發展，他們和蒲松齡一道，共襄傳奇體小説，使之成爲清代文言小説中最爲重要、最有成就的門類。

二　志怪體小説，以袁枚《子不語》（又名《新齊諧》）爲代表。

清人因崇奉釋道，迷信神鬼，志怪之風盛行，志怪小説也大行其道。袁枚以文壇領袖身份倡導志怪小説創作，親自寫了《子不語》，對文壇影響很大。袁枚前後，以志怪爲主體的小説集，有陸圻《冥報録》、徐芳《諾皋廣志》、宋犖《筠廊偶筆》、鈕琇《觚賸》、王棫《秋燈叢話》、許仲元《三異筆談》、李調元《新搜神記》、屠紳《六合内外瑣言》、錢泳《履園叢話》等。志怪小説集以記實手法寫怪異故事，大都以釋道内容、神鬼怪異之事爲題材，藉以勸善懲惡，針砭時弊。小説篇幅短小，大多率意而爲，缺乏傳奇小説那種精雕細刻工夫，但也偶有構思精巧、發人深省的佳作。

三　軼事體小説，以王晫《今世説》爲代表。

王晫仿《世説新語》體例作《今世説》，分門類記述清代名賢的嘉言懿行和思想情態。王晫前後，寫作此類軼事小説的，有梁維樞《玉劍尊聞》、吴肅公《明語林》、汪琬《説鈴》、宋犖《州乘餘聞》等。還有專注於撰寫婦女軼事的，如李清《女世説》、陳維崧《婦人集》、毛奇齡《勝朝彤史拾遺記》、嚴蘅《女世説》、厲鶚《玉臺書史》、湯漱玉《玉臺畫史》等。軼事體小説以徵實爲篇矢，以人物爲中心，主要記述人物的遺聞軼事。小説文字優美，往往以極簡的筆墨寫出人物的風神。值得注意的是，出現如此多的頌揚婦女才智的軼事小説，不僅擴展了軼事小説的領域，也是時代的一大進步。

四　雜記體小説，以紀昀《閲微草堂筆記》爲代表。

紀昀因不滿蒲松齡的《聊齋志異》而寫《閲微草堂筆記》。他極力排斥傳奇體小説，認爲傳奇體小説祇是才子之筆，非著書者之筆，從根本上否定小説藝術典型化的作用和審美價值。紀昀認爲小説的作用在於有認知價值，可以『寓勸戒，廣見聞，資考證』，《閲微草堂筆記》正是在這種小説觀指導下創作的。從小説史上看，《閲微草堂筆記》仍有其歷史價值。由於作者學養深厚，長於文筆，旁搜博採，時有灼見，仍不失爲一部優秀的文學作品。紀昀以他《四庫全書》總纂官的聲望創作此類小説，一時響者雲集，作者衆多，雜記體小説大大超過了任何門類的小説。此類小説集太多，在紀昀之前，王士禛《池北偶談》《香祖筆記》、褚人獲《堅瓠集》等已開其端，紀昀之後，較著者有俞蛟《夢廠雜著》、法式善《陶廬雜録》、許奉恩《里乘》、俞樾《右臺仙館筆記》《耳郵》、薛福成《庸庵筆記》、姚元之《竹葉亭雜記》、宋芬《蟲鳴漫録》、梁恭辰《池上草筆記》、李伯元《南亭筆記》、吴趼人《趼廛筆記》等。雜記體小説篇幅簡短，文字質樸，小説的最大特點就是『雜』。小説往往以『雜記』『雜録』『筆記』『隨筆』『瑣語』『叢談』命名，就體現這層意思。作者把自己的所見所聞，所讀所感，隨手記下，積久成帙。小説内容龐雜，包羅萬象，既有故事性的志怪小説、軼事小説，也有一些瑣言雜録、史料辨析、朝章國故的記述，甚至詩文論評、訓詁考訂的文字，有些已不屬於小説的范疇。

五　記傳體小説，以張潮《虞初新志》爲代表。

康熙時，張潮從明清之際一些名家文集中，搜求具有傳奇色彩人物的故事，編輯成《虞初新志》一書。他在《虞初新志》序中，概括了以『事多近代』『文多時賢』『事奇而核、文雋而工』的標準，選取了王猷定、李漁、吴偉業、侯方域、魏禧、汪琬、陸次雲、黄周星、周亮工、王士禛等人的作品，這些人都是當時知名學者和文學大家，古文造詣很深，他們所寫人物構思奇巧，故事生動，奇人奇事，奇技奇藝，奇行奇情，人物在他們筆下變得鮮活飛揚，有聲有色，反映了特定時期的人物風貌和時代主題。張潮將這些傳奇故事輯成選本，甫一面世，就廣爲流傳，産生了很大影響。步武其後的，有鄭澍若輯的《虞初續志》、黄承增輯的《廣虞初新志》、朱承軾輯的《虞初續新志》等。特别是鄭澍若，從陸隴其、蒲松齡、毛奇齡、邵長蘅、施閏章、方苞、袁枚諸名家文集和説部中所輯録的選文，也有很多傳頌的佳篇，爲人們所稱道。需要説明的是，記傳體小説和史傳文學，都是以人物爲中心的叙事記實作品，但兩者是有分野的，史傳文學側重在『傳』，記傳體小説側重在『記』，側重於人物某一方面的突出事跡、性格特徵和諸多細節的叙寫。清代學者章學誠《文史通義·内篇·傳記》就説過：『至於近代，始以録人物者，區之爲傳；叙事跡者，區之爲記。』這就是記傳體小説不同於史傳文的重要特徵。

六　自述體小説，以冒襄《影梅庵憶語》和沈復《浮生六記》爲代表。冒襄和沈復都是用第一人稱，以女方爲中心，憶寫彼此刻骨銘心的情愛生活。大變亂時代的離散遇合，家庭生活中的悲喜苦樂，作者都能輕柔温婉、不加矯飾地傾訴出來。這種質實清貞的眷戀之情，如汩汩清泉，沁人心脾，舒人肝腸，深深地打動人心。作者以高尚的審美情趣，用散文美的筆調，詩美的韻致，將小説鑄成不可多見的美文，此情致堪與《紅樓夢》相媲美。這兩篇小説受到很多讀者的贊賞，『五四』以後更是好評如潮。兩篇小説也早已飛出國門，爲衆多外國讀者所喜愛。

另外，研讀清代文言小説，還有幾點可注意的：

一　體式不純。清代文言小説集大多體例不純，有所交集。即使像蒲松齡的《聊齋志異》，全書以傳奇體小説爲主，但也有一些志怪體小説和少量軼事體小説；鈕琇的《觚賸》，主體是志怪體小説，但也有篇幅漫長、形象生動的傳奇體小説。至於雜記體小説，取材蕪雜，體例也就更爲蕪雜。

二　案頭文學。清代文言小説大都是士人用規範化的文言寫的，受衆對象也大多是士人，它和話本、戲曲視聽兼具的文學樣式不同。傳奇體小説具有神采飛動、故事委曲、形象鮮活的特點，其他各體小説一般具有叙事簡明、語言雅潔，有一定可讀性，符合士人的審美情趣。到了近代，各種報刊和小説雜誌上也刊登了不少文言小説，如梁啓超主編的《新小説》開辟了『劄記小説』專欄，吴趼人等主編的《月月小説》開辟了『筆記小説』專欄，這些小説受衆廣泛，由士階層擴大到農工商賈、市井細民。這些小説叙事粗放，追求趣味性，語言已由雅潔變爲淺近，帶有報章體的特點。

三　私家著述。私家著述不像官方文書、官修典籍那樣正兒八經，虚飾刻板，他們可以自由活潑地表達自己的憂樂愛憎。小説在叙寫大千世界時，往往注意從小事、細節和虚構入手，來表現人們的生態和心態。從細微中看社會，見端倪，這些叙寫更貼近人們生活，更具有歷史真實性。

四　水平不一。由於作者的閱歷、學養、識見、才情不同，所寫小説的思想和藝術水平也就有所差别。有的作者偏於一隅，見聞有限或所據材料有誤，對人和事往往出現誤判，出現虚美不實之辭；或受傳統思想束縛，出現迂腐之見。還有各家小説集之間重事互見，重文互見的現象也不少，這都需要我們去研判。

綜上所述，清代文言小説是特定時代的産物，是那個時代社會生活真實而生動的記録，小説作者也是那個時代歷史的叙寫者與見證者。面對如此浩瀚的小説作品，讀者如果可以從大文化視域、整體歷史觀，全方位、多角度地去解讀清代文言小説發展的内在邏輯和外在動因，定會有很大收益。

盛世編書修史。值此中華人民共和國成立七十周年大慶的日子，文物出版社肩負歷史文化使命，毅然承擔了《全清小説》的編輯出版工作。對此，我們致以深深的敬意！

二〇一九年十月序於南京大學，時年八十有六

凡例

一　爲全面整理清代古體小説的豐富遺産，爲學術界提供完備資料，特編纂本書。

二　『小説』的界定向有歧義。本書從文學的角度，依古今結合的原則，確定以叙事性爲區分小説與非小説的標準。舉凡具備一定情節與審美意趣的叙事作品，均視爲小説入選本書。以往列爲傳統子部小説的非叙事性的『叢談』『辨訂』『箴規』，不予收入。而列爲傳統史部的具有叙事性的『偏記』『小録』『逸事』『瑣言』『雜記』『别傳』，乃至部分『地理書』『都邑簿』，可視具體情況入選本書。

三　全書均爲叙事性小説的，自應全部收録；全書均非叙事性小説的，則不予收録。全書内容駁雜，僅有部分叙事性小説的雜俎類著作，本應剔除非叙事的成分，但考慮操作之不易，故仍將全書收録。

四　本書以收録整書爲主，以書名列目；單篇流傳的小説，以篇名列目。

五　全書分爲《順治卷》《康熙卷》《雍正卷》《乾隆卷》《嘉慶卷》《道光卷》《咸豐卷》《同

治卷》《光緒卷》《宣統卷》。作者由明入清者，祇收其入清後的作品；作者由清入民國者，亦祇收其清亡前的作品。

六　本書各卷中的作品，按成書年代爲序；成書年代不清者，按作者年代爲序；作者與成書年代均不清者，列本卷之末。同一作者的若干作品，可集中編於一處，以最先成書爲坐標。

七　選用善本或年代較早的本子爲底本。考慮到部分雜俎類的節本，剔除原書非叙事成分的事實，故亦可酌情用爲底本。不到萬不得已，不用《四庫全書》本與《筆記小説大觀》本爲工作底本。

八　校勘整理時，遇底本字跡模糊難以辨認、而又無他本補寫的文字，用□標出。底本凡涉及尊長的『抬頭』『提行』『敬空』等，一律按正常行文排版。全書不加注釋，不出校記。

九　除人名、地名或涉及訓詁等，異體字一般應改爲通行正體字，如『銕』改『鐵』、『皁』改『皂』、『帀』改『匝』、『菴』改『庵』、『葢』改『蓋』、『歬』改『前』、『隣』改『鄰』等。不硬性將古時的俗字，改成繁體字。對少數民族含侮辱性的字一律改正，如『猓』『猺』『獞』，改爲『倮』『瑤』『僮』等。部分諱字，如元（玄）、宏（弘），一仍其舊，以保留原生狀態。

十　篇幅較長的作品，應適當分段，但不宜分得過細。專引的詩詞、駢文、奏疏等，另行以他字體標出。

十一　原書版本目録處理方式不一，有的將目録置於全書之前，有的將目録置於各卷之前，有的書前有目録而各篇無標題，有的單篇有標題而書前無目録，等等。爲使全書規格一致，將目録統一置於全書之前。各篇各則原無標題者，排版時應中空一行。

十二　古籍固有的板刻特徵，如卷端之『《××》卷×』，題署之『×××著』『××××校』，卷末之『《××》卷×終』等，重床疊架，一律予以省略，衹保留『卷×』字樣，以清眼目。

十三　各書前加寫題解，内容包括：著録原書所題撰人（原書不題撰人的，應著録爲『不題撰人』）；簡要介紹作者的生平里居、經歷著述；説明所據版本年代和刊刻地點，存、殘、佚情况，及參校本等情况。

十四　整理後各書排列次序爲：書名，作者與校點者姓名（標『×××著，×××校點』），題解，全書目録，原本序言，正文，原本跋，附録。

康熙卷一目録

明語林

吴肅公　著
陸林　校點

題解

《明語林》十四卷，題『宣城吴肅公雨若甫纂』。吴肅公（一六二六—一六九九），字雨若，號晴巖、逸鴻、街南，寧國府宣城縣人。明諸生，入清隱居，行醫授徒以自給，著有《街南文集》《闡義》等。《明語林》存光緒十年《碧琳瑯館叢書》本，現據以整理標點。原本頗有缺略訛謬，今據有關史傳、筆記及别集，予以補足訂正。另卷末於『德行』『政事』等八類，各有補遺數條，現已移置相關各類之後。

目録

自序

予弱冠躭讀明書，逢人丐貸，謬不自揆，思有所撰著，以備一代之遺，雅不欲編蒲葦柳爲戔戔也。披覽之下，會有賞心，間標識而劄記之，儗爲《語林》一書，稍稍成帙矣。然亦或録或遺，既窮餓頹廢，曩昔之志，百無一成。即兹編卧篋中二十餘年，業已毁蝕聽之。

新安友人仲喬與可，見而慨焉，欲授剞劂。予遲廻久之，以貧笥枵腸，掛一漏萬，而又蛙守里巷，四方博雅，無從校覈；況向所采諸籍，已經放散，即缺略何由補、訛謬何由勘哉？仲喬與可曰：『先生固有言矣，義慶之後，患無孝標；元朗之後，患無元美乎？蒲柳之葺，亦庸知非史學所存耶？』

乃予竊自笑，往者撰著之爲虚願，而戔戔者猶有足存乎？夫家無二酉之藏，居無同志之友，即才智企古人，而輕言纂輯，蓋難之矣，況以余之庸庸闒劣者乎？抑是編也，尤有嗛者：時易勢殊，風會各别，嘉言懿跡，有古今不相侔者，何妨更置門彙，而斤斤局已成之目爲哉？然而不及革矣。又官字謚號，無定例也；隨所記憶，補署其名，大書分注，先後互異，總以貧不能副墨，倉卒録板，未暇畫一云。

辛酉秋日，晴巖氏肅公題

凡例

劉氏《世説》，事取高超，言求簡遠。蓋典午之流風，清談之故習，書固宜然。至有明之世，迥異前軌；文獻攸歸，取徵後代。兹所採摭，可用效顰，亦使後人考風，不獨詞林博雅。

劉氏、何氏，皆首四科。然徵文述事，則膾炙之助多，勸懲之義少。門彙已銓，無庸更定，優者不憚廣收，劣者惟取備戒。簡賾不倖，或相什伯，蓋亦善長惡短之義。如任誕、簡傲，世每不察，舉爲雅談。鄭衛不删，觀者宜辨。

狂士竹林，希踪於沂浴；荒主宸居，托韵於玄風，君子固已致歎。乃若輔嗣、平叔，蔚爲《莊》《易》之宗；支遁、法深，高標梵竺之户。聞木樨香，而謬謂無隱之指悟；服五石散，而幸發開朗之神明。異説詭趨，謫種眩道。吾徒著述，曷敢不慎？

《世説》清新，詞多創獲。雖屬臨川雅構，半庀原史雋材。《明書》冗蔓，幾等稗家。若《名世彙苑》《玉堂叢語》《見聞録》等書，踵襲譜狀，殊失體裁。兹所修葺，略任愚衷。雖不盡雅馴，亦去太甚。

《晉書》詭瓌，半類俳諧，劉知幾氏謂非實録，《唐藝文志》列之説家，即《新語》不無遺議。

予兹所採，名集碑版，要於信能羽翼。若野史互紛，不免毀訾任臆，是非任耳；或好譽而誕，或溢美而誣。譌謬參稽，疑誤必缺。

明史諸書，取資治理。偉略雖詳，而節善無取；朝臣悉載，而幽士難收。是編實史籍餘珍，門徑稍寬，尺度殊短，即事優而冗，難以悉入。理言韵致，代不數人，人不數端。見聞寡陋，多所挂遺，以俟後人折衷。有如元美之於元朗，鄙人滋幸。

名臣巨儒，多稱爵謚；單門介士，直舉姓名。履歷不能具詳，系里因文偶見。至異同疏解，代年先後，俱未遑及。媿予非義慶，庸患世無孝標？

康熙壬寅，吴肅公識

卷一

德行上

上嘗欲以吴公時舊内賜徐武寧，武寧辭。一日，侍飲，上强之醉，命内侍送居舊内。中夜酒醒，問何處，内侍曰：『舊内也。』大驚，即起，趨丹陛，北面稽首而出。

至正間，蘄黄寇犯龍泉。章三益溢從子存仁，爲賊所得。公以兄止一子，不可亡後，出語賊曰：『幼兒無知，願以身代。』賊方購公，遂大喜。因就問計，公正色拒之。賊怒繫公，刃磨其脇，逼之降。公卒不屈，已間得脱。

朱備萬善謫遼陽，放歸，買一區爲終老計。方往經營，聞主人貧無依，惻然憫之，竟以券還，不復問直。人以爲與蘇長公同。

徐中山北定中原，市不易肆，以兵千人守元故宫，使宦寺護其宫人嬪妃，給餼廩如故。

唐侍讀之淳父應奉肅，謫死臨濠。侍讀求其遺文，雖荒郵敗壁，高崖斷石，靡不搜訪纂録。時時伏讀，聲淚淒咽，聞者掩涕。

胡惟庸既敗，有訴鄭湜交通者。吏捕之急，湜諸兄争欲行。湜曰：『弟在，忍使諸兄罹刑辟耶？』獨詣吏請行。其伯兄濂，先有事京師，迎謂之曰：『吾家長，當任罪。』湜曰：『兄老矣，吾往辨之。』二人争入獄。上聞，俱召至廷，慰勞之。謂近臣曰：『有人如此，而肯從人爲非耶？』詔賜饌，授之官。

徽人程平，謫戍延安。其孫通上書，言：『臣壯無父，祖猶父也；臣祖老無子，孫猶子也，更相爲命。今邊徼戍卒如林，豈少臣祖者？』辭極哀楚。上密召平至，立通階下，東西向，顧謂通曰：『識若人乎？』祖孫相持泣，哽咽不能仰視。上嗟嘆良久，除其籍，驛送還鄉。後通爲遼府紀善，平卒，通免歸，廬墓三年。

劉謹父戍雲南，謹六歲，輒知痛父。一日，問家人曰：『雲南何許？』家人以西南指之，朝夕向西南遥拜。

祥符丘鐸母歿，葬鳴鳳山原，泣曰：『鐸生，咫尺不離膝下。今逝矣，委親魄於荒原乎！』乃結廬墓側，朝夕上食如生時。當冷夜月黑，悲風蕭颼，輒繞墓悲號，曰：『鐸在此，鐸在此！』虎聞哭聲輒避去。

宋公訥爲祭酒時，行言并教，鏟磢不遺餘力。寢食學廂，不復家宿。及疾革，監官請還，公厲聲曰：『是何風雲氣少，兒女情多！況在丁社兩祭齋戒中耶？』

主事常允恭，杜環父執友。允恭客死家破，母老無依，念金陵多故人，庶幾一遇。往，得杜氏所在，而環父亦前死。天方霖雨，母敝衣沾濡，踉蹡入門。環見驚泣，呼妻子出拜，更衣食之。母問：『予兒平生所厚皆安在？予幼子遠，不可至也。』環知他無足倚，慰撫之曰：『即無人，環在也。』而母視環家貧，固欲他訪。環令媵女從之，果無所遇。環購帛製衣衾，家人以下，咸母事之，十年罔勦。會環以禮郎祠會稽，道遇其幼子伯章。環泣語之，伯章逾時一省而去。母竟死環家，死時舉手向環曰：『累君，累君！願君生子孫，類君仁德勿替。』環爲殯葬，歲時致祭。環仕終太常丞。

劉司業崧初舉鄉試，捷至，適自田中摘粟歸。悵然泣下曰：『奈二親何？』居官不以妻子自隨，孤燈夜讀，五更。衣冠起坐。待旦以爲常。

吴琳致仕家居，朝廷嘗遣使察之。使者潛至其旁舍，見一農人孤坐小几，起拔稻秧，徐布田間，貌甚端謹。使者乃問曰：『此有吴尚書，何在？』農人斂手對曰：『琳是也。』使者還，以狀聞，上益重之。

寧海人王敏，夜讀空舍中。有鄰女叩門求宿，同舍友欲内之，敏不可，拒門疾呼，使聞於外。女愧謝屏息，遂逸去。有藩將欲試之，召與飲，幃婦人偏室，酒酣内敏，遽鑰門去。敏皇遽大呼，排户乘廐馬，逸去。

靖難師入金川門，門卒龔翊慟哭去之。後宣德中，翊以好學，成名鄉里。周文襄兩薦爲學官，辭曰：『即仕無害，但負向來城門一慟耳！』

東湖樵夫，樵浙東臨海間。日負薪入市，口不二價。文皇詔至臨海，湖上人相率走縣中聽詔，歸語藉藉：『新皇帝登極矣！』樵愕然，問：『帝安在？』曰：『燒宮自焚矣！』樵大哭，棄所負薪，投湖中死。

黄叔揚鉞，殯父在陂上舊廬。御史按部至，問曰：『此有黄給事，何在？』邑中無有知其家者。一鄰老引御史舟至陂，暮秋刈禾，堆積村巷，路多泥淖，御史乃徒步抵其舍。叔揚從廬中對語移時，家人欲具雞黍，曰：『豈有居喪，割雞禮客者？』以菜粥對食而别。

黄叔揚殉節琴川，詔戮其家。時親族避匿，友人楊福日夜泣琴川橋，多方求叔揚尸。數日，尸忽自立水中。福親抱而起，成禮葬之屏處，亦終身不仕。

建文帝出亡，尚書徐貞留之信宿。後文皇聞其事，逮族誅之。一女年十三，命屬樂籍。樂官陳儀潸然不忍，陰匿養之，不令玷污。洪熙遇赦，儀爲擇配良家。

方正學篤於師友，宋景濂葬夔州，正學自漢中枉道二百里，走祭墓所，慟哭而返。

姚廣孝少與王仲光賓友善。姚既貴，旋里鳴騶詣仲光。仲光閉户不納，姚曰：『仲光高士。』明日徒步造門，乃相接。坐談既久，姚徐勸仲光仕。仲光忽茗甌墮地而仆，口目俱歙。

王琎知寧波府，廉潔峭峻。一日，見魚肉兼饌，怒庖設過侈，撤而瘞之，人號『埋羹太守』。江南徙豪清，鄞人黄潤玉，年十三，詣有司請代其父。有司少之，對曰：『父去日益老，兒去日益長。』

楊文定溥鄉試首選，胡若思儼實典文衡。後若思爲祭酒，文定已在禁垣，位望益崇，終身執門生禮，若思亦不辭，人兩高之。

王英爲御史時，家居，邑令盛饌邀英，英辭不往。一鄰叟適治飯相邀，英便往赴。或怪問：『既辭邑令，而顧飯鄰叟可乎？』英曰：『叟貧，治具故自難。』

上嘗疑楊文敏榮多受邊將馬，以問西楊。楊極言其無他，且稱榮『習阨塞險易、鹵孽情僞，廷臣罕及。』上曰：『榮數短汝，非義夏原吉，汝去内閣久矣！汝顧爲之地耶？』頓首曰：『願以容臣者，容榮使改過。』

楊文敏從文皇北征，昏迷失道。金文靖幼孜、胡文穆廣同行，金忽墜馬，胡不顧而去。文敏下馬，爲整轡扶持；已稍前，復墜，鞍盡裂。文敏即推讓所乘，而自乘羸騎，從夜及曙，勞憊勿恤。

翌午，方詣中軍。上慰勞之，徐問所以，嘆嘉其義。謝曰：『僚友誼固然。』上曰：『廣詎非僚友耶？』

陳檢討繼，少奉母至孝。御史聞而往廉之，見檢討方隨母抱甕行灌，傴僂甚恭。母以壺漿畀之，拜而後飲。

金聲是金問兄，好古嗜學，問事之如嚴師。嘗病熱劇，醫云：『得螺可治。』時方盛寒，問解衣循河，得百枚以進，聲病良已。

楊鼎在太學，有郡守聞鼎賢，欲以女妻之，鼎以不告父母爲辭。守屬其鄉人徐大司馬琦，謂祭酒陳敬宗曰：『鼎清貧而彼富裕，父母豈庸見咎？』敬宗以告，鼎曰：『原憲雖貧，於道則富；猗頓雖富，於道則貧。鼎何敢貪富，遠媿古人？』

夏忠靖原吉有謹密文書，爲吏所污。吏驚懼，即肉袒以俟。忠靖叱起，袖之。明日，朝畢，至便殿請罪，曰：『臣昨日不謹，因風起筆污文奏，當死。』出之懷中，上命易之。

忠靖嘗撫案嘆息，顏色愀然，筆欲下而止者再。夫人問之，公曰：『是歲終大辟奏也，吾筆一下，死生決矣！』

張思齊藩臬山右，長子紀徒步省覲。道於曲沃，沃令見其良苦，以一驢送之。既見公，公怪問：『驢何自得？』紀不敢隱，具以實告。公怒棰紀，驅驢還令，且切責之。

東楊諸子，俱有雋才，不令習舉業，曰：『毋使與寒士爭進。』

楊仲舉翥戍武昌日，楊文貞士奇以學官失印，流落無依。雨中偶憩仲舉家，見仲舉方教童子句讀。與之談，深相契合，仲舉因就文貞授《易》。文貞以無資爲言，仲舉即推館與之，而自教授他處，往返日十餘里，不以爲勞。

師司農逵少孤，事母孝。年十三，母疾危殆，思食藤花。菜地不嘗有，逵急出城廿五里得之。歸已二鼓，道遇虎，逵驚而呼天，虎捨之去。

況伯律鍾與平思忠少有交，況守蘇州，平方釋戍家居。況數延見平，執禮甚恭，令二子給侍，曰：『非無僕隸，欲使兒輩知君爲吾故人。』

況伯律守蘇時，一吏遺火，府治爲燼，簿牘靡存。及火熄，況出坐礫中，呼吏痛杖，亟自造疏，一引爲己咎，更不及吏。吏初擬必死，況聞嘆曰：『此守事也，小吏豈足當此！』

柴司馬車以主事採木，道經廣信。廣信守與車有舊，贈餽蜜一甕。車疑其重，發視皆白金。車笑曰：『故人知君，君乃不知故人！』竟不受。

陳祭酒敬宗嘗宗之政，肅若朝廷，以是致忿，諸生有訟之法司者。周文襄忱勸其申雪，代爲屬草，詞理展轉。公驚曰：『得無誑君？』周笑曰：『律奏事不實耳。』公曰：『被誣罪小，欺君罪大。』具實以聞，事亦竟白。

鄺忠肅埜義方世篤，按察陝西，嘗以俸易一褐寄父。父移書責之曰：『汝職刑名，不能理冤澤物，乃以不義污我耶？』後忠肅以父在教職居閒，謀於僚友，請父入闈衡文。父聞之大怒，曰：『朝廷典章，爾乃用私干紊，且汝爲憲司，我爲考官，何以防範？』復以書責之。忠肅捧書跪誦，泣涕受教，砥礪終身。

楊尚書翥仁厚絶俗，鄰人作室，檐溜其家，人不能平。答曰：『晴多雨少。』又鄰人生子，恐所乘驢鳴驚之，即鬻驢步行。

仰瞻以理卿家居，夏時嘗仕郡學訓導，瞻師事之。後經其門，必下驢，趨而過。人窺之，雖暮夜亦然。

劉忠愍球事兄甚謹，同居合食，始終靡間。從弟玭作令莆田，奉夏布一匹，即封還。貽書戒之曰：『守清白以光前人，此非所望。』

編修董璘有時名，以母病歸養。一日母思鱭，時不可得。禱於鎮江神，命漁者舉網，忽得二鱭以歸，鄉里異之。

曹學士鼐爲太和典史，因捕盜獲一女，色艷美，目而心動，輒自書：『曹鼐不可！』終夕，竟不及亂。

石亨陷徐有貞，秦川馬士權教授京師，慨然不平，每持論公卿間。亨并收士權，錦衣拷掠追訊，瀕死不承。有貞得免死，感馬義，許以女婚其子。既而有貞負盟，馬終不言。時論皆重士權，而薄有貞。

英廟既復辟，葬景帝，欲令汪妃殉葬。李文達賢曰：『汪妃雖立，旋遭幽廢。若令從死，情所不堪。况煢煢幼女，尤可悼念。』帝惻然從之，遣居舊邸。又嘗念建庶人久幽掖庭，親親之義，實所不忍。以問文達，文達爲將順之，遣居鳳陽。

軒介肅輗初舉進士，奉命督淮糧。舟行溺水，左右挽出之，時冬沍寒，衣盡濕，以被自裹。有司送新衣，却之不内，徐待舊衣之乾。

謝鳴治鐸蔬食布衣，囊無長物。稍有餘財，周賑宗親。方正學殞身滅族，沉鬱百年，公以鄉人不避忌諱，收綴遺文，梓行於世。

陳恭愍選旬宣東粤時，市舶司韋泰倚貢市爲奸，公繩以法。泰以他事誣公，賄公黠吏張褩，令誣公。褩拷掠瀕死，不從。既而文致，公被逮道死。褩上疏訟冤，條奏泰等不法，天下壯之。

恭愍父負韜亦爲御史，恭愍既貴，唯服先人故衣帶。客至，瓦器蔬食，相對未嘗有媿色。自河東聞喪還，行李蕭然，惟車一輛而已。

王忠肅翺出鎮遼東，一中貴持明珠遺之。公固讓，不得已受之，乃自綴於衣領間。居數年，中貴死，其猶子以貧不敢見。忠肅使人召之，曰：『何不買宅？』曰：『貧不能也。』忠肅乃解其珠，出之衣領間，與之。值千金，買第尚有餘也。

吴匏庵寬初歸林下，謁親友。一業皮工，韋布時鄰好也。即步入其門，與低坐短檐，道故舊甚洽。工亦喜謂匏庵曰：『與若飲可乎？』曰：『諾。』工乃布酒脯，對酌斗室中。是日，有貴官設宴候公，吏跡得之，相與愕然。匏庵顧謂吏曰：『官府酒易，故人酒不易。』吏笑而去。

中原、西北，長幼之禮甚嚴。長者語必呼名，幼者獻必長跽。雍世隆泰爲憲副歸，訪其同塾友王生。生時已棄士而農，遇諸途，曰：『雍泰，汝謂貧賤友不予棄，約期訪汝韋曲間。』世隆敬諾。至期，冠帶以俟。生布衣氈毯，背隻鷄，持瓢酒至，據上坐。世隆兄事之，與飲而別。

楊繼宗承芳知嘉興，夫人受團卒熟鵝、彘首。繼宗自外歸，食之，徐問所自。夫人以告，繼宗大恚，聲鼓集僚吏，告以不能律家，使妻納賄不義。因吞皂莢丸，吐出之。趣吏具舟，即日遣妻子歸。

羅一峰倫既歸，結茅金牛山，取給隴畝，不受餽遺。客晨至留飲，妻語其子曰：『瓶粟罄矣，轉貸旁舍。』比舉火，日已近午，曠然殊不爲意。

薛司馬遠歷官四十年，家無長物，食無兼味，室無媵妾。曰：『吾少事親不足，今安忍有餘？』

太倉王芳守教不殺，仁及蟻蟣。嘗於旅舍，遇慈人費廷槐，相晤語，歎爲奇士。適廷槐病滯下，困頓塵土。芳便移至已舍，寢食撫護，有如同生。至便溺狼籍，手自滌除。廷槐感涕，索筆書曰：『生平心曲，百不一伸，天乎已矣，埋我道傍，乞書「慈谿費廷槐不瞑目之匱」。』語脱而逝，不瞑。芳祝曰：『古今旦暮，孰爲彭殤；費兄達人，而怛化耶？』摩之不瞑，舉其首，枕之股，拊膺謂曰：『四海一家，誰非兄弟？骨肉弗面，命也何恫？』廷槐喉間砉然有聲，兩目漸瞑。舟載虎丘，稱貸棺，歛厝僧寺。乃走訃其父，後舉匱弗前，遲芳至，絜酒哭送，匱乃舉。

吴獻臣廷舉居太學，與羅玘善。玘病，獻臣治藥餌，負之登厠，中夜十數反。後同玘進士，玘語人曰：『四十年前生我者，父母；四十年後生我者，獻臣也。』

鄒汝愚智謫死雷州，吴獻臣尹順德，經紀其喪。會劉忠宣大夏行部至，訝尹何以不迎，徐問知所以，深嘉嗟異。因共資還其喪，獻臣自是知名。

卷二

德行下

陳茂烈乞歸終養，身自治畦，蒼頭給薪，妻子服食粗糲，人所不堪，而泰然自足。太守憫其勞，遣二力助汲。既三日，往白太守曰：『是使野人添事，而溢口食也。』卒還之。

朱公垂裳少厲清節，躬自炊爨。爲御史，寒約如故，人稱『長齋御史』。

三原公王恕致仕歸，見子姪買田宅皆鄰業，因呼而讓之曰：『某某，皆吾故舊，豈宜奪之俾遠去？』仍給以原券，不問值。

楊文懿廷陳，凡有賜賚，必爲親供，餘輒分與族衆。及後朝廷恩眷日隆，至給三俸，以親不逮養，請以少傅俸於鄉邑給受，以供祭祀及周恤親族之貧者，詔允之。

劉忠宣以忤瑾繫獄，時同繫者請以賄免。忠宣曰：『如此而死，禍止一身；稱貸求免，則累及子孫，且喪一生矣，安事此爲？』及發戍，氈帽布被，徒步過大明門，匍匐頓首，策一蹇即日行。

忠宣戍肅州，披堅執鋭，與諸卒同起處，并不携一子姪同行。或問故，曰：『吾仕宦，不爲子姪乞恩澤；今發配老死，令子姪補伍，豈人情乎？』

韓紹宗爲刑部郎，母張嚴甚。紹宗婦閻，亦兩封宜人。張時命與嫂負水，紹宗歸見之，乃命二隸人爲代。張怒，持杖將笞之，指紹宗駡曰：『汝有皂隸可代，無則不吃水耶？』紹宗怡色曰：『兒婦身强有力，豈不堪負水？嫂弱有妊，是以令代。』張乃解。紹宗是邦奇父。

徐文靖溥少時，言動不苟。嘗效古人，以二瓶貯黄、黑豆，以記善惡。善輒投黄，不善投黑。始黑多黄少，已漸參半，久之黄益多。平生如是，雖貴勿輟。

吕涇野柟家居，絶非義之餽，剷請托之跡，門庭清肅，無異寒素。有爲權貴以三百金求序文，公曰：『人心如青天白日，何意視如鳥獸？』

景伯時暘窮時，與維揚火城相知。及爲中允，數稱說之。比伯時卒，孑孑遺孤，門户衰落，囊時親暱，不相往來。火君顧念益懃，時時過江問遺，踰於生時。伯時有遺文數十卷，火君捐百金梓行之，曰：『何忍使故人菁華，遂隕於地？』

陳公甫自京師還，舟至廣東陽江，有寇乘小艇，盡劫舟人財物。公甫於舟尾呼曰：『我有行李，可便取去，他物且置！』寇曰：『汝是何人？』曰：『我陳獻章也！』寇舉手作禮曰：『小人無知，驚溷君子。舟中人亦當是先生友，何忍若此？』悉還之。

柳御史彦暉，貸陸坦金而不立券，獨其子仲益知之。後彦暉卒，仲益戍遼陽，數年赦還，貧甚，絲積粒聚，得如數，拜坦墓，納金坦子。子以無券辭，仲益曰：『若雖不知，吾知之，吾翁與若翁知之。吾弗償，異日何面目見兩翁地下？』

孙清幼孤，母没未葬，流賊入境。清守柩弗去，親友或勸之，不從。賊兩經其門，皆不入，鄰里有依之得免者。

王海日華六歲，與羣兒戲水濱。有醉者濯足，遺所負囊。視之，金也。王度必復來，恐人持去，投之水中，坐守之。已而其人果至，公指其處乃去。

吳石岡宗周雖貴而老，謹事其兄。嘗謁郡，過兄門，迫未及下，歸即悔之，未脱衣冠，急往詣兄。兄果弗懌，走入内，卧不起。公呼再四，跪榻前，曰：『周有罪！』兄乃起曰：『往殊不爾，吾姑教若。』遂具食，歡飲而别。

趙司成永一日過魯侍讀鐸，將往壽西涯李東陽。侍讀曰：『我固當偕，然無以贄。』歸索方帕，無有；躊躇間，憶家尚有枯魚，命取之，已食其半。度更無他物，即挾半魚以往。西涯煮魚沽酒，以飲二公，即事倡和而罷。

韓尚書邦問是王文成父執。一日，公卿賀冬至，文成貂蟬朝服，乘馬而趨。俄從人報『尚書在後』，文成急下馬，執笏道左。尚書至，不下輿，第拱手曰：『伯安行矣！』遂去。文成唯唯，俟其過乃上馬。

楊介夫廷和宦遊歸，即爲鄉人建一惠坊，通水利，灌涸田萬頃，號爲『學士堰』。次以坊費修城缺，城完賊至，民賴以全。次置義田，以贍族衆。三歸，而修創利物者三焉。

許道克學士，以母喪家居。一族叔負米，路遇學士，曰：『爲我負之。』公忻然負之隨行，抵家而別。行人指目，殊自不覺。

支琮少貧甚，遇寒，其母衾單不能寐。盡解衣覆之，已危坐待旦。客候之良久，不出，呼：『敬將安在？』乃短衣出見，云：『方以所服覆母，恐覺之，故遲。』客太息去。

羅念庵洪先以修撰歸，道蕪湖時，項東甌理稅事，有楊賈犯重辟，願以千金求修撰爲解。修撰時病急，舅某許之，以爲既不諱，可藉爲櫬，乃言之項。修撰覺之，呼項曰：『君子愛人以德，使吾爲清白鬼，我既死，君寧無俸可賻乎？』已，病間，舅理前語，修撰曰：『項必以我故，不脱賈獄。賈寧復有活理？』乃潛書謝項，賈得脱而不知。

朱升篤厚人理，愷悌無甚，刊夷町畦，兼容謭劣，有大賢之度。

董三泉仕宦十年，布袍革靴而外，不蓄他物。遷蓬州守，諸子請曰：『平生志節，兒輩能諒。一切生事，不敢少覬。顧大人年高，蜀多美材，可預爲計。』公頷之。既致政，諸子迎之，問及櫜語，公曰：『吾聞杉不如栢。』諸子謂當有栢材，公笑曰：『茲有栢子在，可種之耳。』

文待詔性不喜聞人過，有欲道及者，輒亂以他語，使不得言以爲常。俞中丞諫一日過文待詔，見其門渠沮洳，顧曰：『通此者若干，堪輿言當第。』待詔謝曰：『公幸無念渠。渠通，當損傍民舍。』異日，俞公悔曰：『吾欲通文生渠，奈何先言之？我終不能爲文生德也。』

憲副黃卷解職，田間俾家衆耕作，身與其配操杵臼，炊釜作食，躬荷而饁之。

中丞宋邦輔既歸，杜門掃軌，課子躬耕，夫人親餉。有司或有饋，却之曰：『某德未至於可養，貧未至於可周，受之無名。』

張永思少失父，獨與母居，年七十猶定省如兒時。夜置褥母榻下，一聞謦欬，蹶然起，未嘗一夕入內。有司與之厚者，間有饋。曰：『非但僕所恥，亦老母所羞。』

楊御史爵、周給事怡，久繫詔獄。已而，上聞空中神語，乃詔出之。爵歸，怡使人問之，因遺金四兩。使者至，見有鋤菜於野者，問之，爵也。乃出書、呈金，爵曰：『主安得此，毋乃改其故乎？』使者以貸告，乃受之。

朱邦憲父守福州，其故吏後來官雲間，欲爲邦憲買田宅，邦憲輒不肯。邑令日造請其廬，歡飲，欲請間爲壽，不敢發言而止。令死，邦憲經紀其喪，千里還葬。

廖庭皓母采蔬於圃，爲虎所攫。皓急追，及之，抱虎頭，且泣且訴，願以身代。即以拳入虎口，母遂得脱。

江山何宗道有至性，精名理。嘗有盜夜入其室，宗道心覺其人而不呼，將取釜，始言曰：『盍留此，備吾母晨炊？』盜赧然，盡還所竊，大呼曰：『盜孝子不祥！』自是，其人不復爲盜。

程文純仕宦四十年，始終一德。致政歸，與昆季共居處。獨所宿樓居，兄子復鬻其半。文純作籬自障，嘗自吟詩曰：『風雨半間樓。』

萬宗伯士和爲令時，嘗無禮於直指。直指銜之，及案粤，欲巧詆以法。悉取諸錢穀籍，稽其出納，無所得；則搒掠管榷吏，欲誣引公。吏死不承，已而曰：『有之。』直指喜，詢之。對曰：『萬公無他，自不合飲吾粤地一勺水！』

李椽學梅母喪，廬墓三年，獨棲林莽間，苦貧，日拮据生理。出必返，雖深夜亦然。一夜至溪滸，暴雨溪漲，不可渡。乃持蓋立谿上，望墓踴號，曰：『兒在此！』如是達旦。又大雪，鄰里意椽苦，或他往，深夜往瞯，席藁卧雪中，没不可辨。環視久之，始見雪中隱隱一髻。

卜者袁景休能詩，而死無子。夫婦寄棺蕭寺旁，上雨旁風，暴露十年，其友林若撫草疏告哀，莫有應者。閩人林古度，取一摺扇，畫兩棺貯荒室，而題詩其上，俾寺僧爲募。新安程月樵見而慨然出資，以庀窀穸。

林隱士春秀，號雲波，家貧，嗜酒不能得。其友鄭鐸多良醖，日呼與飲，醉輒狂不可制。鐸度其飲户，爲製一壺，鎸『雲波』二字。至則飲之，三十年如一日。

沈徵君壽民，高操絶俗，義却餽遺。弘光鉤黨之獄，楊宫允昌祚爲濟百金，資其患窘。宫允晚歲，亟貸償之。宫允曰：『向君非有丐於我，我實急君；今我即多故，豈復計此？』徵君謂門人曰：『不及今酬之，後此將誰致？』又少時他所嘗與居間者，其人貧，亦粥産代之，曰：『向者，彼以我故也。』有涎徵君易與者，脇其賠累。没齒窘窮，終弗與校。

徽君改革後，晦跡蘭溪，躬自刈種，歲侵，炊烟時絶，麥爛浥不堪食，甘之怡然。蘭令季君亟訪之，屏騶徒步，始得造廬一面。欲買田畝、搆書院居之，皆謝不可。令不得已，託邑人祝生餉米豆。受而發之，有白金二百，乃以半畀祝，以半置屋隙草間。後有親黨將謁令，乞書於徽君，指草間金畀之。

補遺

劉仁宅是忠宣父，以楊文定舉爲御史。文定歸里還朝，道華容，便相造。見忠宣方幼，問：『汝父安在？』對曰：『在道中。』曰：『母安在？』曰：『隣家治麪。』文定起，遍視家所有，遂援忠宣達寢所。見床上惟蒲席布被，喜曰：『所操若此，不負御史！』

嚴文靖訥搆一樓，既成而落之，縱酒宴客，四顧惘然，若不豫色者。客徵之，乃曰：『吾不察上棟直東隣，是隣代我受禍也。』亟更之，使東向，而南北其棟直。

劉憲副廷梅，聘婦胡氏，委禽而有父之喪。母蕭恭人，趣從俗成婚，廷梅不可。母曰：『吾惙惙，不能奉若祖父母，誰代吾饋者？』胡翁聞而遺女於歸，公謝弗成巹，已以孤而執喪。胡以女而主饋，養王舅姑焉。

言語

太祖既一海内，命周元素畫江山於便殿壁間。元素曰：『陛下東征西伐，熟知險易，請規大勢，臣從中潤色之。』上即援毫，揮灑既畢，顧元素成之。元素頓首謂：『江山已定，臣無所措手矣。』上笑頷之。

袁凱，洪武中爲御史，上一日録囚畢，令送東宫覆審，遞減之。凱復命，上問：『朕與東宫孰是？』凱頓首曰：『陛下法之正，東宫心之慈。』上善其言。

復見心，故元學士。元亡，削髮爲僧，而髭髯如故。高帝時召見，怪問之。對曰：『削髮除煩惱，留鬚表丈夫。』

國初，郊祀文有『予』『我』字，上怒，欲罪作者。桂學士彦良曰：『湯祀天，曰「予小子履」；武祭天，曰「我將我享」。儒生泥古不通，煩上譴呵。』上意乃釋。

太祖一日問朱備萬善：『卿家豐城，鄉里人物何如？』對曰：『鄉有長安、長樂，里有鳳舞、鸞歌，人則張華、雷焕，物則龍泉、太阿。』

施狀元槃在翰林，宣宗問曰：『吴下有何勝地？』答曰：『有四寺、四橋。』問其名，應聲對曰：『四寺者，承天，萬壽，永定，隆興；四橋者，鳳凰，來苑，吉利，太平。』

康對山嘗曰：『經籍，古人之魄也，有魂焉，吾得其魂而已。譬之酒，善飲者漉其醇，不善飲者啜其醨。』

費文憲宏云：『觀書當如酷吏斷獄，用意深刻，而後能日知其所無；記書當如勇將決勝，焚舟沉爨，而後能月無忘其所能。』

世宗入繼大統，方在冲年。登極之日，衮衣曳地，上數俯視，不悦。楊廷和奏云：『陛下垂衣裳而天下治。』

嘉靖初，講官顧鼎臣講《孟子》『咸丘蒙』章，至『放勳殂落』語，侍臣皆驚。顧徐云：『是時，堯年已百有二十。』

馮南江繫獄論死，行可年甫十四，日哭長安街，攀貴人輿訴之。俄方相獻夫至，問：『汝父何在？』行可曰：『朝廷且殺諫臣，而宰相不知，尚謂國有人乎？』方默然。

嘉靖南郊創圜丘，汪鋐請槩遷禁垣外塚墓。帝不忍，限止一里之內。宗伯張潮言：『一里之內，塚不下萬餘，倘於瞻對無妨，悉容仍舊。』執政者訐爲褻穢圜丘，潮曰：『在圜丘似褻，然天無不覆，即遠遷，何所逃？』詰者語塞。

會稽守擬築禹廟，山壟延袤十里，民皆驚愕。汪清湖曰：『論平成之功，殫一方財力，不以爲泰。然茅茨土階，盡力溝洫者，豈忍爲此？』役遂寢。

陶文僖大臨嘗曰：『學有根，室有基，不實則欹。』又言：『善猶水也，爲之先者源，爲之後者理；始而濫一觴，終而潤九里。』

何良俊云：『六義者，既無意義可尋，復非言筌可得。索之於近，則寄在冥漠；求之於遠，則不下帶衽。』

朱恭靖希周爲南冢宰，當考察南科，無一人去者。或以爲私，公曰：『一曹皆賢，使必去一人以爲公；萬一皆不肖，亦姑去一二以塞責乎？』

陸太宰光祖，初令濬，有富民枉坐重辟，衆以嫌，莫敢白。公至，破械出之。臺使者以爲言，對曰：『當論其枉直，不當論其貧富。果不枉，夷齊無生理；果枉，陶朱無死法。』

吴疏山悌令宣城，以縣歲輸於郡，吏多索羨餘，悌立守左，吏敲兑，白郡守請增。守側立睨視，曰：『未也。』悌曰：『某立自正，故見其有；公立自邪，故見其無耳。』守慚。

有謂山西紫碧山産石，瀹可益壽，中官求之，經年不可得。按察王維令民取小石相類者以進。中官怒謂其僞，且以書記可驗，那得云無？維曰：『鳳凰、麒麟，不見書記乎？』

給事薛畏齋，自言平生受益者三：一曰貧，二曰病，三曰患難。貧故知節用，病故知保身，患難故知處世。

烈宗一日梦兩日并出，問群臣主何祥。群臣莫能對，周陽羨延儒曰：『應在東宫。』上大悦。

卷三

政事

陳祖以明經授新繁縣丞，有嫗道哭甚哀。祖問之，寡而無子，惟一孫十歲，爲巨蛇所噬。祖令具狀，遂移牒城隍，期日引蛇至。已而，果有羣蛇蜿蜒階除，噬人者死，餘不驚而去。

秦從龍與高帝畫策，密書漆板，問答秘計，左右皆莫聞。

胡子祺按察廣西，聞宋元祐黨人碑尚在融州巖谷中，命出而碎之。

方克勤守濟寧，日具衣冠坐，召諸吏授詩、書、法律，庭不陳械，惟設韋鞭而已。

姚克一守蘇州，欲見處士錢芹，不可得。因俞貞木道意，錢曰：『芹固願見。然芹，民也，禮不可往見於庭。若明公弘下士之風，請俟月朔，會於學宫。』姚如期致，迎拜，請質經義。錢曰：『此士子業，公有官守，會有時務。』因袖出一簡授姚，不交一言而退。視之，皆戰守制勝之策。

周新按察浙江，初至，有蠅集馬首。使人跡之，得暴尸莽中，有木留帶間。公取視之，乃商以識布者，匿不言。及涖事，使徵布，有合記者即執。訊之，果殺商盜也。

新間微行，直觸其屬令。令收繫獄，與囚語，遂得一邑疾苦，未幾，吏迓之出，一邑大驚。

方素易所在，輒著廉明。爲衡州同知，民有告虎噬人者，素易齋沐爲文，檄山神。明日，虎自斃於道，時人以比韓退之驅鱷。

河南新安饑，知縣陶鎔亟貸驛糧賑之，全活甚衆，乃上章自劾『民危旦夕，不及奏報，專擅亦安敢辭？』上嘉勞之，曰：『可謂能稱任使矣！』

何灝爲刑曹郎，京師人語曰：『毋縱誕，避何鐵面。』

況鍾知蘇州，初至，佯不解事。吏抱案請署，鍾顧左右問吏，吏所欲，行止輒聽。吏乃大喜，謂太守愚。閲月，集諸吏詰之曰：『某事應行，若故止我；某事不應行，若故誘我行；是皆有賄！』縛諸吏，投庭下。諸吏皆大懼，謂太守神明。

正統中，彩繪宮殿，需牛膠萬餘斤，敕使督周文襄供辦。公時赴京，道遇使者，請公還給。公曰：『第行至京，自有處分。』及至京，乃言庫所貯皮，歲久且壞，請出煎給；歸撥餘米，買皮輸納。以新易陳，實爲兩得。

文襄閲死獄，每使吏抱成案，讀之至數萬言。反手立聽，時忽肯首，喜曰：『幸此可生。』

英廟北狩，鹵大入寇。時壩上倉場，糧料山積，于忠肅急令縱火焚之。或以事重須待詔，公曰：『事有經權，今寇在目前，緩之適以資鹵。致持久坐困，於我非計。』

陳都憲鎰巡撫陝西，民飲其德，呼爲『髯爺爺』。有疾者，誓爲公舁輿以禱，出則民争來舁，麾之不止。

黄用章紱參政四川，道崇慶，忽風起輿前，擁不得行。用章曰：『即有冤，吾爲若理。』風遂止。既抵州，沐禱於城隍，梦中若有人曰『州西寺、州西寺』云。密訪州西，果有寺，當孔道，倚山爲巢。乃率吏兵急抵寺，盡繫諸僧，一少而獰，詰之無牒。命塗醋堊額，矖洗之，有巾痕。用章叱之，盡得奸狀：夜投宿者，沉寺陰巨池中，衆分其貲；有妻女，分隱窖中。於是，殺僧毁寺，行旅晏然。

韓王内使李毅等，不樂府中，忽作令旨啟城。挾弓跨騎，越關詣京，奏訐王過。所司請勘，尹直曰：『毅不安王府，逃亡，罪一；詐令旨開門，罪二；越關，罪三；摭王小過當殺，罪四。豈得聽彼虚言以勘王？』遂押還府。

吴石岡守臨江，郡有僧剎、道觀，并列孔廟，扁曰『三教坊』。下車，即廢而易之曰『崇儒』。毁其屋，以葺官廨；汰其僧道，悉配以尼。刊説社學，辨惑啟迷，一郡翕然。

劉文靖、李西涯、謝木齋同在政府，遭遇聖明。時人語曰：『李公謀，劉公斷，謝公尤侃侃。』

蔣恭靖守維揚時，上南巡，六師俱發，計夫役舟騎，供費不貲。揚民洶洶，無以自存。恭靖惟站設二十，更番迭遣。計初議，減可什八，他亦推類遞減之。上供無缺，而民不擾。

祝某守南昌，有民犬咋寧府鶴，卒。來訟云：『鶴本御賜，金牌可驗。』祝判云：『鶴帶金牌，犬不識字。禽獸相傷，何與人事？』竟縱犬主。又兩家牛鬭，一至死，判云：『兩牛相争，一死一生。死者同享，生者同耕。』

汪應軫知泗州，武廟將南巡。中使繹絡道路，恣爲求索。公率壯士百餘，列舟次，呼聲震地。中使沮喪，公麾從人速牽舟，頃刻百里出泗境。後至者，斂戢不敢肆，公反禮遇之，於是，皆咎前使而德公。

大司徒雍太巡鹽南淮，見竈丁鰥貧者幾二千人。比及二年，具與完室，既去，淮人詠之曰：『客邊檢橐渾無物，海上遺民盡有家。』

楊文忠當國，區畫調度，取辦俄頃。常命中書十餘輩，操牘以從，公一一口授，動中機宜。

故事：吏部大僚所接見，每不能數語，以示嚴冷。徐存齋佐銓，獨曰：『果爾，何以盡人才？』乃折節怡色，見必深坐，亹亹咨訪邊腹要害，吏治民瘼，錯及寒暄可憐語，冀以窺見其人。

韓襄毅才識明敏，凡臨衆奏事，動發數百言，皆引經據律。其所設施，永愜輿情。其後官民皆遵守之，號曰『韓都例』。

徐九經尹句容，循廉最著。嘗圖一菜於堂，曰：『古人有言：「民不可有此色，官不可無此味。」』及去，兒稚挽衣，泣曰：『毋去我！』其長者曰：『幸惠訓我。』九經泣曰：『儉則不費，勤則不墮，忍則不争：保身及家之道也。』父老鏤所畫菜，而書『儉』『勤』『忍』於上，曰『徐公三字經』。

譚讓爲南昌通判，初政嚴厲。夜有書廨壁者曰：『虎豹在山，雷行於天，人宜自度，不可犯譚。』讓顧視笑曰：『爲政不能使民無犯，而使民不可犯耶？』更治簡緩。

楊雲才多心計，爲荆州同知，適改拓郡城。時錢穀已有成額，而臺使者檄下，欲增二尺許。監司、守、令争欲溢故額，雲才曰：『無庸也。』乃馳至陶所，視其模，怒曰：『是不可用！』自製模付之。諸公視模，了無以異。蓋陰溢其模，積之正如所增數。城成，白其故，監司大服。

補　遺

嚴文靖語其子曰：『吾才小弱而慈，不稱大任。所不愧者，吏部一官，能使長安金賤而士貴，其縉紳不四顧而有憾於巖穴。』

周萊峯思兼知平度州，巡行阡陌，不從輿隸，廑縛一藍輿，置飯一盂其上，令鄉民以次舁行。民歡呼迎曰：『吾父來！』

文學

宋景濂初學於聞人梦吉，繼學於吴萊。自少至老，未嘗一日去書不觀。致仕後，在青蘿山闢一室，曰静軒，閉户纂述，人罕見其面。

曾侍郎魯博通史籍，有叩者，佳言如屑，理藴霏微。偕宋文憲修《元史》，時謂公能以舌爲筆，潛溪以筆爲舌。

危學士素修《元史》，欲訪尋元事，不得。每袖餅餌、果實，以啖老兵，得語即書之。

太祖召宋景濂作《靈芝甘露頌》，賜宴而醉，不能屬草。歸，令方希哲代爲之。次日以進，太祖讀之曰：『殊不似學士筆。』景濂愕然，因叩首謝：『臣實醉，門人方孝孺代爲之。』太祖曰：

『此當勝卿。』立召見試，大加寵禮。

王冕七八歲時，父命牧牛壟上。嘗竊入學舍，聽諸生誦，已，忘其牛。或牽牛來責蹊田，父怒撻之。母曰：『兒痴若此，盍聽其所爲？』因去依僧寺，夜潛出，坐佛膝上，執策映長明燈，讀之達旦。像偶獰惡，冕雖小，恬弗怪。

蜀王椿博通經藝，旁及釋典，太祖常呼爲『蜀秀才』。王至中都，首闢西堂，以書自娱。閱武之餘，輒與儒生李叔、蘇伯衡，及名僧來復等，講道論文，殆無虚日。

葉子奇博達今古，詭德匿時。以群吏竊飲祭酒，株連就獄。獄中以瓦研墨，著《草木子》，以草計時，以木計歲。

王止仲行髫時，從其父昌門爲人市藥，暮則爲主媪看稗官演説，背誦至數十本。主人翁異之，授之《魯論》，輒成誦，乃令遍閱所庋書。未弱冠，辭去，授徒於城北望齊門，議論踔厲，貫穿今古。洪武初，延爲庠師，弟子雜進問難，肆應不窮。

王止仲少微，爲人行貨，長游諸生間。爲言濟南生《詩》、伏生《書》、胡安國《春秋》，灑灑不窮。諸生皆大異之，然視其居徒壁立，故未嘗有書。

徵士梁孟敬在禮局，討論精審，諸儒推服。書成，將授以官，以老辭歸。結屋石門山，四方多從之學，稱爲『梁五經』。

隱者楊濋，避雨泊舟黄鉞舍旁。見鉞方倚檐讀，因就視之，問：『孺子學如此，日讀幾何？』鉞對曰：『過目不忘，然苦無書。』濋曰：『我有書藏洋海店架，不下萬卷，能從吾往乎？』鉞喜，遂往。既至，濋令其子福與同業，三年盡其書而返。

吴文太與丁敏爲友，皆貧而湛吟詠，無間日夕。二人嘗閉户，共爲詩。人見其終日突無烟，往視之，方瞠目撚鬚，咿唔相對，都不復省饑餓。

楊文定在獄十餘年，上命叵測，日與死爲鄰。家人供食，嘗數絶糧。公日手五經、諸子不輟，曰：『朝聞道，夕死可矣。』

毗陵陳濟，善記不遺。其子道，侍側問曰：『外人稱翁善記，試探一書請誦，可乎？』曰：『可。』因探得朱子成書，曰：『是最難記，可引其端。』子如其言。遂朗誦終篇，不訛一字。文廟嘗號濟『兩脚書廚』。

陳簡討繼少孤貧，嘗受學於俞貞木。每歸飯輒反，貞木頗怪其速，竊視之。則至密廬中，懷出一餅，哺之即行。貞木以是留食於家，以爲常。

曹月川研精理學，日事著述，座下足兩磚處皆穿。

吕文懿原《宋元通鑑續編》，義例精審。書成，鬚髮盡白。嘗曰：『使我進二階，不若稽古獲一事。』

景泰間，吉安劉公宣代戍於龍驤衛，爲衛使畜馬，晝夜讀書厩中。使初不知，偶與塾師論《春秋》，師驚異之，以語使，使乃加優遇。

劉侍講定之，爲文常對客揮毫，稿不易幅。成化初，入秘閣，析疑稽古，一揮九劄，停注演迤，頓挫奔放，變化不窮。一日，中使傳旨，命制元宵詩，憑几成七言絶句百首以進。憲宗於内閣得古帖，斷缺不可讀，命中使持至館中。適傅瀚在，即韻爲二詩以復。上大悦，賜之珍饌法醖。

倪公謙落筆千言，每應制賦詩，中使立候以進。奉使朝鮮，有所題詠，即席揮灑，不加點竄。遠夷驚吐舌，以爲神，因梓行其所作。

鄒智才十二歲能文章，經史過目不忘。居龍泉庵，貧無繼晷之給，掃樹葉蓄之，焚以自照，讀常達旦。

楊君謙好蓄書，聞有異本，必購求繕寫。結廬支硎山下，課讀經史，以松枝爲籌，必精熟乃已，顔其堂曰『松籌』。

羅圭峰每有撰構，輒棲居喬木之巔，神思欲飛。或時閉坐一室，客於隙間窺，見其容色枯槁，有死人氣。

陳剩夫家始寒微，幼賣油給養。一日經里塾，聞講書義，大悦，遂從師學。已而曰：『吾一於學，何以給親養？』復請於師，願旦夕受業，仍出賣油。逾年學大進，卒成名儒。

楊升庵强記博學，著述繁浩，所撰七十餘種，所編纂亦不下百餘。晚戍滇中，簡籍不可得，惟抽討腹笥，而筆舌間未嘗窶乏。

吴趨之里有娶婦者，夜而風雨燭滅，無與乞火。閧然驚謂曰：『南濠都少卿字玄敬家，有讀書燈在。』叩門果得火。

王元美年十四，其師駱行簡賦《寶刀篇》，得『漠』字韻，思久不屬。元美得句云：『少年醉舞洛陽街，將軍血戰黄沙漠。』駱深器服之。

方西樵獻夫予告南歸，屬吏書《繳銀圖書疏》。適劉鋭來候，止之曰：『大臣雖歸，不能無言，言非此不達，昔三楊亦携以歸矣。』遂口誦三疏，方酌用之。後典籍呈原稿，不差隻字。於時博通典實，推鋭爲首，蘇州劉棨貳焉，謂之『二劉』。

楊忠愍生七歲，家貧，父使飯牛。間往里塾，睹群兒讀書，心好之。歸謂兄：『請得受學。』兄曰：『若幼，何學？』艴然曰：『幼者任牧牛，乃不任學耶？』兄言於父，聽之學，然猶不廢牧也。

楊椒山讀書僧舍，恒至夜分。會寒無下襦，繞屋行，且温且誦，脛以上微暖，得稍假寐。五更起汲水，手凍屬於綆，呵之乃解。

李于鱗少不慧，同學生戲呼爲『李攀鬼』。及長，爲制義皆勾棘不可句，每試輒蹶。年三十五，始學爲詩。齊人多以入聲爲平，謂之轉韻。于鱗刻意正之，間不諧，爲座客所姍。即嚼其唇，血濺几席，曰：『所不澡腸刮胃，以祛宿習者，有如此血！』

于鱗結七子社，一日，李伯承徑入其社。于鱗不悦，以『玉河白燕』爲題，使人伺伯承句，輒爲報。伯承詩先成，七人共大歎賞，遂閣筆定交。

王昭明潛心遁世，著《六經説》。既没，而子孫貧甚，不能存其書。管志道與周道甫各得其一二，皆以爲帳中之秘。

龍游童子鳴，少爲書賈，挾策問字，輒曉大義。遂置積書帆檣，窮心日夜，吟詩蕭散。燕山詞客如雲，所至分曹命簡，聽漏刻燭，争響晷刻間。子鳴方危坐匡床，目瞪不出聲，比誦一篇，風調夐絶，群客沮喪，子鳴退然無有也。嘗閉户屢易而出，出則强人彈射，往往未愜，并稿削之。學於歸熙甫，卒而祭之。

梅禹金鼎祚篤志纂輯，嘗納妾鄒氏，一月不出。人怪其暱，問之，則已輯《青泥蓮花記》十三卷。

瞽者唐汝詢，五歲時從父兄耳學，無不暗記。箋注唐詩，旁引該博。酒間誦《上林》《子虚》賦，杜、白長篇，鏗金戛玉，琅琅不遺一字。

蔣八公内閣德璟語操閩音。其談古事，則徵二十一史，如河瀉泉流，叢殘小説，無不畢舉；談近事，則十三陵蹟，五府、六部之故，九關、十二鎮兵馬錢糧，新舊之籍，皆可手畫而口數也。嘗一日應閣中二十餘誥敕，文詞典核，同官歎駭。

卷四

言志

周太史是修嘗曰：『忠臣不以得失爲憂，故其言無不直；烈女不以死生爲慮，故其行無不果。』因取忠節遺事，輯爲《觀感録》，朝夕省覽。

程濟與同邑高翔，俱起明經。翔厲名節，濟好術數。翔曰：『願爲忠臣。』濟曰：『願爲知士。』後翔九十死難，濟用術脱建文帝，莫知所終。

王良按察浙江，謁岳鄂王廟，曰：『苟愧武穆，非人也！』

楊文敏十三歲時，從教授周質夫，與同門講學，論古名相，皆歎爲不可及。公徐曰：『皋、夔、伊、周誠不易，其餘毋乃可學？』

王莊毅竑嘗曰：『士當希朱雲、汲黯，安能局促效轅下駒？』

莊毅既歸，躬營宅兆先壟之傍。或曰：『大臣終官，國家爲營葬，公胡庸此？』答曰：『竑以譾薄，奉命總帥，自分馬革裹尸，幸無敗績，謬膺獎擢，所懼妨賢。今幸優游林下，以終餘年，志願畢矣！何敢希意外之寵？』

李時勉少負大志，每自厲曰：『顏、曾希聖，四勿、三省。』

陳敬宗司成二十年，諸生多至卿貳，公久不調。冢宰王直，從容言以司寇相轉何如，曰：『某托公爲知已，與天下英才終日講學，庸詎不樂？而顧以桎梏之徒見辱哉！』

練御史綱歸吳後，葺舊業尹山之陽，爲終焉之計。復建庵，寫范文正公、文信公像，語人曰：『初吾自分，用則學范公，否則爲文信公死耳。今兩失之，奉其遺像以見志。』

吳康齋讀《伊洛淵源》，至『程伯淳見獵心喜』，曰：『審如是，是吾亦可學賢聖。』遂絶意舉業，潛心義理。常自詠曰：『誠能通鬼神，志當貫金石。』

夏正夫寅嘗自警曰：『此生不學，一可惜；此身閒過，二可惜；此身一敗，三可惜。』

楊承芳年四十有三，乞致仕，疏曰：『視錢若水致仕，臣已多三歲；視陶弘景奉朝請，臣尤多七歲。臣得與弘景、若水游地下，足矣！』

陳白沙答李憲長曰：『平生山水稍癖，待明年服闋後，采藥羅浮，訪醫南岳，上下黃龍洞，嘯歌祝融峰，少償夙願。』

劉忠宣在兵部職方，規調兵食。太宰才之，欲以少司馬、太僕進公。公謂人曰：『京堂顯地，人亦豈不欲？顧吾秀才時，見郡邑政有失者，輒自奮曰：「吾他日必不爾！」某所宜行，某所宜罷，其行與罷，又復云何。今幸登朝，不得一親民官，非素志，且亦恐人負官。』亟堅請外。

忠宣教子讀書，兼令力田。嘗督耕雨中，曰：『習勤忘勞，習逸成惰。』

楊文懿語徐少詹溥曰：『平昔才無半斗，而喜作文；飲可數合，而喜與賓客燕酣；行不能里許，而喜遊陟。今皆不復爾。比入朝班，率皆少年新貴。獨以白髮青衫，漫厠其後，雖未謀引去，宦味固已索然。』

楊文懿在館職，十六年不遷。或諷公援有力者，謝曰：『嫠婦抱節三十年，今老改志耶？』

葉文莊盛崇尚名節，動跂古人，爲文師歐陽，而功業自期韓、范。

余肅敏子俊嘗曰：『人臣爲國，力隨事盡。即近且小，不可不計百年；至大利害，當身任之，毋養交市恩，爲遠怨自全之地。』故其經理延綏，謗議紛如，而執之不易。

謝文肅鐸居閑起復，謂人曰：『初心冀禄爲親，今亦何及？苟仕非義也。』遂以疾聞。閉門讀書，暇則侍逸老，眺方岩、雁宕，仕進之念泊然。

黄伯固鞏常自書壁曰：『茅屋石田，爲生太拙；鴟夷馬革，自許何愚？』

何遵爲諸生，學師王純甫策問范滂母事。遵歸，告其母曰：『兒設爲滂，大人爲滂母乎？』母笑而許之。

國朝仕進，以翰林爲極選，競進恐後。戴莊簡珊獨避不往，曰：『願就部曹，習民事，爲國立勛業。』

王伯安十歲就塾，問師何爲第一事，師曰：『讀書登第耳。』伯安憮然曰：『毋乃希聖？』

董蘿石少躭吟詠，放浪江湖，晚更折節師事王伯安。或謂其老，那復自苦。蘿石笑曰：『吾方揚鬐渤海，振羽雲霄，且憫若苦，顧以吾爲苦耶？去矣，吾從吾所好！』自號曰『從吾道人』。

劉源清諸生時，讀《唐史·張巡許遠傳》，起曰：『巡、遠何如人，吾異日爲人臣，宜何如？』同舍生相顧愕然。

給諫田汝耕，與崔銑交舊雅好。何舍人景明，每過兩人浮白吟詩。閹瑾既誅，歎曰：『引裾請劍，自許丈夫。顧事會蹉跎，迹與心違，命與世左，每自悲感於懷耳。』

王廷陳語余懋昭曰：『僕林居無營，上不慕古，下不肖俗。爲疏爲懶，不敢爲狂；爲拙爲愚，不敢爲惡。高竹林之賢，而醜其放；懷三閭之忠，而過其沉；嘉鴟夷之逝，而污其富。每景物會意，命酒自歌，酒不盡量，歌不盡調。倦則偃卧，厭苦俗途，究心老莊，保養性命，此僕大略也。』

太初山人一無所好，獨喜爲詩。時出入畦逕，曰：『吾舍此，益與世絶。』或勸其仕，或探其學，輒撫掌大笑不答。

楊椒山喜鴉惡雀，云：『鴉報凶，雀報喜；鴉近忠，雀近諛。』

王子裕問僉事廣東，投劾而歸。築室湖濱，自言：『願屏居三十年，讀盡天下有字之書，撰述以畢吾志。』

錢孝直敬忠，父坐繫時，甫能言，輒詣圜土。父教以讀書，灑淚受策。時頭觸圜墻，梦囈呼泣，誓成名贖父死。五入省闈，卒成進士，疏救父出之。嘗曰：『上不敢效陳圭，近不敢作馮行可。』

羅狀元洪先傳臚日，外舅吴太僕曰：『婿乃辦此，非所料也。』羅面發赤，徐對曰：『丈夫事業，更有許大者。三年遞一人，那足異？』是日袖米，偕何善山、黄洛村，聯榻蕭寺中，講學不置。

陳仲醇繼儒云：『予出不能負向平五岳之笈，入不能闢香山五畝之園。惟買舟襆被，於名勝處避客息躬。所謂每月一遊，則日日可度；每歲一遊，可閱三十年。』

魏璫既誅，未盡澄汰。黄石齋諫項少保曰：『正人不盡升，可矣；僉人不盡拾遺，可乎？草盛苗稀，淵明所以帶月而荷鋤也。』

金駕部鉉嘗讀《邵子》，署其後曰：『甲申之春，定我進退。進雖遇時，外而弗内；退若苦衷，遠而弗滯。外止三時，遠不卒歲。優哉游哉，庶没吾世。』及死闖難，人始見之。蓋前此二年，壬午七月晦日題也。又巡皇城，過御河輒流連不能去，歸語弟曰：『吾見御河清泚，若神志依依者，何也？』後竟投御河死。

補　遺

章楓山以僉事福建，考績赴部，遂疏致政。冢宰慰留之，曰：『不罷軟，不貪酷，不老病，如何可退？』楓山矢口云：『古人正色立朝，某之罷軟多矣；古人一介不取，某貪多矣；古人視民如傷，某酷多矣；年未艾而早斑，亦老疾矣。』

麻孟璇三衡幼孤，祖母徐安人嚴，頻朴笞之。家人笑問：『使痛與膚習，吾異日好作楊繼盛受廷杖耳。』

方正

高帝覽《孟子》『草芥』『寇讎』章，謂：『非人臣所宜言。』欲去其配享，詔：『有諫者以不敬論，金吾射之！』錢司寇唐抗疏入諫，輿櫬自隨，袒胸受箭，曰：『臣得爲孟軻死，死有餘榮。』帝見其誠，命太醫療其箭創，孟子配享得不廢。

劉長史璟是劉誠意子。嘗至燕，與文皇弈。璟勝，文皇怒，曰：『那得不相讓？』璟正色曰：『可讓處，璟不敢不讓；不可讓處，璟何可讓？』

景清初赴舉時，過宿淳化。主家有女，爲妖所憑。是夜清在，而妖不來。女詰之，曰：『吾避景秀才也。』清爲書『景清在此』，而妖遂絶。

西僧大寶法王來朝，或請上親勞之。夏忠靖不可，曰：『彝人慕化遠來，宜示以義。萬乘一屈，下必有走死而不顧者。』上曰：『爾欲效韓愈耶？』已而法王入，上命忠靖拜。忠靖曰：『王臣雖微，位列諸侯之上，况彝狄乎？』卒不拜。

御史周新彈劾敢言，貴戚畏之，目爲『冷面寒鐵公』。

給事周彧剛直敢言，有彈奏必着緋衣。諸大臣每早候彧長安門外，彧緋衣，各令取素服，爲待罪具。

楊文定在内閣，子某自石首來，備言所過州縣，迎送餽遺之勤，獨不爲江陵令范理所禮。文定異之，即薦知德安，再擢貴州布政使。或勸致書謝，理曰：『宰相爲朝廷用人，豈私於理？』卒不謝。

陳黄門諤，累以直諫瀕死，三黜弗移。後授京兆，嘗出行犯太子蹕。太子訴上，上曰：『陳府尹是我父母官。』不問。

宣德中，召用舊臣，多依違者，唯黄忠宣持正不阿。命觀劇，曰：『臣故不好劇。』命弈，曰：『臣幼奉嚴父師訓，讀書外，無益之事，非所敢問。』

顧中丞佐性嚴重，未嘗口毀譽人。旦晚東朝房小憩，前呵雙藤立户。官僚行道，以此爲候，往往有挽驢駐馬，折而還者。

薛文清自大理入，一日，召入便殿，上方服短衣小帽。文清望見，遲迴不進者久之。上遽易服見之，左右曰：『此正是薛夫子。』時擬之『不冠不見黯』。

初，西楊薦文清於王振。既至，李文達謂薛宜詣振謝。薛曰：『原德亦爲是言邪？受爵公朝，拜恩私室，瑄所不爲。』後遇諸朝，復不爲禮，振遂思中之。

王振慕陳祭酒敬宗名，無緣晤覿。周文襄忱間以語祭酒，祭酒曰：『爲人師表，而求謁中貴，他日何以見諸生？』或語振：『祭酒書最高，託爲求書者，先之禮幣，彼將報謝。』振乃遺幣乞書程子《四箴》，祭酒走筆書訖，而反其幣，竟不往見。

門達誣陷袁彬，漆工楊塤抗疏論救，復條達不法事。上令達自訊，達嚴刑迫之，塤知達意，謬曰：『李學士以書授我，我實不知，請衆鞫之。』明日，衆既至，塤大呼曰：『達以酒肉啖我，使我陷學士。皇天后土，實鑒臨之！塤即死，曷敢誣善人？』達語塞，彬得釋。

汪直在西廠，聲勢烜赫，人莫敢犯。嘗怒兵部郎楊士偉，校突入其家，拷掠逼辱，及其妻孥。衆咸錯愕，莫敢言。陳媿齋音與之比隣，登墉呵之曰：『有國法，何得遽爾？』校曰：『爾何人，敢不畏西廠！』答曰：『聞侍講陳音乎？』校爲縮頸。

汪直頗欲延攬名士，雅重楊承芳。時承芳憂居，直往吊於墓。既拜起，手拂楊鬚曰：『往聞君名，今貌乃爾。』楊曰：『繼宗貌陋，虧體辱親，竊所不敢。』直不復言。

内臣黄賜母死，朝士無不吊祭。翰林官猶未詣，徐侍講瓊言於衆曰：『時且如此，那得不往？』衆或應或默。陳媿齋忽奮然曰：『堂堂翰林，相率拜中官之門，謂斯文萬世何？』詞氣憤激，聲淚俱下，言者大沮。

陳恭愍選提學南畿，試卷并不彌封編號，曰：『吾不自信，何以信人？』時韓襄毅頗尚崇飾，方憂制家居。聞公至，悉屏儀衛，曰：『毋令陳御史知。』

李文祥與萬安同年，安欲引文祥附己，使孫弘璧延禮之。屬題畫鳩，文祥即奮筆云：『春來風雨尋常事，莫把天恩作己恩！』

張昺令鉛山，邑有大木，蔭二十餘畝，民祀爲神，慢輒爲祟。昺出勘田，欲伐去，以廣墾治。父老咸諫，昺檄隣邑共伐之，莫有從者。公執愈堅，期日率徒，戎服而往。有衣冠者三人，拜謁道左，乞公中止。公叱之，忽不見。命運斤，樹有血，衆懼不前。公手斧倡之，樹乃仆。上有巨巢，三婦人墮地，冥然欲絶。已問之，乃知樹妖所攝，民惑遂解。

邑有羊角巫，能殺人。一嫗訟巫殺其子，昺遣捕縛至。杖之，杖者手傷，而巫自若。命繫獄，及夜，烈風飛石，屋瓦若崩。公知巫所爲，乃衣冠起坐，及旦取巫，衆皆勸阻。公不許，厲聲叱巫，巫忽墮一珠及書一帙。公會僚屬，焚書碎珠，巫即仆死。

孝廟初耕籍田，行九推禮。教坊司以褻劇陳，或出狎語。馬端肅文升時爲都御史，厲色曰：『天子當知稼穡艱難，豈宜以此瀆亂宸聽？』斥去之。

屠滽督師兩廣，中官有家順德者，囑滽爲修其家廟。時吴廷舉作順德令，滽以語之，廷舉曰：『安有官爲奄治廟者？且歲饑民貧，不可！』又市舶監遺金令市葛，廷舉市一葛以進，曰：『葛故雷産，敝邑無有。奉此爲式，不中請還金。』監恚取金去。

逆瑾擅權，外官朝者，多造第拜。方壽卿良永以僉事補官入朝，既叩頭左順門，鴻臚令向東揖瑾，方徑趨出。或以例宜謁瑾，壽卿厲聲曰：『官可棄，身可殺，膝安可屈？』竟不往。瑾大怒，勒致仕去。

王文恪鏊與壽寧有姻，絕不與通，歲時問遺，必斥去。或以爲過，公曰：『昔萬循老攀附昭德，吾嘗恥之，今乃自附壽寧耶？』

羅景鳴玘是李西涯門生，李處劉瑾、張永之間，或多委蛇。景鳴責引大義，願削門人之籍。

康陵頗佞佛，自稱大慶法王。外廷聞欲諫，患未有徵。俄內批番僧請田，爲大慶法王壽，而書號并聖旨。傅尚書珪佯不知，奏曰：『孰爲法王，敢抗天子、亂祖法？大不敬，當誅！』詔不問，田亦止。

蔣子修欽劾劉瑾，方夜屬草，燈下聞筐篋間鬼聲戢戢。子修自念：『疏上定掇奇禍，當是先人軫念，尼止吾事。』已而聲振四壁，子修歎曰：『吾義不得顧私，且緘默終爲先人羞。』因奮筆曰：『死耳，不可易也！』聲遂止。疏再上，再受杖，竟死。

武宗觀魚揚州，得巨魚，戲言直五百金。時蔣恭靖瑶爲守，江彬惡其不屈，請以畀守，使人促值甚急。恭靖脱夫人簪珥及綈服以進曰：『臣貧而庫無緡錢，不能具此。』帝屬目久之，徐曰：『酸儒耳，勿較。』

武宗南狩，中使矯詔，令泗州進美婦善歌吹者。汪公應軫奏云：『泗婦女荒陋，近亦流亡，無以應敕旨。向募桑婦十餘人，倘納宫中，俾受蠶事，實於治化有補。』事遂寢。

江西諸司賀寧王壽，皆朝服。按察蔡介夫清至，謂其屬曰：『是覲君之服，而以朝王，非禮也。』去其韠。又三司於朔望，皆先朝王，乃謁先師。介夫改令先謁孔子。已宴，王即席譙清不能詩，清亦讓王無禮。

馮御史恩疏劾張孚敬、汪鋐、方獻夫爲根本腹心、門庭三彗。逮下詔獄，辨甚强項。觀者嘖嘖歎曰：『是御史鐵膝，鐵口，鐵膽，鐵骨。』相傳爲『四鐵御史』。

吴疏山同諸御史詣夏桂州。桂州方服宫錦，御史皆嘖嘖稱美，有搴裳視者，疏山獨無言，桂州曰：『吴子云何？』疏山曰：『候公衣畢，當以政務相請。』

霍文敏韜爲南宗伯，吕仲木爲貳。文敏時短夏貴溪，仲木乘間諷曰：『大臣有過，規之可也。背噂非禮。』文敏疑其黨，心銜之。已，仲木滿考之都，謁貴溪。貴溪時方柄國，心折仲木，欲亟援爲助，及見甚歡。已，亦數短文敏。仲木毅然曰：『霍君天下才也，公奈何欲以寸朽棄棟梁？』貴溪又心謂仲木黨文敏。

世宗意欲用吴宗伯山入閣。山子聞，詣西直告其父曰：『上意如此，恐亦需一揖嚴公許。』山怒斥之曰：『兒不解事，孰謂閣老可以揖求？』卒不往。

吴宗伯生一女，嚴世蕃欲求爲姻。因置酒享宗伯，而以大學士李本爲介。酒未行，宗伯與李弈，李以手掩局，語宗伯曰：『知今日之飲乎？』宗伯謝不知。李爲道世蕃意，宗伯遽曰：『山老矣，何從得女？』世蕃意阻，大恚。

楊文襄一清以召入，文衡山見獨後。楊公亟謂曰：『生不知而父之與我友耶？』衡山曰：『先人棄不肖三十年，以一字及者，不肖弗敢忘也。故不知相公之與先子友也。』竟弗肯謝。楊公悵然久之，曰：『老悖甚媿見生，幸寬我。』

靳文僖貴繼夫人，未三十而寡。有司奏請旌之，吳宗伯曰：『旌典之設，爲匹夫匹婦，發潛德之幽光，以風世激俗。若士大夫，節義孝順，固其常分。靳夫人生受殊封，奈何爭寵靈於微賤？』已，學士徐階爲言，山曰：『閣老夫人，寧復有再醮理耶？』

張羅峰當國，甚器重何粹夫瑭，舉翊聖治，期大用之。始入京，晤，輒面數張十三愆，衆爲愕然。

鄔懋卿爲副都御史，莆田林潤曰：『此窮奇也，而豸其服乎？』

趙文華督師江南，下令問：『有故人子朱生安在？爲好致之。』令一日三及門，樓船輝耀趣邦憲。邦憲弗顧，自掉扁舟，褐衣詣趙。趙酒歡握手從容言：『丈夫乘時取功名，多顧金錢，庀母夫人甘毳。硜硜匹夫節，奚以爲？』言之再三，卒不應。趙爲歎息去。

分宜柄國，粥爵有定值，而館職尤重。陸平泉樹聲以吉士還里，詣闕。世蕃頗知其廉，使人索松綾二百匹，當予翰苑。陸謝曰：『本不敢希翰苑，又實無一綾。』張龍湖治，陸之座主，爲解於分宜。且爲具錦幣四雙、白金四十，召陸與俱往，而令嚴太史介之行。至則授刺，使自投之。陸不言，懷其刺入，一揖而出。分宜送之及門，見金幣，問誰具，對曰：『不知。』

海忠介瑞爲閩邑博士，御史行詣學宮，令長以下，皆伏堂階。忠介直立曰：『若至院臺，敢不以屬禮見？此師長教士之地，不當詘。』兩訓導夾跽，忠介中立不屈，時謂『筆床博士』。

江陵奪情，宣城諸生吴仕期爲書萬言斥之。江陵私人龍宗武，爲太平同知，阿江陵，捕期繫獄。時沈太史懋學不直江陵，宗武嚴刑迫期，使嗾太史。期笑曰：『男子負血性，而爲不平之鳴，寧受人教者？』搒掠無完膚，題壁間云：『寶劍埋冤獄，忠魂繞白雲。』卒死獄中。

葛端肅守禮終身不置姬侍，夫人爲置一姬，公固不肯。夫人臾之再四，乃一往見。姬直侍卧内，略不羞澁，公即拂衣出，竟不復往。夫人挈之山西，數年召其家還之，猶處子。人以方之司馬文正、張忠定。

江陵相奪情，吴編修中行、趙檢討用賢、艾員外穆、沈主事思孝，抗疏極論，同日受杖，削籍編成。進士鄒元標號哭於傍，視四君杖罷，出疏袖中，亦受杖歸。

沈烏程潅，媚妖姆客氏，交歡其子，昆弟畜之。臺省合章抨之，不動。大司寇王紀奮袂起曰：『身爲大臣，奈何與奢相同朝！』歷陳其奸惡，削籍去。破帽策蹇，一時榮之。

鄭克敬奉使復命，賜燕不食。光禄卿以聞，上詰其故，對曰：『今日臣父没，忌不忍食酒肉。』上曰：『君命也。』對曰：『臣聞有父子而後有君臣。』

于文定慎行在南宫日，早朝偶失。中貴遣閤校許爲隱匿，意以示交。文定亟馳謝曰：『失朝事小，欺君罪大。忝爲大臣，豈敢以欺自處？可列吾名以進。如有所隱，當上書自受，反於中貴不便。』其人慚而止。

毅宗怒劉都憲宗周抗直，詔部提訊。諸輔臣固請以免，因往慰之，頗有德色。宗周略不致謝，唯讓諸輔臣某事大錯，某事不爲，娓娓不已。及過寶應，喬侍御可聘來訪，語及延儒，曰：『尤錯！』語及甡，曰：『差勝首輔，錯亦不少。』

崇禎末，以邊急敕中璫監軍。所至横甚，守令拜謁。天津同知張星，獨憤恥之，投告乞休。督撫不許，已趨謁璫。璫倨上坐，叱使跽見。星怒曰：『若等監軍事，而辱天子命吏耶？星何戀一官，而屈若輩爲！』拂衣趨出不顧。

補　遺

徐華陽元太，以考功郎知貢舉。江陵欲并中其二子，同考官互相揣諉，視爲奇貨。一子卷落公房，竟塗抹之，江陵怒謫公太安。已，江陵疾，遣子嗣修禱於太山。巡撫檄公治具陪往，公書報曰：『是役也，子爲父禱，非臣爲君禱也。』毅不肯往。謂人曰：『曾謂泰山不如林放乎？』

高江尹新城，數以亢直忤稅監。中官盧受嘗宴之，會雪而寒，命索衣。受出貂裘衣之，衣至，解還。受欲因以贈，江笑曰：『子思不受狐白於子方，吾賢不及子思，而君裘美踰子方，吾何敢受？』受佂旁强之，遽拂衣起。

張司空守道居官無岸異，而未嘗濡染權倖。崔呈秀投刺來詣，謝弗與通，瞷亡往答。洎遷南太常，南中方營建璫祠，督監某招摇諸大紳，致其報謁，入祠多罄折俯拜。司空又瞷亡弗入。遇諸塗，叱輿人迂道避去。

吳舍人懷賢與傅應星同官，以應星爲魏璫甥，亢不爲禮。楊忠烈劾璫二十四大罪，懷賢擊節稱賞，繕稿而旁識之曰：『宜如韓魏公治任守忠，即時安置。』遂以誹謗坐楊左獄，論死。

卷五

雅量

太祖天威嚴重，繙録之際，侍臣或手顫不成書。陳性善獨安雅自若，書法端楷。

孫襄敏炎總制處州，苗將叛，襲執襄敏。幽窖中，列卒環守，夜以爆雁、斗酒饋，曰：『以此與公訣。』襄敏拔佩刀割雁，舉巵仰天酌酒。食竟，顧所衣曰：『此紫綺裘，乃上賜者。』遂服而死。

方克勤一日延客，客飲醉，使酒謾罵，克勤禮待之益恭。及酒解來謝，克勤陽不知，曰：『昔之夜，吾亦大醉，不識君何謝也。』

卓侍郎敬被執，文皇憐其才，以管仲、魏徵動之，侍郎不屈。後臨刑，從容歎曰：『變起宗親，略無規畫，敬死有餘辜！』神色自若。

夏忠靖襟宇閎深，不見涯涘。有從吏污金織賜衣，懼伏請罪，公曰：『猶可浣也。』又吏壞所寶硯石，公曰：『物固有壞時。』并慰遣之。

夏尚書以頻年北征，力諫忤旨，詔籍其家。時公方治儲口北，錦衣逮公迫。公從容曰：『姑少俟，恐有侵漁，死吾安之，不以相累也。』

周文襄撫吴，一日舟從錫山來，天未曙，公盛服待旦。舟抵閶門，觸於石，燭仆公衣。公易服，舟人伏罪，公曰：『衣故無恙，恐風露，偶易耳。』

魏尚書致仕，時往於田，遇御史官舟，公引纜而行。御史怪問，對曰：『魏驥。』又問，曰：『蕭山魏驥。』又問，曰：『尚書歸老蕭山魏驥也。』御史惶恐謝罪。

陳僖敏掌憲，薦王文。已而文與僖敏同官，每陵僖敏。凡入臺，僖敏後至，文輒命堂吏鳴鼓，集諸道升揖。洎僖敏至，略不校。一日，僖敏先至，吏請鳴鼓。僖敏不肯，曰：『少需。』諸道咸不平。文至，知僖敏遲鼓以待，忸怩曰：『吾久在陳公度中。』

葉與中盛嘗求于節庵謙爲其妻作墓表。不數日，有德勝之役，于進少保。與中疏劾于妄報首功。于朝退，謂郎中王偉曰：『科中葉公近求作一文，不意今日有此。若稍遲，當不免俗。』即命紙，一揮而訖。朝士推于高致。

郭定襄登鎮大同，鹵迫城下，人心洶洶。乃身自登城視師，方酣戰，左右急呼。公笑命進食，飲啖自若，了不爲異，徐曰：『雞未熟，菜猶可啖。』

門達初誣陷袁錦衣，搒掠頻死，久乃得釋。及達敗謫戍，袁治具，餞送如禮。不念舊惡，人以爲難。

俞允文家貧，不治生産。夫人洴澼助之，不給也。允文怡然曰：『不能三食乎？則姑二食。』乃至『不二食乎』，則又曰：『姑一食。』

章楓山懋在司成，其子自金華徒步來省。道逢巡檢笞之，已知請罪。公曰：『吾子垢衣敝屨，不識固宜。』笑而遣之。

三原公鎮滇，中官鎮守者曲爲諛悦，公不動，且裁抑其政，剪其與。中官恨，令刺客雜從徒中，將賊公。公於馬上遽問曰：『從者何多一人？』因檢之得實，杖而遣之。中官欲自殺，公偕三司謂之曰：『我不過除民害，即所罪，亦不過爲公清惡，何爲過自疑？』中官惶恐謝，乃更自戢。

王康僖承裕少有雅量，諸老嫂嘗試之：暑月如厠，必置扇外舍牖間，使婢藏之。出視無扇，輒往，三置三藏之。乃不復置，亦終無愠色。諸老嫂相與笑曰：『七叔量如海，可鼻吸三斗醋。』

秦襄毅紘督兩廣，朝廷遣官校逮之。方治事自若，檢處軍務兵食畢，乃就道，而軍容騶從，略不稍損。官校以其大臣重望，不敢言及。度嶺始白衣囚首，請自繫曰：『曩非故違朝旨，顧兩廣任重，蠻彝具瞻。一旦至此，一身何足恤？恐正自損國威耳。』就繫而去。

武宗南巡，倖臣竊柄，天下汹汹。有書生上書楊石齋，數其過。公延禮之，至泣下，曰：『久當不負良意！』

宸濠作逆，報至南京，公卿計無所出。喬白巖宇時任留守，從容籌畫若平時。客至，則談笑飲弈自若。京師人恃以安。

王陽明鄱陽會戰，坐舟中對士友論學。俄報伍文定焚須幾敗，衆皆色怖。公笑曰：『此兵家之常。』已而捷至，公起行賞畢，還坐曰：『頃報寧王已擒？想當不僞，但殺傷衆耳。』理前語如故。

黄伯固鞏劾江彬，員外陸震亦具疏。見鞏草，即自毀，同署名進。彬大恨，下詔獄，五日三訊，杖五十，死矣復甦。書示諸子，曰：『吾筆亂，吾神不亂也。』

宋御史琛家居，有牛蹊柳氏田。柳氏故悍，格殺牛而遣子弟詬毀。琛敕家人毋與競。有狂醉者，駡久墮水中。琛使人援出之，易以己衣，迎謂之曰：『與而家世好，即奈何以小忿棄之？』乃鞭牧兒，以肩輿送歸，謝其父老。父老大慚。

太學孫育，邃庵相公鄉人，受知遇獨隆。霍文敏既劾罷公，猶欲根柢公門士。育遂私於霍，録公他事以自托。已而育死，公易服吊之。育子泣曰：『人子不敢言親過，然父實負公，敢辱公吊？』公曰：『予爲人所陷，餘波及人，我實累汝父。彼身家是虞，借予以脱耳。子顧不諒我，又負汝父矣。』人皆服公。

楊伯修爵以建言繫獄，數年得釋。抵家未幾，校忽至，伯修曰：『若復來乎？』校素敬慕伯修，慰之曰：『有他往，特一省公。』伯修笑曰：『吾知之。』與校飯。飯糲，校不堪，伯修啖茹自若。食已，曰：『行乎？』校曰：『請一入爲别。』伯修立屏後呼曰：『朝廷有旨見逮，吾行矣！』即攬袂行。

徐文貞階督學浙中，試卷有『顔苦孔卓』之語，文貞署云：『杜撰。』後發卷，秀才前對曰：『揚子《法言》，非敢杜撰。』文貞應聲云：『不幸早第，苦讀書未多。』因降階，再揖謝秀才去。

蘇州曹太守新搆一室，喜藻繪其楹壁，羅致諸畫史。有陰入沈石田姓名，出片紙拆之，遂遣往訖工。或曰：『謁貴游可免。』先生曰：『往役，義也；求免貴游，不再辱乎？』

胡孝思以迎駕詩，被誣坐詛咒不道。繫禁時年已八十，了無怖慑。取詔獄、杻械之類，曰《制獄八景》，爲詩紀之。客笑曰：『君正坐此，尚何吾伊爲？』孝思淡然不輟，曰：『作詩當死，不作詩遂免死乎？』人謂孝思意氣勝蘇長公。

張太岳居正執政，權傾一時。朱正色令江陵，相府家奴犯者，或榜繫窮治，不少貸。太岳奇之，廣爲延譽，卒至通顯。

李興化春芳廷試後，同志集飲。適某堂上遣官至，延入内，與語而别。人皆知傳臚信至，賀之。李坦然曰：『拙卷亦與進呈。』神色不動。

熹廟時，逮者至吴縣，令持牒見周順昌吏部。吏部慨然曰：『吾辦此久矣！』顧左右曰：『一僧求庵額，未應。』因命筆書『小雲棲』三字，擲筆笑：『了此，别無餘事矣！』

雷介公縯祚在獄，讀《易》不去手。親友往視之，出蔬菜浮白，蕭然不知患難。以布作帷，大書其上：『平生仗忠義，此日任風波。』

阮大鋮矯詔殺周儀部鑣，儀部言笑自若，口占絶句云：『死生千古事，猶留一寸心。』語左右曰：『爲惡而死，則死有餘辱；爲善而死，則死有餘榮。』遂與雷公就縊。

補　遺

陸貞山粲將劾張、桂，夜草疏而鬼哭於庭。貞山叱曰：『非二氏家鬼耶？何自阻我？』草具，亟上之。

識　鑒

高祖微時，過臨淮。郭山甫奇之，深相結納，備陳天表之異。退語諸子曰：『吾視若曹，都非田舍郎，往往有封侯相，今始知皆以此公。』

滁陽王將以仁孝配高祖，而未决。夫人張氏曰：『今天下亂，君舉大事，正當收攬豪傑。一旦彼爲他人所親，誰與共事者？』王遂决。

高帝渡江至太平，陶安率父老迎謁，驚相謂曰：『龍姿鳳質，非常人也。』

劉誠意在勝國，屢仕不合，時無知者。惟西蜀趙天澤奇之，以爲諸葛孔明之流。

吴元年，中書省設座，將奉小明王，行正旦賀禮。劉伯温大怒曰：『彼牧豎，奉之何爲？』遂陳天命所在，太祖大悟。

高帝欲擇相，問伯温：『楊憲、汪廣洋、胡惟庸孰可者？』伯温對曰：『皆不可。』帝怪問之，曰：『憲有相材無相器，廣洋褊淺不足用，惟庸僨轅破犁犢也。』後皆如劉言。

徐中山既定中原，遂蹙元主於開平，闕其圍一角，使逸去。常開平不欲，中山曰：『是雖彝也，然常久帝天下，吾主上又何加焉？將裂地而封之乎？抑遂甘心也？既皆不可，縱之固便。』

會稽楊維楨，以文主盟四海。王彝獨薄之，曰：『文不明道，而徒以色態惑人取媚，所謂淫於文者也。』作《文妖》數百言詆之。

練則成爲御史，家居恒發堂下甃磚，令諸子朝運而出，暮運而入。微問家人：『郎君誰健者？』曰：『大郎運獨多。』則成曰：『是存吾祀。』洎則成忤上論死，諸子戍邊，長子以健獨存。

建文帝既得燕謀，密敕張信手致文皇。信以告母，母曰：『不可，若父嘗言王氣在燕。王者不死，非女能執。不如轉禍爲福。』信遂改圖推戴。

太和楊伯川，有人倫鑒。楊士奇十四五時，與陳孟潔往詣之。伯川以二人皆故人子，款洽移時。酒酣，顧孟潔曰：『子不失風流進士，楊郎雖寒士，後當大用。惜予老，不及見，其勉之！』

宣宗雅好微行，常幸楊文貞第。文貞切諫，帝頗不以爲然。文貞曰：『德未洽於幽隱，有如冤夫怨卒，積而思逞，何以爲備？』已而，果有盜伏莽中，伺帝幸玉泉寺，挾弓矢爲逆，校捕得實，帝乃服士奇言。

阿魯台既納款，收女真、吐蕃諸部，聽其約束，請制於朝，將盟諸部長。上以問諸臣，咸請許之。黄文簡淮對曰：『夷人狼子野心，使各自爲長，則力易制；若并爲一，後且難圖。』上顧左右曰：『淮如立高岡，無遠勿見，衆人平原耳。』

仁廟爲太子，居守南京，讒言間作。一日，召赴行在，勑已具命，使未定。夏忠靖請往，上問故，對曰：『太子久不蒙召，一旦聞命，恐不免疑慮。』已而仁廟聞召，果驚怖，慮有後命，欲自裁。問誰銜命，知是原吉，曰：『原吉來，必能調護。』既見，悉上旨，仁宗乃安，即日就道。

榆木川之變，楊文敏、金文靖以六師在外，秘不發喪。軍旅肅然，寂無知者。有欲以他事稱敕，馳訃太子。文敏不可，曰：『天子崩，而擅稱敕加實，罪且不測。』乃具啟并遺命以行。

王振謂三楊曰：『國家之事，三公是賴。然今且俱耄，毋乃倦勤？』西楊曰：『盡瘁以報，死而後已。』東楊曰：『去死無幾，亦何能報？歸老爲幸。簡後進之良，而效之可也。』振問其人，遂舉苗衷、馬愉、曹鼐、陳循、高穀等。既退，西楊讓曰：『何言之易？』對曰：『是幸於君！今實厭我，公誠自固，彼遂已乎？設謀樹其心腹，以中旨代吾三人，亦復奈何之？數人者，吾與也。嗣我而相，將協志以圖，亦何患焉？』西楊稱善。

正統初，侍臣以蝗旱，言大臣不職，妨賢路所致。有請罷歸，以謝天譴者。太宰郭璡獨不可，曰：『主上幼沖，吾輩皆先帝簡任受付托，若皆罷去，誰與共理修省改過，以回天意？貪位故非所嫌。』

賀三老是曹欽妻父，見欽怙勢日盛，絶不與往來。欽嘗欲爲求一官，力辭不可。及欽反，親戚誅竄，三老獲免。

謝尚書翺，最爲英宗信任。仲孫以蔭入監，洎秋試，持有司印卷白尚書。尚書曰：『汝有階得仕，何乃强所不能，以冀非望？』遽裂卷火之。

景泰時，立春與聖節同日。衆議欲先行慶賀，或云先迎春，咸無定説。俄忠肅至，衆質之。忠肅曰：『先迎春而後慶賀，不見「春王正月」乎？春加王上。』衆以爲是。按景帝生是八月，恐是太后壽節耳。

王文恪《姑蘇志》成，遣送楊君謙。君謙方櫛沐，不暇展册，但摇首呼：『謬，謬！』使者還述，文恪以君謙多謡諑，不之較。一日，會君謙，問前語。君謙曰：『府志修於我明，當以蘇州名志。姑蘇，吴王臺名，亦安取此？』文恪始服。

林鶚知蘇州時，蘇學廟像毁，或請加飾。林曰：『像非古也，浮屠用之。太祖建國學，易木主，一反前陋，今必從之。』或曰：『聖賢像可毁乎？』曰：『木偶耳，毁之何害？』遂悉易之。

劉東山大夏自兩廣來，總帥毛倫於道上謁公舟次，拜起，泣涕不已。公曰：『奸人之尤也！』竟公任，擯弗用。後果附逆瑾爲亂。

劉忠宣大夏爲職方，有獻下交南策者。下部索永樂時英公調兵食數，公急取匿。尚書爲榜吏至再，忠宣密告曰：『釁一開，西南立糜爛矣！』尚書悟，乃已。

孝宗嘗面諭忠宣，曰：『事有不可者，每欲卿一議，以非所部輒止。自是，宜密揭以進。』對曰：『不敢，李孜省可戒也！朝廷以私揭行，是踵斜封墨勅之弊。陛下宜遠法帝王，近法祖宗，外付府部，内咨内閣。揭帖，臣不敢效順。』

楊文忠廷和才器恢廓，早已見推。余肅敏子俊是其鄉先達，歸老之日，獨持《大明律》與別，曰：『介夫異日，當相天下。爲我熟此，以助謀斷。』

劉大司馬機初葬其父，族人泥於陰陽，皆以生年與葬期值，不克就壙。陸淵來吊，族人道所以。機從苫塊聞之，趨出泣拜曰：『願即以機生年月葬父。』遂葬之。

羅圭峰玘家居時，宸濠有異圖，賫金餽公山中。圭峰一夕遁去，莫知所之。未幾，濠反。

千户陽英奉使河南，以襄、鄧爲憂，疏請選吏賑恤，漸圖解散，願占籍者聽，絶礦盜，禁交通，勢自不可。後千斤之亂益熾，鄧本端訟英之先見，一言可當十萬師，比之茂陵徐福。

楊石齋廷和已定計擒江彬，顧彬爪牙勁卒皆邊兵，恐倉卒致變。謀於王晋溪瓊，曰：『當録其扈從南巡之功，出受賞於通州。』於是，邊兵盡出，彬遂成擒。

戴銑等以劾瑾下詔獄，錦衣牟斌爲輕刑緩械，且力爲救。瑾令復獄詞，去疏首『權奄』字。斌不可，謂其儕曰：『存此，則諸君臣節，可白他日。昔鄒浩以失原卷被罪，吾儕毋自爲計。』

寘鐇之反，仇鉞陷賊中。京師訛言鉞已降鐇，侯保勛與鐇有姻，將爲外應。李西涯東陽曰：『鉞必不爾。勛以賊姻，遂疑不用，則諸與賊通者，不復反正矣。』楊文襄一清亦謂張永曰：『寧夏不足平，仇鉞故在。』已皆如其言。

彭澤將討鄢本恕，辭於楊文忠。楊曰：『以君才，制勝何有。即賊誅，毋早班師。』及至破誅本恕等，班師而餘黨蝟起。澤已發而復留，歎曰：『楊公先見，非所及也。』

彭昚庵勖七歲時，嘗從鄉父老入佛刹，衆皆拜，獨不肯拜。刹僧强之，彭叱曰：『彼踝跣者，不衣不冠，我何拜焉？』人大奇之。

世宗入繼，議大禮未决。張永嘉孚敬言：『稱興獻以皇叔，鬼神不安；稱聖母以叔母，將毋臣母。謂上以繼統而尊其親，則可；謂以繼嗣而自絶其親，則不可。惟别立興獻王廟，隆以帝禮，聖母亦以子貴，庶不失尊親之孝。』時楊文襄家居，曰：『後生此議，聖人復起，不能易也。』

何文定瑭博學篤行，嘗言：『象山、慈湖之學，流入禪定，充塞仁義。』

陳少司馬洪謨初守漳，畬人拾大羽於海濱，長七尺餘，五色爛焉。以爲鳳，獻之。洪謨命置之庫，了不爲異。已中使鎮閩者索之，答曰：『業久焚却。』

王虎谷雲鳳爲祠祭郎，請嚴試僧道，必精通玄典，乃可給度牒。王晋溪瓊曰：『兄謂此遂可塞異端。若果行之，彼希得牒，精通玄典者正復不少。今二氏之徒，苟謀衣食尚不可塞；若更多識玄典，與吾儒争勝負，其若之何？』虎谷歎服。

張肖甫佳胤爲諸生，光州劉繪爲太守，奇之，召致門下，語其子黄裳曰：『此今之乖崖。』

于穀峰嘗言：『上度莫量。』宋太宰纁獨愀然曰：『時事得失，惟言官極論，可以動宸聽；苟怒及言官，猶藉警省。而一切置之如痿痹之疾，痛癢不仁，即刀圭在手，抑何可療？』

石公星署司徒，稽有羡金，可供國儲，欣然色喜。宋公獨謂：『不然，朝廷錢穀，寧蓄不用，不可搜索無餘。使人主知其羡，或生侈心。』或言太倉陳腐，漕可改折。公曰：『少許贏餘，便欲折；一旦脱有不給，從何措置？』

陸貞山粲居前有五聖廟，民咸溺之。一日，貞山病，卜者謂祟由五聖。家人請祀，陸曰：『天下有名爲正神、爵稱王而挈妻携母，就食人家者？且挾詐取財，人道所禁，何况爲神，乃亦有此，必山魈之類耳。今與神約：能禍人，宜加予；予三日不死，必毁其廟。』三日病良已，竟毁之。

何心隱，捭闔之流，托身講學，頗有知人鑒。嘗遊京師，詣耿定向。會張江陵來訪，偶坐，各不及深語。既去，何謂耿曰：『此人能操天下柄。分宜欲滅道學而不能，華亭欲興道學亦不能。能興且滅，其若人乎？』久之，又曰：『此能殺我，子姑識之。』已而果然。

鄭貴妃負寵神廟，比熹宗大婚，禮：妃當主婚。廷臣謀於中貴，王安曰：『主婚乃與政之漸，不可長也。奈何？』或獻計曰：『以位，則貴妃尊；以分，則穆廟恭妃長。盍以恭妃主之？』

曰：『無璽，奈何？』曰：『以恭妃出令，而封以御璽，誰曰不然？』安從之。鄭氏不復振。

梅衡湘國禎總督三鎮，鹵忽來獻鐵，云是新產。公曰：『此詐也，幸我弛鐵禁耳。』乃慰遣之。因以鐵鑄劍，而鐫識：某年月日某王獻鐵。且檄諸邊，可勿市釜。後鹵來責釜，公曰：『國既産鐵，釜可自治。』使言無有，乃出劍以示，遂叩首服罪。自是，鹵莫敢詐。

徐都諫燿聲氣自矜，而時有委蛇。謝陞起冢宰，言官多阻之，燿獨婉解。李映碧清爲同官，密問曰：『何推異已耶？』燿曰：『彼羽翼已成，知其必不能遏而故阻之，此正人君子他日隱憂也。從而玉成之，差得寬假。』

沈徵君玏武陵墨衰綰樞，不身履行間，而任熊文燦以誤軍機。剿既愆期，撫尤失術，敗衄可卜，釀禍無窮。又言璫孽阮大鋮等，『招納亡命，妄畫條陳』。未幾師敗獻反，楊相縊，熊尚書戮，楚蜀爲墟；大鋮枋南都，卒以國市，悉如其言。人謂其不矜茂陵徙薪之功，獨高谷口躬耕之節。

補遺

曾襄愍銑復套之策，朝廷大加褒賞，議在必行。王公以旂爲本兵，亦以爲便。時余德甫日德客於王公，公密咨之，德甫曰：『吾聞茲事實夏相主之，夏相驕，嚴相險，而相爲敵。曾公且不自保，何暇成功名乎？』

卷六

賞譽

高帝嘗語廷臣：『古之人，太上爲聖，其次爲賢，其次爲君子。若宋濂者，事朕十九年，未嘗有一言之僞，誚一人之短，寵辱不驚，初終靡異，匪直君子，抑亦可以爲賢。』

劉誠意豪放負氣，不屑用世。孫丹陽炎守處州，恒苦招致不得，乃移書陳天命，幾數千言，劉不答。逡巡就見，置酒與飲，論古今成敗，滚滚不休。劉乃歎曰：『基自以爲勝公，觀公議論，基何敢望？』

太祖每面試舉子，輒親定高下注選。至方孝孺，獨不注，曰：『異人也，吾不能用，留爲子孫光輔。』

王待制襜死節時，仲縉年才十三，從宋太史學。太史奇之，名其齋曰『繼志』。

宋太史謂詹承旨同文：『酒酣耳熱，捉筆四顧，文氣絪緼，從口鼻間流出，頃刻盈紙，爛爛成五采。』

吴宗伯小時能文，識之者曰：『此兒玉光劍氣，終不能掩。』

楊文貞目陳一德爲『純明程伯子，灑落邵堯夫』。

世目曾子啟棨文章如源泉混混，沛然千里；又如園林得春，群芳爛然。

楊文定溥初應試鄉舉，胡若思典衡，見其文曰：『異日必能爲董子之正言，而不效公孫弘之阿曲。』時以若思爲知言。

王紳曰：『薛德温直内方外，果敢自取，得許子平仲之傳。』

蒲州衛述，學於河津，忠信無詭，能透金石，可謂不媿師承。

李南陽嘗曰：『皋陶言九德，王翱有其五：亂而敬，擾而毅，簡而廉，剛而塞，强而義。』

彭惠安韶贊九皋曰：『淡然無欲，不識姜姬，而况苞苴，孰我敢施？古「三不惑」，於公見之。』人謂確論。

吴元博未遇時，受知徐武功有貞。人或從武功乞墓表，武功曰：『若欲名宦爲觀美耶？抑藉文以傳耶？』答曰：『發潛闡幽，固將爲親不朽。』武功曰：『若爾，何乞我爲？吴寬秀才，足永爾親矣，盍往求之？』

鄒汝愚謫雷州，吴獻臣方尹順德，敕邑民李焕，於古樓村建亭居之，扁曰『謫仙』。

王濟之年十六，隨父遊京師，讀書太學。一時先達名流，屈年行求爲友。值冢宰王九皋新逝，葉文莊曰：『失一王翱，得一王鏊，安知非後來九皋？』

葉文莊見夏季爵時正文，謂：『如春空層雲，動含雨意；及其穎脱，又如簇繭抽絲，秋鶴引吭。』

世稱丘文莊不可及者三：自少至老，手不釋卷，好學一也；詩文滿天下，不爲中官捫管，介愼二也；歷官四十載，僅得張淮一園，邸第始終不易，廉静三也。

丘文莊文章流布遠邇，即席限韻，動輒千言。士林稱其瓌奇跌宕，如壯濤激浪，飛雪迸雷。

南京祭酒陳敬宗，與北監李時勉，聲譽矯矯，世稱『南陳北李』。

陳伯獻稱林文安瀚曰：『賤者即之，不知其貴；卑者即之，不知其尊；不肖者即之，不知公賢智；非意相干者即之，始知公凜然莫可犯。』

錢寧鬻鈔浙中，方良力諍不得，遂疏乞致仕。大理寺丞黄鞏以書賀之曰：『宇宙數百年，不可無此一舉；内外百執事，不可無此一人；丈夫生世如朝露，官爵如雨泡，不可無此一着。』

黄孔昭在文選，留意人才，澄清自任。謝方石云：『見其喜，則知賢者之得進；見其憂，則知小人之不得退。』

孫太初過江，人未有知者。方寒溪一見，大爲延譽。太初詩調既豪，精神朗異，聲望遂崇。

李空同以袁海叟凱爲詩家冠冕，顧東橋璘以空同爲詩家武庫。

湯公讓胤勣歌詩，豪放奇崛，援筆揮灑。人比之風雨晦冥中，雷光翕焱，人多爲之奪氣。

開封婁良，少與賈恪齊名，諺曰：『婁良、賈恪，氣如山岳。』

桑民懌悦一覽成誦，千言不草。人謂其氣陵五侯，目空百代，真文陣之健兒，人群之逸驥。

董中峰玘有女，欲得佳婿，曰：『吾女奇甚，里中兒卒無當者。』甬川尚書張時徹過中峰，從容言曰：『富貴所不可知，芝草琅玕，陳生東其人乎？』中峰即艤舟甬江之上，呼視之，親爲期日遣焉。

升庵楊公，嘗與李云陽對坐終日。出語人曰：『見李生，如臨水月。』

陳翁某，愛其女，不輕字人。一日，從羣兒中瞰吳國倫，得之曰：『兒雖遊於鬬雞蹴鞠間，儼然丈夫之度。』

王伯穀穉登與里中少年遊，恒邑邑若三日新婦。後遇鳳洲先生，酬應忘疲，歎曰：『終日跨蹇驢，不越數堠；一乘飛黃，便自千里。』

閩人傅汝舟，與侯官高漈，詩學齊名。時人語曰：『高垂腹，傅脱粟，言齗齗，中歌曲。』漈早善屬詞，不樂制舉業，每謂章飾比偶，猶之去須眉以傅粉黛。洗意爵禄，結居霞上。

蔣山卿見祝希哲所撰《建康觀雲記》，吐舌曰：『文不在兹乎？偏才曲學，真河伯未離龍門，難與言水。』

唐荆川於文士，少有推許。嘗曰：『宋有歐、蘇，明有王、趙。』趙是平凉趙時春，王謂晋江王慎中。

徐東山故善包御史節，節與中人競，遂遠戍。東山範白金爲叵羅，銘之曰：『不愧明時，無負此心。』以遺節。

王子衡廷相云獻吉：『執符於雅謨，遊精於漢魏，如鳳矯龍變，人罔不知其祥，亦罔不駭其異。』

文待詔徵明極愛金琮書，得片紙皆裝潢成卷，題曰『積玉』。

王元美曰：『謝茂秦榛介越之資，被以巽質，布衣風格，從來未有，孟浩然亦當退舍。』

王元美云：『宗子相臣自閩中手一編遺予，乃五、七言近體。予摘其佳句，書之屏間，雖沈侯采王筠之華，皮生推浩然之秀，不是過也。』

盧次楩柟被誣繫獄，乃感慨著《幽鞠》《放懷》賦三十餘篇以自廣。王元美云：『盧諸賦，雖不盡離津筏，然宋景差蟬緌左徒之門，豈必先少楩入室？』

吴中行、趙用賢疏劾江陵，同時受杖。許文穆國製酒盃爲銘以送。玉盃銘曰：『斑斑者何？

卞生淚；英英者何？藺生氣；以贈中行。』犀盃銘曰：『文羊一角，其理沉黝，不惜剖心，寧辭碎首；以贈用賢。』

周山人詩遊武林，提學孔天胤自翰林出，雅負知詩，閱岳鄂王廟壁詩，曰：『何物疥吾壁！』急命隸人箠墨掃之。至詩所題，大驚嘖嘖，立命駕往謁，相與定交。詩時敝衣匿蕭寺中。

品藻

太祖親征江南，命王禕進《江西頌》。太祖覽之，喜曰：『故知浙東有二名儒，卿與宋濂耳。學問之博，卿不如濂；才思之敏，濂不如卿。』

宋潛溪旁通釋氏，釋宗泐亦好儒雅。上每稱之曰『泐秀才』『宋和尚』。

歐陽玄評宋景濂文：『氣韻沉雄，如淮陰將兵，百戰百勝，志不少懾；神思飄逸，如列子御風，翩然騫舉，不沾塵土；辭調爾雅，如殷彝周鼎，龍文漫滅，古意獨存；態度横生，如晴霽終南，衆騶前陳，應接不暇。非才具衆長，識邁往古，亦何可辦？』

論者謂劉如孫三吾：文章不及宋景濂，而渾厚過之；先見不如劉誠意，而直諒過之；勇退不如詹同文，而事功過之。故曰尺短寸長。

王希範洪在翰林，與王偁、王恭、王褒，俱負時名，人稱『四王』。偁最自負，顧推重希範，不敢以雁行進。希範嘗與修撰，張洪自誦所作詩，竊比漢魏，張哂而未答；復自謂曰：『終不作六朝語。』張曰：『六朝人豈易及？無論士衡、靈運，且自視比江、沈云何？子詩傍大李門墻，猶未窺其庭奥。』希範始屈服，曰：『平生喜讀大李詩，君評我甚當！』

成祖嘗手書大臣蹇義等名授解縉，令疏其品。縉具實對曰：『蹇義天資厚重，中無定見；夏原吉有德量，不遠小人；劉俊雖有才幹，不知顧義；鄭賜可謂君子，然短於才；李至剛誕而附勢，雖才不端；黄福秉心易直，確有執守；陳瑛刻於用法，好惡頗端；宋禮戇直而苛，人怨不恤；陳洽疏通警敏，亦不失正；方賓簿書之才，駔獪之心。』後仁宗以示楊士奇，曰：『今人率謂縉狂士，觀所評論，皆有定見。』

李文達嘗曰：『今學者多病薛文清言之不華，是以相如、子雲勝於曾子。』一時以爲篤論。

丘文莊嘗曰：『我朝相業，三楊偉矣。然當其時，南交叛逆，軒龍易位，敕使旁午頻泛，曾無一言。及權歸常侍，遠征麓川，兵連禍結，極於土木，誰任其咎？』

葉文莊、姚文敏夔、林莊敏聰、尹恭簡旻、張汀州寧，同在諫垣，行藝相副。尹嘗問張：『宣德以來，科中人物誰當第一？』張曰：『季聰。』尹曰：『季聰何敢望與中？』

楊文懿謂張子房不見詞章，房玄齡僅辦符檄；劉文成功業造邦，文章傳世，可謂千古人豪。或疑公逮仕季元，專門象緯，何異訾伊尹之屢就、公旦之多才。

楊文恪濂稱章文懿懋曰：『未軒黄仲昭儒雅，定山莊𣻌豪邁，公歛華就實，獨立其間；一峰風節，白沙習静，公既博復約，自成一家。至於收四海無瑕之譽，膺五福無疆之年，則同時諸老，未之或先者也。』

世謂何喬新出有功烈，處有德言。信道之篤，無愧薛瑄；著述之多，比方丘濬。

陳茂烈隱衷粹行，王中丞應鵬謂：『廉約如石守道，而所養獨純；孝行如徐仲車，而所處尤困。』

獻吉嘗曰：『吾嘗觀公卿於成化、弘治間，王三原居則岳屹，動則雷擊，大事斧斷，小事海蓄；劉華容志在納約，行在精審，苟濟其事，小枉安焉。自正德以來，靡靡難睹矣。』

韓貫道文既卒，朝士皆曰：『貫道愚同寧子，卒保其身；耄似武公，不弛於學。』

或問吕仲木柟曰：『何仲默何如？』『其詩本漢魏，可取也；其文沿六朝，不可取也，然其人則美矣。』問李獻吉，曰：『曹、劉、鮑、謝之業，而欲兼張、程之學，可謂係小子失丈夫。』問康德涵海，曰：『漢馬遷之才，而學則未達。』問馬伯循，曰：『見善而能聚，見惡而能勸，其志遠哉！』問張仲修，曰：『直而敏，足以從政矣。』

北地李梦陽，信陽何景明，濟南邊貢，姑蘇徐禎卿，當時稱『藝林四傑』。李天才雄放，徐陶治精融，何藻思逸發，邊華采不足而質樸有餘。

陳白沙曰：『胡居仁執守甚堅，灑落不如莊孔暘；林緝熙氣質甚平，果決不如沈真卿。惟灑落，有壁立萬仞之志；惟果決，有真金百煉之剛。』

李康惠承勛嘗問林公見素朝士短長，林一一評答。李問：『公所長云何？』林遜謝不答。『然則有短乎？』林憮然請問。康惠曰：『予每侍教，所聞唯節義文章，而未嘗及學問。公所長，毋乃即公所短？』

元美曰：『用修筆任手運，誦由目成，固一代之雄匠。惜其繁飾人工，或累天悟。班郢之思獨苦，膏肓之病難醫，良可歎也！』

鄭端簡曉曰：『西楊玉質金相，通達國體；東楊揮斤遊刃，遇事立斷；南楊安貞履節，調羹釀醴：參合成名，并稱賢相。』

一曰：楊文貞之雅也，文定之敦也，商文毅之慤也，劉文靖之質也，所謂『守文』相也。楊文敏、李文達之練也，楊文忠之果也，幾能濟時矣。

皇甫子循汸詩名與元美相埒。或問其優劣，周道甫曰：『子循如齊魯，變可至道；元美若秦楚，强遂稱王。』

嘉靖初，增城、餘姚，以談道小別門徑，幾墮參商。黃省曾兩師事之，常言：『王公如握日中天，湛公如流光萬土；王如瀵本崑崙，湛如派達萬川：日必有光，流何離本？』

元美評陽明少好古文，爽朗多奇；晚取詞達，不欲深造。既以氣節名，又建不世勛。迨有志聖道，一切掃除之，識者不謂盡然，慕好之者亦挾以兩相重。其御烏合，籠豪傑，待宵人，蹈險出危，俶儻權譎，種種變幻。

弇州外史論文臣三伯：靖遠王驥材而欲，興濟楊善材而巧，武功徐有貞材而躁。其隱忮忍割，皆有陰慝。

人謂弘治三臣：恕似魏玄成、韓稚圭，文升合姚、宋而小遜，大夏似李沆、司馬光。又恕强差近名，大夏弱差近實，文升練差用術。

弇州論相臣曰：『廷和始以易進嫌，而居位自稱，其才勝也。不可則止，冕與紀其庶幾。宏內勁於權倖，外伸於奸藩，惜爲德不終，假辭國老。一清有應變之略，無格心之本，捭闔操舍，將道也而行之揆地。孚敬乘機遘會，一言拜相，强直自遂。言詭遇而獲，器不勝才，上僭下逼，禍豈不幸。嵩以順爲正，內固寵而外籠賄，即微孽子，必敗。階才不下廷和，惟小用權術，收采物情，不無遺憾，與廷和皆救時相也。拱剛愎而忮，小才不足道。居正申商之習，器滿爲驕，群小激之，虎負不可下，魚爛不復顧，故没身而名穢家滅矣。』

胡元瑞少以撰著見推元美，《詩藪》一書，評隲今古。錢謙益謂其『愚賤自專，妍媸任目，要其指意，無關品藻，徒用攀附勝流，容悦貴顯，斯真詞壇之行乞，藝苑之輿儓也。耳食目論，沿襲師承，昔之刻畫《巵言》者，徒拾元美之士苴；今之揶揄《詩藪》者，仍奉元瑞之餘竅。以致袁、鍾諸子，踵弊乘隙，澄汰過當』。横流不及，不亦悪乎！

錢牧齋論詩，專詆西涯，而詆諆空同，摭擊七纂，不遺餘力。謂于麟『句摭字捃，行數墨尋，興會索然，神明不屬，被斷緇以衮繡，刻凡銅爲追蠡』；『限隔人代，揣摹聲調，論古則判唐、選爲鴻溝，言今則别中、盛如河漢，繆種流傳，俗學沉錮，昧者視舟壑之密移，愚人求津劍於已逝』。又云『黴吾長夜，于鱗既跋扈於前；才勝相如，伯玉亦簸揚於後』，而『斯文未喪，作者難誣。當丘震驚之日，仲蔚已有微言；迨稷下鼓吹之時，元美亦持異議』。

世言劉念臺宗周理學似周元公，死節似江古心，論諫似胡淡庵，鉤黨似李元禮，絶俗似范史雲。

卷七

箴規

高帝嘗怒宋景濂，欲誅之。高后因却膳，命以齋進。上問故，后曰：『聞誅宋先生，聊爲持齋，以資冥福。』上即馳使赦之。

高祖嘗御西鷹房，觀海東青。應奉唐肅上應制詩云：『雪翮能追萬里風，坐令狐兔草間空。詞臣不敢忘規諫，却憶當年魏鄭公。』上覽詩曰：『朕聊玩之耳，不甚好也。』

李希顔性行峻茂，貫酣群籍。高帝手書，欲爲諸王師。教頗嚴毅，有勿若者，或擊額以管。帝撫而怒，高后問故，曰：『惡有以堯舜訓其子，顧怒之耶？』帝威乃霽。

仁宗留守南京，時畏讒邪。解大紳應制《題虎顧彪圖》曰：『虎爲百獸尊，誰敢攖其怒。惟有父子情，一步一回顧。』成祖覽詩大感悟。

胡文穆母喪，服闋還朝，文帝問民疾苦，對曰：『百姓猶自安，惟有司窮治建文餘黨，枝牽蔓引，波及善良，覺殊苦。』上立命罷追詰者。

楊文貞歸省過南京，聞黄忠宣疾，遂往問之。公聞文貞來，甚喜，强衣冠出迎，執文貞手曰：『今日豈公端歸時耶？不見谷永論宗室事乎？』文貞應曰：『某不學無術，然未嘗不内愧。』

曹月川以父最佞佛，乃作《夜行燭》一書，其言曰：『佛氏以空爲性，非天命之性，人受之中；老子以虚爲道，非率性之道，人由之路。』父遂悔悟。

周恂如忱行部崑山，甫登岸，盛怒撻人。教諭朱冕進曰：『請稍待，府中治之。』公至寓府，召冕問故。對曰：『下車之初，觀瞻所屬，因怒傷人，有累盛德。』公悚然謝過。

王公度竑與李執中皆一時名臣。比居鄉，王抗志寡交，李出入里閈，博弈諧謔。王曰：『執中八座大臣，胡爲逐細民戲狎，不自愛？』李曰：『所謂大臣者，豈立異鄉曲、矯激爲耶？』人兩是之。

薛德温以王振誣陷，縛詣西市，且斬之。有老僕大哭厨下，振問：『何哭？』對曰：『聞今日薛夫子將刑。』振心動，德温得釋。

王振矯詔梏李祭酒時勉。會昌伯孫繼宗雅知祭酒賢，會其生辰，太后使内豎來上壽，伯曰：『今日宴殊不樂。』使問故，伯曰：『比歲皆得賢公卿賀，國子李先生醜不過方帨，然得其辱臨爲幸。今方荷校，使予席無此，安所藉榮？』内使反報，太后讓帝，時勉遂釋。

林都諫聰，爲王文所陷，坐比擅選法死。胡忠安濙不肯署，稱病卧數日。景帝遣問，對曰：『老臣無病，聞殺林聰，驚悸成疾。』帝立釋聰。

景帝初欲易儲，將謀之金英，殊難爲言，謂之曰：『七月二日，東宫之誕也。』英對曰：『陛下誤矣，太子之生，乃十一月二日也。』帝默然。

景泰册懷愍爲太子，尚書楊仲舉翥以郕邸舊人，自吴入賀。陳僉事祚一見，語之曰：『異哉！

此行不以諫，以賀。』

成化時，傳奉官八百餘人，多因梁芳以進。一日，上内宴，伶人戲爲老人部糧，以米濕責解户。解户曰：『非我之罪，船縫之病。』老人曰：『盍塞之？』對曰：『欲塞船縫，無「糧方」可。』上爲之悟。

陳白沙就學康齋。一日，晨光初動，窗外見康齋手自颺穀，其子從之，作厲聲云：『秀才起居，作如此懶惰，奚爲於伊川之門？』白沙悚然。

白沙名重一時，英傑皆北面宗之。胡叔心居仁獨斥其禪，寓書張東白元禎曰：『公甫清虚灑脱，不屑爲下學，而欲一切虚無，以求道妙。如以手捉風，無所持護。道本大同，而曰至無而動；理本至實，而曰致虚立本，使人皆不可曉。望以相喻，公甫高明，應憬然有省。』又寓書羅一峰謂：『公甫塵微六合，瞬息千古，只儱侗自大，非見此道之精微，實乃莊、佛之餘緒。聖賢之言，平易切實，端不如是。』

張廷祥元禎《和白沙》詩：『有静必有動，天理實自然。苟徒泥於静，反爲静所纏。我與二氏異，正在些子間。寄語了心人，素琴姑上絃。』又謂其門人容彥昭、陳秉常曰：『生安以下，罔不由學。學中光明，如燭如鏡。苟一事未解，如燭被物籠，鏡受垢蝕。學所以撤籠剥垢，正以資之，非以害之也。微學，則籠無由撤，蝕終不磨矣。又狂生略窺影響，便爾叫拍，謂得人未有之真樂，鄙禮法爲土苴，咄簡册爲糟粕，顛瞀老死，可憎可愍。』

黎文僖淳門生尹華亭，嘗寄以雲布。文僖不受，責之曰：『古之爲令，拔葵秋麻；今之爲令，織布添花。吾不須着此妖服！』

瞿副使俊治廣，見僚屬有貪墨者，則多遺之箒，曰：『此不足君所耶？何君庭之多穢也！』

李西涯致政後，楊邃庵一清載酒肴，過其懷麓堂爲壽。觴有金卮，西涯目屬之，曰：『公近亦有此耶？』邃庵有慚色，自是不敢復用以觴。

秦王請陝西良田，賄緣中官，武宗許之，趣閣臣草制。楊公廷和、蔣公冕引疾不出。梁公儲獨承命，上草制曰：『太祖之令，禁益藩封。誠慮土地既廣，將啟異圖。朕念親親，畀地於王，慎毋收聚奸人，多蓄士馬；毋聽姦人，謀爲不軌，以危社稷。』上覽制驚曰：『寧遽爾耶？』遂勿與。

蘇郡守以民多隱田，爲丈量之法，民頗患之。劉文恭鉉《林居投守》詩曰：『量盡山田與水田，祇留滄海與青天。如今那有閑洲渚，寄語沙鷗莫浪眠。』守爲罷役。

王龍溪畿學主良知，當下自足。羅念庵洪先曰：『注念反觀，孰無少覺；因言發慮，理亦宜然。顧以私欲之盤固，血氣之飛浮，而欲從心所發，任意而行，以存心爲拘逼，視改過爲粘綴，薄取善爲擬跡，指盡倫爲情緣。將使天下蕩然無歸，悍然自恣，斯爲病道不淺！』已而邂逅龍溪，龍溪問：『何以贈我？』曰：『以陽明先生之學，惜也速亡，未至究竟。公等受鍛煉已久，證印最明，今不能求先生所未至，非先生負公等，公等實負先生。』

陳長公察歸里，監司歲造公。或其人非長者而侈，則徐出所飯麥，强飯之，曰：『余田父，甘也。』又多吴語，刺刺是非，咸逡巡避去。

李淑僉事浙江，城慈溪甫半，而郭居者賄趙文華，俾拓之。乃置酒城外山上，使人射矢着，睥睨曰：『城易及矢乃爾，奈何？』淑則令人挾矢，從它山射而至酒所，曰：『益城至此，不能使矢無及也。』文華色變，罷。

有年少上書王司寇，稱『元美先生』。司寇拂然曰：『豎子胡以元美我？』徐叔明學謨曰：『誰使君開輕薄之端，爲山人紈絝領袖，而今更惡其稱？』

王元美意嘗不肯下子瞻。一日，陳仲醇繼儒曰：『公不及子瞻者一事：子瞻生平不喜作墓志，公所撰不下五百篇，較似輸。』元美憮然。

魏莊渠校與呂涇野柟云：『近來學者，多病好名之心，聽過高之論，鮮不害道者。歐陽崇一訥行敏言，公當以此意告之。』

王冏伯士騏，元美子，嘗語錢受之：『先人構弇山園，疊石架峰，以堆積爲工。吾爲沁園，土石竹樹，與池水映帶，取空曠自然而已。』受之笑曰：『兄殆以爲園喻家學乎？』冏伯笑而不答。

王都、沈迅之入垣省，皆上特簡。王語沈曰：『勿言受皇上特恩者，不止我二人；當思負上特恩者，恐又增此二臣。』迅爲悚然。迅後以保障鄉里，闔門死難。

李給諫清賜環北上，其族兄喬，爲吳相國甥，謂之曰：『弟行，何以益吾舅？』清曰：『祇不爲累。』曰：『何累？』答曰：『不肖者黷利，則倚同邑相公爲招摇；賢者好名，則假同邑相公以標榜：皆累也！』

棲逸

宋景濂、劉伯温、葉琛、章三益同赴召。出雙溪，舟溯桐江而西，忽有美丈夫，戴黄冠，服白鹿皮裘，腰綰青絲繩，立於江濱，揖劉而笑，且以語侵之。劉急延入舟中，宋疑問：『此何人？』劉曰：『桐廬徐方舟也。』四人聞其名，躍而起，歡甚，酌酒别去。後劉數薦起之，避居江皋，莫知其跡。

馬山人，不知其名，居馬跡山，故稱馬山人。爲柁工，從上大戰彭蠡，賴以濟。不受官賞，惟日求美酒，命光禄給之。一日，天寒雪甚，醉卧屋角，上解衣覆之。俄而竟去，不知所終。

焦先生，本高帝故人，家江陰之虞門里。帝爲天子，遂隱去。洪武初，徵之甚急。先生恐爲有司累，間之金陵，持雞酒馳道而入。帝與班坐，歡飲如微時，贈以金、玉、角三帶，取其角者。亡何，掛帶而去。

李希顔足跡不涉城市。一日，藩司騶輿來訪，希顔方在途中枕囊側卧。前驅蹴之，已知是希顔，遂與班荆，傾囊以别。

鐵笛道人，初號梅花道人。會稽有鐵崖山，其高百丈，上有萼緑梅花，數百層樓出梅上，積書數百卷，蕭然塵外。道人時時唱《清江歌》，人爲作《迴波引》和之。

錢芹以督府掾謝職歸，姚克一善數求見之，不得。俞貞木亦見禮於克一，克一使吏饋之菜，誤致芹所。芹受之，吏覺其誤，以語貞木。貞木曰：『府公得先生受遺乎？先生賢府公故也。其歸報府君。』吏遂以告，克一大喜，曰：『錢先生許我矣！』詰旦往謁，使吏先。芹不可，亦不欲庭謁，請月見於澤宫。

韓高士奕與王仲光友善，偕隱於醫。姚克一守吴，造請之。高士匿布簾内，答云不在。一日，伺賓在，掩入其室。高士走楞伽山，克一隨至，則泛小舟入太湖。克一太息曰：『韓先生所謂名可得聞，身不可得見。』

初，黄鉞與楊滐子福同學，篤志有聲，州邑辟賢良。滐怨鉞曰：『吾遭亂世，家破族散，携兒耕讀遠郊，以畢餘生。以子好學，舉書供業。一何不善晦，并累吾兒？』鉞曰：『毋恐，當詣尹爲言。』遂説尹，罷福。

陳亮少懷静默，秉摻無競。洪、永間，詔求遺逸，郡縣或相推轂。亮曰：『昔唐堯在上，下有箕潁。吾投跡明時，游戲泉石，那便以爵服縈人？』

王仲光賓高節不仕，姚克一枉謁之。仲光以手抵門，問：『汝爲誰？』對曰：『姚善。』乃啟門留坐。及報謁，向府門再拜而返。善知之，急馳追，固請之。卒不肯，曰：『非公事，亦何敢入？』

仲光既遭鼎革，益晦迹清狂。獨居無妻子，家貧，賣藥自資。嘗以藥黥面皮，肘股間皆成瘡痏。鬈髮短服，芒履竹杖，行歌道傍。故舊有訪之者，輒箕踞捫蝨，不相酬對。

靖難師入金川，河西傭衣葛衣遁去，依莊浪豪魯家爲傭，取值積買羊裘被之。雖極寒，必覆葛衣。葛破縷縷，不肯脱。夏即衣新布，故葛必覆其上。人問，不答。每聞其吟哦，或哭泣聲。有留都官至，識傭，欲呼與語。傭走避，都官去，乃還。或問都官，都官亦不答。

王仲光遁跡西山，姚少師以舊訪之，謂曰：『寂寂空山，何堪久住？』答曰：『多情花鳥，不肯放人。』

補鍋匠往來夔、慶間，爲人補鍋，所至不三日輒去，夜嘗寄宿蕭寺。有馬翁，亦不知何許人，教授童子，題詩稱馬二，或馬生，或塞馬先生。一日，補鍋匠忽遇於市，相顧愕然，已而相持哭。哭已，相率入山谷中，坐語竟日。又相持哭，且别去，言：『今永訣，不可復相見！』

性天遁金華東山，披麻戴笠，終身不易，不言姓名，又曰：『大呆將死。』囑主人曰：『斂吾尸，縣於林木足矣。』

雪庵和尚居松柏灘，時時買楚詞，袖之登小舟。急掉灘中流，朗誦一葉，輒投一葉於水。投已輒哭，哭已又復讀，終卷乃已。又不戒酒，日注一壺，無客至，即拉牧豎與飲。半酡，呼兒童歌，曰：『我歌，爾和。』如是秘跡以死。

耶溪樵夫樵會稽，日粥二束薪，足食則已。食已，畫詩於溪沙，已則亂其沙。人怪之，一日從後遽持之，得二句曰：『無地可容王蠋死，有薇堪濟伯夷貧。』

袁敬所，不知其名，永樂革除，流寓常山松嶺。爲人易直能飲，飲酣輒寫淵明《五柳傳》及詩，擲筆悲吟，繼之濺泪。常夜宿旅店，聞人行聲，披衣起，題詩於壁，悲吟達旦。江西一布商曰：『若吾鄉某編修也。』敬所趨掩其口，商佯不顧而去。

卓彦恭嘗過洞庭，月下有漁舟棹其旁。卓問：『有魚不？』答曰：『無魚有詩。』乃鼓枻歌曰：『八十滄浪一老翁，蘆花江水碧連空。世間多少乘除事，良夜月明鼓釣筒。』問其名，不答。

陳海雍隱於清江，遁世無悶。陳白沙常以《易》義叩康齋，康齋曰：『過清江，可叩龍潭老人。』蓋海雍也。白沙往謁，適龍潭被簑笠犁於田，乃延至家，與析疑義。白沙既去，龍潭曰：『吴子非愛我者。』

杜淵孝瓊學綜今古，行有至性。每求賢詔下，有司首舉。郡守况鐘兩薦，皆固辭不就。自號鹿冠老人，晚居東原，戴鹿皮冠，持方竹杖，出游朋舊，逍遥移日。歸而菜羹糲食，怡然自得。門人私謚曰『淵孝』。

何廷矩以文行，爲學使者所器重。見陳白沙，即棄舉業從之遊。會將秋試，毅然謝去。學使者遣人追之，謝曰：『泉石疾已在膏肓矣。』

趙弼太僕罷官里居，與農夫耦耕，槃跚泥淖中，晏然自足。分巡姚祥至其廬，弼時耘田，遂棄鋤，於田畔見之，詞色自如。祥問：『生事何窶？』曰：『差勝秀才時。』

長興吴珫隱居蒙山，窮經著述；而安仁劉尚書麟，方守紹興罷官，卜築於南坦；建業龍按察霓，掛冠隱西溪；郡人陸御史崑，亦在罷。於是，皆就珫爲主，而招太初山人孫一元相盟於社，稱『苕溪五隱』，而珫爲之長。湖南至今，以爲雅談。

鐵脚道人嘗愛赤脚走雪中，興發則朗誦《南華·秋水篇》，嚼梅花滿口，和雪咽之，曰：『吾欲寒香沁入肺腑。』

孫太初束髮入太白，繼入終南，泛觀恒、岱，躡衡、廬，返嵩山，渡汴謁闕里。久之，踰江淮，下吴越，玄巾白帢，混游貴賤。常以鐵笛鶴瓢自隨，憤激悲歌，俯仰千載，思古豪傑不得一當。自誦云：『平生陳正字，死不受人憐！』初談導引，人疑其仙。晚居湖，乃嬰婚娶，人莫能識。

邢用理量居葑門，獨處不娶，以卜自隱。每作一二卦即閉肆，不與人接。苔生坐隅，突常不烟，其庭可以捕鼠。客有造者，多挾鈔以往，停午則買食他處，復就清談。

邢麗文參，量孫湛然高素。絶意婚宦。嘗獨居遇雪，囊貧無粟，兀坐累日如枯株。徐昌穀念之，叩門慰問。邢方苦吟自若，略不言他，第誦所得句自喜。連朝雨，徐復往視，見屋方三角墊，邢怡然執書，坐其一角，不食累夕。

閭丘賓用隱於吴市，躬耕養親。常跨牛行歌，人莫測其際。

鄭善夫嘗入武夷、雁宕，陟峻搜冥，都忘内顧，養痾自遠，殆輕人爵。一時以靈運、叔夜相擬。

劉南坦麟斂迹嘉遁，蚤參玄論，雅慕樓居，而力不能搆。文徵仲爲寫《層樓圖》遺之，命曰『神樓』。楊用復作《後神樓曲》，南坦常懸置北壁下以自娱。

蔣子健破屋半間，隱居虹橋，一介不苟，八十年如一日。江進之宰其邑，目爲『東海冥鴻』。

宋登春寓荆州，買田天鵝池，自署鵝池生。徐學謨守荆，往物色之。至再，始見。明日，戴紫籜冠、衣皂繒衫報謁，踞上坐，隸皆竊罵。徐爲授室城中，約來看移居。屬有參謁，日旰往，生鍵扉卧不内。守令人穴垣入，生科跣，席一稾徑卧壁下。强起之，索酒酣别。守後坐事廢，生裹敗衲，爲道士裝，行乞三千里，訪之海上。

童子鳴以書賈博雅高行，見推公卿間。韓邦憲守衢，過其家龍丘山塢，序布衣兄弟之誼，又下教邑樹綽楔左閭，以風在野，子鳴固辭。

虞原璩隱居不仕，温州何文淵時挐小舟造訪，辨難商確。一夕久坐，不覺夜分，村落無所覓酒。文淵笑曰：『醯可代也。』璩遂出新醯，侑以韭蔬，對酌劇論。時人謂之『醋交』。文淵嘗曰：『此地不容易到。』璩曰：『此客正亦不容易來也。』

吴中錢孔周所與遊：唐伯虎，徐昌穀，湯子重，王履約、履吉，文徵仲。室廬靚深，嘉禾秀野，徵仲寫贈《碧梧高士圖》。

沈石田嗜竹，闢水南隙地，搆宇其中。將以千本環植之，未易卒致，乃作《化竹疏》。

沈石田嘗以暑月泊舟村落，一父老以客舟難之。石田曰：『我是好人，無勞憂恐。』父老曰：『六月出門，豈是好人?』石田慚悚自失。

鄭端簡家居，角巾布衣，每策杖獨往，訪故所識，與論桑麻晴雨。或時共飯，山蔬水藻，相對終日，見者不知其爲名卿。

錢叔寶穀築室支硎山下，靈霞四封，流泉迴繞，藝名花數百種。歲時佳客過從，非其人，以一石支門不顧。

王永壽家蓄一琴，一鶴，每客至，彈琴，鶴婆娑舞階下，助客歡。後一日鶴死，爲《瘞鶴文》已，無病而卒，以琴殉葬。

謝憲瞿然鶴立，葛巾木履。日携《離騷》，往來西湖浩歌，薄暮而返。

孫宗伯承恩與華亭，對巷而居。徐賓客甚盛，延接不暇，孫閉門深卧而已。一日，着布袍負暄，挾筴讀書。其僕竊語：『同爲尚書，彼車馬填溢，相公第鬼莫顧問者。』『公聞，呼謂之曰：『任爾輩他往，留我獨處，教鬼負去。』

傅汝舟年二十，輒謝諸生。其弟汝楫，并著才名，州縣辟爲黌宫弟子，岸謝不就，號卧芝山人。

海寧許相卿，築室紫雲山中。嘗製短簑長笠，以二鶴自隨。遇佳日，披簑戴笠，身騎黄犢，往來阡陌間。喜與田翁野叟爲爾汝交，就彼食飲。或一言目爲貴人，輒投袂而起。

許給事相卿，以排擊巨璫，引疾不仕。故人張璁、夏言，相繼柄用，各貽書物，探所欲官。悉却之，對使者曰：『我方憫子勞，子不憐我病。官豈渠家物耶，以之私人，而顧及我？去矣！傾子一尊，聊酣予意。』竟不答書。

陳羽伯鳳讀書習隱，常月夜掛琴松間，調所馴山猿，得詩擁膝自吟，聲與猿嘯相應。

海豐楊太宰巍，好奇多雅致，宦游所歷，皆取其卷石以歸。積成小山，間時舉酒酬石，每一石，舉酒一觥，亦自飲也。于穀山慎行雅慕其事，山園種菊二十餘本，當菊盛開時，無共飲者，獨造花下，呼酒澆之，歡焉酬酢，遍菊本十二許，亦徑酩酊。

吴孺子家故饒資，中歲妻子死，遂捐産買古書畫，癖山水之勝。所至僦居僧寺，自炊一銅竈，飯不足則哺糜；日買兩錢菜，又以樹葉爲虀羹。語人曰：『免我低眉向人，覺此亦飽逾粱肉。』

吴介肅嶽撫真定時，以分宜餤，乃移疾屏居南旺湖上。茅屋瘠田，僅贍衣食，出惟跨一驢。或諷其矯，答曰：『輿人非所能辦，騎馬則老不能。驢實便我，矯則吾不知。』後起公檄至，僕夫白狀，方趺坐導引，摇首不答。已乃下床，取觀便擲去。

陳白雲昂隱於詩，莆田倭寇，攜妻豫章，織履賣卜以食。又由楚入蜀，附僧舟傭爨，所至其僧輒死。後客金陵姚太守，守又死。爲人傭詩文，里巷慶吊代祝誄，易百錢斗米，而自榜片紙扉上；無則又賣卜織履佐之。閩人林古度見門榜，突入問之，一扉之内，床席缶竈，敗紙退筆，錯處狼籍。檢誦之，輒反向流涕嗚咽。古度以鄉人也，時就餅餌過之。張貌山慎言語人曰：『今入市，見賣菜傭，皆宜物色之，恐有白雲先生在。』

崑崙山人張詩試順天，試士皆自負几凳，山人命僮代之，試官不許。山人遂拂衣去，不復試，以詩名豪俊。所居一畝之宅，隙間種竹，每風雪飄蕭，披襟流盼，欣然命酌。醉輒跨驢，信其所之，風雨自如。李士行稱其：『不狂，不屈，春風不足融其情，醇醪不足況其味。』

邢子愿雅慕張月鹿，觀風入吴，命駕就訪。張方卧病，入榻前慰藉，問問所欲。張曰：『老人無嗜，唯嗜丘園。』邢嗟歎，檄縣令，贈買山錢。

程金家居，履不及縣簿門，車不及城府。歲課二蒼頭，各治五畝，從田畯躬督之。里人笑曰：『漢陽薄二千石，而弊弊焉力二五畝田，何倒置也？』

卷八

捷悟

高祖方欲刑人，而劉伯温適入，亟語之：梦以頭有血而土傅之不祥，將以應之。伯温曰：『頭上血，「衆」字也；傅以土，得衆得土也，應在三日。』上爲停三日待之，海寧降報至。

景中丞游太學，同舍生有秘書，景假閲，約一宵還。已乃故負約，同舍生怒，遽訟之祭酒。景曰：『清私稿耳。』因背誦徹卷，不遺一字。問生，茫然莫對，祭酒咤生。及出，以書還之，曰：『以子過珍秘，聊特相戲耳。』

徐武功嘗築一堰，下木石則若無者。因叩一僧，僧無答，第曰：『聖人無欲。』有貞悟曰：『僧蓋言龍有欲也。下當有龍穴，龍惜其珠，惟鐵能融珠。吾有以制之矣。』乃鎔鐵數萬斤，沸而下之。龍一夕徙，而決口塞。

辛未會試，江陰袁舜臣題謎詩云：『六經藴藉已久，一劍十年在手。杏花頭上一枝，恐洩天機無口。一點纍纍大如斗，掩却半床何所有。完名直待掛冠歸，本來面目君知否。』劉瑊一見曰：『此「辛未狀元」四字也。』瑊即是科榜眼。

沐陽伯金忠征閩寇，周鼎參幕下。有四明章文仲來謁，曰：『聞幕下周伯器奇才，願與之角。』沐陽出《南征百韵》詩，朗誦一過，兩人各書一通，不遺一字。

平湖馮汝弼與諸子避倭。假宿東園候報，因拆二字，作口號云：『曲川地可耕，長刀砍低樹。元來腹有文，軍口三十去。』令諸子合之。其三子敏效，年十五，應聲曰：『是「剿寇」二字。』明日得報大捷。

屠長卿束髮操觚，睥睨一世，長篇短什，信心矢口。常戲命兩人對案，分拈二題，各賦百韻，咄嗟之間，二章并就。與人對弈，口誦詩文，書嘗不逮誦。

博　識

永樂間，西域進獨脚異鳥。上以問解大紳，對曰：『此名商羊，左肋有肉鼓，右肋有肉鐘。發鼓則舞，考鐘則鳴。』試之果然。

宣宗閱畫，見龍有翼而飛者，以問三楊，不能對。時陳繼官卑在下列，出前對曰：『龍有翅曰應龍。』問所出，曰《爾雅》。驗之果然。

處士王淮，博極群書。嘗與湯公讓胤勣遇於吴興蕭寺，以辨博相夸詡，對語移日，不相下。及徵青陵臺事，各舉其二。淮問：『公讓止此乎？』復舉其一，歷歷口誦無遺。公讓歎服，語太守岳璿曰：『柏原行秘書也。』

弘治中，有熊入西直，諸司請備盗，何孟春曰：『宜慎火。』已而乾清宫災。同列問孟春：『何以知其火？』曰：『宋紹興己酉永嘉灾，亦先有熊入自南液。州守高世則曰：「熊于字爲能火。」予偶憶及，不幸而中耳。』

康德涵殫精歷數，尤妙刀圭。用六壬、太乙占事知來，往往輒驗。惟薄博弈，不爲。

楊用修登第時，楊三南疏三事詷之，皆生平所未了。用修從容酬對，本末融貫。三南歎曰：『真才子！』

武廟一日閲《文獻通考》，問天文『注張』爲何星，欽天監悉莫能對。遣内使問翰林，楊用修曰：『注張，柳星也。《周禮》「以注鳴者」，注釋「注」爲「咮」，鳥喙也。南方諸［朱］鳥七宿，柳爲鳥之喙也。《史記・律書》「西至注張」，《漢書》「柳爲鳥喙」。』因取二書示内使以復，同館歎服。

泰陵一日遣中涓問李西涯：『龍生九子，其名狀云何？』涯以詢編修羅玘，玘疏以對：『一曰囚牛，好音，以飾胡琴；二曰睚眦，好殺，以飾刀首；三曰嘲風，好險，以置殿角；四曰蒲牢，好鳴，以刻鐘鈕；五曰狻猊，好坐，今佛座獅子是也；六曰霸下，好負重，今以負碑；七曰犴狴，好觸邪，今畫獄門；八曰贔屭，今以鏤碑緣；九曰蚩吻，好吞，今殿脊獸是也。』

唐應德於學無所不窺，天文、樂律、兵刑、地志，以迄弧矢勾股、壬奇禽乙、刺鎗拳棒，靡不精心扣擊，究極原委。

豪爽

高皇帝親祀歷代帝王，各獻爵畢，獨於漢高增一爵，曰：『我與公，不階尺土而有天下，比他氏不同。』

方正學嘗以月夜同客登巾山絶頂，飲酒望月，縱談千古，竟夕不眠。顧謂客曰：『昔蘇子瞻夜登黄樓觀，王定國諸公登桓山，吹笛飲酒，乘月而歸，以爲太白死三百年無此樂矣。斯樂，又子瞻死後三百年所無也。』

孫襄敏持辨風生，舉辭如雲，人莫當其口。元季，丁復、夏煜以詩名，公遊兩人間，好立機栝，下紙可盡。與煜對飲，務出奇相勝。每得一爽句，拍案大呼，投劍起舞，譁聲撼四隣。

永樂中，交趾入貢，使言飲量絶人。上令舉善飲者款之，曾子棨自請往。上問：『卿飲幾何？』曰：『當此二使足矣！亦豈必盡臣量？』遂往飲徹夜，二使皆醉，愧去。明日入謝，上悦曰：『文學不復言，即飲户，詎不作我明狀元耶？』

曾子棨病革，呼酒至醉，自題銘曰：『六十非夭，宫詹非小。我以爲多，人以爲少。易簀蓋棺，此外何求？白雲青山，樂哉斯丘。』

湯公讓少入學，爲生徒。應天尹下學，傳籌召諸生，後至當笞。大呼折尹，聲撼庭木。攘袂走出，題詩府署，闔扉而去。

湯公讓以周文襄薦，驛召至京。于少保請試之，立將臺下，摘古今將略兵事問之。應對侃侃，萬衆環列，聲訇然如鐘。以錦衣千户通問裕陵於沙漠，大酋脱脱不花問中國事，抗對不少屈。又箕踞坐上，岸幘誦所著《平蠻論》，鹵語譯者：『彼髯何人，恨不殺之！』

沈孟淵遁處不仕，逍遥林亭之間。每日治具，以待客來。若無客，則令人於溪上遥望，惟恐不至。

高文義夫人，悍妒無子，雖置一妾，不容入寢。一日，陳芳洲飲間語及之，遂從屏後出訴。芳洲怒掀案，以棒撲夫人仆地，數之曰：『汝實絶高氏，罪不容死！行且奏聞，置汝於法。』自是，文義得御妾，生一子峘。人曰：『陳公一吼，高氏有後。』

一力士李金鎗來吴，徐武功召試其藝。武功微哂，因呼家人：『取吾棒！』棒乃鈍鐵所爲，重六十餘斤，顧命李試之，李謝不習。武功笑起，運棒如飛，時時及李頸，李懾伏不敢起。公擲棒叱之去，曰：『豈與若校技？』

韓襄毅方集兩司議，兵適引數賊入。公握刀起，授一布政曰：『公斬此。』布政失色。公笑曰：『殺一纍囚猶爾，臨陣亦何如？』即自持刀連斷之，一座眩絶。

成化間，宋景濂墓壞。巡撫孫仁爲遷葬成都，適蜀府承奉宋昌，新作壽藏於成都東門外。孫仁令人求以葬先生，承奉以其同姓，慨然許之，計費直可千金。

王威寧在大同，會大雪方飲，諸伎抱琵琶捧觴。一千户入，與談鹵事甚晰。越大喜，曰：『寒矣！』手金巵飲之。復談，則又喜，命絃琵琶侑酒，即併金巵予之。已，又談，則又喜，指諸伎最麗者曰：『欲之乎，以乞汝。』自是，千户所至爲死。

三原以太宰召，過訪威寧。三原時望重朝野，威寧留之。坐甫定，出酒二三行，女伎樂器，紛然而出。三原欲起，越挽使更坐，曰：『卿自用卿法，我自用我法。』

李獻吉既以論壽寧下獄，得釋，適醉，遇壽寧於市，罵其『生事害人』，以鞭梢擊墮其齒。壽寧恚極，欲陳其事，以前疏未久，隱忍而止。

康德涵六十，徵名伎百人爲百歲會。既畢，了無一錢，第持牋命詩，送王邸處置，曰：『差勝錦纏頭也。』時鄂杜王敬夫名位差亞，而才情勝之。倡和詞章，流布人間，爲關西風流領袖。浸淫汴、洛間，遂以成俗。

徐昌穀搆別墅於邑北邙，前後冢壘壘。或顰蹙曰：『目中見此，使人不樂。』徐笑曰：『不然，目中日見此輩，乃使人不敢不樂。』

崔子鍾好劇飲，嘗至五鼓，踏月長安街，席地座。李文正時以元相朝，天偶早，遥望之曰：『非子鍾耶？』崔便趨至輿傍，拱立曰：『相公得少住乎？』李便脱衣行觴，火城漸繁，始分手別。崔每一舉，百觥不醉；醉輒呼：『劉伶小子，恨不見我！』

陳約之束少崔侍郎銑三十歲，雅知飲量不敵。恃其少壯，值崔病初起，即往謁，與轟飲。至夜分，約之大醉，跌宕不能支。崔謂從者曰：『彼不自知，顧乘我瑕而鬬我。微我健，不幾敗北踉蹌耶？』復舉十餘白，乃別。陳竟病咯血，不起。

王文成游匡廬天池山，直上佛手嵓。嵓懸山半，下臨無際，人莫至者。公徐步蜿蜒，竦立瞻顧，人服其膽。

貴溪用事，劉子素繪在省垣，抗疏詆之。貴溪度無以難，遣其客李賓，以相術來説。子素怒起，捽賓柱下。已而從給舍，爲貴溪手玉碗行酒，子素揮碗碎地，客盡驚出。明日，劾疏上。

常明卿多力善射，雖爲文法吏，時韎韋跗注，兩韃騎而馳。諸徹侯弟子從俠少年飲，常前突據上坐，起角射，咸不及。聞問，稍知爲常評事，奉大白爲壽。常引滿沾醉，馳去弗顧。

吴人袁景休，賣卜市上。劉子威鳳文章負重名，景休每抉摘其字句，鉤棘文義紕繆，向人爲姍笑。子威大怒，屬郡尉攝而笞之，曰：『若敢復姍笑劉侍御耶？』景休仰而對曰：『願更受笞，不能改口沓舌爲諛。』

胡襄懋宗憲宴將士爛柯山，酒酣樂作，令沈嘉則作《鐃歌鼓吹》十章，援筆立就。至『狹巷短兵相接處，殺人如草不聞聲』，胡起，捋嘉則須曰：『沈郎雄快乃爾！』

儀真王維寧家貲巨萬，性豪嗜客。每宴，續至者常增數席。人或勸其後計，王曰：『丈夫在世當用財，豈爲財用？』及業盡，不能自存，猶好酒不已。或勸其硯耕自給，曰：『吾學書爲口耶？』

唐汝迪值柄，相子世蕃欲困以酒，引巨犀奉觴，謝不能任；强之，艴然拂衣起，覆犀於地，酒淋漓。更謬起爲謝，顧之，已揮鞭躍馬去。

盧柟以寃繫坐死，謝茂秦攜其賦京師貴人間，絮泣曰：『及柟在，而諸君不以時白之，乃惘惘從千古哀湘而吊賈，胡爲乎？』及出獄，爲介之趙王。王立召見，賜金百鎰，諸王更置邸延柟。柟坐右坐，辯説揮霍，江波肆湧。及嗚毫颯颯，倏忽爲辭賦，各得以意去。既被酒，故態畢發，時駡其坐人。還顧橐中，所餘金幾何，趣付酒家。

趙王得謝茂秦《竹枝詞》，酷愛之。命所幸賈姬，按琵琶扣度歌之。及謝來詣王，王宴之便殿。酒行樂作，王命止諸樂，獨䌷瑟佐琵琶，聲繁屏後。已，復止衆妓，獨奏一闋，茂秦傾聽，未敢言。王曰：『此先生《竹枝詞》也。』遂命諸伎擁賈姬出拜，倩容旖旎，光華照人，藉地竟《竹枝詞》十章。茂秦卧山亭，王使姬以袵代薦，承之以肱。明日更製《新竹枝》十四闋，姬復按譜搊歌，不失毫髮。王竟以賈歸茂秦。

福清何璧跅弛放跡，聚徒衆，部署爲俠。上官捕之，窮而逸去。後聞歙令張濤，楚人好奇，爲詩四章，投匭撼之。濤大驚，延爲上客，贈以千金。濤開府於遼，將疏薦以布衣拜大將。會罷鎮，未果。

沈伯和以忠俠，爲駙馬楊春元所推服。春元爲言國本危疑，謀擁護太子。伯和奮臂曰：『吾不能爲商山老人，獨不能爲安金藏乎？』代藩之議，抗章剴直。客嘗訪其村居，見床頭樹銅簡二，高與身等。夜分謂客曰：『彼不悔禍，當持此簡，擊殺老魅於朝堂，旋自刑以明國法，何暇與喋喋争嚷筆牘間乎？』因執簡起舞，有風肅然，晶光閃爍上下，寒燈吐芒，四壁颯拉。

沈太史懋學嘗上春官不第，走之塞上，長揖大將軍，獵飛狐，穿塞抵花馬池而後歸。陵風長嘯，慨然有封狼居胥意。

周忠介順昌忤璫被逮，蘇民憤怒，擊緹騎至死。倡者五人顔佩韋、馬傑、沈揚、楊念如、周文元俱就繫論斬。或曰：『相國蘇人，必爲之地。』五人笑曰：『彼方媚璫，犴狴刺剟，尸血狼籍，吾五人足承歡一臠乎？』

卷九

夙惠

高祖嘗至一驛，見一童子方執役，問其年，曰七歲。上云：『七歲孩童當馬驛。』應聲對曰：『萬年天子坐龍廷。』上大悦，復其家。

瞿宗吉十四歲時，見楊廉夫《香奩八題》，即席倚和。凌彦翀雲翰是其大父行，彦翀作梅詞《霜天曉角》、柳詞《柳稍青》各一首，號『梅柳争春』。宗吉一日盡和之，彦翀驚歎，呼爲小友。

楊東里一歲而孤，母改適羅理。理爲德安丞，歲時祀先，恒命諸子，公獨不見命。時尚六歲，以問母，母泣語故，因慟哭。日益感發，私磨磚土如主式，於外别室祀其三世。每旦入焚香謁拜，出入扃鑰，秘無知者。左右窺以告羅，羅伺之而信，遂皆感泣，命復姓。

解大紳六歲時，穎悟絶人。其從祖常戲之曰：『小兒何所愛？』即應聲吟曰：『愛者芝蘭室。更欲附飛龍，上天看紅日。』又曰：『小兒何所愛？夜梦筆生花。花根在何處，丹府是吾家。』

解學士童時，婦翁過其家。解父抱置椅上，婦翁云：『父立子坐，禮乎？』解遽答曰：『嫂溺叔援，權也。』

方希直五六歲時，便自雄邁，雙瞳炯炯，目十行下，鄉人呼爲『小韓子』。

李西涯四歲能作大書。景帝召見，抱置膝，賜上林珍果。六歲、八歲，復兩召之，試講《尚書》。

劉御醫溥八歲賦《溝水》詩云：『門前一溝水，日夜向東流。借問歸何處，滄溟是住頭。』

李西涯、程篁墩，在英廟朝俱以神童薦。時程九歲，李七歲。上出句曰：『螃蟹渾身甲胄。』程對曰：『鳳凰遍體文章。』李對曰：『蜘蛛滿腹經綸。』上曰：『此兒宰相器。』

張棨五歲時，口授書即了了。常雞鳴，忽呼其母曰：『《小學》云：「事父母，雞初鳴，咸盥嗽。」今雞已鳴，何不起？』母曰：『汝纔讀書，豈便曉此？』應曰：『我願爲此，徒曉耶？』

曾魯七歲，能暗誦九經，一字不遺。

何喬新年十一，翰林周仲規至其書齋，問所閱何書，對曰：『陳子桱《通鑑續編》也。』曰：『子桱書法何如？』曰：『先輩著述，非後生所敢議。然呂文煥之降元，不書其叛；張世傑之溺海，不書其死節；曹彬、包拯之卒，不書其官；羲軒則采怪誕不經之談，遼、金則失内夏外彛之義：似有未當。』仲規大驚，因白其父曰：『三郎學識，不易及也！』

洪鍾四歲，隨父入京，見石坊大書，索筆擬之，遂得古法。至京，設肆粥字。憲宗聞而召之，命書，即地上連畫；已，命書『聖壽無彊』字，鍾握筆不動。上曰：『得毋未解？』對曰：『是豈可地上書？』上稱善，命舁几加凳其上，一揮而就。

羅一峰五歲時，隨母入園中收果，長幼競取，獨不爲動，必賜而後受。學於里師，時乏書，師令徧逐諸生受讀，諸生未成句，羅已成誦。

倪文毅甫五歲，聞隣塾書，即請入遊。閒侍文僖公，問曰：『地上有天，地下當亦有天。』蓋已悟渾天之理。

楊用修七歲作《擬古戰場文》，有曰：『青樓斷紅粉之魂，白日照青苔之骨。』時人傳誦，謂淵、雲再出。

陳太僕沂五歲屬對，八歲摹古人畫，十歲能詩，十二歲作《赤寶山賦》，傳誦人口。

董中峰屺八歲能詩翰。一日，咏胡桃曰：『形狀如雞子，剛柔實未分。擘開混沌殼，渾是一團仁。』

王陽明十一歲，其祖竹軒公携往京師。過金山，與客同賦詩。衆詩未成，陽明傍占曰：『金山一點大如拳，擲破維揚水底天。醉倚妙高臺上月，玉簫吹徹洞龍眠。』又命賦蔽月山房，亦矢口而成。

陶文僖甫就外傅朱先生者，好爲禮，使童子灑掃，拂展几席，夷貴於賤，夏不得揮扇。文僖獨安之，曰：『習則不勞，静則無暑。』

張江陵父故微賤，給事御史府。顧華玉按部至，聞江陵奇童。時江陵方七八歲，舉止不凡。入見，華玉命作破，以『子曰』二字爲題。江陵應聲曰：『匹夫而爲百世師，一言而爲天下法。』華玉大異之，解所佩犀帶以贈。

張孝廉廷臣八歲，從父令錢唐。有沿司檄覬以上下，廷臣見之曰：『僞也。』問何以知，曰：『於前檄篆不類。』諦驗而信。父曰：『兒任官矣！』有塾客邀遊西湖，而一吏主飲具。廷臣拂衣起，曰：『是將有居間設耶？』歸語父，果侵牟被訐者。

林章七歲能詩，塾師試題群羊，落句云：『曾從北海風霜裏，伴過蘇卿十九年。』題韓文公像云：『獨立藍關雪，回看秦嶺雲。非干馬不進，步步戀明君。』

楊孟春幼穎敏，八九歲背誦六經，著書十萬餘言，名曰《論鑒》。

吳龍潭先曾祖，諱詔相，汝州知州。應童子試，縣尹佳其牘，問年幾何，曰『十三』。尹曰：『子豈外黃兒？』矢口對曰：『君可中牟令？』

蜀既平，明昇母子俘至闕下。太祖責以歸命不早，彭氏曰：『向以先夫疆土委托臣妾，夫業一日未亡，妾一日未應死。今已甘斧鑕，死無復恨。』酬對從容，辭色無阻。上義之，賜冠帶，居第京師。

賢　媛

潮州周伯玉，與妻郭真順避地村寨。寨衆推伯玉爲主，真順謂曰：『予觀寨衆，矜能輕敵。矜能則兵驕，輕敵則寡謀：必敗乃事。』伯玉如言謝去，後寨衆争長，果殺其主。寨人多積粟，真順勸伯玉散之，日與婢子索綯而食。賊至，盡焚農家積粟。真順引索，與伯玉貫纍。賊見，謂是捕鹵，恣其起居，因得從間道脱。太祖定嶺南，將軍俞良輔來征，諸寨皆恐。真順作《俞將軍引》，遮道上之，一寨獲全。

胡郡奴，是大理卿閨女。閨死節，郡奴方四歲，没入功臣家，執事爨下。長識大義，髮至寸即自截去，日以灰污面，秃垢無人狀。後被流離，依姻家，誓不有家。鄉人憐之，曰：『此忠臣女。』争餽遺。郡奴所受，免餓而已。

戴德彝嫂項氏，聞靖難師渡江，度德彝必仗節，禍且及，令諸戴盡以室逃。二子方在抱，亟藏山中。焚家乘，毁廟主，獨以身留。及收者至，一無所得。械項詰之，焚炙遍體，乳膚爲潰，竟不承，故忠臣惟戴族獨全。

建文之難，衛卒儲福以不食死。妻范氏，事福母甚謹，每哭輒走山谷中。一日浣澗邊，有草若席，因取織之，售以養姑。姑卒，范營葬，爲廬於側。年八十餘卒，草亦不生。

姚少師有姊，嘗事之如母。既貴還，往拜之，姊不肯出。家人曰：『少師貴人，執禮甚恭，那得終拒？』姊不得已，出立中堂。少師望見即下拜，拜未竟，姊遽入扃户，且讓之，終身不見。

朱成國戰歿，其子獨脱身歸，拜母王夫人。夫人讓之曰：『汝父死國難，汝隨行間，不能自奮，乃脱身還！是爵禄爲重，殉節爲輕！』立命死之，以庶子襲封。

林以乘大輅爲郎時，以論救黄鞏坐繫。妻黄氏，留邸舍中，朝夕籲天。緹騎誣以詛咒，并逮下獄。以乘備常楚毒，訊者危詞怵黄，黄慷慨曰：『妾夫被繫，焚香告天，所幸者庶皇輿不出，生民休息，忠良獲宥，國法無頗耳，庸有其他？兒女子無知，使吾夫重獲罪戾，惟一死謝官家，并謝吾夫。』言辭激昂，神色暇裕。

丘仲深與三原冢宰不協，有太醫院劉文泰求遷不得，訐奏三原，時人疑仲深教之。洎仲深卒，文泰往吊，夫人叱之出曰：『爲若故，使我相公齮王公、負不義名於天下，安用若吊？』聞者快之。

沈瓊蓮，烏程女子，以父兄之籍，得通掖庭。嘗試《守宫論》，其發語云：『甚矣！秦之無道也，宫豈必守哉？』孝宗擢居第一，給事禁中，爲女學士。

林鶚守蘇州，母程淑人每夜輒令陳其日所行事，或有過，則笞之。

錦衣王佐，故陸炳父執友。佐死，有三别墅，炳賺其二，復欲得其最麗者。其子不可，乃誣以他罪，并捕其母。炳與其僚列坐，張刑具脅之。母膝行前，道子罪甚悉。子恚呼曰：『兒頃刻死，母忍助天爲虐耶？』母叱之曰：『死即死，何説？』指炳座而顧曰：『而父坐此非一日，作此等事亦非一。生汝不肖，天道也，復奚説！』炳面發赤，膊汗簌簌，趣遣出，事遂寢。

趙王以賈姬畀茂秦，秦死大名，姬率二子厝柩大寺傍。每夜，操琵琶一曲，歌《竹枝詞》，慟絶而罷。已乃以千金裝，付二子歸葬。自破樂器，歸老闤闠。

嘉靖之季，寇發建寧。貢士游銓，有女且笄。妻張，慮其不測，數提誨之曰：『凡我婦質，順適其晏，以一所天，幸矣。彼變之窘，惟溺與刃！』女謹識之。銓讓其不祥，張曰：『婦聞士尚節必祟於夙，女愛身必明於素。君將砥節，胡是不解無惡不祥？使婦與女能明不祥，祥莫大焉！』寇至，果赴井死。

左蘿石懋第太君陳氏，諳書史而好談節義。李映碧清爲給諫，疏請靖難殉義諸謚。太君誦之，咨嗟歎賞，擊節稱快。及蘿石以侍郎北使殉節，人謂母教居多。

成樞曹德殉難，妻妾寓金沙。歲餘訛傳德實不死，間行抵江南。妻妾聞之，忿然曰：『彼若未死，吾屬必死！名殉實逃，何顏面人世？』

容　止

中山王長身高顴赤色，儕伍咸莊憚之。

王冕好穿曳地袍，行步翩翩，兩袂軒翥。

張三丰大耳圓目，鬚髯如戟，項作一髻。

常開平王長身白皙，猿臂善射。一曰狀類猕猴，指臂間多秋毫。

丁德興驍勇善戰，面黑貌偉，上以『黑丁』呼之。

李希顏嘗首箬笠，衣緋袍，時臨盛會。客嘲之，曰：『戴者本質，著乃君賜。』

師逵入太學，爲御史所劾。逮至闕下，因服入見，狀貌偉麗，面如玉盤，戟髯拂拂。太祖目而偉之，即以逵爲御史。

陳京兆謂嘗奏事，聲響洪徹，聽者颯然，上令餓之數日，奏對如前，乃曰：『爾賦自殊耶？』每呼爲『大聲秀才』。

慶成王生百子，長襲王，餘九十九人并鎮國將軍。每會，紫玉盈坐，至不能相識，而人俱龍準。

岳季方正修頎美髯，神采秀發。侍講杜寧曰：『此我輩中人。』

于忠肅骨相異常，音如洪鐘。嘗扈從征高煦，罪人既得，上命數其不軌，辭嚴正，矢口成文。

徐有貞之相甫受命，其止不容。既退，英宗謂左右曰：『惜有貞之寡命也！』許彬常退朝而入閣，會雪，踣於地，扶服而登，有貞側項大噱。薛瑄奏事，誤稱學士；岳正言於前，唾濺御服：皆相繼出。論者謂容之弗慎云。

倫文叙長身玉立，頭顱大二尺許。

韓襄毅姿貌軒偉，自大同入奏事，憲宗偉之，留爲兵部侍郎，求可代襄毅者。李文達舉王越，越故亦美姿貌，上嘗目屬之。既徵入，故偉服而短其袂，上熟視久曰：『是故快御史耶？可弁而將。』遂命代雍。

吴清惠廷舉長身而瘠，面如削瓜，恒敝衣帶穿，不事修飾。

陶自强魯機明内蕴，而神觀不足。或從令尉列見上官，輒昏睡不恤。

周伯器魋顔蹙鼻，長上短下。

萬安眉目如刻畫，外寬然長者，而内深刺骨。

彭濟物澤腰帶十二圍，雖與人偶語，叱叱聲若詈。

陳白沙身長八尺，目光若星，右臉有七黑子，如北斗。嘗戴方巾，逍遥林下，望之若神仙。

張元禎短小不及四尺，貌尤寢陋。孝宗朝充日講官，聲音朗徹，聞者竦然。上命設矮几，就而聽之。

陳壽巡撫延綏，適大鹵在邊。壽自出帳，擁數十騎，據胡床，麾指飲食如無事。鹵望見之，遂引去。

陳太常音不事修飾，蓬垢自喜，時一苦吟，輒遺世務。

祝京兆生而枝指，自號枝山。

楊文襄生而隱宫，貌類寺人。

康德涵云：往歲西歸，見劉少師健於洛陽里第，留入卧内，微揭帳帷示之，童顔黑髮，雙瞳炯然。

楊文懿生而天庭有七黑子，如北斗狀。

倪尚書謙有四乳，雙瞳若電。子岳，尤瓌異秀偉，望之若神。

顧文康長七尺，虬鬚虎顴，目炯炯射人。聲吐若鐘，在班行，上每目屬之。

徐存齋生而白皙，秀眉目，美須髯。端坐竟日，無跛倚，湛若冰玉。及接之，藹然春温襲人，談論霏霏皆芬屑。

謝布衣貌醜，一目，弱冠爲俠齊魯間。

霍文敏重瞳虬髯，一代偉人。

徐文長美姿儀，面白皙，音朗然如鶴唳。常中夜呼嘯，群鶴應之。

司寇蕭道亨，長身偉貌，瞻視非常。萬曆中，獻俘禮成，上方御午樓，朝暾正耀。道亨前，口叙數百言，吐納清越，神觀焕爛。時人以方魏陽元。

陸杰撫湖廣，會肅廟巡幸，召見。杰偉貌美須髯，進退從容。語近侍曰：『陸都堂可謂大臣。』

王履吉俗言未嘗出口，風儀玉立，舉止軒揭。其心每抑下，雖聲稱振疊，而蘊籍自將。

梅國楨三試不第，因携家長安，與酒人、俠客浮觴角射，或效武夫結束，或如羽流。長髯大鼻，聲如洪鐘，望者却走。

文待詔晚年，衣紅罽袍，戴捲檐帽，坐白紙窗櫺下，擁爐曝背，劇談娓娓，坐客移日忘去。

孫伯諧友箎山居獨行，洞簫在珮，不顧俗誚，飄然自怡。

丁戊山人傅汝舟，方顙碧目，小指有四印文。

聶壽卿大年一目重瞳，長身紫髯，博通經史，儀觀偉然。

張處士子靜淵長髯秀目，而儀貌樸野，吴吴作湖語。及酣吟興發，以手拄頰，瞠目直視，且思且革，俄盈數十紙，顧盼風生。

麻孟璇三衡圓顙方頤，虬髯玉面，身昂藏而娟秀，雅好飭其巾服，乘馬過都邑，觀者相逐。常命畫師倣岳忠武像貌己，笑謂人曰：『正恐頭頸相似。』

補　遺

趙參議承謙長七尺餘，虬髯軒鼻。少爲諸生，里舍兒已目屬之，而辭貌嚴冷，不骫骳傅人意。間有所不可，目怒射，面須蝟張，且語且咤。稍已，則理鬚歡然，亡留濦。

自　新

宋仲温克少任俠使氣，好擊劍走馬，及飲博遊戲。遇貴遊，以目攝之。晚痛刮劘豪習，聲譽籍甚。

靖江王不得於母，作歌嗚諷，群僚公譙，令伶人歌焉。參政岑萬遽起曰：『此非臣等所忍聞也，以子議母，如上聞奈何？』王悚然，立命焚之，母子歡好如初。

薛文清少好詩賦，稍長讀周、程、張、朱書，歎曰：『此道學正脉也！』遂焚其所作詩賦，潛心道奥，至忘寢食。

徐昌穀天才高朗，少即摛詞，文匠齊梁，詩沿晚季。迨舉進士，見獻吉，始大悔改，悉取所著稿焚之。

王伯安十一歲，奕奕神會，好走狗鬬雞六博，從諸少年游。一日，入市買雀，與鬻雀者争，相者異之，出篋錢市雀，送伯安曰：『自愛，自愛，異日萬户侯也。』伯安奮激讀書，以經術自喜。

羅文莊欽順少讀禪家《證道歌》，遽謂其理神妙，天下莫喻。已研繹聖經及洛閩諸書，始大悔曰：『昔朱子斥象山爲禪，蓋晰之審矣！』又言嘗從老僧聞參庭前栢子之語，嗒焉静坐，遂窮日夜。忽灑然朗澈，見天地萬物，俱在瑩湛中。蓋此心虚靈之妙，非性之理也。著《困知録》以自述。

陸文裕嗜古玩，羅列一室。聞魏莊渠來，悉令撤去。

董蘿石少躭吟咏，至廢寢食，恒杖肩瓢笠，笑傲江湖。年六十乃精名理，欣然有得，淡而忘歸。

卷十

術解

劉誠意少嘗與夏煜、孫炎輩遊西湖，望西北雲成五色，光射湖水。衆謂慶雲，擬賦詩，劉獨引白，慷慨曰：『此王氣也，在金陵。後十年有英主，我當輔之。』

高祖與友諒鏖戰鄱陽，劉誠意忽躍起大呼，上亦驚起，誠意手揮，急令更舟。坐未訖，顧前舟已爲炮碎。

劉青田在建德，適張士誠來伐。李岐陽文忠奮欲戰，青田固止，曰：『不三日，賊走矣。』三日登城，望顧其下曰：『賊走，急追勿失！』衆見壁壘旗鼓如故，疑不敢發，往視，果空壁，竟追取其帥。

周顛仙自南昌從太祖時，自言入火不熱。上命巨瓮覆之，積蘆五尺許，火盡啟視，端坐如故。寓蔣山，與寺僧怒，不食已半月。帝幸翠微，召之，步趨如常。帝曰：『能不食一月乎？』對曰：『能。』乃坐之密室，廿有三日，上至賜食，乃食。

太祖將援南昌，問顛仙：『陳氏方强，吾此行何如？』顛仙仰視良久，曰：『此上無陳氏也。』因命從行，舟次皖城，無風不能進。上問之，曰：『行且風矣！』不數里風作。

張三不修邊幅，人謂之儠傝。日行千里，静則瞑目旬日。一啖斗升俱盡，時或辟穀，數月不饑。

孝陵嘗微行至一寺，群僧悉出，伏迎道左。上問：『若何以知朕至？』對曰：『鐵冠道人云。』因召至，上方食餅未半，問：『道人能先知，當言我國事。』道人乃誦語數十，有曰：『戊寅閏五龍歸海，壬午青蛇火裏逃。』後悉如言。

建文之生，高帝知其不終，乃以匣錮之，戒曰：『嬰大難乃啟。』及金川失守，内璫捧匣至。發視，得僧牒楊應能名，及髡具緇衣，遂髡髮從隧道出。

程編修濟有奇術。建文小河之捷，勒名紀功，濟時在軍中，夜起祭，人莫解者。及成祖至徐州，見碑大怒，趣左右椎碎之。椎再下，遽命止，籍其名，後按族之。濟名正當椎脱，遂免。

姚廣孝嘗游嵩山佛寺，袁珙相之曰：『寧馨胖和尚，目三角彫白，形如病虎，性必嗜殺，它日劉秉忠之流。』燕王聞之，因召至燕，與使者飲酒肆。王易服，雜衛士中入肆，珙一見，趨拜曰：『龍姿鳳質，天高地厚，大明麗中，神略内蘊，真太平天子！』王曰：『度何時？』對曰：『年踰四十，紫髯過臍，其候也。』世傳二語曰：『辨宰相於嵩山佛寺，識天子於長安酒家。』

徐武功陰陽方術，無不精貫。正統末，熒惑入南斗，徐語其友劉溥曰：『禍作矣！』急遣其室以行。及南宮復辟，衆就武功謀。武功升堂而視象緯，曰：『事在今夕，不可失也！』

英廟北狩，瞽者仝寅筮得乾之復，寅附奏曰：『大吉。四，初應也，初潛四躍。明年，歲在午庚。午，躍候也；庚，更新也。龍歲一躍，秋潛秋躍，浹歲也。明秋，駕當復。繇勿用，應或之。或之者，疑之也。還而復也，幽然象龍也，數九也，四近五，躍近飛。龍在丑，丑曰赤奮若，復在午，午色赤也；午奮於丑，若，順也，天順之也。其於丁，象大明也，位於南，火方也。寅其生也，午其王也，壬其合也。其復辟，當九年之後，歲丁丑，月寅，日午，合於壬乎。』後悉如言。

韓公雍總督兩廣，獲術者，懼惑衆，命斬之。公試問曰：『知斬汝者誰？』曰：『緋衣人。』公命更白衣斬之，問其人，乃裴姓也。

劉偉知府比病，命其子曰：『即死毋埋我。』死後，鄉人往往見之。劉氏聞之，發棺視，唯一履在。

嚴分宜日集天下堪輿，遍求吉壤。有術者指一地曰：『葬此，後子孫當相天下。』如言啟土治窆，內有古冢，按碑識，乃是分宜遠祖。

巧藝

冷起敬少從沙門，更業儒，初不解畫。一日，于四明見李思訓筆法，忽發胸臆，效之月餘，山水人物，尤加工麗，遂入神品。尤精音律，爲太常協律郎，郊廟樂章，多所裁定。

王安道履畫師夏圭，評者謂行筆秀勁，布置茂密，作家、士氣咸備。乃游華山，見奇秀天出，乃知三十年學畫，不過紙絹相承，指名家數。於是，屏去舊習，以意匠就天則。人問所師，曰：『吾師心，心師目，目師華山。』作圖四十，記四篇，詩百五十首。云：『文章當使移易不動，勿與馬首之絡相似。』

宋文憲一黍上能作十餘字。

高廷禮詩既有名，山水尤妙。或求畫者，輒自戲曰：『令我作無聲詩耶？』時稱廷禮『二妙』。

謝孔昭每營一障，皮或踰年，舉筆立就。蘇性初爲人畫，一幅終歲不成。時人語曰：『謝速蘇遲，各極其致。』

岳季方書法高簡，旁通雕繢。嘗戲畫蒲萄，遂稱絶品。

周文安洪謨嘗手製《璇璣玉衡圖》，以木代之，規劃精巧。

沈石田每營一障，長林巨壑，小市寒墟，高明委曲，風趣泠然，使覽者若雲霧山川集於几上。

王敬夫將填詞，以厚貲募國工，杜門學按琵琶、三絃，曲其技而後出之。康德涵於歌彈尤妙，每敬夫曲成，德涵爲奏之。

豐道生坊家蓄古碑刻既富，一一臨摹，自大小篆、古今隸草，無不明了。其中年得意處，殘篇小碣，人驟見之，莫以爲今人。

周伯器鼎界畫烏欄，信手與目，未嘗摺紙爲範，而毫髮不爽。

梁辰魚善度曲，囀喉發響，聲出金石。崑有魏良輔者，造曲律，世稱崑山腔者，自良輔始，而辰魚獨得其妙。

祝希哲少度新聲，傅粉登場。即梨園子弟，自謂弗及。書法自《急就》迄虞、趙，上下千年，具臻神妙。

楊忠愍受樂於韓苑洛，閉户耽思，梦舜授以黄鍾，遂合吕律。試樂之，日有九鶴，飛集於庭。

諸生汪宗孝有義概，好拳捷之戲，緣壁行如平地，躍而騎屋，瓦無聲。已更自檐下屹立，不加於色。偃二丈竹水上，驅童子過之，皆股栗。乃身先往數十過，已復驅童子從之。

馮子履備兵雲中，屬彝酋那吉入市，操强弓，請與戲下士角射。公曰：『吾與若射。』鹵射利近，乃特遠其侯。公連射皆中，酋盡輸其衣裘鞍馬。已乃前其侯，使自射而賞之，復盡予所奪，酋大愧服去。

方子振八歲知弈，時於書案下置局布算，專藝入神。年至十三，天下無敵。

西洋人利瑪竇，精曆象推算、勾股圭測之術，規玻璃爲眼鏡，燭遠者見數百里外物，顯微者能鑒疥蝨毛爪。笵銅爲小鐘，以繩貫懸之，機關相輸軋，應時自叩，週十二辰，刻漏不失。他所製器，皆機巧昡人，從來未有。

企羡

楊鼎鄉薦，聞陳祭酒敬宗之賢，乃求入南監。不携一僮，躬執爨事。

楊仲舉翥講道胥溪，生徒日衆。楊文貞自廬陵來，邂逅求館。公叩其中而善之，乃告主人曰：

『吾不足爲若師，當求我所師者事之。』遂辭去。

文清初授御史，文貞當國，令人邀文清一識面。文清謝以糾劾之任，無相識理。一日，楊於班行中識之，曰：『薛公見且不可得，况可得而屈乎？』

楊東里一日新修廳事，戒家人亟治具，往邀楊仲舉過飲，曰：『門户初闢，必一君子先行。』

張益初與夏昶同年，俱喜作文、寫竹。後昶見益作《石渠閣賦》出己上，遂不復作文；益見昶竹妙絶，亦不復寫竹。

張司馬悦任留都，雖中官皆敬禮之。守備陳某嘗設席，獨延公置上坐，子弟問：『更召何人？』曰：『他人那可同此席？』

賀給事欽聞陳白沙議論，歎曰：『至性不顯，寶藏猶埋。世即用我，而我奚用焉？』即日解官歸，執弟子禮。既歸，肖白沙小像，懸於家。有大事，必咨啟而行。

劉閔日無二粥，身無完衣，而處之裕如。徐貫、劉大夏每拜其門，輒曰：『今之顏子。』

耿文恪裕爲禮書時，嘗謂人曰：『吾暮自部歸，必過三原王公門，見蒼頭每持秤市油。吾雖貧，入仕未常市油，見之不能無深愧。以是每過，輒面城而行。』

陳粹之按察豫章，罷歸，無以朝夕，月廩於公三石。南州人過者，輒望其閭而拜。

有朝鮮使，於鴻臚寺見舉人劉甲，問知其貫，曰：『是劉公鄉人耶？公起居何似？』劉問故，曰：『吾聞中國李西涯、劉東山久矣！』後劉公遠戍安南，使貢者問廣令曰：『劉司馬遠戍西鄙，得毋恙否？』

嶺南人遊國學，北中人士必問之曰：『遊白沙先生門否？』以一字一墨爲驗，而因以輕重其人。

蔡虛齋友寧永貞、孫九峰，拜何椒丘，願爲弟子。既又友儲殖庵、楊月湖，好古獨信，貞風淵軌，使人躁息妄消。

徐健菴與白良輔論學，不合而罷。比曉，白詣徐，叩門揖曰：『吾中夜乃思得之，始知吾子賢予遠甚。』

邵二泉實云：『論名臣於正統、景泰間，劉忠愍敦君臣大義，章恭毅明國家大紀，于肅愍建社稷大功：皆願爲執鞭，而不可得！』

許襄毅進謂邢知州曰：『吾遥知關西有二高，一爲華岳，一爲雍世隆。』

劉瑾慕康德涵才名，欲招致，康不肯往。及獻吉繫獄，康慨然詣瑾。瑾大喜過望，延置上坐，急趨治具。康曰：『僕有所言，許我乃得留。』瑾曰：『惟先生命。』康曰：『昔高力士爲李白脱靴，君能之乎？』瑾曰：『請即爲先生脱之。』康曰：『僕何敢當李白？李梦陽之才，百倍於白，一不當公，遂下之吏，亦安肯屈白乎？』瑾從屈謝。明日，梦陽得釋。

王龍溪少年任俠，日躭飲博。陽明欲一晤，不可得，令弟子六博投壺，歌呼飲酒。因命密瞷龍溪，隨至酒肆，索與共博。龍溪笑曰：『腐儒豈能爾？』曰：『吾師門固日如此。』龍溪大驚，求見陽明，一接眉宇，便稱弟子。

廖道南曰：『予在翰林，見有亭一區，曰「柯亭」；有栢二株，曰「柯學士栢」。抑何流風遺澤，令人永矢勿諼？』

胡原荆洤爲御史，言事侵中貴人，削籍從户部給繻，跨一驢，都門客争勞之。一中貴人沃之酒，以好罽衫强被原荆背，曰：『毋謂我曹無人，即從君死不難也！』

文徵仲望隆朝野，周王以古鼎、古鏡，徽王以寶瓴珍貨幾數百鎰來餽，曰：『王無求於先生，不爾，仰慕之私無以自致。』先生固謝勿啟。四夷貢道吴門者，争望里而拜，以不得見文先生爲恨。

黄憲副卷孤介悃樸而甚好客，常服犢鼻衣，身自臨庖。一日，耿楚侗來詣，縱談名理，因及疆埸，奮臂自矢。已，有婢從屏間曰：『烹雞已熟。』時劇談方適，應曰：『少需。』如是者三，乃起入治具，盥手更出，歡笑移日，裁肋狼籍，了不爲意。楚侗出語人曰：『吾乃今遊羲皇世矣。』

陸子淵云：『章楓山樂易不事邊幅，喜與後生談論，終日忘倦。言若不甚切深，而其應皆如景響，所謂國家之著蔡。』

李尚書古㤗嘗言：『劉清惠麟觴予峴山逸老堂，了無夙具，旋以乳羊博市沽，風雨蕭蕭，欣然達夜。』

顧涇陽憲成曰：『自予十歲時，聞海忠介名，真如天上人，不可及；既稍知學，讀忠介《直言天下第一事疏》，其有功於社稷，可千萬世。』

唐荆川以古文負重名，胡梅林嘗出徐文長所代，謬謂己作。荆川驚曰：『此殆輩吾！』後又出他文，荆川曰：『向固謂非公作，然其人果誰耶？願一見之！』乃呼文長偕飲，結歡而去。

一直指按粤，惡萬公士和，欲捃摭之。時黄公佐家居，高不可致，忽出謁直指。直指心喜能致公，自起迎公。公入揖曰：『老夫久不詣公府，今爲萬君來。聞欲涅之，其人亦安可緇？』

萬士和之饒，唐〔荆川〕以雙磁罌贈之，曰：『饒非乏磁，而予以磁贈，知君不取磁於饒也。』

山人陸中行，吐納風流，寄詞逸婉。弄扁舟五湖間，信風來遄。一日過吴門，黄淳甫異之，灑灑晨夕，拍浮曰：『見陸生，引人自遠，何必山水？』

趙高邑吏部南星過王半庵司空□，圖史縱橫，異香絪繞，少爲流連。歸歎曰：『司空故有佳致，不及陳少宰□自有香也。』一日，語葉福清向高曰：『冢宰不足喜，喜與陳孟諤同官。』

袁公安宏道於陶石簣望齡樓架上，得一闕編，惡楮敗煤。挑燈讀之，驚呼問：『誰作？今耶，古耶？』已知徐文長，兩人躍起，燈影下且叫且哦，僮僕皆錯愕起。公安向人或作書，必首稱文長先生；有來詣者，即出詩與讀。

陳卧子子龍舉進士，客來賀，則曰：『一第不足喜，所喜者出黄石齋先生門下。』

劉念臺宗周家居，閉門掃軌。給事中徐耀請見。念臺謝之。耀曰：『昔人不得見劉元城，以爲如過泗州不得見大聖。耀若徒返，亦何顔對鄉里父老？』都督劉應國見，輒涕泗再拜，自言：『不遠萬里，接邁名賢，喜極難爲情，不自禁其悲哽。』

周仲馭鑣見劉念臺，念臺留飯。仲馭語人以匕箸長短若何、杯盤小大若何，爲一生未有之榮。

沈徵君遊金陵，年未弱冠。時鄭玄嶽爲司農，於同邑徐生得其文，嘖嘖欣賞。便投刺相訪，折節定交。嘗命其子留之書舍，子適他往，公怒笞之，曰：『沈生天下士，可同他客乎？』

徵君足跡不涉城市，垂四十年。當事委曲納交，罕得見面。有別駕跡其在僧刹，潛追躡及之。退語人曰：『今年晤沈耕巖，前年捫黄山天都峰，都忘塵世。二者，吾任寧國大快事，亦生平大快事！』

卷十一

寵禮

洪武初，甘露降，上召宋文憲賜坐，躬執金杓，煉湯於鼎，以甘露投之，手注於卮，以賜文憲，曰：『此和氣所凝，延年愈疾，與卿共之。』

劉仲璟豐髮偉貌，論議英發。上一日召見，喜曰：『真伯温兒！』特置閤門使，使仲璟爲之，曰：『欲汝日夕左右。』

詹同、劉基嘗侍上燕乾清，同醉還史館。未幾，上乘步輦至，同餘醒猶未解。上曰：『卿醉耶？』同對曰：『臣雖醉，猶能賦詩贈黄秀才。』問詩何在，對曰：『在史館。』上顧命濂取以進，笑曰：『朕即和同詩，卿當爲朕書之。』濂書訖，以賜夏㲼。

宋學士不勝杯勺，一日應制，獻《秋水賦》。賜宴，敕大官進膳，内官行觴。上顧問濂飲何以不盡，將撤，命更嚼一觴。濂再起固辭，引杯縮瑟。上笑，强之曰：『卿男子，何不慷慨？』濂飲遂醉，行步欹側。上命賦詩，書無行列，甫綴五韻，上親御翰墨，賦《楚辭》一章，仍命侍臣賦《醉學士歌》，且曰：『俾後世知朕君臣同樂。』

景濂乞歸，上御製詩餞之云：『白下開尊話别離，知君此後跡應希。』公續之云：『微臣願作衡陽雁，一度秋風一度歸。』上悦，賜白金錦幣文綺，曰：『爲卿作百歲衣。』自是，歲一來朝。

羅復仁以編修乞休，高祖賜一布衣，而題其上曰：『性雖粗率，忠直可喜。賜此布衣，歸於田里。』

蹇忠定義賜第大明門内，上命中人進式，皆不稱，親爲畫圖，命工戒期落成。

金侍郎問在仁廟時，嘗賜《歐陽集》二十册，寶藏之。已而不戒於火，失其八。後宣廟於文華顧問，因從容及賜書事。宣宗即令内侍補之，雖紙色不同，而兩朝恩賜復完。

宣廟幸楊文貞第，夜已二鼓，文貞驚起，朝服逆之。鑾仗繞屋，不知上所在，惟降階北面拜。上方倚東闌看月，笑而呼曰：『朕在此！』賜物充庭際。

文貞在内閣，夫人已蚤世，止一婢侍巾櫛。一日，中宫行慶賀。命婦悉往。太后以公無命婦，召婢至，貌既寢，衣復儉陋。命妃嬪爲梳整，易以首飾衣服而遣之，且笑云：『若歸，楊先生應不復相識矣！』翌日，命所司如制封之，不爲例。

况伯律守蘇日，李斯式角巾布袍，獻詩爲贄，願爲博士弟子。伯律讀詩，大加稱賞，即召學官，俾鳴金導入學。明日，仍野服進見，伯律爲製儒衣遺之。

歸安凌賢有獨行，不樂仕進。陸平侯自荆還，薦於朝，宣宗作《招隱歌》徵之。既入，命以司馬，又命掌都察院，并辭不受。上曰：『欲學疏廣耶？朕遂汝高。』御書『賜老堂』褒遺之。

張英公輔雅重李司成時勉，乞休假，受講國子，諸侯皆從。既竣而宴，英公登諸侯，揖司成而讓之，曰：『二三小子備役行間，若有軍事，執殳前導。今日之事，敢踰先典？』卒皆旁列。

于肅愍窮年不歸私第，以疾在告。景帝使興安、舒良往視，知其自奉簡嗇，輟尚膳醯醬之屬賜之。幸萬歲山，伐竹爲瀝，畀以和藥。或以寵過甚，興安曰：『彼忘身以圖國，雖寵之，亦豈爲過？』

楊仲舉介節道履，久著朝野。乜先之退，詣闕表賀，景帝製衣一襲，親命服之，以觀其修短。及薨，子津八歲朝京師，帝復躬引入内，賜果食，授主簿。

王忠肅翺在銓，衡公忠上，孚寵遇特隆。上呼之『老王』而不名。

劉忠宣、戴莊簡嘗對事畢，上令中使出白金二笏，以賜曰：『佐卿茶果。朕聞朝覲日，文臣有閉門謝客以避嫌者。如卿等，雖日延接，亦復何害？朕知卿，故有是賜。然亦毋庸謝，恐諸侍臣不無内愧者。』

孝廟君臣密勿，劉、戴尤勤造膝。戴老病乞休，屬劉上前臾之。上曰：『主人留客堅，客且爲强留。珊獨不能爲朕留耶？且天下尚未平，何忍捨朕？』因泫然久之。二人皆叩首感泣，出而相謂曰：『死此官矣！』

章楓山請告家居，天下以其出處卜治亂。孝宗臨御，思得醇儒，以變士習，特起爲祭酒。公適居憂，詔復司業，攝監事，仍虛祭酒以待。

盧次楩被誣輸作，元美方治獄大名，乃飛書邑吏，具筆札受次楩所著書若干卷。已而趣至郡臺，把臂爲布衣飲三日。

國朝輔臣，八十有賜者，毛文簡澄、賈文靖詠，然亡專使璽書；守正被旌者，劉文靖健、謝文正遷諸公，有專使璽書，無特賜象龍之衮，則林下大臣，不復沾被。華亭階得之璽書褒美，隱然阿衡師尚父。

江陵柄國，禮遇殊絶。旨敕題覆，稱元輔太師而不名。御講而暑，上先立其處，令内使扇殿隅試之；冬則藉以氊罽。講畢，張幄文華之東偏，以待語密勿。疾則手和椒湯以賜。御書褒語顔額無算，而江陵亦漸恣。

林見素再起司寇，方抵任，屬文徵仲應貢至京，林首造其館，延譽公卿間。冢宰喬白巖深信重林，奏授翰林待詔。林曰：『吾此出，庶不徒行。』

張肖甫開御史臺於句容，諸生盛仲交才氣橫溢，忽大醉，撾鼓戟門。肖甫曰：『何物狂生，必仲交也！』使人拉入，痛飲達旦。

邢侗就童子試，學使者鄒善賞其文，因即院署治具迎賓，爲行冠禮。

徐文長在胡公幕，多與群少昵飲市肆。幕中有急，召之不得。夜深，開戟門以待，偵者得狀，以報曰：『徐秀才方大醉嚎囂，不可致。』胡公反稱善。督府嚴重，文武將吏惴惴無敢仰視，而文長戴敝烏巾，衣白布澣衣，直闖門入，無忌諱，公益優容之。

傷逝

高帝聞中山王訃至，披髮徒步往哭，親至龍江迎祭之。

孫蕡爲翰林典籍，坐爲藍玉題畫論死，臨刑口占曰：『鼉鼓三聲急，西山日又斜。黃泉無客舍，今夜宿誰家？』後高祖聞詩曰：『如此才，何不復奏，率爾行刑？』遂并誅監斬。

張適少與高啟、楊基齊名，作吏桂林，衣食不給，竟抱案以死。而辛楚、寒薄、困厄之意，溢之於辭，天下讀而哀之。

餘姚成器聞劉忠愍球死，即邑中龍泉山巔，爲文祭之，以餕頒諸同志。文凡萬言，時謂《祭忠文》。

于忠肅之死，指揮朵甘故彝人，隸曹吉祥麾下，以酒酬地，欷歔長慟，吉祥恚而扶之。明日，復酬慟如故，吉祥莫能禁。

湯胤勣以參將戰死延綏，朝士皆歎曰：『公讓以醜鹵一箭，破其書囊。』程克勤謂其不死，使提數萬出陰山，功名詎下衛、霍？

于少保以冤死，田畯、行伍無弗哭者。爲之語曰：『鷺鷥水上走，何處尋魚嗛？』

姚文敏夔知貢舉，試院灾，天下貢士死者相藉。公設祭於郊，既畢，自謂：『不能致防，災及賢俊。』伏地慟哭，觀者萬數。

三原馬伯循理赴任過河池，見驛丞貌類黃伯固。問之，乃其弟叔開也，泫然下涕，厚禮之。既作詩贈之，云：『六年復覩先生面，爲過河池見叔開。』翚乃其同諫謫友也。

李空同之婦左氏卒，翼日奠烹牲腸，腸自團織，文理若流蘇，垂綏夾耳，提襻在上。空同觀之，慟而賦《結腸》之篇凡三章，詞致悽惋。又使陳鰲譜之琴，爲《結腸操》，且曰：『天下有殊理之事，無非情之音。』

正德間，王虎谷、喬白巖、王晋溪稱『晋中三傑』。楊月湖曰：『虎谷廉過晋溪，方剛過白巖，惜其早逝。使永年立朝，何殊汲黯？』

何遵疏斥江彬，被杖時，父鐸與家人墓祭，有烏悲鳴而前，心異之。抵舍，聞工部有以言獲罪者，鐸長號曰：『遵其死矣！』已而果然。

鄭繼之居湖上，多病。病少間，必往佳山水，遊賞竟日。一日，語顧華玉曰：『明年海上，有紫氣東來，是吾觀化至矣。』赴官留省，中道奄殂。華玉歎曰：『靈運樂遊，嵇康慕仙，超然驗封，千載同然矣。』

世廟時，主事周磧山天佐以救楊爵死。民有張弼者，祭於柩前，哭之哀。人曰：『舊識乎？』曰：『否，吾傷公以忠諫死。』

海忠介卒於官，士大夫醵金以斂，士民罷市，慟哭者累日。喪出江上，白衣冠而送者彌望原野，雨泣動天，簞食壺漿之祭，千里不絕。

王元美謂宗子相：『天才奇秀，前賢罕儷。中道摧殞，每一念之，不勝威明絕鍔之痛。』

中玄疾革，適江陵還朝，邀往視之。握手欷歔，以墓文相託，江陵心動。中玄卒，張夫人以所遺器玩，悉齎獻江陵，謂：『先相公未有冢嗣，不腆敝器莫之守也，以充下陳。』江陵惻然，爲請恤葬謚。人謂夫人勝姚崇算張説，然亦江陵悔心之萌，悼亡之誼。

任誕

楊君謙循吉既辭官，益詭跡自如，貧無聊賴。武宗問臧賢誰善爲詞，賢與君謙有故，遂舉君謙。君謙冠武人冠，韎韐戎錦以出。群怪之，了不爲異。既見上，應制爲新聲，受賞亡異伶伍。

羅圭峰動止詭異，徑情直行，人目之爲鬼王。

王稚欽既以任誕削秩家居，愈益自放。達官貴人來購文，好見輒蓬首垢面，囚服應之。間衣紅紵窄衫，跨馬或騎牛，嘯歌田間，人多避匿。

桑悅調柳州，殊不欲往。人問之，輒曰：『宗元小生，擅此州名久。吾一旦往，掩奪其上，不能自安。』

邊庭實以按察移疾還，每醉則使兩伎肩臂，挾路唱樂，觀者如堵。

隨人顏木與王廷陳并名，罷官家居，有故人參政造訪，木匿不見。參政行部他邑，忽田父荷炙雞甂酒，中道入門戟，呵止之，乃木也。因共飲劇醉，委甂擔去，不知其方。

張梦晋與唐伯虎齊名。會數賈飲虎丘山亭，且詠詩。張望見，笑曰：『我且戲之。』遂更衣爲丐，乞食坐前。已前請曰：『謬勞諸君食，無以報，雖不能句，而以狗尾續如何？』賈大笑，漫舉詠中事，試之如響。復丐酒，連舉大白，揮毫頃成絶句數首，不謝而去，急易維蘿陰下。賈使人伺之，無所見，大駭以爲仙。

楊用修謫戍永昌，遍遊臨安、大理諸郡，所至携娼伶以從。諸夷酋欲得其詩翰，不可。乃以精白綾作裓，遺諸妓服之，使酒間乞書。楊欣然命筆，醉墨淋漓，裙袖俱滿。在瀘州，常醉，胡粉傅面，作雙丫髻插花。門生舁之，諸伎捧觴，遊行城市，了不爲怍。

中牟舉人張民表，任俠好客，往往蕩舟郭外南陂。頂高冠，飄二帶，帶繡東坡『半升僅漉淵明酒，三寸纔容子夏冠』之句。乘敗車，無頂幔，一老牸牽之，朗吟車中，日醉陂頭老杏下。門人子弟扶掖以歸。兀傲自放，世莫測其淺深。

陳中丞九疇，以將略樹勛，爲王瓊、桂萼所忌，不獲竟志。晚益縱誕聲酒，常宴客不給，輒縱一捷馬走百里外，必有所獲而歸，人都不敢問。

史癡翁年八十，自知死期，預命所知歌《虞殯》，相携出聚寶門，謂之『生殯』。

邳州湯指揮慕痴翁名，拏舟過訪。時方溽暑煩冤，痴散髮披襟，笑語甚適，徑携手登舟遊下邳，家人不知也。痴女及笄，婿貧不能具禮。詭詞觀燈，偕其妻携女，至婿家，大噱而去。

常平事倫中法罷歸，益爲蕩恣。從外舅滕洗馬飲，大醉，衣紅，腰雙刀，馳馬。馬顧見水中影，驚蹶，刃出於腹，潰而死。

翰林故事：兩學士典司教習，體貌嚴重。王稚欽爲庶常，俟其退食，棲院署樹杪，窺其起居，大聲叫呼。

吴孺子與客談對竟日，客去閉門，藉虎皮危坐移日。人問之，曰：『我尋味好客話言，折除對俗夫時耳。』又好潔，不畏寒，遇水清泠，雖盛冬便解衣赴濯。樹蘭百本，花時，閉室護擁。有索看者，窗中捉鼻作兒女聲拒之。

孺子癖好山水，遊雁宕絶糧，取啖蘆菔，四十日不返。踰天台、石梁，採萬歲藤，屢犯虎豹。製爲曲机，可憑而寐。

宋登春過邢子愿言：『將訪徐宗伯學謨吴中，尋錢塘弄江濤，脱履江干，乘潮解去。子愿，子愿，君視登春，豈杉柏四周中人！』子愿曰：『唉，燕趙士自昔死魚腸、龍雀，不聞死潮。』後登春卒赴潮死。

張幼于獻翼與張孝資爲放浪之交，刺取古人越禮任誕之事，傚而行之。或紫衣挾伎，或徒跣行乞，遨遊通邑大都，自爲儔侣。或歌或哭，恬不知恥。然每故人亡忌，輒爲位置酒，向空酬酢。孝資生日，乞生祭於幼于。孝資爲尸，幼于率子弟衰麻環哭上食，設孝資坐而饗之。翌日，行卒哭禮，設伎樂，哭罷痛飲，謂之收淚。

阮堅之司理晋安，以中秋，大會詞人於烏石山之鄰霄臺，名士宴集者七十餘人。屠長卿幅巾布衲，奮袖作《漁陽摑》，鼓聲一作，廣埸無人，山雲怒飛，海水起立。

簡傲

王孟端嘗寓京師，月夜聞簫聲起隣家，倚床坐聽，乘興寫竹石。次日叩門投贈，主人喜過望，以駝葭緞爲報，更求配幅。孟端曰：『我受簫聲，報以簫材。賈豎不足當我名筆，那得相溷？』亟索碎之。

景泰中，召治中劉實修《元史》，筆削任心，無所咨承。見他人書不合己意，輒大笑，聲徹陛閣間。

桑悦爲邑博士，提學使者抵邑，顧問悦安在。長吏素恨悦，皆曰：『自負不肯迎謁。』乃使吏往召之。悦曰：『連宵淫雨，傳舍皆圮。守妻子亡暇，何候若？』促之急，悦益怒曰：『若真無耳者！即提學，力能屈博士，可屈桑先生乎？爲若期：三日先生來；不三日，不來。』及既謁，長揖就列。掾訶之，前曰：『汲長孺不拜大將軍，明公奈何以面皮相恐，薄待寥廓之士耶？』

陳愧齋與人無貴賤賢愚，輒傾盡。遇事漫無可否，但曰：『也罷。』人謂『也罷先生』。

康德涵罷官居鄠杜，楊侍御廷儀，少師介弟，以使事北上，過德涵。德涵置酒，醉，自彈琵琶，唱新辭。楊徐謂：『家兄居恒相念君，但得一字，僕爲道地史局。』語未畢，德涵大怒，手琵琶擊之，格胡床迸碎。楊踉蹌走免，德涵入，口咄咄蜀子，不復相見。

吴獻臣巡撫南直，察院中嘗畜小雞，自蒔瓜茄。有時正坐堂，忽念及雞雛，或瓜茄當灌，徒衆盈庭，弃之入内，俄傾而出。

李獻吉既以直節忤時，起憲江西。俞中丞諫督兵平寇，用二廣例，抑諸司跪。李獨直立，俞怪問：『足下何官？』李答云：『公奉天子詔，督諸軍；吾奉天子詔，督諸生。』竟出勿顧。又部使過客多謁李，李年位既不甚高，見則據正坐，使侍側，往往不堪。

孫太初寓武林，費文憲罷相東歸，訪之。孫適晝寢，故卧不起久之。費坐語益恭，孫乃出，又了不謝。送之及門，矯首東望曰：『海上碧雲起，遂接赤城，是大奇事！』文憲出，謂馭者曰：『吾一生未嘗見此人。』

何大復在京師日，每讌叙，常閉目坐，不與連榻者交一言。敕隸人携圊至會所，手挾一册坐其上，傲然不屑，客散徐起。

故事：閣臣日給酒饌會食。貴溪家厚而侈，不食上官供，所携酒饌豐飫，什器鏤金。嚴嵩共事二載，日對案自食大官供，寥寥草具，夏不以一匕及也。

嚴嵩爲宗伯，數置酒延貴溪，皆不許。間許，至期復辭。所徵集諸方異物，紅羊、貔狸、消熊、棧鹿，俱付烏有。一日，候出直，乃啟齒，次揆翟諸城鑾力爲從臾，乃曰：『吾以某日自閣出，即相造也。』至日，諸城爲先憩朝房以俟，乃貴溪復過家寢它姬所。薄暮始至，就坐甫三勺，略取沾唇，忽傲然長揖命輿。諸城亦不敢後，三人者竟不交一言，嵩大銜之。

王山人逢年，謁袁文榮煒於政府，時天子方修祠祀、新禮樂，文榮使以筆札從事承明，遂屬草應制文字。會有所更竄，山人謂：『閣下以時文取科，以青詞拜相，惡知天下有古文哉？』竟不辭而去。文榮遣騎追之弗及。山人自負，謂謾世敵嵇康，綴文敵馬遷，賦詩敵阮籍，騷敵屈宋，書敵二王：作《五敵詩》。

陸處士治晚年貧甚，有貴官子因所知以畫請。處士作數幅答之，其人厚具贄幣以酬。處士曰：『吾爲所知，非爲貧也！』立却之。

崔子忠畫法規古人，敦尚簡遠。興至，解衣盤礴，間遺知己。庸夫俗子，用金帛相購請，雖值窮餓，掉頭弗顧。其故人宋玫居諫垣，數求之不予，誘而致之邸舍，謂曰：『更浹旬不聽出，則子之盎魚盆樹且立槁矣。』子忠不得已，乃予畫。畫成別去，坐鄰舍，使僮往取之，曰：『有樹石簡略處，須一增潤。』玫欣然付與，立取碎之而去。

一時相子乞湯臨川顯祖爲父傳，臨川唾曰：『嚴、夏、高、張，被狐貉噉盡，以筆綴之，如以帚聚塵。惟青霞、君典，時在吾心眼中。』臨川爲龍宗武誄草，士論惜之。

姚孟長希孟爲諸生時，申相公里居，結夏園亭，與客對弈。孟長入，箕踞散髮，孰視良久，揶揄而出。或謂宜少遜，曰：『何居乎伴食宰相？』

繆當時昌期讀書西溪，與田夫牧豎偶語呴濡，爾汝相狎。至軒車造門，意有不可，直視旁睇，手掇衣裾，一揖之外，忽忽不相酬對。

楊忠烈方疏劾逆奄，當時匹馬過從，每離立長安道上，停車拊馬，戟手罵璫。及忤璫就徵，經毗陵驛舍，緹騎抹首韝袴，狰獰植立。當時與客談時宰諂附當路狀，俯躬起立，伍聲罄折，曲盡情態。緹騎爲哄笑失聲，趺宕嘔噱自若。

排調

永樂甲辰，上策進士，本孫曰恭第一，邢寬第三。已，更易之，笑曰：『暴不如寬。』蓋合『曰』『恭』字爲『暴』云。

吴文定初下第歸，聞母病，抵關不及報轄，關主拘繫之。公不爲意，以詩上之云：『扁舟載得愁千斛，聞説君王不税愁。』主關者慚而釋之。

景泰間，劉主静爲洗馬，兵侍王偉戲曰：『君職洗馬，日洗幾何？』劉曰：『大司馬業洗浄矣，少司馬猶未也。』衆噱然。後王謂劉曰：『衆人假庶子，君是真庶子。』蓋主静母，庶也。

陸式齋大參留滯郎署，已遷職方。李西涯學士戲語之曰：『先生其知幾乎，曷爲又入職方？』式齋應聲曰：『太史非附爇者，奈何只管翰林？』

何仲默與李獻吉曰：『君江西以後諸作，色黯淡而中理披曼，讀之若摇鞞鐸。』李曰：『君作如摶沙弄泥，散而不瑩，闔者鮮把持。至其行文，又無針線。』

劉希賢曰：『丘仲深一屋散錢，殊欠索子。』仲深應之曰：『希賢一屋索子，惟欠散錢。』

閣中試《春陰》詩，命題不欲泥律體。王欽佩韋作歌行，其警句云：『朱闌十二晝沉沉，晝楝泥融燕初乳。』後儲柴墟過欽佩，索觀之，擊節稱賞曰：『絶似温、李。』陸儼山亦在座，曰：『本是摩詰、蘇州，何言温、李？』蓋以欽佩姓名合爲戲。

費文憲爲侍郎，兄爲太常卿。一日公宴，以長少易位，劉瑾適過之，云：『費秀才以羊易牛。』

公云：『趙中官指鹿爲馬。』瑾怫然去。

孫太白自誇其『青崖貼天日，下照芝草班』之句，不減曹氏父子。崑崙山人張詩掉頭大笑，太白爲之短氣。詩謂坐客：『今日崑崙山壓倒太白！』

陸平泉見贊寧《筍譜》，曰：『禿翁老饞，不惜口業。好事者據爲食史，不知此乃淇園、渭川刑書也。』

席都御書以議大禮稱旨，擢尚書，驟加少保。一内臣見其束玉，陽爲不識，曰：『此毋乃「大理」石耶？』

世廟時，客語鳳洲曰：『大内有眚，十目十手，是何祲也？』鳳洲曰：『諸君不嘗讀《大學》乎？「十目所視，十手所指」爲誰？』分宜知而銜之。

癸未會試，主司出策，語詆陽明學。陽明弟子徐珊拂衣而出，時論高之。後爲辰州同知，侵餉事發，自縊死。時人語曰：『君子學道則愛人，小人學道則縊死。』

高中玄是介溪門生，然雅相詣謔。爲編修日，介溪自内直回，往候之。適其鄉人環立，介溪一至，衆拱以前。中玄曰：『偶憶韓詩，敢爲師道之？』嚴問何語，曰：『大雞昂然來，小雞聳而待。』介溪亦笑。人素嘲江西人爲『雞』，故云。

祝枝山右手駢拇指，或戲曰：『君之富於筆札，應以多指。』枝山曰：『誠不以富，亦指以異。』

常熟嚴相公面麻，新鄭高相作文用腹草。在翰林時，高戲曰：『公豆在面上。』嚴應聲曰：『公草在腹中。』

莫廷韓過袁太沖家，見有書琵琶果者，相與大笑。適屠赤水至，曰：『枇杷不是此琵琶。』袁曰：『只爲當年識字差。』莫云：『若使琵琶能結果，滿城簫鼓盡開花。』爲之絶倒。

吴中一布衣詣沈一貫，給事錢梦皋在座，戲之云：『昔之山人爲山内閒人，今之山人爲山外遊人。』布衣對云：『昔之給事給黄門事，今之給事給相門事。』一座哈然。

何中丞棟汰侈豪誕，嘗與許中丞輕車褻裘，時時過所狎宋妓家。時人爲語曰：『微服而過宋，何、許子之不憚煩。』

補　遺

李西涯在翰院教習庶常，頗事諧謔，出句曰：『庭前花未放。』衆易之，各對，皆弗稱。因曰：『何不言「閣下李先生」？』

卷十二

輕詆

洪熙中，修《永樂大典》。一日，諸儒群集，有及《凡例》未允者。王偁孟楊曰：『譬之欲搆層樓華屋，乃計工於箍桶都料，那得不誤？』座上皆有慚色。

丘仲深與三原不協，劉文泰以訐奏三原，左遷，怨丘在政府，不能爲地。怏怏向人曰：『貌似盧杞，學比荆公。』

莊定山以諫謫，退處三十年。丘仲深常嫉之，曰：『引天下士夫背朝廷者，杲也。我當國，必殺之。』及既執政，公卿皆曰：『定山人物，宜以翰林處之。』仲深曰：『我不識所謂定山。』

王元美砦歸熙甫文，熙甫作《人序》亦曰：『一二妄庸人爲巨子，争相附和。』元美曰：『庸則有之，妄則不敢。』熙甫聞之，曰：『未有庸而不妄者。』

錢謙益論李空同『倚恃氣節，凌轢臺長』，剽竊聲響，『如嬰兒之學語，童子之洛誦』。又曰：『國家日中月滿，盛極孽衰，粗材笨伯，乘運而起，雄伯詞盟，劫持一世，二百年流傳訛種，正始淪亡，榛蕪塞路，讀書種子斷絶。』

假譎

道衍爲文皇治兵，作重屋，周繚厚垣，以瓴甋瓶缶密甃之，口向内，其上以鑄。下畜鵞鴨，日夕鳴噪，不聞鍛聲。

陳黄門謂以直言觸上，怒命衛士出瘞之，僅露其首。既出就瘞所，叱曰：『若不聞朝廷瘞人以大瓮耶？』衛士如言，置之大瓮，遂得屈伸自如。

英廟有意採辦江南，徐有貞度不可言，將入對，謂薛文清曰：『予多言恐忤上，若度稍可，從後觸止之。』薛以爲信，尾其後。有貞即大聲曰：『薛瑄欲有所言。』上問：『瑄云何？』文清倉卒，即以江南買辦爲言，上不悦。

豐存禮坊高才吊詭，訓詁『十三經』，皆鉤新索隱，託名古本。或詐云得之異域，臨摹碑刻，撰定法書，以真易贋，人莫能詰。

梅克生國楨令固安時，有中官司徵責於民，操豚蹄餉公。公歡然爲烹豚置酒，曰：『今日爲公了此。』中官大喜。俄而牒追民至，公奮髯怒罵，趣粥妻償貴人，否乃死杖下。中官又喜，少選戒吏，僞遣人持金買民妻，追與偕入。公持金付中官，叱買者挾婦去。民夫婦不知，哀慟訣別，悽切盈耳。中官亦慟，不願得金。公固不可，叱去益力，中官與民夫婦參立悲咽，卒毀券而去。

伊王初有飛語，以二萬金餽嚴世蕃；事轉急，益以八萬乃解。及世蕃敗，王使校索所餽，嵩曰：『誠有之，顧兒曹用盡，請先以二萬爲謝。』校喜，嵩乃出上賜金有印識者，給之，而使人以盜報於郡。郡爲發兵，嵩奴爲導，追及鄱陽。發之，果賜金也。校不能悉，下獄論死。

劉子威謂方太古『少有名，能致客，然譎不可測，不知其中所挾何術』。人都以爲善。

孫文介慎行愛鄭鄤，鄤重餌其僮，公所讀書必以報，故爲闡析若夙知者，文介以爲才。黄石齋北上，太夫人托宿其家，故去紈綺，夫人語石齋，以爲儉。石齋過，見治雞臛，不以供，曰：『進老母。』每飯，入内數次，曰：『老母非某侍，不歡也。』石齋以爲孝。

周延儒以貪欺賜死，猶作詩自鳴，曰：『恩深慚報淺，主聖作臣忠。國法冰霜勁，皇慈覆載洪。可憐惟赤子，宜慎是黄封。獻替今何極，留章達帝聰。』人謂欺罔，之死不忘。

黜　免

太祖一日御東閣，静坐聞履聲橐橐，問：『爲誰？』對曰：『老臣危素。』上曰：『我以爲文天祥也。』命赴和州，看余闕廟。

嘉興桑悦，恃才放達，睨傲一世。其會試文有云：『腹中有長劍，一日幾回磨。』爲丘文莊所黜，悦遂終身不第。

有蕲人督學南畿，惡唐伯虎，欲斥之。張梦晋靈悒欝不自遣，伯虎曰：『子爲所知，何憂之甚？』梦晋曰：『不聞龍王欲斬有尾族，蝦蟆亦哭乎？』果爲所斥。於是躬操力作，饔飧不繼。人或笑之，答曰：『昔謝豹化爲蟲，行地中，以足覆面，作忍耻狀。使靈用子言，固當如是，亦安得更唧鑿落耶？』

李襄敏秉剛介不阿，統鈞時澄清仕路，一時嗜進者咸嫉之。已爲大臣搆妒，遂致罷免。前祭酒陳鑑，作詩送之曰：『古道自無三黜慍，直臣又見一番歸。』

董中峰文學藴藉，行誼修潔。竟爲永嘉中傷，一廢遂不復起。

楊用修自滇中戍暫歸瀘，已七十餘，而滇士有讒之撫臣者。撫臣故俗戾人，使指揮以鋃鐺繫之。用修不得已至滇，撫臣已没敗。然用修遂不得歸，病寓禪寺以没。

儉嗇

江景曦侍郎嘗爲客設一雞，客卒不至。時正暑，懸之井中，幾七晝夜。京師爲之語曰：『經年請客屠文伯，七日懸雞江景曦。』

高文義陞侍講學士，歷官已二十年。公宴，猶以新花補綴舊錦袍。人謂：『高學士錦上添花。』

陳白沙家在新會，兩司往返幾日，談論至午。留款，只魚餐而已。

景伯時官祭酒，每升監，乘一牝騾蹀蹀行。旁觀者率不能堪，景故自若。

李西涯冬月不鑪，披册操觚，不勝其慄。輒就日暴之，日移亦移。

胡壽安性清儉，任信陽未嘗肉食。其子自徽來省，日烹二雞子。胡怒，即遣之歸。

劉與和廷梅令歙時，嘗與汪伯玉偕行，而穗自靴出。汪以爲誤，引之愈長。劉曰：『藁也，聊代錦罽。』伯玉大笑，與和曰：『吾曩讀書時，坐一木罌，積藁其中，腰以下皆暖。今僅藁吾足，殊自覺侈。』

客從梁公實有譽遊者，間過飯，一肉不再簋。既復過，具鮭菜，不能肉。青衫沓拖，當繡處時嚙殘，則縵以絲繸之。

侈　汰

遼王好營宫室，置亭院凡二十四區，顔以佳名，充以美妓，綿亘包絡，參差虧蔽。琪花瑶樹，異獸文禽，靡不畢致。王頗善新聲，常自製雜劇傳奇，命美人譜之，日與諸名士觴飲嘯歌。

大理王延喆文恪公子嘗元夕宴客。客席必懸一珍珠燈，飲皆古玉杯。恒日歸，肩輿至門；門啟則健婦舁之後堂。坐定，群妾笄而盛服者二十餘，列坐其側，各挾二侍女，約髮以珠琲，群飲至醉。有所屬意，則憑其肩，聲樂前導，入室酣飲乃寢。

王諭德維禎過何中丞棟，值其生辰，因留預宴。其緑窗朱户，坐而理絲調竹者，皆家姬也。外舍黛緑者廿餘人，皆徵伎也。王托故而出，然未常不心羡之。

吴尚寶驥開宴窮水陸，以溧陽子鵞懸室中凡七，白飯飯之。日啖其一，七日而週。籠必以方，滿則方而脂肥，骨亦爲脆。

嚴嵩當國，鄢懋卿總理鹽法，巡行旁邑。其妻從行，裝五彩輿，以十二女舁之。令長膝行蒲伏，以文錦飾厠，白金飾溺器。

嚴世蕃當籍，有金纍絲帳，輕細洞徹；金鑲象牙，金觸器。執政恐駭上聽，悉鎔之，以金數報。

大同僉事以人雙陸餽世蕃：飾女童三十人，分紅白繡衫二色，織紫絨罽爲局。每當對直，當食子，則應移女子，麾當食者出局，世蕃爲啟齒。

胡宗憲開府浙中，值迎春節，張筵江館，集飲名貴。選伎女二百人侍，每十人以佳者一人領之。傍無几席，屏去僕役，酒炙樂器，俱伎手承。又窮極精好，蘭輝綺錯，燈火數里，竟夜乃散。有中貴賞金，胡少之，曰：『天下法錦在公手，遂乏纏頭耶？』

有餽徐文長洮絨十許匹，遂大製衣被，下及所嬖私褻之服，靡不備者，一日都盡。

江陵南還，真定守錢普製一步輿，前軒後寢，旁翼兩廡，左右各一僮侍，爲揮箑炷香。凡用卒三十二人舁之。所過州邑郵，牙盤上食，水陸過百品，猶下箸不慊。普爲吳饌，江陵甘之，曰：『僅得一飽。』於是，吳善庖者，召募殆盡。

江陵園池，故分宜所建。池以瀉鹵，種蓮花不甚茂。錦衣大帥合醵，置蓮花千餘盎，賂守池者，值江陵入朝而布之池。追請觀之，江陵頷之，爲一舉觴，而心知所謂不問。自是，復醵牡丹如之。江陵奉母夫人一再玩賞，歲以爲恒。

周輔延儒、賀輔逢聖，俱起自田間。賀輔清謹，周警敏而尚通，其赴闕時，傔從如雲，舳艫銜尾，拜塵者畫鷁櫛比。逢聖以次輔不敢先，一輕舟，隔數程踵後，人無知者。識者目擊之，深虞盛滿，謂吐哺相道而酬接猥冗，異日臨事，徇人失己，咎責有歸。

忿　狷

陳中丞智剛躁，一日蒞事，偶岸冠取簪，失墜於地。起自拾簪，觸磚數四，若怒之者。蠅拂其面，怒叱『擒之』。從者倉皇取索具，徐問爲誰，復叱曰：『蠅也！』有勸以寬者，乃鐫『戒暴怒』於木而樹其前。及有忤，又輒舉木撻之。

徐武功自金齒歸，覽玄象以將星在吴，每晨起運鐵簡，冀復起用。及聞韓襄毅鎮兩廣，乃投簡太息曰：『孺子能將乎？』居嘗咄咄，遶屋馳走，曰：『人不知我！』

丘仲深博極窮古，然剛褊少度。嘗與劉文靖争論，至帽脱於地，左右皆笑。

獻吉與仲默交最厚，獻吉爲璫逆所搆，仲默爲上書長沙，力爲營救。後以論文相搏，遂致小間。仲默晚出，名遽成，獻吉不能平。

獻吉督學江西，與御史江萬以事相訐，不能忍，即率諸生，手鋃鐺欲繫縶之。御史杜門不敢應。

嚴嵩初鄉試，御史李遂司省試，得嵩。當宴鹿鳴，諸生前爲壽，時嵩貎羸衣鶉，遂不復盻接。後嵩奉使廣西，道謁，遂投刺，講鈞禮。遂出叵測，漫應之。次日，始修門生禮，布幣再拜，曰：『某非敢薄公，以公向厭嵩。恐終見弃耳。』其急睚眦如此。

豐南隅坊嘗與沈明臣爲忘年交，人或惡之，曰：『是嘗笑公文。』即大怒，設醮詛之。

袁文榮遇門生極無禮，嘗召申瑶泉、余同麓、王荆石代撰文，不稱輒罵詈，甚則扃鑰書門而出。荆石自言：『一日幾餓死。』

楊君謙狷狹，好持人短長，以學問窮訐人，至頳面不顧。

高新鄭不能容忍，物有所忤，觸之立碎。每張目怒視，惡聲繼之。

張相奪情，怒言者風起。王荆石慮叵測，同馬文莊自强造喪次求解。江陵跽，以手撚須曰：『饒我，饒我。』已，呼刃欲自刎者，曰：『殺我，殺我。』

繆當時規切人過失，不少鯁避。人護前諱短，面頸赤發，更刺刺不休。魏閹方熾，士大夫或中立祈免者，輒衆中面數之，其人赧而亡去，猶顧問曰：『彼得無未諭吾語？』又嘗爲人撰制詞，或訴之曰：『彼賣公去矣！』一日來謁，使人尾其後，追還其名刺，以所撰稿即通衢焚之。

卷十三

讒險

王汝玉作《神龜賦》，上親定爲第一。及安南平復，詔汝玉撰表，上益喜。會黄淮侍側，上顧謂：『汝玉俊才。』淮曰：『彼嘗以是自矜，退有後言。』上頷之，遂以罪死。

黄文簡好詆訾同列。一日，宣廟問淮何在，東楊對以淮方病瘵，瘵能染人。自是，遂詔免奏對。

岳文肅相，曹、石惡之，使人譖上前曰：『正有令名於外。』帝問故，曰：『初罪己之詔，正出語人曰：「此非上意，我諷上爲之。」自賈其直，故人多稱之。』上以爲然。

徐有貞南内之役，與曹、石等比謀陷于公，蜚語布聞，皆謂矯詔賚符，迎立襄儲。蕭維楨爲正其獄，上之，英廟亦念謙有大功，持不可。有貞曰：『不殺于謙，今日之事無名。』上遂決。

楊善以巧取功名，而險忮多岸谷。爲序班時，坐事下獄。庶常章樸亦同在繫，頗與相狎，言家有《方孝孺集》。時有厲禁，善佯從借觀，而密奏之。文皇誅樸，而復善官。

張元凱武將能詩，初爲王百谷所拔，後稍見重有司，即讒娟百谷，時以爲『中山狼』。

王子衡巡按陝西，以事裁抑中官廖鑾，鑾大恨。尋督學北京，會權閹納賄，公焚其書。廖乃合諸奄，朋謀讒搆，遂轗軻終身。

王瓊素忌彭澤，澤又因酒使氣。時上嬖人錢寧挾威，公卿俯首折節，澤每切齒。瓊揣知，因寧所遣親近來，故邀澤飲。且醉，微挑之，澤即嫚駡：『朱寧奴才壞天下！』瓊又謬謂：『公勿妄言。』澤益憤不可止。寧果大怒，以土魯番事中之。

世廟好道冠，沉香束髮冠，嚴、夏各賜其一，同冠以入朝。嵩故籠輕紗，上顧問之。對曰：『何敢竟同至尊？』加上柱國，言受，而嵩固辭，曰：『人臣無上。』中涓入閣問事，嵩知言倨，必謬爲款昵，厚遺滿懷袖，計以傾言。

分宜敗，擬世蕃極刑。分宜托華亭客楊豫孫、范惟丕居間，以重賂求解。華亭欲弗受，二客曰：『徒生彼心，不如受之，以釋其疑。』賂入，華亭心動，欲爲道地。二客曰：『徒滋衆論，不如殺之，以絶衆口。』世蕃遂棄市。

新鄭修隙華亭。蔡國熙故華亭門士，攘臂請行，至則風郡邑摭刺三子論戍。三子牽衣號泣，華亭曰：『吾方逃死，安能相活？』即跳西湖之上。陸光祖向蔡動以門墻故誼，蔡曰：『凡吾所以爲相公地也。』

新鄭議抑中官，大忤馮璫，旨未俞允。新鄭以上冲年，安能調旨，事由内使，行且并逐耳。璫謀新鄭益急，江陵比之。行視陵地，往返三日，抵邸稱病，新鄭遂逐。已而有王大臣之獄，新鄭幾族。

尤悔

太祖時，有上書而衍者，上怒。或阿旨，謂不敬當誅。適宋文憲致仕陛辭，從容爲解。已，上閱其書有善者，乃召阿者而讓之曰：『方怒而又激之，是以膏沃火也！向非宋先生，不幾誤朕耶？』

文皇命解大紳等翻閱建文時章奏，有指斥者詔悉焚去。既而謂縉等曰：『卿等宜皆有之。』衆默未對，修撰李貫進曰：『臣實無之。』上曰：『爾獨以無爲賢耶？』貫慚懼。

趙介，番禺人，以淵明自擬。南海文士李韡以薦起，介止之不可，臨别謂曰：『堯天雖長，劉日實短，子獨何心？』韡竟去。後倅南康，鬱鬱不樂，乃悔曰：『趙伯貞真高士！』

屈直一日與一御史言：『平生未嘗苟取，如浙一縣令餽金求進，當時叱出，今猶耿耿，覺其太甚。』御史色沮愈恭，直怪之。既退問之，即前餽金者。

陸參政容至遷安，劉御史招飲。陸戲曰：『有驢腸羹即赴。』以劉衛輝人，舊有『西風一陣板腸香』之誚，故狎之。及暮歸縣，官卒吏人捧饌以進。問之，曰：『聞公嗜驢腸，故以獻。』既自悔，不敢戲言。

曹元無他才，以媢瑾入閣。將死，自志墓，曰：『我死，誰肯銘我！』

劉茝、戴銑等以言事下詔獄。牟益之斌爲鎮撫，任御史自愬：諸僚上奏時，署其名，己實他出。益之曰：『古人恥不與黨人，爾得與名，乃悔耶？』

陸貞山之劾張、桂，霍渭南韜黨張、桂，因以抨之，得重譴。後霍頗悔恨前事，嘗薦十餘賢，而貞山與焉。使人鄭重通殷勤，貞山謝曰：『天下事佹爲若敗，而何污我也？』霍亦不望。

陸莊簡光祖在吏部，黜陟自任，都不關白臺省。孫太宰丕揚方在省中，劾其專擅。既落職陛辭，因望見孫，揖謂之曰：『承公教，殊荷相成。但今者吏部之門，干謁錯至，苟非自行其意，亦復何由秉公？曩疏得毋甚誤！』孫沉思良久，憮然謝過。即日草奏，自劾失言，而力薦陸，陸亦復起。

鍾伯敬惺嘗遊虎丘，遇兩貴人子侮之，故相蹴蹋。伯敬以惡少，謹避之。明日，有兩生通刺求見，肅衣冠執弟子禮，俯身以俟。及出見，則向兩生也，兩生慚無地。

王弇州才華絶代，學尚該雅，於文最不滿歸熙甫。晚而意氣銷歇，浮華解駁，亦自尤咎。自謂：『《巵言》之作，年未四十，與于鱗輩是古非今，此長彼短。顧以災木已久，不復能秘，惟隨事改政，勿誤後人。』其贊熙甫畫像曰：『風行水上，自成文章。千載有公，繼韓歐陽。余豈異趨，久而自傷。』其虚心克己，不自掩護。又嘗語所親曰：『吾心知績溪之功，爲華亭所壓，而不能白其枉；心薄新安之文，爲江陵所脅，而不能正其訛：此生平兩違心事。』蓋胡宗憲破倭之績，以附嚴見出於華亭徐階，汪伯玉以壽諛張相父得名故也。

管東溟志道爲主事，請復午朝，總攬萬幾。江陵諷御史龔某劾而降調，尋復以外計罷去。海忠介折簡讓龔：『奈何不能爲國容一正人？』龔自愧悔，每握筆歎恨：『生平名節，壞此禿管中！』

高公之去，疏劾盈庭，葛端肅獨不肯。徐養正、劉自强强之，不可。二人爲白頭疏上之，葛罷而二人向用。高公復相，起葛公，從容語劉曰：『白頭疏向亦何忍？』劉曰：『若無此疏，安得在此？』高公曰：『葛公何以在此？』劉爲赧然。

倪文煥既削籍歸，同鄉喬中書可聘往謁。文煥神色阻喪，悔不自存。喬問：『楊、左以忤璫罹禍，君子也，公糾之何故？』曰：『一時有一時之君子，一時有一時之小人。當我居言路，舉朝罵楊、左小人，我自糾小人耳。由今日看，渠却原是君子。』

成樞曹德語人曰：『我嘗望東林如山岳，及渡江後，始悉錢謙益、熊明遇所爲。夙昔之意，索然盡矣！』

紕陋

文廟渡江，周公是修與胡廣約同死難。既而周使人覘胡動静，見胡方問家人飼豕。周聞而笑曰：『一豕尚莫舍，亦安肯舍生？』

戴元禮，國初名醫。初召至京，見一醫肆，迎求溢户。元禮意必良工，試一屬目，按方發劑，了不異人。俄一人取藥去，醫追語曰：『可下錫彈丸許。』元禮怪，叩之，曰：『古方也。』索書觀之，乃誤以『餳』爲『錫』。

姚廣孝身事浮屠，學爲詭異，著《道餘録》毁斥程、朱。其友張洪嘗曰：『少師於我厚，今其死，無以報，但見《道餘録》，輒爲焚棄。』

陳嗣初家居，有求見者，稱林逋十世孫。嗣初與之坐，少選入内，出一編令其人讀之，則和靖終身不娶無子。客默然。

王佑貌美無鬚，媚事王振。振曰：『侍郎無鬚，何也？』對曰：『公無鬚，兒安得有？』

項文曜爲兵部侍郎，素附于公，每朝出入，必附耳語，人以爲于公婢。

景泰易儲，陳循草詔已，與衆覆奏署名。王文端有難色，循持筆作半跪，乞文端署之。

憲宗崩，内豎於宫中得疏一篋，皆房中術，署曰：『臣安進。』孝宗遣懷恩袖至閣下，曰：『是豈大臣所爲？』安慚汗不能語。

國子生虎臣慷慨有氣節，聞萬歲山架棕棚，備登眺，上疏極諫，上奇之。祭酒費闇謂且賈禍，乃會六堂鳴鼓聲罪，縲絏加頸以待。俄旨出，令吏部銓選，與臣七品。闇大慚，臣名遂播天下。

分宜年老，上時有所問，對不稱旨，屬世蕃草，輒報可。分宜仗之，諸曹請事，輒顧問：『東樓云何？』

黄綰爲禮部不職，爲言官所詆，自陳背刺『精忠報國』四字。詔下法司覆勘，天下笑之。

大禮議起，陸澄以刑曹詆張、桂邪說。後議定，澄丁憂服闋，復上疏諛兩人正論，而悔前之失言，願改過自新，得補禮部。已上閱其前疏，大怒謂：『始造悖理之論，以惑群蒙，逢迎取媚；復假悔罪爲辭，悖逆奸巧，有玷禮司，出之！』

顔山農讀書不能句讀，而好以意穿鑿文義，爲奇邪之談，間亦灑然可聽。淺中無識之士，或趨附之。嘗言：『貪財好色，皆天機所發，但不可着以成固我。』挾詐人財，官捕笞論戍。

何心隱師事山農，既而心悔。凡山農弟子，必毆三拳，而後受拜。值山農淫於村婦，心隱辟隱處，伺而扼之，亦毆三拳，使拜，削弟子籍。

茅鹿門坤遊胡襄懋幕府，嘗大會，文士畢集。胡隱徐渭文，語鹿門曰：『能識是爲誰筆？』鹿門讀未半，遽曰：『此非吾荊川不能！』胡笑謂渭：『茅公雅意師荊川，今北面吾子矣！』茅大慚愠，面赤勉卒讀，曰：『惜後不逮。』

王逢年得古琴，自謂真蔡中郎焦尾。晚年無聊，持過王奉常敬美，曰：『願以此贖城南數頃，以具饘粥。』奉嘗唯唯。數日，出詒之曰：『焦尾果神物，昨宵風清月白，焚香撫操，二玄鶴從空下，飛鳴盤舞，扶之而上，不知所之。』逄年頫首曰：『固宜有是。』

陳瑞巡撫湖廣，適江陵父死，瑞詣其家，出麻巾袖中，加經而戴之，哭盡哀。因跪見江陵母，哭前致詞。母指旁厮役曰：『若屬幸一垂盼。』瑞起揖厮曰：『瑞安能重公？公乃能重瑞耳！』聞者掩口。

魏忠賢因食時，偶曰：『吾最不喜粥。』尚書周應秋以爲『竹』也，令園丁一日斬之至盡。

吴閣學甡初出范濟世門，濟世以移宮齮齕東林，甡願引退。濟世答以『公道昭明，彈冠其時，何遽言退』，甡歎息其語，人皆傳笑。及甡爲相，致書喬侍御可聘，亦以『正人滿朝，天下太平』爲言。可聘曰：『今寇鹵交訌，兵耗餉匱，擢幾輩同志，遂致太平耶？』

鄭輔以偉善讀書，而票擬非長。偶疏有『何况』二字，誤謂人名也，批擬提問，致被訐責。嘗懸筆不能下，周玉繩哂之，以偉歎曰：『吾富於萬卷，而窘於數行，乃爲後生所笑！』

惑溺

楊文貞子稷惡已著聞，王文端爲文貞言之，遂請省墓，實欲制其子。稷知，每驛遞先置所親譽之，颺言『人忌公功名盛，故特謗稷耳』。及見稷，氈帽油靴，朴訥循理，家中圖書蕭然。文貞疑文端妒己，還京出之吏部。

劉文介主試順天，陳循、王文皆以子屬。已二子皆不中，循、文因劾儼『考閱不明，題語誹謗』。帝重違二臣，令其子准會試，文復疏辨，張寧曰：『大臣而私其子，如國體何？』

陳繼方落魄嗜酒，每賦詩，必酒酣以往，才始暢發。嘗好一姬，姬請賦百首，乃肯相就。遂力爲賦，至六十餘，竟醉憊以死。

李西涯與楊邃庵極相善，佞倖謀欲害邃庵，西涯力救，邃庵德之。及西涯病劇，同列往視，西涯以謚爲憂，邃庵曰：『國朝文臣未有謚「文正」者，請以謚公可乎？』西涯於床上頓首稱謝。

楊君謙才列仕版，即建危言，棄官如屣，晚年騷屑之甚。武宗南巡，因徐髯仙進《打虎詞》以希進用，議者以爲血氣既衰，苟得不戒。

嚴世蕃嗜古珍玩，購以獻者無算，甚至發人塚墓。時人謠曰：『諧不諧，問椎埋；求尊官，且探丸。』

弇州作《曇陽子傳》幾數萬言，文飾玄言，多語神圣，極其誕妄，至稱曇陽『先師』，甘心門下。

吳少君家蘭溪城東，有腴田盡易磽瘦，鑿溝引山泉，繞入玉雪厨銅池，以此破其家。嘗以數縑市一大瓢，摩挲鑪錫，暗室發光。過荊溪，盜發其篋，怒而碎之，抱而泣累日。王元美作《破瓢道人歌》。

方太古嘗與黄省曾遇於途，誦所吟新詩。會雨至，黄匆遽欲歸，方益徐誦不輟。已而雨大濡浥，乃徐步別去。明日，謂客曰：『昨興頗洽。』

屠赤水隆放情詩酒，中白簡罷官。談空核玄，自詭出世。或挾乩稱慧虚子，遂篤信之。病革，猶扶床凝望，幾慧虚飈輪迎我。

吳人孫七政能詩好客，有園池，日與四方詞客賦詩宴賞。客醉遺溺，戽水出諸城外，引隍水滌之，累數百金。

卷十四

仇隙

胡惟庸以劉誠意嘗沮其相，怨之。後基告歸，以淡洋故多鹺盗，請設巡司涖之。惟庸使人上書，言基故善相地，以淡洋有王氣，購之不得，故有是請，上命奪基禄。後誠意病，惟庸乃遣醫來視疾。既飲藥，有物積腹中如卷石，遂不起。

馬順子年二十，病劇。一日欻起，捉順髮曰：『我劉球也！死老奴，令而異日禍隃我！』順拜謝，俄而子乃死。

徐有貞南遷之議，于公廷斥之。已，求補祭酒，因門人楊宜以請。公亦才而許之，爲言於景帝。帝曰：『才而不端，不可以師多士。』有貞以公沮之，乃益恨公。曹、石將兵而横，公復裁抑之；張軏征苗，公劾其失律；楊善以賞薄亦以公故：遂比謀陷公。

于公在本兵，嘗倚任范廣，張賜即軏也故怨廣，及于公死，并誣殺之。亡何，賜出，忽途中自揖，左右驚問故，曰：『范廣也。』歸發病死。

王允寧維楨以母老病，乞南得祭酒。道華山，爲文祭之，言：『母素敬神，當得蒙庇，吾太史能爲文，以不朽神。』後王以地震死西安，李户部愈素恨王，假華山神，爲文詈而僇之。

歷城尹公旻，素不善尹直。禮侍缺，他有舉薦，上不允，以直爲之。翌日，廷遇歷城，舉笏謝之。歷城曰：『公簡在帝心者。』自是益相仇怨。

龍宗武既以媚江陵，殺義士吴仕期，遂躐遷少參。江陵敗，論戍廉州。逃歸，爲有司所捕，笞之。宗武恚，發狂飲穢，自謂：『我仕期。』呼己子爲宗武，而大椎椎殺之。

盧柟雅負才望，濬令陽浮慕之，約旦日過盧飲。盧喜，因翁媪具酒饌甚恭。日昃，令不至，盧遂斗酒自勞。比令至，稱醉不能具賓主禮。令恚曰：『乃爲傖父子所辱！』遂以家人獄陰中之。

杜拯爲工部侍郎，恣横鄉里。其治墓門，或竊議其不利，聞而擒之，笞其臀三十。其人歸，聚族而篡取拯，亦笞之三十。拯還墓治創，夜有踰垣入者，斬拯。官爲捕治，忽數人自首於官曰：『杜侍郎殺某某，官不問；而獨問其見殺，何也？今爲死者，亦足矣！』

蔚鍾以河南僉事歸，一少年美而獧利武捷，通書自云：『河南部人，有官事，願托爲奴。』鍾甚嬖之。兩月餘，委寄踰諸幹。與之莊所，分遣諸從者徵逋責。抵暮，則鍾已橫尸地上，失其首。廄中駿馬，與少年偕逸矣。蓋河南怨家募使殺之，竟不得主名。

孝子王世民，父爲族子所殺，不忍析骸而檢，聽宗人割仇田以償。世民受之，誓勿茹毫末。賦役外，歲藉所入，市金而扃之。佯與仇爲好，即飲仇家，歸必計脯餚醬醢之屬，估而識其值。鑄利斧，鐫姓名其上，乃殺仇。自首，出櫝與金若干，曰：『此仇田所出也。』又出他鏹若干，曰：『此飲仇費也。』

倪文焕媚璫，劾周忠介。蘇民憤，殺緹綺五人，坐斬。已文焕家居，忽忽不樂，見五人嚴裝仗劍，旌旆導周公，庭井石蘭，飛舞空中，良久而墮，聲轟若雷。已，忠介子茂蘭血疏頌父冤，詔誅文焕。

徽人程梦庚，有白定古鼎值千金。崔呈秀心悦而丐之，梦庚吝不應。已謁相馮銓，見鼎在銓所，問所自，乃梦庚餽也，遂大銜恨。富人吴養春之獄，呈秀嗾其逆僕徐天榮，并連坐死。

阮大鋮既殺雷、周二公，國破竄閩。渡仙霞嶺，忽騶從却不能前，空中聞戈戟鏗鎗。大鋮馬上嚄唶，呼二公謝罪。馬驚，旁突崖谷。大鋮墜，曳馬鞯數十里，肢體靡潰。僕從云空中有衣朱緑者云。

闡義

吴肅公 輯
謝超凡 阮萌萌 校點

題解

《闡義》二十二卷，題『宣城吴肅公街南輯，南陵劉楷蘧庵訂』。吴肅公（一六二六—一六九九），字雨若，號晴巖，又號逸鴻，别號街南，安徽宣城人。明諸生，入清隱居，行醫授徒以自給。著有《街南文集》及《讀書論世》《讀禮問明》《明語林》諸書。《闡義》有康熙四十六年慕園刻本，今以爲底本校點整理。原本『虜』字全用□代，且有缺略訛謬，已據史料徑改。

序

宣城吴街南先生，績學好古，閉户樂道。其生平著述等身，每立一言，皆足以抉理法而植綱常，羽翼聖門，學者翕然宗之。兹手輯《闡義》一編，僅别録耳。第諦觀小序，詞約旨深，固非苟作者。且集中所載，多恢奇瑰異、可喜可愕之事，即小夫婦孺閲之，盡能興起，其於世教裨益良多。予因之重有感焉。

自孔孟之道未明，仁義之行不立，而甘心負義者乃日甚，史册所傳，君臣師友間反顔事仇，操戈入室，往往不免，君子所爲長太息也。然天地之經，如夜復旦，原不盡泯。學士大夫所顯背，而細民微物，輒隱隱相維繫，街南表而出之，以警斯人而覺後世。自氓工僕隸，下及跂飛蠢動之屬，苟協於義，則必亟登焉。比事連類，傳疑徵信，其致力可謂勤，而用意可謂遠矣。

顧是書久藏篋衍，今春，其門人沈子元珮，始出以視予。予流覽卒業，命兒輩授之開雕；至校讎之事，屬之沈子，而王子次雲，互有參訂。予樂是書之流布，爲序其簡端。抑吾聞荀卿有言：『苟仁義之類也，雖在鳥獸之中，若别白黑。』讀是編者，其亦惕然汗下，反而覺悟也哉。

歲在强圉大淵獻八月朔日，朗陵蘧庵劉楷撰

序

《論語》一書，與門第子問答，詳於爲仁，而罕及於義。《孟子》七篇，則仁義並舉爲多，而於義利之辨，尤深切著明，至儆之以弑奪，方之於穿窬。其時去孔子僅百有餘歲，岌岌焉爲世道人心之坊已若是。街南吴先生涉衰世之末流，身所覩記，有概於中，欷歔感觸，殆有什伯於子輿時者，此《闡義》之書所由作歟？

予性散誕，不事講學，然竊聞街南緒論矣。以明誠爲入德之基，以精義爲制事之本，尋繹斯言，固粹然鄒魯心傳也。子不云乎：『見義不爲，無勇也。』又曰：『君子喻乎義。』它若『比義』『徙義』，未易悉舉，然則《魯論》之言『義』，亦綦詳矣。

且夫『義』之爲用，匪獨兼濟，夫仁直貫乎三達德者也。仁易流於姑息，有時大義滅親，而不害其爲仁，以義爲之裁制也。智者善於觀變，趨避之計工，則君親之誼薄，非見之不明，由義之勿踐也。氣矜之勇，不可以終日，苟能集義以配道，剛大之氣則塞乎天地之間。雖然，此猶爲學問言之也。

觀街南所録，若民，若工，若隸卒，若婢僕之屬，人也乎哉？懵然物也。彼蹄者，角者，跂息者，蠕動者，泥潛而羽翔者之微蟲，又何知夫仁義，何常蹈之？則爲君子，古今奇節，獨行昭昭，若揭日月而行者，亦安用吾闡爲也。是編亟登厮養而旁收猥瑣，蓋以媿夫服習聖賢之教，而不得比於禽蟲者。薛水心嘗曰：『爲學而不接統緒，雖傳無益也；爲文而無關世教，雖工無益也。』街南學有師承，平生撰述，皆以綱維名教爲己任，《闡義》特其一耳。

中壘父子以沈生之不忘其師，爲之副墨流行，並好義不倦者也。予故樂觀其成，而論叙之如此。

康熙歲丁亥日中秋，雪坪梅庚撰

舊序

録民物備矣，民以上闕弗詳。嗟乎，吴子意深遠哉。民工僕隷，罕習典故，盲倀失道，然秉彝未泯，激於義固也。禽獸去人霄壤，顧不待教戒，往往與義合，何與？古逸居無教，近於禽獸，莊生曰：『人無人道爲陳人。』余意今人求近於義獸，不可得焉，得而人之人之者，恕辭也。瀟有君臣、父子、昆弟之别，果然生相聚、死相赴。今人瀆倫傷教，臨小利害死生相背負者幾何，而不爲然瀟所姗笑也。

然則吴子之爲是書也，比物醜類，蓋將使天下憬然知人者。五行之秀雖參兩，鮮克勝任，惴惴忝生是懼，庶幾媿生悔，悔生奮。居今稽古，充義至盡，求無毫髮繆而後即安，毋徒遜民工僕隷輩以義特聞。嗟乎，吴子意深遠哉！昔覃季子爲《子纂》，狗彘草木有益於世者悉載，柳子厚嘗稱之。宋袁子龍取凡蟲魚得五常之性者類爲書，使人隨物自省，署曰《坊雅》。今二書皆不可復見。吴子大指，與《子纂》《坊雅》同，其類寖廣，其義彌著，足以補二書所未逮。

況吴子湛思服古，非法不言，諸撰著裨助風教數十種，《闡義》一編，猶行千里者先足武，必執是以盡吴子底藴則非也。或疑雜非經史例，余曰：『此吴子哀世之感，存以翼經史者也。』

艺山張自烈撰

目録

卷一

義民 凡農漁樵賈皆入民部

街南氏曰：『《詩》曰：「率土之濱，莫非王臣。」雖然，民果臣擬哉？顓蒙耳，弗書史習也；褲襏耳，弗冠帶倫也；又疎逖而非手足股肱屬也。其於君也，可去可就，可后可仇也，吾安吾室家，而無死亡無竄徙，足矣，安問其他？故周可以秦，漢可以莽，苟有以安之，則亦從而後之已耳。其或仗義以伸所欲爲，而民病其擾，皆曰：『毋庸也。』而天下之繩義者亦弗之及。嗟夫，民果臣擬哉！顧予觀於前代編户窮廬，慨然激烈，未嘗不間出於君亡國破之際，不啻夫委贄之誼者，莊周所謂『無所逃於天地之間』者。非耶，民以下若卒若隸，以迄含牙戴角之倫，靡不各效其靈於所當報，況率土之義乎？《闡義》首民，世毋謂蚩蚩者不足語也。

馬適求　漢

馬適求，鉅鹿男子。王莽纂漢，適求謀舉燕趙兵以誅之。大司徒王丹覺，發以聞，莽遣人逮治黨與，連及郡國豪傑數千人皆死。

趙明　霍鴻　漢

居攝元年，東郡太守翟義起兵討莽，自茂陵以西至汧，三十縣並發。槐里男子趙明、霍鴻等起兵以和翟義，相与謀曰：『諸將精兵悉東，京師空可攻。』於是攻長安，燒宮寺，殺右輔都尉、斄令衆十餘萬，火見未央殿。莽日夜抱孺子禱宗廟，遣諸將軍破翟義，又擊明等殺之。

華文榮　六朝齊

梁王將殺齊諸王，鄱陽王寶寅家閹人顔文智與左右麻拱等密謀，夜出寶寅，具小船於江岸，著烏布襦，腰繫千餘錢，潛赴江側，躡屩徒步，足無完膚。防守者至明追之，寶寅詐爲釣者，隨流上下十餘里，追者不疑。待散，乃渡西岸，投民華文榮家。文榮與其族人天龍、惠連棄家，將寶寅遁匿山澗，賃驢乘之，晝伏夜行，抵壽陽之東城。魏戍主杜元倫馳告揚州刺史任城王澄，以車馬侍衛迎之。

敬珍　敬祥 北魏

東魏高歡之西伐也，蒲阪民敬珍謂其從祖兄祥曰：『高歡迫逐乘輿，天下忠義之士皆欲傳刃於其腹，今稱兵西上，而欲與兄起兵斷其歸路，此千載一時也。』祥從之。糾合鄰里，數日有衆萬餘。會歡自沙苑敗歸，二人率衆邀之，斬獲甚衆。賀拔勝、李弼至河東，祥、珍率猗氏等六縣十余萬户歸之。丞相泰以珍爲平陽太守，祥爲行臺郎中。

周禎 唐

周禎，會稽人。永徽時四境盜起，禎乃糾鄉人拒之，衆寡不敵。賊誘之從爲亂，禎怒曰：『恨不斬汝萬段，肯從汝反耶？』遂手刃數十人，自刎死。

袁人傑 唐

袁人傑，無爲人。唐末，盜賊充斥，人傑以土豪招集强壯，保障一方。賊入犯，人傑挺身出戰，度不能支，仰天大呼，自刎而死。屍僵立者累日，賊驚異，舍其境遁去。鄉人收葬，廟祀之。

景林洙 宋

景林洙，通州人。王均叛，州有人應之，林洙率鄉兵拒戰於州北。兵敗不屈，爲賊所戕，首隕而身不仆，跨馬奔歸州城東北隅，人訝而呼之曰：『君無首矣！』始墜。邦人即其地廟祀之。

郭靖 宋

郭靖，開禧時高喬民以亂故，鄉人推爲土豪。巡檢吴曦叛，四州民不願臣賊，棄田宅，攜老弱，順嘉陵而下。過大安軍，楊震仲計口給粟，賴以不死。賊盡驅驚移之民使還故土，皆不肯行。靖亦在遣中，至白崖關，告其徒曰：『吾家世爲王民，自金人犯邊，吾兄弟不能以死報國，今又爲賊所逐，願死此，爲趙氏鬼。』遂赴水而死。

汪仲明 宋

汪仲明，台州人。方臘之亂，仲明負老母逃入山澗中。猝遇寇於東城岡，逼使就降，仲明義不辱，奮起罵賊，卒死之。丞相吕頤誄以文。

潘盎 宋

潘盎，蒼梧人。有異性，常儒衣持一大褧，行坐獨語。儂智高陷邕，至梧城下，聞其異，召而問曰：『吾形何如盎？』曰：『汝一賊爾。』又問曰：『梧州幾日可陷？』曰：『百年亦不陷。』又曰：『吾欲據此以有南粵。』曰：『汝將斬首，豈能有粵耶？』賊怒殺之。

周中 宋

周中，世居濰州。金人攻城，率家人乘城拒守。中弟辛最富，盡散其財以享戰士。城陷，中闔門百口皆死。紹興六年，以周聿之請議贈以官。

熊飛　曾逢龍 宋

熊飛、曾逢龍皆東莞民，元呂師夔度梅嶺，二人起兵。會趙溍復韶州、廣州，已溍使飛及逢龍禦之於南雄，逢龍死之，飛走韶州。元兵圍之，守將劉自立以城降，飛率兵巷戰，兵敗不屈，赴水死。

張德興　傅高　宋

張德興，淮人，傅高，司空山民。德興與淮西埜人原寨劉源等起兵，高應之，遂復黄州、壽昌，軍用景炎正朔。元賈居貞、鄭鼎將兵拒之。鼎言鄂之大姓皆與高通，請先除之，以絶禍本。鼎與德興遇，戰不勝而死。元乃襲司空山寨，復陷黄州。德興遇害，三子被執。高變姓名走，尋被獲，亦死之。

博雞者　元

博雞者，袁人，素無賴，不事産業，日抱雞呼少年博市中，任氣好鬭，諸爲里俠者皆下之。至正時，袁有守多惠政，民甚德之。部使者臧，新貴，將按郡至袁。守自負年德，易之，聞其至，笑曰：『臧氏之子也。』或以告臧，臧怒，欲中守以法。會袁有豪民嘗受守杖，知使者意嗛守，即誣守納己賄。使者逮守，脇服，奪其官。袁人大憤，然未有以報也。

一日，博雞者遨於市，衆知其能，因讓之曰：『若素名勇，徒能籍貧孱者爾！彼豪民恃其貲誣去袁使君，袁人失父母，若誠丈夫，不能爲使君一奮臂乎？』博雞者曰：『諾！』即入閭左，呼子弟素健者得數十人，遮豪民於道。民方華衣乘馬，從群奴而馳。博雞者直前捽下，提毆之。奴驚，各亡去。乃褫豪民衣，復自策其馬，麾衆擁豪馬前，反接，徇諸市，使自呼曰：『爲民誣太守者視此！』一步一呼，則杖其背，盡創。豪民子聞難，鳩宗族僮僕百餘人，欲要篡以歸。博雞者逆謂曰：『若欲死而父，即前鬭，否則闔門善俟。吾行市畢，即歸若父，無恙也。』豪民子懼，不敢動，稍斂衆以去。袁人相聚縱觀，歡動一城。郡録事駭之，馳白府，府佐快其所爲，陰縱之不問。日暮，至豪民第門，捽使跪，數之曰：『若爲民不自謹，冒使君，杖，法也，敢用是爲怨，又投間蠛污使君。汝罪當死，今姑貸汝，後不善自改，且復妄言，我當焚汝廬，戕汝家矣！』豪民氣盡，叩頭謝不敢。乃釋之。

博雞者因告衆曰：『是足以報使君未耶？』衆曰：『若所爲誠快，然使君冤未白，猶無益也。』博雞者曰：『然！』即連楮爲巨幅，廣二丈，大書一『屈』字，以兩竿揭之，走訴行御史臺，御史弗爲之理。乃與其徒日張『屈』字游金陵市中，御史慚，追受其牒，爲復守官，而黜臧使者。方是時，博雞者以義聞東南。

蕭景茂 元

蕭景茂，龍溪人。南勝民李志甫作亂，景茂與兄祐集鄉丁拒戰，兵敗被執。賊脅使從己，景茂罵曰：『狗盜，我生爲元民，死爲元鬼，豈從汝爲逆耶？』賊怒，縛景茂於樹，臠其肉使自啖。景茂益憤駡，賊以刀决其口至耳傍，駡不絶口而死。事聞，褒表之，給錢以葬。

鄧可進　元

鄧可進，乳源人。至正中，彬寇圍乳源甚急，可進率砦兵並其子弟死守。遣其子一源間道趨韶上方略同知買住，遂率兵破賊。已而賊復悉衆來攻，凡兩月，糧盡，可進奮身出戰被執，並其子弟七人皆死。砦破日，民無一人降者。

東湖樵者　明

東湖樵夫，不知何許人。建文中，突至浙東臨海縣東湖上賃居，日負薪入市，口不二價。文皇登極，詔至，臨海湖上人相率走縣庭聽宣讀。或歸語樵者，曰：『新皇帝登極。』樵者愕然曰：『皇帝安在？』或曰：『燒宫自焚矣！』樵者痛哭，投湖水中死。

宋味古　明

宋味古，會稽居民也。燕兵破京師，建文帝出亡，味古聞之，每夜於星月下叠床北向拜祭慟哭。月餘，怨家告之，逮捕治，其子請代，釋之。

張弼 明

嘉靖時，武定侯郭勛怙寵專恣，所爲不法，給事臧賢、李鳳來等劾奏之。上覺其横，給事高時盡發勛不法事，遂詔逮勛下獄，加高時俸一級。先是御史楊爵上疏，言帝失人心而致危亂，寵勛過甚，上怒，下詔獄。至是，御史浦鋐按陝西，上言勛之奸楊爵首發之，今高時受賞爵，亦宜宥。疏入，帝怒，逮鋐，杖於午門，七日而斃。户部主事周天佐亦上疏救鋐，復杖天佐六十，下獄死，殯於釋宫。張弼者，市民也，素不識佐，往釋宫奠而哭之慟。士大夫聞者，争嘆服曰：『匪弼之義，佐與鋐之義也；匪佐與鋐之義，爵之義也。誠能動物，其是之謂乎！』朵甘之哭余忠肅，王振僕之哭薛文清，並弼而三矣。

保安賈 明

經歷沈公鍊以疏劾相嚴嵩父子，謫保安。至未有舍，保安賈某見之，曰：『公非上書請誅嚴氏者耶？』揖之入，遂徙家家鍊。里長老聞知鍊狀，皆大喜，争遣其子弟從鍊學，又争爲鍊詈嵩以爲快。乃爲偶人三，象唐李林甫、宋秦檜及嵩而射之。語聞於嵩，嵩父子益銜之，使其客都督楊順、巡按路楷誣以白蓮妖黨，捕誅。

錦衣獄賈　明

刑部尚書趙公錦爲南御史，清軍雲南，上書忤分宜被逮，械行萬里，途中墜車者再。偶入坎窞，輪過得不死。既至，下錦衣獄。有巨賈某亦在獄，視公而泣曰：『公既拷訊，宜爲雙足計，得行六十金，可全矣。』曰：『吾不能保首領，焉保吾足？』明日刑審，且夾其足，有青衣數校在傍，若陰護者，則賈已代爲居間矣。公削籍歸。

吴叟　明

叟，吉安人，忘其名。里中有大猾，家徒數百，暴行爲患，人皆畏而苦之，然不敢上狀於有司。即上，有司亦怵怵恐致變，不敢問。會流賊逼里中，叟遂間詣其廬，説曰：『公之行事，上下之所知也，即有司懼不敢問。假令部使者督千人捕公，公能終拒之乎？』曰：『不能！』叟曰：『吾固知公之不能也。公既不能，何不因事自解，無論自解，且令里人德公。』其人欣然曰：『唯長者命之。』叟因執其手曰：『方今流賊四劫，誠危急存亡之秋，而公雄桀，所部皆堪戰力士，賊氣驕，翦此何有？公當此時，誠能率其子弟擊賊，賊必潰，則里中莫不驩公，公得以長豪里中無懼矣。』其人遂掀髯而起曰：『公無言，吾當爲公擊賊。』於是勒其子弟最强者百人，持梃急馳之，而叟騎一驢，從二蒼頭往贊。一遇賊，則奮鬭，日已至未，凡數戰，殺數十人。猾者稍倦矣，輒命左右取水。而叟心計賊既已殺數十人，無可慮賊矣。獨念猾暴里中無已時也，不若因其機滅之。遂從旁大呼：『我兵且退。』賊遂乘勝追之，悉殺猾之父子兄弟。

賣油人李登　明

萬曆二十年，寧夏土酋哱拜及其子承恩反，因共推軍鋒劉東暘爲長，許朝、土文秀等從之，相與入帥府，執巡撫黨馨、副使石繼芳殺之。全陝大震。朝廷命經略鄭洛、總督魏學曾、甘肅都御史葉夢熊等討之，師圍寧夏，久無功，引水灌之，賊堙門斷塹固守。

有賣油人李登者，跛而眇，負罌擊木而歌於市曰：『癰之不潰，而狃於痏，危巢不覆，而令梟止。』監軍御史梅國禎聞之，曰：『是可使也。』召問計。登曰：『賊可間而使自圖也。』請以三劄行。乃縛木以渡，夜見承恩於東門。承恩見其貌而笑，登曰：『將軍何笑爲？登之跛且眇耶？然將軍之雄傑，懼瀕於死，幸得登而生。城旦夕且破矣，東暘寧手受戮耳，夫東暘厮養賤役，一旦計窮無所之，則亦已矣。將軍父子樹百戰之功，爲朝廷保塞，分符受勅，世爲上將軍，而甘從厮養之徒，駢首就戮，身名俱滅，計亦左矣。今監軍多將軍之功，且惜將軍之才，知將軍之非首謀也，故欲脱將軍而生之。軍中故不乏使，所爲使登者，以廢疾之人，不駭視聽，故私使授計於將軍。將軍亦聞咸寧之事乎？安化之變，咸寧陷賊中，業已受僞命矣，一旦反計乘間蹈隙，殲逆璠而自歸於國，卒受上賞，封侯印，名高天下。向使咸寧守前策而不變，亦爲鯨鯢戮矣。此宁夏已事也。將軍誠以此時殺劉許以自歸於國，故將受券列爵，不失咸寧之功。願將軍之熟計之，幸有意聽登，即不聽，願死麾下。』承恩心動，許之，遂致劄而歸。又間道走謁東暘及朝，説之，東暘、朝亦心動。登又致劄行。會寧夏人周國往者，署東暘幕，以計殺東暘及朝，城遂下，哱氏伏誅。

任韓二館人　明

任兵憲環嘗爲吴丞，倭暴至，臺横丞以鄉兵五百禦之。兵故市之子，倉卒應募，不習戰，遇輒鳥獸走。而丞方獨身從親信抵射賊，賊中勇敢者奮持長刀踰溝來擊丞，館人挾抱丞上馬，則賊已刃尾之。館人乃直前手搏賊，連中數鎗，手不舍，竟死，丞以間逸去。而韓户部叔陽以金華令入覲，過淮陰，車從冰上行。會冰薄車破，韓與館人俱溺焉。館人急持韓衣裾不置，傍有施繩鉤下救者，緡且及，館人號曰：『左披髮者爲令，救令有重賞。』救者乃移緡鉤令起，宛轉間，竟失館人，弗及矣。王世貞曰：『士居平誦書，信眉、掀鼻、昂頰、鼓掌、稱伏節者何限？一旦事起，而抱首鼠竄相接也。夫二館人，鄙人耳，其死亦豈遂以是爲名哉！倉卒顛沛之際，達其一念所不容已者而已。夫達其所不容已，而其究乃竟有所濟，則不爲徒死哉！』

王朝佐 明

王韓佐，清源人，負販爲生。萬曆己亥，中使马堂摧清源，横甚，諸亡命無賴從者數百人。白晝手鋃鐺通衢，睨良家子富有力者，籍其業之半，傭夫里婦負斗粟尺布往貿易者，直搤而奪之。少誰何，輒以違禁論，髡爲城旦，没其田僮。有能告者，以十之三畀之。於是中家以上大率破，遠近騷然。

朝佐，傭者也，不勝憤，淩晨杖馬箠撾中使門，請見。州民讙呼，荷擔隨以萬數。堂懼不敢出，則令戟士乘墉發强弩，傷數人。衆益沸，朝佐攘臂大呼，破户而入，縱火焚其署。堂有心腹王煬者，時爲守備，負而趨以免。斃其黨三十七人，檢視之，皆郡國諸偷，臂上黥墨猶新也。御史某懼失中使驩，隱其情，以格鬭聞。上怒，王煬以救不蚤逮繫，下朝佐御史治。時議欲盡録諸脅從者，朝佐曰：『死，吾分耳，吾實爲首，奈何株及他姓？』時郡守李士登争之力，欲曲赦，而郡人副使傅光宅疏於朝，力攻御史，皆不能得。獄具，棄市。臨刑，倔强挺頸待刃，時七月二十有六月也，天地晝晦，觀者數千人，無不歎息泣下。朝佐無子，有母及妻，郡大夫厚卹之。清源諸大賈心德朝佐，歲時饋遺不絶。而中使倓頓戢，故州民益思朝佐不置，立祠祀之。

長興窶者

明

長興窶者，有母而貧不能養。其從父富饒，爲酒醮客，召窶者爲侍。窶者就席，凡糗餌物竊竊裹而寘之袖中，諸客目攝之。酒闌，從父出金巵爲壽，有間，家僮報失巵。客相顧曰：『吾屬飲人酒而失人巵，不可不自明。』則闔門而搜。搜先窶者，窶者自承，從父曰：『巵安在？』答曰：『傳而出之矣。』待旦旦而從父往索巵，窶者曰：『鎔之矣。有數椽，請奉父以抵巵。抑去此，則吾母無所栖止，願少待，必以奉父。』從父聊寬之，與爲期日。

居數月，有客來語從父曰：『向夕，夜不勝酒而先亡去，偶置巵楼簷間，得毋索巵，枉僮奴輩耶？』從簷間求之，果巵在焉。從父急召窶者，猶理先說。從父曰：『癡兒，巵故在，何自誣？』窶者曰：『大人爲酒置客，召兒侍，兒甚寵，席間竊竊大人肴羞，懷之楮間，兒思兒母也，食而不能旨。兒窶人也，方搜巵急時，人方重見疑，告以養母，誰信者？且大人致客，寧忍使客受污名，則兒自居之耳。』從父歎泣曰：『我幸贏有二子，吾寧子汝。』即復爲酒，召前客，使窶者侍，爲言窶者於諸客。諸客皆歎嘉嘖嘖，謂直不疑不能及也。從父分家財爲三，養爲子焉。《名山藏》

顏佩韋五人　明

五人者，顏佩韋、馬傑、沈揚、楊念如、周文元也。佩偉，賈人子，家千金，然不欲從父兄賈，而獨爲少年任俠游，里中咄咄莫敢忤。逆黨魏忠賢用事，誅僇諸正人，以講學坐吏部周公順昌，矯詔逮之，吴人震駭罷肆。而詔使張應龍、文之炳者，肆虐於吴，民益怒。佩韋爇香，行泣於市，周城而呼曰：『有願爲吏部直者來！』市人切齒，或搏顙籲天，欲趨裝走京師，聲登聞鼓，奔走塞巷衢，凡四日夜。洎宣詔，諸生王節、楊廷樞等相與詣西署，將請於巡撫都御史。巡撫者毛一鷺，璫私人也。是日，吏部囚服，同令由縣至西署，佩韋率衆隨之。而馬傑亦已先擊柝呼市中，從者合萬餘人。會天雨，陰慘晝晦，人拈香如列炬，衣冠淋漓，履屐相躪，泥淖没脛骭。吏部舁肩與，衆争弔吏部，佩韋等大哭。抵西署，署設幃幔儀仗，應龍與諸緹騎立庭上，氣張甚，其下陳鋃鐺鈕鐐諸具，衆目屬哽咽。

諸生節等前白一鷺及巡按御史徐吉曰：『周公人望，以忤璫逮詔獄，百姓怨痛無所控告，明公天子重臣，盍請釋之？』言訖皆哭，佩韋等亦哭。一鷺等倜悵張無以對。而沈揚、楊念如者攘臂直前曰：『必得請乃已。』念如故閶門鬻衣人，楊故牙儈，皆不習吏部，並不習佩韋者也。匍伏久之，麾之不肯起，緹騎怒。忽衆中聞大聲罵忠賢『逆賊、逆賊』，則馬傑也。緹騎大驚，且叱之，遂手鋃鐺擲階砉然，呼曰：『囚安在？速檻報東廠。』佩韋等曰：『旨出朝廷，顧出東廠耶？』乃大譁。而吏部輿人周文元者，先是聞吏部逮，號泣不食三日矣，至是躍出直前奪械，緹騎笞之，傷其額。文元憤，衆亦俱憤，遂起擊之炳，之炳跳，衆群擁而登，栏楯俱折，脱屐擲堂上，若矢石下。自緹騎出京師，久驕横，所至淩鑠，郡邑長唯唯，蘇民之激，愕出不意，皆踉蹌走。一匿署閣，緣桷，桷動，驚而墮，念如格殺之。一踰垣，仆淖中，蹴以屐，腦裂而斃。其匿厠中、翳荊棘者，俱搜得殺之。一鷺、吉走匿，不知所在。王節等知事敗，而當衆氣方張時，即欲前諭止不可得，父老練事者亦旋悔，稍稍散。

是日也，緹騎之逮御史黄公尊素者，舟次胥江，掠於郛，執市人撻之，郛人聞城中之毆緹騎也，亦毆之，焚其舟，擠水中。次日雨霽，鄉大夫素服謁兩臺，策所以敉地方。而一鷺則夜已密書飛騎白廠，且草疏告變矣。檄下縣曰：『誰爲聲柝聚衆者？誰爲爇香號泣者？必悉誅乃已。』始衆以吏部故，用義氣相感發，五人一呼，千百爲群，聞捕誅稍稍懼。五人毅然出自承曰：『我顔佩韋，我馬傑，我沈揚，我楊念如，我周文元俱請就縶。』曰：『吏部猶受禍若此，吾儕小人，何足卹？從吏部死，死且不朽。』及吏部死詔獄，五人聞之，皆哭。詔斬五人於市，五人談笑就刑。明年烈皇帝即位，忠賢伏誅，蘇士大夫即所夷璫祠廢址，裒五人骸壅之，豎石表之，至今稱五人之墓。《街南文集》

林氏夫婦 明

崇禎壬午，賊張獻忠攻桐城甚急，時將軍黃得功、劉良佐軍池河，而受鳳督馬士英節制，城中欲請救而不得。有林氏婦善飲，與黃將軍埒，黃暱之，亦避兵入城。城中人計無所出，以語林，林慨然請行。乃爲婦作書，情詞哀切，以黃素所貽物爲信。林爲丐人裝，從水竇出，匍伏乞食，遍歷賊營，乃得出圍去。計抵軍得請，迄發兵，即速至，非十五日不可。忽一日，賊所據山頂火起，頃之營盡火，吹角塵起，已而寂然，則賊已悉衆西遁矣。至是，纔十有二日，蓋黃將軍得林信，知城急，遂不及請於督帥，而兼程以進也。君子曰：『城之不破，黃將軍之功偉矣；然林氏子能冒鋒刃出重圍，卒以全城，亦足多云！』錢飲光《田間集》

湯之瓊 明

湯之瓊，京城賣菜傭也。烈皇帝崩於煤山，之瓊見梓宮過，慟哭，觸石死之。

蘇民死義者 明

弘光元年，南都陷，蘇州玄妙觀前賣面人夫婦對經死。常州石生及賣扇歐姓者，投西廟池中死。又一鄉民乘船賣柴入市，聞安撫使至，棄柴船，躍入文城壩南龍遊河死。五牧薛叟，蓄鵜鳥者也，自經死。

蕭倫 明

蕭倫，字彝序，閩人，賈於蕪。乙酉鼎革，金太史聲起義於徽，兵敗，與其徒江天一、陳繼遇一作尚遇、吴國楨、書吏佘元英四人者，俱就縶南都，被害。收屍至蕪，倫跣而往拊棺而哭，告其徒曰：『是廣柳車可藏碧血乎？吾嘗買文木狸首，值百數十金，乃公所安寢者也。』亟易之。而天一故人閔遵古者，痛天一之暴骨於莽也，欲收之，且並斂繼遇等三人。顧詘於財，醵金而不給，不知所出。倫知之，屏人問曰：『子得毋以四骸未收耶？』曰：『然。』曰：『我任之。』遵古俯身伏地拜。畀以所醵金，遂同江陳兩家人扶櫬返。而吴佘無所歸，並厝之屏處，踰年買地壟之，而賈於四方。倫既去，或以吴佘無主，宜石而誌之。比倫返，曰：『向實碑而後去。』衆披莽視之，碑果在焉，衆益嘆服。每寒食，倫必奠酒殽，掛錢楮，曰毋令爲若敖之鬼。人爲作蕭義士傳。

髯樵 明

樵，吴之洞庭山人，髯而有力，采薪鬻之。每負二百斤，取僅半。人問之，答曰：『人自食其力，彼力止此，足以食矣。我力倍之，而食不兼人，則值如其食，不亦可乎！』甲申，逆闖陷京師，凶問至，傳者曰：『李自成即帝位矣。』乃大憤，曰：『我七八歲時，即知皇帝姓朱，今李賊何爲者，皇帝安往乎？文武滿朝，無一人力救耶？吾豈能爲賊百姓？』乃呼天者三，投具區以死。先是，洞庭陳學奇者，貧而孤，聘鄒氏女，婚有期矣。女之兄奪妹爲吴宦妾，學奇訴之官，官無如宦何也。宦且力庇其妾之兄，學奇窘甚，語髯曰：『若勇而慕義，盍爲我圖之？』髯許諾。乃鬻身投顯者，爲之舁輿。鄒女爲顯者第三妾。一日，顯者妻妾游天平山，髯密具舟於河，衆妾登輿，髯舁鄒氏，迂道疾趨舟，舟遽開，僕從急追喊，髯悉拳毆仆之。俄而舟已抵陳氏矣，學奇鳴官以得妻狀。官故惡顯者，心快之，而重賞以旌髯，髯義震吴下，顯者内慚，亦無如何也。顧彩《髯樵傳》

卷二

義客

街南氏曰：『客之名，世以相訾讆，曰食客，曰門客。嘻！何賤哉。以勢合者，勢盡則離；以利交者，利窮則畔，亦客故自賤也。彼公孫杵臼、田横之義士，非與？夫客有气谊相许者矣，有術智相爲用者矣。今也不然。或曰彈鋏而歎無魚，若雞鳴狗盜，亦豈不以食哉，卒之市義於薛，而脱孟嘗君於虎口，其術智氣誼，有足多者。抑所謂食人之食，事人之事者，非耶？然則食於人者，其名與義，既非客比，而其於事，或雞鳴狗盜之不若，又何也？故義客者，不可以弗志也。』

公孫杵臼　程嬰 春秋

屠岸賈與諸將攻趙氏於下宮，殺趙朔、趙同、趙括、趙嬰齊，滅其族。趙朔之妻，晋成公姊也，有遺腹，走公宮。亡何，而朔妻生男，屠岸賈聞之，索於宮中。夫人置兒袴中，祝曰：『趙宗滅乎，若號；即不滅，若無聲。』及索兒，竟無聲，已脫。朔客程嬰謂友公孫杵臼曰：『今一索不得，後必且復索之，奈何？』杵臼曰：『立孤與死，孰難？』程嬰曰：『死易，立孤難耳。』杵臼曰：『趙氏先君子遇子厚，子强爲其難者。吾爲其易者，請先死。』二人乃謀取他人嬰兒，負之，衣葆匿山中。

程嬰出，謬謂諸將軍曰：『嬰不肖，不能匿趙孤，誰能予我千金，吾告趙氏孤處。』諸將皆喜，許之，發師隨程嬰攻公孫杵臼。杵臼謬曰：『小人哉程嬰！昔下宮之難不能死，與我謀匿趙氏孤兒，今又賣我，縱不能立，而忍賣之乎？』抱兒呼曰：『天乎！天乎！趙氏孤兒何罪？請活之，獨殺杵臼可也！』諸將不許，遂殺杵臼與孤兒。諸將以爲趙氏孤兒良已死，皆喜。然趙氏真孤乃反在，程嬰卒與俱匿山中。

居十五年，晉景公疾，卜之，大業之後爲祟。韓厥知趙孤在，乃曰：『其趙氏乎？』公問：『趙尚有後乎？』厥以實告。公乃召孤兒匿之宮中。因韓厥之衆以脅諸將而見趙孤，趙孤名曰武，遂反，與程嬰趙武攻屠岸賈，滅其族，與武田邑如故。及趙武冠，爲成人，嬰乃辭諸大夫，謂趙武曰：『昔下宮之難，皆能死，我非不能死，我思立趙氏之後。今趙武既立，爲成人，復故位，我將下報趙宣孟與公孫杵臼。』趙武啼泣，頓首固請曰：『武願苦筋骨以報子至死，而子忍去我死乎？』嬰曰：『不可。彼以爲我能成事，故先我死，今我不報，是以我事爲不成。』遂自殺。武服齊衰三年，爲之祭邑，春秋祠祀，世世弗絶。

田横客　列國

齊王田横爲漢所敗，漢王爲帝，懼誅，而與其徒屬五百餘人入海，居島中。高帝聞之，以爲田横兄弟本定齊，齊人賢者多附焉，今在海中不收，後恐爲亂，乃使使赦田横罪而召之。田横因謝曰：『臣烹陛下之使酈生，今聞其弟爲漢將而賢，臣恐懼，不敢奉詔，請爲庶人，守海島中。』使還報。高帝乃詔衛尉酈商曰：『齊王田横即至，人馬從者敢動摇者，致夷族！』乃復使使持節具告以詔商狀，曰：『横來，大者王，小者侯耳；不然，且舉兵加誅焉。』横乃與其客二人乘傳詣洛陽。未至三十里，至尸鄉廄置，横謝使者曰：『人臣見天子，當洗沐。』而自謂其客曰：『横始與漢王俱南面而稱孤，今漢爲天子，而横乃北面事之，其恥固已甚矣。且吾烹人之兄，與其弟並肩而事其主，縱彼畏天子之詔不敢動我，我獨不愧於心乎？且陛下欲見我者，不過欲一見我面目耳。今陛下在洛陽，斬吾頭，馳三十里間，形容尚未能敗，猶可觀也。』遂自剄。令客奉其頭，從使者馳奏之高帝。帝曰：『嗟乎，有以也夫！起自布衣，兄弟三人更王，豈不賢乎哉！』爲之流涕，而拜其二客爲都尉，發卒二千人，以王者禮葬之。既葬，二客穿其塚旁孔，皆自剄，下從之。高帝聞之，乃大驚，以田横之客皆賢。吾聞其餘尚五百人在海中，使使召之。至則聞田横死，亦皆自殺。於是乃知田横兄弟能得士也。

貫高 漢

高祖長女魯元公主爲趙王張敖後。漢七年，高祖從平城過趙，趙王朝夕袒鞲蔽，自上食，禮甚卑，有子壻禮。高祖箕踞詈，甚慢易之。貫高等，故張耳客也，生平爲氣，乃怒曰：『吾王，孱王也！』説王曰：『夫天下豪桀並起，能者先立。今王事帝甚恭，而帝無禮，請爲王殺之！』張敖齧其指出血，曰：『君何言之誤！且先王亡國，賴帝得復，德流子孫，秋毫皆其力也。願君無復出口。』貫高、趙午等十餘人皆相謂曰：『乃吾等非也。吾王長者，不倍德。且吾等義不辱，今怨帝辱我王，故欲殺之，何乃洿王爲乎？令事成歸王，事敗獨身坐耳。』

漢八年，上從東垣還，過趙，貫高等乃壁人栢人，要之置。上過欲宿，心動，問曰：『縣名爲何？』曰：『栢人。』『栢人者，迫於人也！』不宿而去。

九年，貫高怨家知其謀，乃上變告之。於是上並逮趙王、貫高等。十餘人皆爭自剄，貫高獨怒駡曰：『誰令公爲之？今王實無謀，而並捕王；公等皆死，誰白王不反者！』乃轞車膠致，與王詣長安。治張敖之罪。上乃詔趙群臣賓客，有敢從者族。貫高與客孟舒等十餘人，皆自髡鉗，爲王家奴，從來。高等至，對獄，曰：『獨吾屬爲之，王實不知。』吏治榜笞數千，刺剟，身無可擊者，終不復言。吕后數言張王以魯元公主故，不宜有此。上怒曰：『使敖據天下，豈少而女乎！』不聽。廷尉以貫高事辭聞，上曰：『壯士！誰知者，以私問之。』中大夫泄公曰：『臣之邑子，素知之，此固趙國立名義不侵爲然諾者也。』上使泄公持節問箯輿前。仰視曰：『泄公邪？』泄公勞苦如生平歡。與語，問張王果有計謀不？高曰：『人情寧不各愛其父母妻子乎？今吾三族皆以論死，豈以王易吾親哉！顧爲王實不反，獨吾等爲之。』具道本指所以爲者，王不知狀。於是泄公入，具以報，上乃赦趙王。

上賢貫高爲人能立然諾，使泄公具告之，曰：『張王已出。』因赦貫高。貫高喜曰：『吾王審出乎？』泄公曰：『然。上多足下，故赦足下。』貫高曰：『所以不死一身無餘者，白張王不反也。今王已出，吾責已塞，死不恨矣。且人臣有篡殺之名，何面目復事上哉！縱上不殺我，我不愧於心乎？』乃仰絶吭，遂死。

吴子曰：『貫高，義士也，而於漢爲逆壁人，逆謀也，而其白王爲忠。或曰豈有逆於漢而爲趙忠乎？抑豈人臣之義乎？雖然，高特在漢定之後耳，不然，世之語義者豈少之哉？而司馬公謂亡赦國，則亦高之罪夫？』

何進客 後漢

何進以河南尹遷大將軍，司徒楊賜遣孔融謁賀，不以時通，融奪謁投劾而去。河南官屬恥之，私遣劍客追殺融。客言於進曰：『文舉有重名，若造怨此人，則四方之士去矣。不如禮之，以示廣於天下。』進從而辟之。

程邕之 六朝

沈攸之討蕭道成，自江陵下，以邊榮爲司馬守江陵。張敬兒襲破之，榮不肯降。敬兒問曰：『公何爲同人作賊？』榮曰：『沈荊州舉義兵，匡社稷，身雖可滅，要是宋室忠臣，不可謂之爲賊。身不蘄生，何須見問？』敬兒命斬之。榮客程邕之，泰山人，抱持榮，謂敬兒曰：『君入人國，不聞仁惠之聲，而先戮義士，三楚之人，豈肯與將軍同日以生？』敬兒曰：『求死甚易，何爲不許？』先殺邕之，然後及榮，三軍莫不垂涕。

陸超之 董僧慧 六朝

陸超之，吳人，爲晉安王子懋所知。宣城公鸞殺鄱陽、隨郡二王，子懋起兵討鸞，鸞遣王玄邈討之。子懋敗，爲于琳之所殺。琳之勸超之逃亡，答曰：『人皆有死，此不足懼！吾若逃亡，非惟孤晉安之眷，亦恐田横客笑人！』玄邈等以其義，欲因之還都，而超之端坐待命。超之門生周甲謂殺超之當得賞，乃伺超之坐，自後斬之，頭墜而身不僵。玄邈嘉其節，厚爲之斂。周又助舉棺。未出户，棺墜，政壓其頭，折頸而死。

董僧慧者，姑熟人，子勛之謀，攘袂相助。後子勛敗，玄邈執之，答曰：『晉安舉義，僕實預之。古云「非死之難，得死爲難」，願至主人大斂畢，退就湯鑊。』玄邈許之。還白鸞，乃配東冶，悲不自勝。子懋子昭基，九歲，以方二寸絹爲書，參其消息，並遺錢五百，僧慧視之，曰：『郎君書也！』悲慟而卒。

夏侯澄 唐

澄，平盧節度使李師道客也。師道謀逆，朝廷遣義成軍討之，獲澄等。都知兵馬使劉悟襲師道斬之，函首以遺魏博節度使田弘正。弘正大喜，疑其非真，召澄使識之。澄熟視其面，長號隕絶，久之，乃抱其首，舐其目中尘垢，復慟哭。弘正爲改容。

皇甫鎮 唐

皇甫鎮，舉進士，二十三上，不中第。僖宗時，澧州刺史李詢辟之爲判官。時黄巢之亂，群盜陷澧州，鎮出走，問人曰：『李使君免乎？』曰：『賊執之矣。』鎮曰：『吾受知若此，去將安之！』遂還詣賊，與詢同死。

吴子曰：『士爲知己死，鎮有之矣。科舉之設，烏足以盡天下士哉！彼黄巢者，以不第去爲賊，亂天下。若鎮之以義死，不相去天壤哉！東漢之士凡爲舉主死者，不下數十人，皆署之義客。唐有皇甫鎮尤僅見云。』

趙玉 一作李玉 五代

吕兖爲滄州節度判官，劉守光攻陷滄州，兖被擒。族誅，子琦年十五，將就戮。有趙玉者，幽薊義士也，久遊兖門。見琦臨危，紿謂監刑者曰：『此某之同氣也，幸無濫焉。』潛引之俱去。琦病足，玉負之而行，逾數百里，變姓名乞食於路，乃免於禍。琦常以玉免己於難，欲厚報之。玉遇疾，琦親爲扶持，供其醫藥。玉卒，代其家營葬事。玉之子曰：『文度既孤而幼，琦誨之甚篤。及其成人，登進士第，尋升仕路，琦之力也。』時議者以非玉之義，不能存吕氏之嗣；非琦之仁，不

能撫趙氏之孤。燕趙之士爲美談云。《唐世说》

劉啟光 明

天啟朝，逆奄魏忠賢屠僇正人，都給事魏大中被逮，與楊漣、左光斗諸公繫詔獄。客劉啟光者，更名諸僕，出入禁中左右之。大中卒，啟光與其子學洢扶櫬以歸。

燕客 明

燕客者，不知其姓名。楊漣、左光斗、魏大中、袁化中、周朝瑞、顧大章六君子皆正直忤璫，繫詔獄。客爲輿役相左右，陰厚結獄卒。及五公先後斃，而大章獨後。一日，獄卒語客曰：『堂上勒顧公死期，奈何？』堂上者，掌獄許顯純也。客曰：『請延之五日，可乎？』復厚賂之。踰五日，詔移訊於刑部。客懼顯純知而急毙之，方傍皇，而卒語曰：『五日矣，今晚豈復延乎？』俄而移部訊。尚書周應秋坐罪論斬，仍欲笞之二十，大章竊歎曰：『士可再辱乎？』乘間自經死。

徐起鳳 明

徐起鳳，不如何許人，從大僕寺丞申公嘉胤傭書十年。甲申國變，申公殉節井中，僮僕多散去，起鳳號柩次，不肯離。賊從闗東潰回，肆焚掠。公子煜掖太夫人奪門出，童僕皆從，起鳳請留，曰：『俱去，櫬誰守？』已而，賊焚民居，將及寓。起鳳曰：『吾主以忠死，願弗焚。』賊怒，鞭之，叩請甚哀，賊爲感動，卒不焚。逐居民外徙，令下三日，室中所有，縱掠不禁。起鳳懼，遍求里人之在京者，得鐫工朱攀桂等三十餘人，舁櫬寄天寧寺，得全。李映碧《三垣筆記》

卷三

義屬

街南氏曰：『嘗觀古今風尚，至漢之世，何節烈嶠嶠也哉！功曹掾吏從事，其著者不勝數。是時刺史太守得自辟舉其屬，其爲屬者，知己之感深，而意氣之交固，傾身事之，且殉之，擬於私交然者。向繫之客部，以謂主客之誼雲爾，已乃覺其不然也。彼賢者，或不屑就，或再三而始就，又若廉範田疇之類，多爲名臣，而夷之於客，毋乃匪其倫歟？因彙之别爲部，署曰義屬云。或曰：「古者於所屬通謂君臣，屬吏於太守刺史，獨非臣歟？」曰：「漢以後君臣之號，專在王朝，侯牧以下，不得相君臣矣。」屬之云者，可與同升比肩事天子，則君臣未有定分也。然而報之殉之，不異委質終身也者，君子所深録也。况義有大焉者乎？有定分而無所逃者乎？』

欒布　漢

欒布者，梁人也。梁王彭越爲家人時，嘗與布遊。布爲人略賣爲奴於燕。爲其主家報仇，燕將臧荼舉以爲都尉。荼後爲燕王，布爲將。燕反，漢擊燕，獲布。越聞之，贖布爲梁大夫。使於齊，未返，漢以謀反案誅彭越，夷三族，梟首洛陽，詔有收視者，輒捕之。布還，奏事彭越頭下，祠而哭之。吏捕以聞。上召布罵，令趣烹之，布埋越畢，請就烹。上釋之，拜爲都尉。

周燕　周嘉　漢

周燕，汝南安城人也。宣帝時爲郡決曹掾，太守欲枉殺人，燕諫不聽，遂殺囚而黜燕。囚家詣闕稱冤，詔遣覆考。燕見太守曰：『願謹定文書，皆著燕名，府君但言時病而已。』出謂掾史曰：『諸君被問，悉當以罪推燕。如有一言及於府君，燕手劍相刃。』使乃收燕繫獄。屢被掠楚，辭無屈撓。當下蠶室，乃歎曰：『我平王之後，正公玄孫，豈可以刀鋸之餘，下見先君？』遂不食而死。

燕有五子，皆至刺史、太守。燕玄孫嘉仕郡爲主簿。王莽末，郡賊入汝陽城，嘉從太守何敞討賊。敞爲流矢所中，郡兵奔北，賊圍繞數十重，白刃交集。嘉乃擁敞，以身扞之。因呵賊曰：『卿曹皆人隸也。爲賊既逆，豈有還害其君者邪？嘉請以死贖君命。』因仰天號泣。賊於是相視曰：

『此義士也！』給其車馬，遣送之。後太守寇恂舉爲孝廉，拜尚書侍郎。光武引見，問遭難之事。嘉對曰：『太守被傷，命懸賊手。臣實駑怯，不能死難。』帝曰：『此長者也。』

索盧放　漢

索盧放，字君陽，東郡人也。以《尚書》教授千餘人。初署郡門下掾。更始時，使者督行郡國，太守有事，當斬，放前言曰：『今天下所以苦毒王氏，歸心皇漢者，實以聖政寬仁故也。而傳車所過，未聞恩澤。太守受誅，誠不敢言，但恐天下惶懼，各生疑變。夫使功者不如使過，願以身代太守之命。』遂前就斬。使者義而赦之，由是顯名。

劉平　漢

建武初，龐萌反於彭城，攻敗郡守孫萌。劉平時爲郡吏，冒白刃伏萌身上，被七創，困頓不知所爲，號泣請以身代府君。賊乃斂兵止，曰：『此義士也！』遂解去。萌傷甚，氣絶而甦，渴求飲。平傾其創血飲之。數日，萌竟死，乃裹創，扶喪，送至本縣。

桓鸞 後漢

鸞，桓榮之後，少立操行，以世濁，恥不肯仕。太守向苗有名跡，舉鸞孝廉，遷爲膠東令。始到官而苗卒，鸞即去職奔喪，終三年，然後歸，淮汝間高其義。後仕至議郎。

李恂 後漢

李恂，安定臨涇人，教授諸生，常數百人。太守潁川李鴻諸署功曹，未及到而州辟爲從事。會鴻卒，恂不應州命而送鴻喪還鄉里。既葬，留起冢墳，持喪三年。

闞敞 後漢

敞字子張，平輿人，仕郡爲五官掾。時太守第五常被徵，臨發倉卒，有俸錢百三十萬留付敞，敞埋著堂上。遂遭世變，道路阻絶。敞年老饑羸，其妻曰：『第五府君所給錢可取自給，然後償之。』敞曰：『吾雖窮老，豈可用故君之財，道通當送致之，飲寒何損？』常舉門遭疫，妻子皆死。常病臨困，惟有孤孫，年九歲，常謂之曰：『吾寄故五官掾平輿闞敞錢三十萬。』氣遂絶。

後孫年長大，步擔至汝南問敞，敞見之，悲喜與共。臨發，穿錢百三十萬，孤孫曰：『亡祖臨終

言三十萬耳，今百三十萬，不敢當也。』曰：『府君病困氣索，言謬誤耳，無疑也。』《汝南先賢傳》

公孙瓚 後漢

瓚爲遼西郡吏，太守劉君坐事，檻車徵，官法不聽吏下親近。瓚乃改容服，詐稱侍卒，身執徒養。御車到洛陽，太守當徙日南。瓚具豚酒，於北邙上祭辭先人，酹觴祝曰：『昔爲人子，今爲人臣，當詣日南。日南多瘴，恐或不逮，便當長辭墳墓。』慷慨悲泣，再拜而去，觀者莫不歎息。既行，於道得赦還。瓚舉孝廉，遂大顯。

楊匡 後漢

桓帝時，杜喬與李固俱爲梁冀陷，死獄中，暴其屍。杜喬故掾陳留楊匡號泣星行，至洛陽，著故赤幘，託爲夏門亭吏，守護屍喪。積十二日，都官從事執之以聞。太后赦而弗罪。匡因帶鈇鑕，詣闕上書，乞李、杜二公骸骨，使得歸葬。太后許之。匡送喬喪還家，葬訖行服。遂隱匿，終身不仕。

廉范 後漢

廉范，杜陵人，有志操。永平初，隴平太守鄧融備禮請范爲功曹，會融爲州所舉案，范知事譴難解，欲以權相濟，乃託病求去。融不達其意，恨之。范於是東至洛陽，變姓名，求代廷尉獄卒。居無幾，融果征下獄，范卒得衛侍左右，盡心勤勞。融怪其貌類范而殊不意，乃曰：『卿何似我故功曹邪？』范訶之曰：『君困厄瞀亂邪！』語遂絶。融繫出，因病，范隨而養視之。及死，竟不言。身自將車，送喪至南陽，畢喪乃去。

孫賨 後漢

第五種爲衛相，門下掾孫賨甚賢，善遇之。種爲兗州刺史，中常侍單超姪匡負勢貪放，種使從事衛羽收匡賓客，糾發其贓數十萬，奏劾之。匡窘，遣刺客刺羽，爲羽所執。超積忿，以事陷種，坐徙朔方。超外孫董援爲朔方太守，蓄怒以俟。賨乃謂其友閭子直、甄子然曰：『危者易仆，可爲寒心。吾今追使君，庶免其難，若奉使君以還，將以付二子。』二人曰：『子其行矣，是吾心也。』於是賨將俠客星夜追種，及於太原，遮險格殺送吏。因下馬與種乘，賨自步從，一日夜行四百餘里，遂脱歸。種匿於閭、甄氏數年，徐州從事臧旻上書訟之。會赦出，卒於家。

繆彤 後漢

彤，汝南召陵人也。太守梁湛召爲決曹吏。安帝初，湛病，卒於官，彤送喪還隴西。始葬，會西羌反，湛妻子避亂他郡，肜獨留不去，爲起墳塚，潛穿井旁，以爲窟室。晝則隱竄，夜則負土。及賊平，而墳已立。其妻子意肜已死，還見大驚。關中咸稱傳之。

戴就 後漢

戴就，字景成，會稽上虞人也。仕郡倉曹掾。楊州刺史歐陽參奏太守成公浮贓罪，遣部從事薛安，案倉庫簿領，收就於錢塘縣獄。幽囚考掠，五毒備至。就慷慨直辭，色不少變。又燒鋘斧，使就挾於腋。就語獄卒：『可熟燒斧，勿令冷。』肉焦毀墮地，掇而食之。主者窮竭酷慘，無復餘力，乃卧就覆船下，以馬通熏之。一夜二日，皆謂已死，發船，就方張眼大駡曰：『何不益火，而使滅絶！』又復燒地，以大鍼刺指爪中，使以把土，爪悉墮落。主者以狀白安，安呼見就，謂曰：『太守罪穢狼藉，受命考實，君何故以骨肉拒扞邪？』就據地答言：『太守剖符大臣，當以死報國。卿雖銜命，固宜申斷冤毒，奈何誣枉忠良，强相掠理，令臣謗其君，子證其父！薛安庸騃，忸行無義，就考死之日，當白之於天，與群鬼殺汝於亭中。如蒙生全，當手刃相裂！』安深奇其壯節，即解杻，更與美談，表其言辭，解釋郡事。征浮還京師，免歸鄉里。太守劉寵舉就孝廉，光禄主事，病卒。

彭修 後漢

修，會稽毘陵人，州辟從事。時，賊張子林等作亂，修與太守出討賊。賊望見車馬，交射之，飛矢雨集。修障扞太守，爲流矢所中死，太守得免。賊素聞其恩信，即殺弩中修者，餘悉降散，曰：『自爲彭君故降，不爲太守服也。』

衛福　徐咸　後漢

漁陽太守張顯出禦鮮卑，兵馬掾嚴授陷伏而歿。口射中顯，主簿卫福、功曹徐咸遽赴之，顯墜馬，福以身擁蔽，虜並殺之。朝廷褒賞，各除一子爲郎。

所　輔　後漢

永初二年，賊畢豪等入平原界，縣令劉雄將吏士乘船追至厭次河，戰敗，雄被執，以矛刺之。時輔爲小吏，前叩頭求哀，願以身代。豪等縱劉雄而刺輔，貫心洞背死。東郡捕得豪等，以狀聞。上詔傷之，賜鈔二十萬。

趙　戩　後漢

司徒王允既誅董卓，卓將李傕作亂，攻陷長安，殺允。允二子及宗族十餘人，皆被害。百姓喪氣，莫敢收允屍者。惟故吏平陵令趙戩，棄官營莖。天子思允忠節，使改殯莖之，賜册祭弔。

尾　敦　後漢

公孫瓚與劉虞相攻，虞爲瓚所執，遣還薊。會天子使段順增虞封邑，拜瓚前將軍，封易侯。瓚乃誣虞前與袁紹欲稱尊號，脅順斬虞。傳首京師，故吏尾敦於路劫虞首歸，葬之。

王　修　三國

修字叔治，北海營陵人，七歲喪母。母以社日亡，來歲鄰里社，哀感鄉里，里爲之罷社。孔融召爲主簿，守高密。會北海有反者，融謂左右曰：『能冒難來，惟王修耳！』言畢而修至。融每有難，修雖使歸在家，無不至，常賴以免。袁譚在青州，辟爲治中從事，復爲别駕。譚與弟尚相攻，軍敗，率吏民往救，極諫譚以兄弟宜相親睦。譚不能用。曹操引軍攻袁譚於南皮，王修時運糧在樂安，聞譚急，將所領兵及諸從事數十人往赴譚。至高密，聞譚死，下馬號哭曰：『無主焉歸？』遂詣操，乞收葬譚屍。操欲觀修意，默然不應。修復曰：『受袁氏厚恩，若得收斂譚屍，然後就戮，無所恨。』操嘉其義，聽之。

田疇 三國

田疇，字子泰，右北平無終人。董卓之亂，遷帝於長安，幽州牧劉虞欲遣使效臣節，衆舉田疇。疇時年二十二，虞乃備禮，署爲從事。疇自選家衆二十騎，取間道塞外，致命長安。詔拜騎都尉。以爲天子蒙塵，不可以荷佩榮寵，固辭不受。得報，馳還，虞已爲公孫瓚所害。疇謁祭虞墓，陳發表章，哭泣而去。瓚聞之，大怒，購獲疇，謂曰：『汝何自哭劉虞而不送章報於我也？』答曰：『漢室衰頽，人懷異心，惟劉公不失忠節。章報所言，於將軍未美，恐非所樂聞，故不進也。且將軍舉大事以求所欲，既滅無罪之君，又仇守義之臣，燕趙之士，豈復有從將軍者乎？』瓚壯而釋之，拘之軍中，禁其故人勿與通。或說瓚曰：『疇，義士，不能禮而又囚之，恐失衆心。』瓚乃從遣之。疇北歸，率宗族他附從者數百人，掃地而盟曰：『君仇不報，吾不可立於世。』遂入徐無山中，營地而居，躬耕以養父母。袁紹招之，不受。後從曹操破烏丸，封亭侯，堅辭不受。袁尚之死，斬送其首，令三軍敢有哭之者斬。疇以嘗爲尚所辟，乃往弔祭。操亦不問。

向雄　皇甫晏 三國

司馬昭弑魏主髦，收尚書王經誅之。故吏向雄哭之，哀動一市，時雍州故吏皇甫晏以家財收葬焉。及鐘會誅，雄復收瘞之。昭聞，召而責之曰：『往者王經之死，卿哭於東市，而我不問。今鐘會躬爲叛逆，而又輒收葬，若復相容，其如王法何！』雄曰：『王誅既加，於法已備。雄感義收葬，教亦無闕。何必使雄背死違生以立於時？殿下仇對枯骨，捐之中野，百歲之後爲臧獲所笑，豈仁賢所出哉？』昭悦，與宴談而遣之。《汉晋春秋》

龐淯 三國

龐淯，酒泉表氏人，母趙氏，名娥，趙安女。安爲李壽所殺，娥手刃壽報父仇詳『義女部』，顯名於世。淯以涼州從事守破羌長，會武威太守張猛反，殺刺史邯鄲商，令曰：『敢臨其喪者死！』淯聞之，棄官奔走，號哭喪所訖，詣猛門，衷匕首，欲因見以殺猛。猛知其義士，勑遣不殺，由是以義烈聞。太守徐揖請爲主簿。後郡人黄昂反，圍城，淯棄妻子夜逾城出圍，告急於張掖燉煌二郡。初疑，未肯發兵，淯欲伏劍，二郡感其義，乃興兵。未至而城陷，揖死，淯乃收斂揖喪，送還郡，行服三年乃還。太祖聞之，辟爲掾屬。

馬隆 三國

魏車騎將軍王淩與其甥兖州刺史令狐愚，以齊王爲司馬懿所制，謀立楚王彪。愚病死。後事泄，淩敗自殺。司馬懿追戮二人，發塚剖棺，暴屍於市。東平馬隆嘗爲兗州武吏，乃托爲愚家客，以私財更殯葬，行服三年，種植檜柏，一州之士媿之。干寶《晋記》

按：隆爲愚屬吏，而托爲家客，想當時家客則可以無禁耳。若楊康者，豈人也哉！

單　固　三國

固，字恭夏，山陽人。令狐愚在兗州，辟爲别駕，與治中從事楊康俱爲愚腹心。及愚與王淩通謀廢立，而愚病卒，康詣洛陽，固亦解禄。事泄，司馬懿討淩。淩死，因問愚於固，固堅對無有。康白事，事與固連，遂收捕，繫其家屬拷之，不承。錄康與對詰，辭窮，乃罵康曰：『老奴負使君，又滅我族，顧汝當活邪！』初康冀得封拜，以辭頗參錯，亦並斬之。臨刑出獄，固又罵康曰：『老奴，汝死自分耳。若死者有知，汝何面目以行地下也。』《魏略》

高　岱　三國

高岱，吴郡人，太守盛憲以爲上計，舉孝廉。許貢來領郡，岱將憲避難於許昭家，求救於陶謙，謙未即救。岱憔悴泣血，水漿不入口。謙感其忠壯，有申包胥之義，許爲出軍，以書與貢。岱得書還，而貢已囚其母，吴人皆爲危竦，以貢夙忿，往必見害。岱曰：『在君爲君，且母在獄，期具舟，便將母乘舟，易道而逃。貢悔，追之勿及而免。於當往，若入見，事自當解。』遂通書自白，貢即與相見，才辭敏捷，好自陳謝。貢出其母，岱豫

邵疇 三國

吴孫皓時，會稽太守郭誕坐不白妖言被收。功曹邵疇曰：『疇在，明府何憂？』遂詣吏自列，云不白妖言，事由於己，非府君罪。吏上疇辭。皓怒猶盛，疇慮誕卒不免，遂自殺以證之。臨亡，置辭曰：『疇生長邊陲，不閑教道，得以門資，厠身本郡。今妖訛横興，干國亂紀，疇以噂沓之語，本非事實，雖家誦人詠，不足有慮。天下重器，而匹夫横議，疾其醜聲，不忍聞見。欲含垢藏疾，不彰之翰筆，鎮躁歸靜，使之自息。愚心勤勤，每執斯旨，故誕屈其所是，默以見從。此之爲愆實由於疇，謹不敢逃去，歸罪有司，唯乞天鑒，特垂清察。』吏收疇喪，得辭以聞，皓乃免誕大刑，送付建安作船。嘉疇節義，詔郡縣圖形廟堂。

朱瑒 六朝

朱瑒者，梁王琳故吏也。琳爲陳將吴明徹所殺，傳首建康，懸之於市。朱瑒致書陳僕射徐陵，求琳首，曰：『竊以典午將滅，徐廣爲晋家遺老；當塗已謝，馬孚稱魏室忠臣。梁故建寧公琳，

輕躬殉主，以身許國。徒藴包胥之念，終遘萇弘之眚。至使身没九泉，頭行萬里，身首異處，封樹靡卜。瑒早簉末僚，預衆下席，降薛君之吐握，荷魏公之知遇。是用霑巾雨袂，痛可識之顔，回腸疾首，切猶生之面。伏惟聖恩博厚，明詔爰發，赦王經之哭，許田横之葬。瑒雖芻賤，竊亦有心。琳經莅壽陽，曾游江右，願歸彼境，還修窀穸。庶孤墳既築，或飛銜土之燕，豐碑已樹，時留墮淚之人。近故舊王綰等已有論諜，仰蒙制議，不遂所陳。昔廉公告逝，即肥川而建塋域；叔孫云亡，仍芍陂而植楸檟。由此言之，抑有其例。不使壽春城下，惟傳報葛之人；滄州島上，獨有悲田之客。昧死陳祈，伏待刑憲。』陵嘉其志節。又明徹亦數夢琳求首，並爲啟陳主而許之。《南史》

陽　固　北魏

魏神龜末，清河王元懌領太尉，辟陽固從事中郎屬。懌被害，元乂秉政，朝野震悚。懌諸子及門生僚吏，莫不慮禍，隱避不出。素爲懌所厚者，皆不自安。固以嘗被辟命，遂獨詣喪所，盡哀慟哭，良久乃還。僕射游肇聞而歎曰：『雖欒布、王修，無以尚也？君子哉若人！』本傳

呼　延　平　南燕

慕容超，慕容德兄，北海王納之子也。德初仕秦爲張掖太守，及同慕容垂南征，垂起兵山東，

苻昌收北海，王納及德諸子皆誅之。納母公孫氏以耄獲免，納妻叚氏方娠未決，囚之於獄。獄掾呼延平，德之故吏也，嘗有死罪，德免之。至是將公孫及叚氏逃於羌中而生超，超十歲而公孫氏卒，平又以超母子奔涼。及吕隆降秦，超隨涼州民徙長安。平卒，叚氏曰：『吾母子全濟，呼延氏之力也。今雖死，吾欲納其女以報焉。』遂爲超内其女。

李綱　安仁 北周

李綱，字文紀，周齊王憲引爲參軍。宣帝將害憲，召僚屬證成其罪，綱誓以死，終無撓詞。及憲遇害，露車載屍而出，故吏皆散，綱獨拊棺慟哭，躬自埋瘞，拜而去。綱孫安仁，唐永徽中爲高宗太子忠左庶子屬，太子被廢，歸於陳邸，宫寮皆逃散，無敢辭送者，安仁獨泣涕拜辭而去。朝野義之。

李撝 唐

唐玄宗初，太平公主與其党竇懷貞等諸臣謀弑逆，新興王晋預焉。事敗，皆伏誅。晋被禽刑，僚吏盡奔散，惟司功李撝步從，不失在官之禮，仍哭其屍。姚元之聞之曰：『欒布之儔也。』及爲相，擢爲尚書郎。

張　褧　明

張褧，廣東布政陳選吏也。成化時，中官韋眷守廣，恣虐於民。有番賈馬力麻者，泊海，詐稱蘇門答剌貢使，眷利其貨，將許焉。選發其奸，逐之，而眷又使番禺人王凱父子航海與番人私市。知縣高瑶執凱，發其贓巨萬，選以聞下巡撫都御史宋旻按報，旻畏眷不敢詰。選移文奬瑶，眷益恨，而誣選比瑶爲奸墨。上怒，遣刑部員外郎李行，會巡按御史徐同愛鞫之。行、同愛皆阿眷，賄選所黜吏張褧，使誣證選，褧不從。行囚褧刑之，褧曰：『死即死耳，敢以私憾滅公義，而陷正人。』終不承。行乃坐選矯旨發粟，及曲庇其屬吏。論罪徒，奏入，詔錦衣逮選至南昌，卒。友人張元禎爲治喪斂。

張褧伏闕上書曰：『臣聞周公元聖，而四國之謗，不免致疑於君。曾參大賢，而三至之言，不免投杼於母。豈成王之不明，而參母之不親哉？凡以口能鑠金而毁可銷骨也。陛下明同日月，恩同父母，詎怙冒之中，尚罹屈抑，覆盆之下，復有沉冤。竊見廣東布政使陳選，少崇正學，夙抱孤忠，孑處群邪之間，獨立衆争之地。内官韋眷通番事發，知縣高瑶按法持之，選移文奬之，以激貪懦，固監司之職也。宋旻、徐同愛，怙勢保奸，首鼠兩端，以致眷得姿行其意，誣選以墨，以熒聖聽。李行受命，即訊承眷頤指，煅煉成獄，未有左驗。臣本小吏，以詿誤觸法罷黜，實臣之罪。眷妄意臣必憾，以厚賄啗臣，令誣證其獄。臣雖胥吏，不敢昧心以亂是非。眷乃嗾行逮臣於理，捶楚竟日，身無完膚。行乃承眷口語，文致以勘災不實，矯制發粟，且曲庇其屬，以圖報謝。是毀共姜爲夏姬，而詬由夷爲盜蹠。頃年嶺外地震，水溢，民引領待哺。按臬藩置若罔聞。選獨隱焉，謂展轉勘待報，則民絶命矣，便宜賑發，志在救民，非有他也。選性素剛，以無罪而受奸人之虐侮，不任憤懣，旬日而殂。行又幸其速死，禁勿使藥，又遣其養子私以報眷，以快其忿。宵人佞毒，以致於斯。嗚呼！選砥節首公，横罹讒構，君門萬里，孰諒其冤？臣以罪人擯斥，敢冒死披陳，甘心鼎鑊者，誠痛忠廉之士，銜屈抑之冤，長讒佞之奸，爲聖明之累也。』奏入，不報，以他事罷眷鎮守，召還。

卷四

義弟子

街南氏曰：『始予之《闡義》也，自畎工隸卒以下迄禽魚之屬，凡爲類二十有幾，而未及於門弟子。以爲椎魯下賤之徒，飛走蠕動之細，非有詩禮之澤，靈秀之質，語義者之所不及。然而能自致於義，介然自拔者，故可録以風也。若夫弟子之於師，分義攸屬，亦猶夫屬毛委質之無可逃，而又濡染於詩書，講求夫名義，即義無足異者也。然而道喪俗漓，視其師若弁髦然，躁競無恒之徒，矜新驚異。若北魏徐遵明，一年而三易其師；李業興於所師，雖類受業，不終而去。又或恣其狂噬，若胡夢炎之於朱子；陽推陰陷，若邢恕之於伊川。至於是非禍患之際，避匿自遠，爲郭忠孝者，不可勝數也。若而人者，始未嘗不矯情作僞，貌爲端人，依附聲施以自飾於里鄘；而爲師者，亦誤以端人取之，而詎能逆憶其匪人也哉！嗟夫，彼特謂涵丈間，非若屬毛之不可解，委質之無所逃，其取舍從違，莫得而繩之云爾。抑詎知夫背其師者，斷未有篤於親、忠於君者也。孟子之斥陳相，告之以子貢曾子之事，以生死向背爲門弟子衡也。吾録義弟子，亦孟子意也。』

雲　敞　漢

雲敞，平陵人，吴章弟子。章當世明儒，教授尤盛，王莽子宇，亦師事之。宇非莽絶衛氏，教衛后上書，求至京師，不聽。宇與章議，莽好鬼神，可驚懼之。使人夜血灑莽門，事覺，宇死。章要斬磔屍東市門，弟子千餘人，莽以爲惡人黨皆當禁錮，門人盡更名他師。敞時爲大司徒掾，自劾吴章弟子，收抱章屍歸，棺斂葬之，京師稱焉。

侯　芭　漢

侯芭，從楊雄受《太玄法言》。雄卒，芭負土成墳，號曰玄墓，行喪三年。

鄭　弘　漢

弘字巨君。楚王英反，引弘師焦貺，貺被收，道病亡歿。妻子禁獄。諸生懼連及，皆變姓名逃罪。弘獨髡頭負鑕爲訟貺冤。顯宗赦貺家屬，弘躬送貺喪及妻子歸鄉里。

廉範 漢

範字叔度，在京師受業，事博士薛漢。後辟公府。會漢坐楚王事誅，故人門生莫敢視，範獨往收斂之。吏以聞，顯宗大怒，召范詰責曰：『漢與楚王同謀反亂天下，範公府掾，不與朝廷同心，而反收斂罪人，何也？』範叩頭曰：『臣無狀愚戇，以爲漢等皆已伏誅，不勝師資之情，罪當萬坐。』帝怒稍解，問曰：『卿廉頗後耶？與右將軍褒、大司馬丹，有親屬乎？』範曰：『褒，臣之曾祖；丹，臣之祖也。』帝曰：『怪卿志膽敢爾！』因貫之。

範父死蜀中，範年甫十五，别母迎喪。蜀郡太守張穆，廉丹之故吏，重資之，不受。舟覆，範持柩俱溺，衆鈎救之，僅免。隴西太守鄧融請爲功曹，未就，而求爲尉卒，衛融於獄中見『義屬』。奔肅宗之喪，廬江郡掾嚴麟，車敗馬死，與之馬，不告而去。麟欲歸馬，或告以叔度好義，今奔國喪獨當是耳。予故謂薄於師弟，必不忠不孝不信，薄於君臣朋友者也。《通鑒》載其爲雲中太守，縛炬爇火以退賊虜□。遷蜀郡，貯水防火，民有五絝之謡，皆其政事耳。

桓典 漢

典，桓榮之曾孫也。榮師九江朱普，普卒，榮負土成墳。典初舉孝廉爲郎，會沛國相王吉以罪

闡義

誅，故人親戚莫敢至者。典獨棄官收斂歸葬，服喪三年，負土成墳，爲立祠堂，盡禮而去。

按《後漢書》本傳，不言吉爲典師，而顧起元評曰：『漢時事師之禮如此，必有所據，今列弟子中，寧誤不忍遺也。』

景顧　漢

靈帝時，復治鉤党，殺司隸校尉李膺等百餘人，門生故吏並被禁錮。侍御史景毅子顧爲膺門徒，未有録牒，不及於譴。毅慨然曰：『本謂膺賢，遣子師之，豈可漏脱名籍，苟安而已？』遂自表免歸。此毅之誼而顧從父命，亦附義弟子。

冯胄　漢

李郃，李固之父，順帝時，封涉都侯。卒，門人上党馮胄爲制服，心喪三年，時人異之。胄字世威，奉世之後也，隱處不應徵辟。

王調　趙承　漢

太尉李固與杜喬皆爲梁冀所嫉，又嘗欲立清河王蒜。冀立桓帝，會劉文與南郡賊劉鮪私謀立蒜爲天子，冀因誣喬、固與賊交通，爲妖言下獄。門生王調，勃海人，貫械上書，証固之枉。河内趙承等數十人，亦腰鈇鑕詣闕，通訴太后，乃赦之。

郭亮　董班　漢

梁冀陷李固，及赦出，京師人皆稱萬歲，冀益忌惡之。遂案誅固，暴其屍於城北四衢，令有敢臨者，加其罪。固弟子汝南郭亮，尚未冠，左提章鉞，右秉鈇鑕，詣闕上書，乞收固屍。不報。與南陽董班俱往臨哭，守喪不去。夏門亭長呵之曰：『卿曹何等腐生，公犯詔書，欲干試有司乎？』亮曰：『義之所動，豈知性命，何爲以死相懼耶！』太后聞之，赦不誅。

胡騰　漢

騰字子升，竇武、陳蕃爲宦官所害，宗親賓客悉就誅戮。騰爲武府掾，少嘗師事武，獨殯殮行喪，坐以禁錮。武孫輔年二歲，逃竄得全。事覺，曹節等捕之急。騰及令史南陽張敞，共逃輔於零陵界，詐云已死。騰以爲己子，而使聘娶焉。輔後舉孝廉，劉表辟爲從事，還竇姓。陳蕃之死，其友朱震收葬，匿其子逸。事覺，拷掠至死不承。

朱穆　漢

穆，南陽宛人，字公叔，暉之孫也。五歲時，便以孝稱。後爲侍御史。時同郡趙康叔盛者，隱於武當山，清静不仕，以經傳教授。穆時年五十，乃奉書稱弟子。及康叔殁，喪之如師，其尊德重道，爲世所推服。

楊政　漢

政，字子行，京兆人也，少從代郡范升受《梁丘易》，善説經，教授數百人。升爲黜婦所告，坐繫獄。政乃肉袒，以箭貫耳，抱升子潛伏道旁。候車駕，持章叩頭大言曰：『范升三妻，惟有一子，今適三歲，孤之可哀。』武騎虎賁懼驚乘輿，奉弓射之，猶不肯去；旄頭以戟乂政，傷胸，猶不退。哀泣辭請，有感帝心，詔曰：『乞楊生師。』即尺一出升。政以是顯名。

任末　漢

任末，字叔本，蜀郡人，以載友人喪知名，爲郡功曹。後奔師喪於道，物故。臨命，勅兄子造曰：『必致我屍於師門，使死而有知，魂靈不慚，如其無知，得土而已。』造從之。

禮震　高獲　漢

禮震，平原人也。歐陽歙以《尚書》教授，徵爲司徒。坐贓下獄，諸生守闕爲求哀者千餘人，至有自髡剔者。震時年十七，聞獄當斷，馳之京師。行至河内獲嘉縣，自繫上書，求代歙死，曰：『伏見臣師大司徒歐陽歙，學爲儒宗，八世博士，而賍咎當伏重辜。歙門單子幼，未能傳學，身死之後，永爲廢絶。上令陛下獲殺賢之名，下使學者喪師資之益，乞殺身以代歙命。』書奏而歙已死獄中。歙掾陳元上書追訟之，言甚切至，帝乃賜棺木，贈印綬，賻縑三千匹，子復嗣爵。

先是有高獲者，汝南新息人，嘗師事歙，歙下獄當斷，獲冠鐵冠帶鐵鑕，詣闕請歙。帝雖不赦，而引見之，請曰：『朕欲用子爲吏，宜改常性。』獲對曰：『臣受性於父母，不可改之於陛下。』出便辭去。獲見『獨行傳』

戴封　漢

戴封，字仲平，濟北剛人也。年十五，詣太學，師事鄮令東海申君。申君卒，送喪到東海，道當經其家，父母以封當還，豫爲娶妻。封暫過拜視，不宿而去。

夏侯惇 三國

夏侯惇，字元讓，沛國譙人。年十四就師學，人有辱其師者，惇殺之，由是以烈氣聞。爲曹操所重，用爲前將軍。在軍旅，親迎師受業。

牽招 三國

魏牽招，字子經，安平觀津人也。年十餘歲，詣同縣苗隱受學。後隱爲車騎將軍何苗長史，招隨卒業。值京都亂，苗隱見害，招與隱門生史路，蹈鋒刃，殯殮隱屍，送喪還歸。道遇寇，史路等皆散走，賊欲斫棺取釘，招垂淚哀請，賊義而釋之去。

許孜 晋

孜字季義，東陽人也。年二十，師事豫章太守孔沖，學竟還鄉里。沖在郡喪亡，孜聞問盡哀，負擔奔赴，送喪還會稽，蔬食執役，制服三年。

費慈　宰意　晋

成都王穎攻長沙王乂，以陸機爲將軍，陸雲爲右司馬。宦者孟玖怨機、雲，誣機、雲有貳心，牽秀等共証之。穎收機及雲殺之，又收機司馬孫拯，考掠數百，兩踝骨見，終言機冤。玖乃令獄吏詐爲拯詞，夷三族。拯門人費慈宰意二人，詣獄訴拯冤，拯曰：『吾義不負二陸，死自吾分，卿何爲爾耶？』曰：『君既不負二陸，吾又安可負君？』固言拯冤，玖又殺之。

員半千　唐

唐王義方卒，門人員半千、何彦先行喪，蒔松栢於墓側，三年乃去。

喻侃　南强　宋

喻侃，陳亮弟子也。亮再詔獄，侃犯難營救，其弟南强貽書衆門人切責之。走東甌，見葉適，备陳冤狀。適義之，作書數通，走謁諸台官，誦言之。

倪元鎮　元

倪元鎮瓚自先世以來，代雄於貲。元鎮厭棄紛華，清修好義。其師鞏昌王仁輔，老而無嗣，元鎮奉養終其身。殁爲制服，執喪營葬，務致誠愨。當世稱之。

顧潤之　元

俞長孺，越之新昌人，爲寧國路儒學教授。檇李顧德玉，字潤之，嘗從長孺學。長孺無子，嘗語人曰：『吾昔寢疾於杭，潤之侍湯藥，情若父子。醫爲之感動，勿忍受金。我行且老，必托之以死。』後訪醫吴中，疾革，趨舟歸潤之，次尹山而卒。明日至檇李，潤之奉其尸殮於家，衰絰就位，士人爲潤之來弔者，潤之拜之。明年，葬於海鹽，近顧氏先塋，歲時祭享惟謹。或問師斂於家，禮與？潤之曰：『吾聞師死哭諸寢。』又曰：『生於我乎養，死於我乎殯。非家殮之，則將屍諸草莽。生服其訓，死而委諸草莽，仁者弗爲也。』聞者嘆服。

黎貞　明

黎貞，字彦晦，新會人，師事孫蕡。洪武初，補郡生，以學行署新會訓導。辭去，築臺釣魚，自擬子陵。坐誣，戍邊東者十八年。孫蕡以党禍戍遼被刑，貞抱其屍，以衣裹之，殯殮如禮，瘞安山之陽，爲文以祭。讀者無不墮淚。

林嘉猷 明

嘉猷，臨海人，方孝孺弟子。初師其同邑王琦，琦坐累謫云南，無敢送者。猷徒步千里追之，泣而别。與鄭公智負笈六千里，走蜀中師孝孺。孝孺徵入，從焉。建文時，仕至陝西僉事，燕王即位，以孝孺故坐誅。

王紳 明

紳，義烏人，王禕之孫，稌之子，方孝孺門人，且女夫也。孝孺誅死，從孝孺外姪鄭珣奔京師，求其屍不得，坐逮繫，以大父忠節免，且欲用之。紳辭以疾，放老於青巖，私輯方氏遺文爲《侯城集》。

洪瀾 明

瀾，字遠生，歙人，江天一弟子。天一與金太史聲殉乙酉之難，妻子當没入。瀾毅然以爲己責，走烈日中，數百里，告募於其親友，得百金贖之，天一妻子乃得免。以其餘金買田，爲給饔飧焉。其觸熱行路也，大汗污衣，輒澣衣於溪，暴之水濱，而身伏水中，待其燥，衣而復行。

梁份 國朝

寧都魏冰叔以文詞游於四方，最知名，卒於儀真。同郡弟子梁份，字質人，心喪三年。予友姜玆山遇之維楊，見其蔬素啖粥，問而知其以師喪故也。

俞載公 國朝

載公，蕪湖人，予友徐程叔弟子也。少事程叔，授制藝。程叔他館，久之老病，仍館穀其家。時載公已以太學將筮仕，程叔欲別去，不可。朝夕奉養，凡九年。卒於其家，殯殮之，弔者至，治具爲喪宴。初程叔弟子阮于岳爲御史，遺之三十金，以畀載公，爲送死費，至是悉授其子以歸。歸殯之日，號慟攀棺，如親子焉。

卷　五

義　童

街南氏曰：『孩提之童而仁義鍾焉，大人者能無失而已。雖然，義取諸衡者也，非識無稽也，義取諸决者也，非勇弗赴也，强有學者之所審幾而濟務也。竊嘗觀曾參童子，及汪踦之倫，亦何較然於取捨之際哉？即衆所推强有學者，莫能踰也。噫！昂然負七尺須眉而靦顔背義，豈其性之所鍾，孩提時而已失之耶？彼馮道楊涉之徒，即謂之夭殤不得其死，可也，予故《闡義》而及童子。』

汪　踦 周

魯哀公十一年，齊伐魯，魯及齊師戰於郎，公孫禺人遇負杖入保者，與其鄰童汪踦往，皆死焉。魯人欲弗殤童汪踦，問於仲尼，仲尼曰：『能執干戈以衛社稷，雖欲弗殤也，不亦可乎？』

彭修　漢

彭修，字子陽，會稽毗陵人也，年十五。時父爲郡吏得休，與修俱歸，道爲盜所劫。修拔佩刀，前持盜帥曰：『父辱子死，卿不顧死耶？』盜相謂曰：『此童子義士也，不宜遇之。』遂辭謝而去。鄉黨稱其名。後仕漢爲功曹。又見屬部

魏昭　漢

郭泰嘗止於陳，童子魏昭求入其房，供給灑掃。泰曰：『少年當精書義，曷爲求近我乎？』昭曰：『蓋聞經師易得，人師難求，故欲以素絲之質，附近朱藍耳。』泰美其言，聽與共止。嘗不佳，夜後命昭作粥，粥成進泰，泰呵之曰：『爲長者作粥，不加意敬，使不可食。』以杯擲地。昭更爲粥重進，泰復呵之。如是者三，昭姿無變容，顔色殊悦。

夏侯榮　三國

榮，淵幼子也，七歲能文，日誦千言。文帝賓客百餘人，人奏刺書爵里，榮一寓目，遍談不謬一人。淵與漢戰而敗，榮年十三，左右提之走，不肯，曰：『君親在難，焉所逃死？』奮劍没

於陣。

佛　念 六朝

佛念，後秦姚泓子也。劉裕伐秦，遣王鎮惡破秦兵於渭橋。秦將卒多死，泓單馬還宫。鎮惡兵入城，泓將出降。佛念時年方十一，言曰：『晋人將逞其欲，雖降必不免，不如引决。』泓憮然不應。佛念乃登宫牆自投而死。泓將妻子群臣詣鎮惡壘門降，鎮惡以屬吏裕至，泓宗族百餘人降裕，皆殺之，送泓至建康斬於市。

黄　昌　郎 未詳時代

黄昌郎，即非清郎也。方八歲時，爲新羅王殺百濟王，乃先往百濟，舞劍於市，觀者如堵。百濟王聞而奇之，召入宫，令舞劍，因刺殺百濟王。後人作假面以象其舞。

樂　氏　男 唐

宰相樂思晦爲武后所誅，男未十歲，没入司農。已而來俊臣等羅織狄仁傑等七人，誣以謀反。樂氏男上變，召見。武后問狀，對曰：『臣父已死，臣家已破，但惜陛下法爲俊臣所弄。陛下不信臣言，擇朝臣忠清、陛下所信任者，爲反狀以付俊臣，無不承服矣。』武后悟，乃召仁傑，問其情實，具得俊臣之詐，於是七人者俱得免。人知唐氏再造，皆梁公之績，豈知梁公不死，實樂氏一小男力乎？

卷六

義工

衘南氏曰：『嘗讀史，至唐，工人安金藏剖心白皇嗣不反，而睿宗卒賴以安。噫！此其功寧出狄梁公下哉。梁公不欲以去就爭，其功婉；金藏以死生爭，其功捷。雖大臣之與小臣不同，而其情不俱篤乎？先王之制，工執藝事以諫，夫聖主求言若不及，設敢諫之鼓，樹誹謗之木，邀之賞而激之以刑。當其時，爲之工者，與矇瞍庶人，同效其箴賦傳語之規，蓋無難者。女主暴辟，其誰與我，鼎鑊沸前，即卿大夫立靡耳。而乃有狎逆鱗，觸權倖，慨然飴死而伸所欲鳴，如金藏者，不亦偉哉？彼蓋惄然於鼎社之移，根本之撥，而不忍唐葉之斬，故不能自已已，諫何容心哉！乙酉之難，梳工魏三，署盛生文鼎部，其被縶也，不承以死。肅蓋目擊之云。若而人者，或家國之痛，矢於隱憂，或善惡之公，激於彝秉，古今往往不乏，要莫得而泯焉？彼其工於義，亦奚啻其工於器也！』

安金藏　唐

嗣聖十年，有告皇嗣異謀者，太后命來俊臣鞫之。太常工人安金藏大呼謂俊臣曰：『公既不信金藏之言，請剖心以明皇嗣不反。』

劉萬餘　唐

劉萬餘，長安工也。黄巢陷長安，萬餘乃與樂工鄧慢兒等，竊相謂曰：『寇方猖熾，所向無敵，而京城糧貯悉爲所資，支持之力，計可數年。吾儕受國厚恩，欲效忠赤而無由自脱，皆爲賊所用，不如以計給之，使之坐困，則賊亡有日矣。』萬餘於是佯爲巢策者，從容謂曰：『長安苑囿城隍，不啻百里，一旦兵逼於外，無金城百丈之固，何以自守？』巢然之。即日選丁壯十余萬人，具畚鍤，爲築城之役，日計支米四千石，錢八千貫。歲餘而不竣，倉貯爲虚，人剥榆皮以食。萬餘懼巢之悔而罪之也，乃出走河陽，經年病卒。《録異記》

安民　宋

宋崇寧元年，蔡京既相，悉毁元祐法，追貶元祐諸忠賢爲奸党，刻石端禮門。已復頒州縣，令監司長吏廳皆刻之。安民者，長安石工也，當鐫字，辭曰：『安民愚人，固不知立碑之意。但如司馬相公者，海内稱其正直，今謂之奸邪，如清議何？安民不忍刻也。』府官怒，將置之罪。安民泣曰：『役吾分也，不敢辭，乞免鐫「安民」二字於石末，恐得罪萬世，死且不瞑。』聞者愧之。

九江石工 宋

九江有石工者，當刻黨籍碑，辭於太守曰：『小人家舊貧，止因開蘇黄詞翰，遂至飽煖。今日以奸人爲名，誠不忍下手。』守義之，曰：『士大夫不及也。』此可與安民並傳。九江守賢於長安守遠矣。

潘生 元

潘生，富陽人，世業農。幼喪父，與兩弟奉母居，與人執塓甓，治筐筥，又爲善工。大德間，江南大饑，道殣相望。度無所得食，則曰：『吾終無以給母，則母子俱死。等死，何若用吾强壯，以延母旦夕乎？』即以母屬兩弟，而自傭於回鶻人。乃告母曰：『兒傭錢塘，當數月得錢米可相活，母勿憂。』已回鶻人轉賣之遼東。遼東大家軍户，遣代戍虎北口。

會有詔江淮子女流徙者衆，禁人毋得轉掠，饑民使悉還鄉土，遂從遼東還。道遇女子，鴉鬟而尾其後。問之，則曰：『淮產也，以饑故，父母棄我，轉徙數家。今主家使我歸，君南人，能挾我以偕乎？』遂相攜以行。日操瓢行乞，夜泊茅葦中，雖顛沛流落，親洽日久，而未嘗一語及亂。渡淮，曰：『我家通州，今近矣，君盍送我？』因抵其家。女上堂見父母，泣涕相抱持。詰門外同來者，即引生更衣，具酒炙。飲半，執醆而跪曰：『吾女幸完骨肉，歸見鄉里，免罹霜露盜賊者，皆君力也。今吾女猶處子，誼且暴淮楚間矣。顧君去家久，母不知存否，歲丁洊饑，鄉閈必離徙，廬舍墟莽矣，雖有兄弟，恐亦不自存活。吾家尚薄有田園，女實君箕帚妾也，君必毋歸。』生毅然謝曰：『嗟乎，吾敢以若女爲利哉！予雖賤，不讀書，知義不可取。況母衰耄，度尚可活。萬一母死，兩弟或有一存，倘遂不歸，是吾遽死吾母也，又何忍即安此土乎？』遂告歸。母死已三年矣，兩弟亦死，生爲追制服。復治塓甓，以終於鄉。

楊賢　明

天順間，門達以都指揮僉事，治鎮撫獄，達有寵於上。而惎學士李賢及都指揮袁彬，乃疑賢於上，上遂疎賢。而彬猶以義故，位達上，搆以死罪，劾奏。上不樂，曰：『是負我者，然故人，不死足矣，他以任若。』達退，則執彬下獄，脅以火，五毒備至，彬不勝苦。而燕中少年楊賢者，爲漆工尚方，憤曰：『袁公上與同患難，達何人而輒害之？』因上疏陳達奸惡狀，而極稱彬枉，且有社稷功，不宜罪，詔達並治。達恚，捶賢百餘，賢恐遂死，不得白，計達且憾李學士，謬曰：『有陰事欲告公。』達令箯輿前，賢乃耳語達曰：『小人何辨此？此李學士草也』達大喜，罷笞，出湯沐沐賢，醪肉食之，持牘訴上，上命東朝堂辨之。之東朝堂，賢度上已集群臣，出餘肉大呼曰：『天乎，冤哉，門指揮醪肉食我，而令引李也。李學士貴人，我何從見之？且吾死固分，奈何引他人爲也？』達失色詘沮。上悟，趣出彬分司南都，而賢亦得免。

魏三 明

乙酉鼎革，寧國將陷，宣城麻公三衡起兵稽亭，中丞丘公祖德起華陽，湯生廷公、盛生文鼎起南湖，誓師禦之。金陵人魏三者，梳工也，棄家入伍中，往來諸公所。文鼎使諜於城，門者執之，未知主名，欲跡得之，將執戮諸公。魏三終不承，遂杖之斃。

武風子 明

武風子者，滇之武定州人也，名恬。性嗜酒。滇多產細竹，可爲箸。生以火繪其上，作禽魚花鳥、山水人物、城門樓閣，精奪鬼工，人奇之。頗自矜重，靳不與人。好事者每瞷其謀醉時，置酒招之，以火與箸雜陳於前，而不言。生攘臂起，頃刻完數十箸，揮手不顧也。或於醉中以箸相屬，則怒拂衣出，終身不與之見。王公大人游於滇者，不得武生箸，即不光。

丁亥之歲，流賊從蜀敗奔滇，滇士民波靡以從，生獨匿深菁中不出。賊懸賞索之，生大笑曰：『我豈作奇技淫巧以悦賊耶？』偵者聞於賊，縶之來。至則白眼仰天，喑無一語。賊命作箸，列金布於前，設醇醪於右以誘之，不應；陳刀鋸以恐之，亦不應。賊怒，揮出斬之。縛至市曹，而神色自如，終無一語。時賊帥請縱之，徐徐當自逞其技也，釋之。生自此披髮佯狂，垢形穢語，日歌哭於市中，夜逐犬豕與處，人遂皆呼『武風子、武風子』云。

安定守某受貴人屬，召爲之，不應。守怒，撻之於庭，血流體潰，終不應。風子之蹤跡無定矣，或琳宫梵舍，或市肆田家，往必數日留，留必作數十箸以謀醉。其作箸時，削炭如筆數十，置烈火中，酒滿壺於傍，伺炭末紅若錐，左執箸，右執炭，肅肅有聲，如蠶食葉，快若風雨，且飲且作。壺干即止，益之復作。飲不用杯杓，以口就壺，不擇酒。期醉，醉則伏火而卧，或哭或歌，或説《論語》經書，多奇解。及醒而問之，則他囈語以對。或正作時，酒未盡，忽不知其所往。逾數十日，或數月，忽來，復卒成之。其狀貌如中人，年近六十餘，拜揖跪起無異，惟與之語，則風子矣。但所繪多稗官雜劇，有規以不雅馴者，笑而不答，亦終不易。或曰非病風者，或曰其有道者與。

卷七

義卒

街南氏曰：『甚矣，夫舍生取義之難也，世有能舍其生者矣。匹夫匹婦，勢窮力屈，計無復之而自經溝瀆，是謂諒死。情有所不能忍，拔劍而起，挺身而鬬，磓首刳胸，自抵於罪，是謂憯死。探珠於淵，獵材於莽，力搏異類，血殷齒牙，是謂貪死。此其於死，未暇計也，自非然者，雖驅之以必死之地，被之以得死之名，苟可以倖逸也，則罔不宛轉遲回，冀以自存者，故取義難也。今夫卒操死人之具，置身於必死之場，進則有立殊之創，而退則有必誅之法。是時，即捐軀赴難，以自附於死綏之義，其爲途亦甚便矣。然而死於亂，死於法，莫死於義也。則夫處疆場之劇，卒能奮躍自鳴，不泯泯於鳥喙蟻垤之間，不亦卓然行伍間丈夫哉！若乃志有所存，誼有所感，發憤於鋤奸報德之行，而並非迫於疆場之不得不死者，其取義也，抑又有足多者，集義卒。』

李懷光軍卒 唐

李懷光以李晟軍盛，欲引軍襲東渭橋。三令其衆，衆不應，竊相謂曰：『若與我擊朱泚，惟力是從；若欲反，我曹有死，不能從也。』懷光不能强。

朱滔軍卒 唐

德宗敕朱滔還鎮幽州，滔欲得深州，不許，遂懷怨望，留屯於深。朝廷討田悦，滔言於衆曰：『欲與諸君共趨魏州，破馬燧以取温飽，何如？』皆不應。三問之，乃曰：『幽州自安史之反，從而南者，無一人得還，今其遺人痛入骨髓。况太尉司徒，皆受國榮寵，將士亦各蒙宦勳，且願保目前，不敢復有倖冀。』滔默然。已而滔將步卒發深州，至東鹿，詰朝將行。吹角未已，士卒忽大亂，喧噪曰：『天子令司徒歸幽州，奈何違之，南救田悦？』滔大懼，走匿驛後，牙將蔡雄等詭語之曰：『司徒欲取深州，冀得絲纊，寬汝曹賦率耳。朝廷無信，以深州畀康日知，又朝廷賜絹汝等人十疋，至魏皆爲馬燧所奪。司徒南行，爲汝曹，非自爲也。』衆呼曰：『雖知司徒爲士卒，終不如奉詔歸鎮。』雄曰：『各部伍往深州數日，再歸鎮耳。』衆乃定。滔引軍還深州，密訪諸倡率者，得二百餘人，斬之。

石孝忠 唐

石孝忠者，生長韓魏間，有膂力。少時偷雞盜狗，州里苦之。後折節事李愬，前驅。元和中，天子用裴丞相征蔡，愬與光顔、重胤皆受丞相節制。明年蔡平，刑部侍郎韓愈撰碑，專歸美丞相。孝忠見其文，大恚怒，因作力推其碑。吏不能止，乃執詣節度使，命具獄，將斃之碑下。孝忠度必死，乃佯卧地，若不勝按驗狀。吏就詰之，孝忠伺隙，用枷尾拉殺之。上聞之，使詣闕下。及至，問曰：『汝推碑殺吏，爲何？』對曰：『臣一死未足塞責，令得面天顔一言，赤族無恨。臣事李愬歲久，平蔡之日，臣在軍前。吴秀琳，蔡之奸賊，愬降之；李祐，蔡之驍將，愬擒之。爪牙脱落而元濟縛。今刻石紀功，盡歸丞相，而愬名第與光顔、重胤齒。愬固無言，不幸更有一淮西，其將如愬者，復肯爲陛下用乎？賞不當功，罰不當罪，非陛下所以勸人也。推碑，不惟明愬績，亦將爲陛下正賞罰之源。臣不推碑，無以爲吏擒；臣不殺吏，無以見陛下。臣死不容時矣，請就刑。』帝既得淮西本末，且多其義，遂赦之，因命曰『忠烈』。復詔段學士撰碑，如孝忠語。羅隱作傳

蘇公獄卒 宋

蘇文忠公下御史獄，當事侵之甚急，欲加以指斥之罪，公憂在必死。有一卒仁而有禮，事公甚

謹，每夕必然湯爲濯足。公以誠叩之曰：『軾必死，有老弟在外，他日託以二詩爲訣。』獄卒曰：『學士必不至此。』公曰：『使軾萬一獲免，則無所恨；如其不免，而此詩不達，則目不瞑矣。』卒受其詩，藏之枕中。詩有『與君世世爲兄弟，願結人間未了因』之句。公果無恙。後謫黄州。獄卒後還學士此詩。孔平仲《談苑》

馬俊 宋

馬俊，太平州慈湖砦兵也。州軍陸德、周青、張順等叛，青爲謀主，約翌日招城中少壯，而屠其老弱，然後擁衆渡江。俊隸青左右，得其謀，陰結其徒十人殺賊，然後諭衆開門，其徒許之。歸語其妻孫氏，與之訣。至南門，伺青出上馬，斫中頰，九人懼不敢前，事遂不克，與妻子皆遇害。青被傷卧旬日，賊黨散，官軍至，德、青俱伏誅。尋贈俊修武郎，立廟曰登勇。

李震 宋

李震，汴人，靖康時小校。金人迫京師，震率所部三百人出戰，殺傷人馬七百餘。已而被執，金人曰：『南朝皇帝安在？』震曰：『我官家，非爾所當問。』金人怒，絣諸庭柱，臠割之，膚肉垂盡，腸有餘氣，猶罵不絶口。

曹文洽 宋

曹文洽，鄭滑之卒也。時姚南仲爲節度，監軍薛盈珍怙勢頗甚，奪南仲軍政。南仲不從，盈珍讒於上，上頗疑之。後盈珍遣小使程務盈上表證南仲以他事，文洽時以賫奏事赴京師，竊知盈珍表中語，憤怒，遂兼道追務盈至長樂驛。及之，與同舍宿，中夜殺務盈，沉於厠中，乃自殺。日旰，驛吏開門，見血傷滿地，傍得文洽二緘，一狀，告盈珍，一表，理南仲冤，且陳謝殺務盈。高宗聞其事，頗疑南仲，趨入朝。上曰：『盈珍擾卿甚邪？』南仲曰：『盈珍不擾，臣自隳陛下法耳。如盈珍輩所在，雖羊杜復生，撫百姓，御三軍，必不能成愷悌父母之政，師律善陣之制矣。』高宗默然。出《談賓録》

唐琦 宋

唐琦，高宗時衛士。高宗航海，琦病，留越州。金人犯州，安撫使李鄴以城降，金人令琶八守之。琦袖石伏道傍，伺其出，擊之，不中，被執。琶八詰之，琦曰：『欲碎汝首，即死爲趙氏鬼耳。』琶八曰：『使人人如此，趙氏豈至是哉？』又問：『李鄴爲帥，尚以城降，女何人，獨爾？』琦曰：『鄴爲臣不忠，吾恨不得手刃之，尚言及斯人耶？』琦仍顧鄴曰：『我月給才五斗米，不肯背其主，女享國厚恩，乃如此，豈人類哉？』詬罵不少屈。邑八趨殺之，至死不絕口。事聞，詔爲立廟。

施全 宋

施全，杭州人，靖康中爲殿司小校。憤秦檜倡和議，殺岳飛，乃伺其出，挾刃刺之，不中，爲檜所執，送大理。檜鞠之，全曰：『舉天下皆欲殺虜人，汝獨不欲，故欲殺汝耳。』檜命磔於市。後人立廟於吴山之麓，曰施公廟。

金校 宋

建炎二年，遣徽猷閣待制洪皓使金，金粘没罕迫皓使仕劉豫。皓曰：『萬里銜命，不得奉兩宫南歸，恨力不能磔劉豫，忍事之耶？不願偷生狗鼠間，願就湯鑊。』粘没罕怒，將殺之，旁一校曰：『此真忠臣也！』目止劍士，爲皓跪進，得留遞冷山，校之力也。

蔡青　鄒進　熊保 宋紹興時

蔡青，漳浦人，與同縣人鄒進、熊保俱爲左翼軍步兵。時山寇焚縣治，郡發皇甫某領步兵二十五人，屯縣北門。賊率三百餘人至西關，皇甫曰：『我等當效力死戰耳。』三人乃披髮操戈，嗔目叱衆曰：『義當爲國死！』既而與賊遇，自卯至酉，殺傷甚衆。賊分兩道而遁，三人乘勝迫逐，賊勢窮，反鬭，三人皆中傷以没。邑人哀之，合葬於邑西，至今相傳曰勇士墓。

范　旺　宋

范旺，南劍州順昌縣巡檢司軍校也。順昌縣盜俞勝等作亂，官吏皆散。土軍陳望素樂禍，與射士張衮謀舉砦應之。旺叱之曰：『吾等父母妻子皆受國家廩食以活，今力不能討叛，更助爲虐，是無天日也。』賊黨忿剔其目而殺之。一子曰佛勝，年二十，以勇聞，賊詐以父命召之，至則俱死。其妻馬氏聞之，行且哭，賤脅污之，不從，支解之。賊既平，旺死跡在地，隱隱不滅。邑人馮異設像城隍廟，歲時祭享。紹興間，詔贈承信郎，更立廟祀之，號忠節。

包　明　宋

包明者，不知其鄉里，少爲兵，事湯岐公，自樞密至左相，常在府。紹興末，岐公以御史論罷。故例，一府之人皆罷，遇拜執政，則往事焉。久之，御史中丞汪澈拜衆知政事，一府皆往。汪蓋前日劾岐公者也，於是明獨不肯往，曰：『是常論擊吾公者，持何面目事之？雖妻子饑寒，不

恤也。』未幾以病死。《放翁集》

隗　順　宋

孝廟追復岳飛官爵，收召其子孫，使給還元貲，主者具當時所得，止九千緡物耳。其斃於獄也，實請具浴，拉脇而殂。獄卒隗順負其屍出，踰城至九曲叢祠中，順瘗之北山之湄。身素有一玉環，順亦殉之腰下，樹雙橘於上識焉。及其死也，謂其子曰：『異時朝廷求而不獲，必懸官賞，汝告言曰棺上一鉛筩，有棘寺勒字，吾埋殯之符也。』後果購其瘞不得，以一班職爲賞，其子始上告。官悉如所言，而屍色如生，尚可更斂禮服也。《朝野遺紀》

孫　益　宋

紹定時，孫益，楊州泰興人，少豪俠。李全犯揚州，游騎薄泰興城下，縣令王𤅢募人守禦，益起從之。俄賊兵大至，益率衆拒之。見賊勢盛，且前且卻，益厲聲曰：『王令君募我來，將以守護城邑也。今賊至城下，我輩不爲一死，復何面目見令君乎？』遂身先赴敵，死之。同時顧珣、顧渚，俱戰死。事聞，贈益保義郎，珣、渚承節郎，各官其子一人。

彭義斌 宋

義斌，大名忠義軍也。與蒙古將孛里海戰於内黄之五馬山，敗績。敵欲降之，義斌厲聲曰：『我大宋人，義不爲他臣屬。』遂死之。

儲福 明

儲福，燕山衛卒，無錫人。靖難兵起，感憤，挈母韓妻范逃去。文皇即位，詔挨購戍卒入伍。福至燕山，調雲南曲靖衛，復挈家行。因仰天歎曰：『吾雖一介賤卒，義不爲從逆之臣。』在舟中日夜號泣不輟，竟不食而死。母韓妻范爲營地葬之。范時年二十，有姿色，居平奉姑甚謹。每哭其夫，則走山谷中大慟，不欲聞之姑也。官有聞其寡者，欲委禽焉。既而諗其事，則曰：『此節孝婦也，安忍犯之？』一日，范浣澗水中，見其傍草生若虎丘蓆，因故織之，售以養姑。姑年七十餘卒，范營葬，爲廬於墓傍若干歲，年八十餘卒。自范之卒也，蓆草不復生。士人義之，葺其廬爲庵，集尼居之，扁曰崇孝云。

龔翊　明

龔翊，字大章，崑山人，居金陵。年十七，爲金川門卒。靖難兵至，谷王穗及李景隆開門迎降。翊力不能拒，大哭還鄉，隱居教授生徒，安貧好學。宣德間，周忱巡其地，欲薦用之，翊謝不就，曰：『翊仕無害於義，但負向來城門一慟耳！』有田三十畝，力耕自給，卒年八十餘，其門人私謚曰『安節先生』。

王永　明

王永，正統時錦衣衛卒也。王振之横，諸内臣咸比黨爲奸，而永獨心惡之，乃爲匿名書，數振罪而揭之衢。振姪王山緝而執之，坐妖言，斬於市。

劉玘　明

大同有叛卒王三者，數爲邊患，朝廷懸賞搆之勿得。戍卒劉玘者，素善三，請誘之，乃携妻女以釀爲業。三忽望見，大驚問：『何以至此？』佯泣曰：『貧甚。』三曰：『我在，憂貧耶？』相與道平生歡。三欲入其舍，玘辭曰：『陋甚。』三固欲往，且請見其妻女。其妻亦謬爲恭敬，逡巡跪奉觴，盡醉，偃卧舍中。數試之，知其憊，玘乃與其徒以大椎椎其兩臂，縛以巨繩，檻送京師，邊患遂息。

周敉 明

周敉，河州衛軍餘也。正統己巳，聞上皇北狩，慟哭不食，七日而死。其子曰路，爲衛學諸生，出舍外學，聞之，不易儒衣巾，奔至家，痛哭，觸庭槐死，死後衝巾被面。鄉里憐而異之，言之河州守，守臨其喪，不裂巾而斂。助以麥四十斛，白金一斤。《名山藏》

孫堂 明

嘉靖己亥，世宗將幸承天，群臣諫者皆罪譴。命下，有軍校孫堂者，自西闕闌入奉天門，大呼，衛士捕之，堂言：『我攔駕耳。途中盖造棚廠，民死過半矣，我實不忍，皇帝何忍？願止南巡之駕。』詔下獄，以病狂論死，並罪守衛。

金祥 明

金祥，武昌熊中丞桴門卒也。桴始守太倉，以倭亂，奉旨討賊自效，祥十餘人從。偶戰敗，皆散，獨祥不去。公曰：『我死國，分也，爾何爲乎？』祥曰：『公死國，小人死公，亦分也。』竟殿公後。公過橋而寇已登橋，祥慮公必不免，奮死下橋，肩而擢之。橋壞，寇墮水死者六人，公得免。已而屢捷，進公郡丞，討賊如故。一日，與儕輩酌於郊寺中，祥忽大叫曰：『寇至矣。』蓋其坌氣見也。衆嚣，騎從皆失。有乘馬過者，祥推墮之以乘公，而親執其御，馳躍如雲，人馬足皆不在地。及抵城，祥嘔血數升。他馳者迷道，遇寇死，祥識道，故又得免。一日公戰敗，而祥又常翼公。已又奮擊得大捷。公在海上大小三十餘戰，祥未嘗不從，屢經險得脱，皆其忠勇之力云。

金鑄　明

金鑄，遼陽健兒。其長王世勳率衆卒禦寇被圍，衆且盡，鑄獨破圍出。顧見世勳尚困圍中，復奮死潰重圍入，與世勳俱。世勳馬爲寇所奪，即以己馬乘世勳，身獨步戰。援不至，竟死之。

竇成　明

竇成，蜀人，桐城守將廖應登小卒也。崇禎辛巳，流賊張獻忠攻破城邑，惟桐城不下，攻之益急。時應登兵少，不能禦，輕騎出請救於廬。道出舒城，解鞍而飯，賊突至，劫之去。因挾還桐城，使誘降。是時桐城糧且盡，守者皆倦，賊知之。命應登擇其卒，爲營中所素信者，使招諭之。

廖舉成，成許。賊以精兵二人，利刃夾其頸，迫至城下。成紿曰：『曷稍寬我，使守城兵得見我面，我好與語。』既見城上兵，大呼曰：『我實成也，主將爲賊所劫，逼我招汝等降，幸堅守，勿生異志。賊掘西門地，將穿城而入，遇石不能穿，糧及火藥皆盡，無能爲也。城中宜速請援兵，我判死報城中知之。』賊刃破其腦，且破且號，至死不絶。城上人望見之，皆焚香叩首，守城官亦望之而拜。迄斬割既盡乃止。於是城守益憤，相與設主建祠祀之。賊旋解圍去。明年再至，爲黄將軍得功所敗，宵遁，城以全。

俞希龍 明

崇禎末，宣大總督盧象升帥師勤王，至保定之賈莊，爲奸人刺死，衆謂其敗。旗校俞希龍嘗隨營打點，下東廠，太監王之心鞫之，希龍稱其忠勇有略，不幸爲刺客所中，手書遺疏而死。之心以爲誕，加之極刑，身無完膚，終不承。仰天歎曰：『國家負盧公，再無忠臣矣。』言畢而絶。

卷八

義道士

街南氏曰：『莫非道也，而獨私之老氏者，自莊周始也。君父之義，無所逃於天地之間，周之言也。彼雖小仁義，而其語義，未嘗不與儒並汲汲也。夫義亦道也，道之名，悉舉而畀之羽流。何也？全真也，黄白也，禁禜也。道惡道，倘所謂在瓦礫，在矢溺，抑或然耶？其有識夫義，若聃與周之云者，猶道也。然以予觀於載記，亦何寥寥哉。備一例，以與僧之徒，並録之可也。』

安世通 宋

宋寧宗時，吴曦反，詔以楊輔爲制置使，以輔知成都。嘗言曦必反，當能破賊也。青城山道士安世通，上書於輔曰：『世通在山中，忽聞關外之變，不覺大慟。世通雖方外人，而大人先生亦嘗發以入道之門。竊以公初得曦檄，即當還書，誦其家世，激以忠義，聚官屬軍民，素服號慟。因而散金發粟，鼓集忠義，閉劍門，檄夔梓，興仗義之師，以順討逆，誰不願從？而士大夫皆酒缸飯囊，不明大義，尚云少屈以保生靈，何其不知輕重如此？夫君，乃父也，民，乃子也，豈有棄父而擁子之理？此非曦一人之叛，乃舉蜀士大夫之叛也。聞古有叛民，無叛官，今曦叛而士大夫皆縮手以聽命，是驅民而爲叛也。且曦雖叛，猶有所忌，未敢建正朔。遇士大夫，尚以虚文見招，亦以公之與否卜民之從違也。今悠悠不決，徒爲婦人女子之態，所謂停囚長智，吾恐朝廷之失望也。凡舉大事者，成敗死生，皆當付之度外。區區行年五十二矣，古人言可以生而生，福也，可以死而死，亦福也，决不忍污面戴天，同爲叛民也。』輔有重名，蜀中士大夫多勸以舉義，而世通言之尤切。輔以不習兵事，且内郡無兵，不聽。曦移輔知遂寧府，輔以印授通判韓植，棄成都而去，深有媿於道士矣。

徐道明 宋

道明，常州天慶觀道士也。德祐元年，元兵圍城，道明謂郡守姚訔曰：『事急矣，計將安出？』守曰：『内無食，外無援，死守而已。』道明還，慨然謂其徒曰：『姚公誓與城存亡，吾屬亦不失爲義士。』乃取觀中文籍，藏之石函，置坎中。兵屠城，道明危坐，焚香誦《老子》，兵使之拜，不顧，以兵脅之，不爲動，遂死之。

卷九

義僧

街南氏曰：『佛氏滅天常，悖君父，以求脱生死，儒者闢之，謂行不□徒，不可以持世。顧有儒衣冠而沉溺其教，莫能悟者，彼緇而髡，何足以語此？昔宋僧德公之將死也，謂其徒曰：「予苦行百年，迄無所得，徒爲不忠不孝之人。汝其改諸。」卓哉，可謂有識之傑矣！然則僧矣，而猶皎然慕義，不規規於生死者，是可執儒而徒偉衣冠者，謝之曰：「滅天常，悖君父，亦何必緇而髡者乎？」』

曇永 晋

王廞，爲吴國内史，與王恭相攻。恭遣劉牢之擊其子泰，斬之。又與廞戰，廞敗走。沙門曇永匿其幼子華，使提衣襆自隨。津邏疑之，曇永呵華曰：『奴子何不速行？』捶之數十，由是得免。

遇赦還吴。

曾彬　南北朝

王慧龍，晋尚書僕射王愉之孫。劉裕微時，愉不爲禮，裕得志，愉合門見誅。慧龍年十四，爲沙門曾彬所匿。因將過江津，人見其行意匆匆，疑爲王氏子孫。彬稱爲受業者，乃免。後仕北魏，任爲安南大將軍。卒後，將士共於墓所起佛寺，圖慧龍並曾彬像爲讚焉。

曇遷　南宋

僧曇遷姓支，本月支人，寓建康。篤好玄修，游心佛義，善談老莊，與范蔚宗、王曇首游。蔚宗被誅，家有十二喪，交知無敢近者。曇遷抽貨衣服，悉營葬送。宋武聞之，歎賞，語徐爰曰：『卿著《宋書》，勿遺此事。』

真寶　宋

真寶，五臺山僧也，本代州人。靖康之擾，與其徒習武事於山中。帝召對便殿，眷賚甚隆。還山，益聚兵助討。山縣不守，敵衆大至，真寶晝夜拒之。力不敵，寺舍盡焚。酋下令生致真寶，卒被獲，至則抗辭無撓。酋異之，不忍殺，使人勸誘百方。終不顧，且曰：『吾法中有口回之罪，吾既許宋皇帝以死，豈當失言耶？』怡然就刃。北人異之。

奉忠 宋

章子厚謫雷州，過小貴州南山寺，奉忠迎謁，子厚見之。已而倚檻看雲曰：『「夏雲多奇峰」，真善比類。』忠曰：『曾記夏雲詩甚奇，曰「如風如火復如綿，飛過微陰落檻前。大地生靈乾欲死，不成霖雨謾遮天。」』章默然。

温日觀 宋

杭僧子温，字仲言，號日觀，擅畫葡萄，居葛嶺瑪瑙寺。人知其畫葡萄，不知其善書，葡萄枝葉須梗皆具草書法。酷嗜酒，惟楊總統飲以酒，則不一沾唇，見輒罵曰：『掘墳賊，掘墳賊。』鮮于伯機父愛之。温時至其家，抱軒前支離叟，或歌或笑。每索湯浴，鮮于公必躬爲進藻豆，彼法中所謂散聖。殆其人歟，抑吾法中義士矣。支離叟即鮮于家所種松也。《遂昌襍録》

莫謙之 萬安 宋

莫謙之、萬安，俱常州宜興僧也。德祐初，謙之糾合義士，捍禦鄉閭，於是朝廷詔爲溧陽尉。已而殁于戰。安之起兵也，舉旗曰降魔，又曰時危聊作將。事定，復爲禪。及兵敗，亦死。

林德誠 宋

德誠，福建福寧僧也。初州守王伯顏城陷被執，罵賊不屈死。明年，德誠起兵討賊，乃望空呼曰：『王州尹，王州尹，宜率陰兵助我斬賊。』時賊正祠神，覩紅衣軍來，以爲僞帥。康將軍急往迎之，無有也，四面皆青衣官軍，賊大敗，斬其酋江二蠻，福寧遂平。

雲門僧 明

雲門寺僧，永樂時棲會稽雲門寺。每從一童子，携茶具筆墨，泛舟而游，賦詩滿袖，歸則焚之，不言所以。童子竊傳於人，有『不爲王蠋死，聊濟伯夷貧』之句。

懷璧 明

懷璧者，晉陵杏塘里人，幼出家雲陽東林之村寺。不二里許，則冢宰赤涵張捷居也。璧與張氏交善，張罷少宰家居，其子範我以任子就選京師。張屬璧與俱，揖之曰：『以此相累。』及都，範我補銀臺從事。值小璫盜御用雕龍磁漆器出售之，狼藉都市，無忌，又無甚高價。範我素有嗜古癖，間購收之，璧諫不聽。其門客竟以此洩，入緝。厰奉旨逮讞，則門下客先已他出，璧亦踰垣避矣，忽念曰：『吾不出，則長君獄不可解。』復踰垣入，就繫。事經東厰錦衣刑部歲餘，無刑不曆，璧自陳購以供佛，長君無與也。鄭潛庵、張玉笥諸公時亦繫獄中，爲詩歌記其事。讞者陰義璧，并寬範我，以故得就戍歸。

已而賊陷京師，南都擁立，張公起爲大冢宰，迎璧入署。未久，辭公歸。公留之，璧曰：『時平無所用我，有緩急當自來。』已而湘襄告急，公復遣迎璧，璧已到，公曰：『信人也。』喜甚。因與計生死事，璧曰：『此公事，惟公意耳。』及南都陷，公乃遣其家就民居，同璧微服行，走雞鳴寺中。主僧疑逋官不納，璧懇乃納。是夜張公縊於寺中，璧守殮之。仍間道繭足乞食，走四百里，報其家知焉。先是甲申，潛庵鄭公奉赦出獄，過江南訪璧，爲買雲陽田二頃，以券畀璧，璧受之。乙酉之變，璧完券還鄭公曰：『公以此爲還鄉計。』鄭公因得歸。璧年四十，有膂力，力畊治生，

不事乞募，與交無纖毫欺也。賀天士作傳

海　明　明

蕪湖僧慧淵，字海明，蜀重慶人也。乙酉鼎革，徽太史金聲起兵，敗縶，被害於金陵。海明聞之，乃丐貸市棺木，徑前抱公尸而斂。隸人叱阻之，海明了不畏，卒殮公，以柩載歸蕪湖小庵中匿焉。初金公被害，同人江天一及陳繼遇、吴國禎、佘元英四人者同死。諸生閔遵古者，天一故人也，天一與金公被執，道蕪湖，遵古爲具酒食，周旋甚至。至是聞海明收金公，泣曰：『奈文石先生何？』休寧程達可願捐三十金，遵古謀之海明，海明允之。又以其三人皆可念也，海明難之。會閩人蕭倫慨然益以多金，悉收以至蕪，歸櫬於徽。後惟佘吴兩家無人歸櫬，顧海明與倫等買地葬之，而碑識其處。海明死，遵古爲建庵海明墓傍，署曰崇義。倫别有傳見『義民部』○江天一弟天表載收金尸者僧惠元與僕相賢，非海明，海明豈惠元即慧淵耶？

澹　齋

澹齋者，武林大佛頭寺僧也，金陵人。爲僧，發願以濟獄中之人，飯粥絮藁藥餌器用無不具，如是數十年。一日，寺中遇黄太冲，銜袖墮一紙，拾之則有兩人姓名。太冲驚問：『此某妻與子也，汝何自書之？』澹齋僞爲不知狀。固問之，始曰：『兩人在仁和獄中，因飯囚，故習之，知其爲忠臣家屬也。今開贖例，得四十金，則兩人可出矣。世路悠悠，無可告語，書之以識吾願耳。』太冲曰：『此吾輩事也，奈何累子。』時錢虞山寓武林，太冲往告之，以五十金畀澹齋。過三日，來告得贖，勸之他往，遷延不決，復見收捕。然澹齋之心盡矣。黄太冲文

卷十

義女

街南氏曰：『婦人之談説道理也，不男子若也；而其怵利害，患死生，則百男子也。怵利害，患死生，則安足以語義；不能談説道理，又安能以行義？古貞女烈婦，矯然獨遂，之死靡他，不巾幗而冠帶也哉。雖然，從一勿貳，有暱於志者，舍命弗渝；有激於節者，笄而字人。不猶委質垂紳，束乎分之無可逃，而斷乎義之所必出乎，是庸衆所矜，而未可爲貞烈者難也。古之深閨操者多矣，吾不具論，吾獨怪夫擴房帷之□，晰報雪之誼。當禍患之臨，曉然於君父之紀者，噫！寧謂不卹其緯，而憂宗國隕，爲非嫠宜爾耶，請書以質之天下之談説道理者。』

齊義繼母 列國

宣王時有鬪死於道者，吏訊之，二子立其傍。吏問之，兄曰：『我殺之。』弟曰：『非兄也，我殺之。』期年吏不能决。言之相，相不能决。言之王，王曰：『皆赦之，是縱有罪也；皆殺之，是誅無辜也。試問其母，聽所欲殺活。』母泣對曰：『殺其少。』君相問曰：『夫少子者，人之所愛也。今欲殺之，何也？』對曰：『少者，妾之子也；長者，前妻之子也。其父疾且死，謂妾曰：「善養視之。」妾曰：「諾。」今既受人之託，許人以諾，豈可忘耶？且殺兄活弟，是以私愛廢公義也。背言忘信，是欺死者也。夫言不約束，已諾不分，何以居於世哉？子雖痛乎，獨謂行何？』泣下沾襟。相人言於王，王美其義，高其行，皆赦之。尊其母，號曰義母。

魯義姑姊 列國

魯義姑姊，魯野之婦人也。齊攻魯。至郊，望見一婦人，抱一兒，携一兒而行。軍且及之，棄其所抱，抱其所携而走於山。兒隨而啼，婦人遂行不顧。齊將問兒曰：『走者爾母耶？』曰『然。』『母所抱誰？』曰：『不知也。』齊將追之，軍士引弓將射之，曰：『止！不止，吾將射爾。』婦人乃還。齊將問所抱者誰，所棄者誰也？對曰：『所抱者，妾兄之子也；所棄者，妾之子也。力不能兩護，故棄妾之子。』齊將曰：『子之於母，其親愛也，痛甚於心，今釋之，而反抱兄之子，何也？』曰：『己之子，私愛也；兄之子，公義也。背公義而嚮私愛，亡兄子而存妾子，幸而得生，則魯君不吾畜，大夫不吾養，庶民國人不吾與也。夫如是，則脇肩無所容，而累足無所履也。故忍棄子而行義，不能無義而視魯國。』於是齊將按兵而止，使人言於齊君曰：『魯未可伐也。乃至於境，山澤之婦人耳，猶知持節行義，不以私害公，而况於朝臣士大夫乎？請還。』齊君許之。魯君聞之，賜婦人束帛百端，號曰義姑姊。

丘子妻 列國

戎伐盖，殺其君，令於盖群臣曰：『敢有自殺者，妻子盡誅之。』盖之偏將丘子自殺，人救之，不得死。既歸，其妻謂之曰：『吾聞將勇而不果生，故士民盡力而不畏死，是以戰勝攻取，故能存國安君。夫戰而亡勇，非孝也；君亡不死，非忠也。今軍敗君死，子獨何生？忠孝亡於身，何忍以歸？』丘子曰：『盖小戎大，吾力畢能盡，固自殺也，以救不得死。』其妻曰：『曩有救，今又何也？』丘子曰：『吾非愛身也，戎令曰：「自殺者，誅及妻子。」是以不死，死又無益於君。』其妻曰：『吾聞之，主憂臣辱，主辱臣死。今君死而子不死，可謂義乎？多殺士民，不能存國而自活，可謂仁乎？憂妻子而忘仁義，背故君而事暴强，可謂忠乎？人無忠臣之道，仁義之行，可謂賢乎？事君，公義也，妻子，私愛也，子以妻子之故，失人臣之節，無事君之禮，棄忠臣之公道，營妻子之私愛，偷生苟活，妾實恥之，况於子乎？吾不能與子蒙恥而生。』遂自殺。戎君賢之，以太牢祠，以禮而葬之，賜其弟金百鎰，而使別治盖。

魯保母 列國

孝義保者，魯孝公稱之保母，臧氏之寡也。初孝公父武公與其長子括、中子戲朝周宣王，宣王立戲爲魯太子。武公薨，戲立，是爲懿公。時公子稱最少，義保與其子俱入宫，養公子稱。括死，括之子伯御與魯人作亂，攻殺懿公而自立，求公子稱將殺之。義保聞伯御將殺稱，乃衣其子以稱之衣，卧於稱之處，伯御殺之。義保遂抱稱以出，遇稱舅魯大夫於外，舅問稱死乎？義保曰：『不死，在此。』舅曰：『何以得免？』義保曰：『以我子代之。』義保遂以之逃。十一年，魯大夫皆知稱之在保，於是請周天子殺伯御，立稱，是爲孝公。

魏乳母 列國

魏乳母者，魏公子之乳母。秦攻魏破之，殺魏王瑕，誅諸公子，而一公子不得。令魏國曰：『得公子者，賜金千鎰；匿之者，罪至夷。』乳母與公子俱逃。魏之故臣見乳母而識之曰：『乳母無恙乎？』乳母曰：『嗟乎，吾奈公子何？』故臣曰：『今公子安在？吾聞秦令曰：「有能得公子者，賜金千鎰；匿之者，罪至夷。」乳母倘言之，則可以得千金；知而不言，則昆弟無類矣。』乳母曰：『我不知公子之處。』故臣曰：『我聞公子與乳母俱逃。』母曰：『吾雖知之，亦終不可以言。』故臣曰：『今魏國已破亡，族已滅，子匿之，尚誰爲乎？』母吁而言曰：『夫見利而反上者，逆也；畏死而棄義者，亂也。今持逆亂而以求利，吾不爲也。夫凡爲人養子者，務生之，非爲殺之也，豈可以利賞畏誅之故，廢正義而行逆節哉！妾不能生而令公子擒也。』遂抱公子逃於深澤之中。故臣以告秦軍，秦軍追，見爭射之。乳母以身爲公子蔽，矢著身者數十，與公子俱死。秦王義之，葬以卿禮，祀太牢，寵其兄爲五大夫。

魏芒卯 列國

芒卯之後妻孟陽氏，有三子。前妻之子五人，皆不孝，母厚遇之。乃令其三子，衣服飲食起居進退，不得與前子齊。前妻子猶不孝。於是前妻中子犯魏王令，當死。母憂戚悲哀，百計救之。人謂母曰：『子不愛母至甚也，汝何救焉？』母曰：『如妾親子雖不愛妾，猶救其禍而除其罪，今以其假子而不爲救，何以異于無母？其父爲其孤也，而使妾母焉，爲人母而不能愛其子，可謂慈乎？親其親而偏其假，可謂義乎？不慈不義，何以立於世。』王聞之，乃赦其子，復其家。自是五子以孝名。

王孫賈母 列國

齊湣王失國，王孫賈從王，失王之處。其母曰：『汝朝出而晚來，則吾倚門而望；汝暮出而不還，則吾倚閭而望。汝今事王，不知王處，汝尚何歸？』賈乃入市中，令百姓曰：『淖齒亂齊國，弑閔王，欲與我誅之者，袒右。』市人從者四百人，遂攻殺淖齒，而齊亡臣相與求王子立之，卒以復國。

女子碧 漢

王莽建國元年，篡漢位，廢孺子嬰。長安有狂女子碧，呼道中曰：『高皇帝大怒，趣歸我國，不者，九月必殺汝。』莽收捕殺之。

李文姬 漢

李固以方正忤梁冀，策罷，知不免禍，乃遣三子歸鄉里。少子燮，時年十三，燮姊文姬爲同郡趙伯英妻，賢而有智，見三子歸，默然獨悲曰：『李氏滅矣。』密與二兄謀匿燮，托言燮還京師。

有頃難作，下郡收固三子，長基次兹，皆被收，死獄中。文姬乃告其父門生王成曰：『君執義先公，有古人之節，今委君以六尺之孤，李氏存没，其在君矣。』成感其義，乃將燮乘江東下入徐州界，燮姓名爲酒家傭，而成賣卜於市。各爲異人，陰相往來，燮從受學。酒家異之，意非恒人，以女妻燮。燮精專經學。十餘年間，梁冀既誅，求固後嗣。燮乃以本末告酒家，酒家具車重遣之。姊弟相見，悲感旁人。姊因戒燮曰：『先公爲漢忠臣，遭遇傾亂。梁冀肆虐，令吾宗氏將絶，今幸得而濟，慎毋以一言加於梁氏，加梁氏則連主上，禍重至矣。』燮謹從其言。後王成卒，燮以禮葬之，每四節爲設上賓之位，祠焉。

范滂母 漢

范滂就捕，其母就與之訣。滂白母曰：『弟仲博孝敬，足以供養。滂從龍舒君歸黄泉，存亡各得其所，惟大人割不忍之恩，勿增感戚。』母曰：『汝今得與李杜齊名，死亦何恨？既有令名，復求壽考，可兼得乎！』

龎娥親 漢

烈女龎娥親者，酒泉表氏人，龎子夏之妻，福禄趙君安之女也。君安爲同郡李壽所殺，有男三人，皆欲報仇。會疫灾並死，壽喜云：『壯男盡矣，女弱何足復憂？』娥親子湑出，聞之，以告娥親。娥親感激愈深，愴然曰：『李壽，汝莫喜也，焉知娥親弱女子，不手刃殺汝而自儌倖耶？』遂陰市利刃，晝夜哀酸，志必殺壽。比鄰徐氏媼，憂娥親不能制，恐反見害，每諫止之曰：『彼男子也，凶惡有素，邂逅不勝，則爲重受禍於彼。願詳舉動，爲門户之計。』娥親曰：『壽不死，娥親視息世間復何求？今三弟早死，門户衰泯，而娥親猶在，豈可假手於人哉？以卿心况我，壽不可得殺；論我之心，壽必爲我殺明矣！』

夜數礪刃，切齒悲憤，家人及鄰里咸笑之。娥親曰：『君等笑，直以我女弱，終不能殺壽也，要當以壽頸血污此刃，俾卿等見之。』遂棄家事，乘鹿車，伺壽於都亭之前。白日與之遇，便下車叩壽馬，叱之，壽驚愕。娥親奮力砍之，并傷馬，馬驚，壽擠道溝中，復就地砍之，中树，折所持刃，壽大呼，跳梁而起，娥親乃挺身奮手，反覆盤旋，應手而倒，遂拔壽刀，截其頭持詣有司伏罪，辭色不變。福禄長漢陽尹嘉不忍論，即解綬去，弛法縱之。娥親曰：『仇塞身死，妾之分也，治獄制刑，君之典也，敢貪生以枉法乎？』鄉人觀者如堵，咸爲之悲泣嗟咨焉。守尉陰語使便宜自匿，復不肯，曰：『仇人已死，妾願畢矣，義無所逃死。』辭愈厲。尉知其不可奪，强載還家。刺史太守並表稱其烈義，立碑顯其閭，太常張奂以束帛二十端禮之。皇甫謐《烈女傳》

姜叙母　赵昂妻　東漢

馬超叛漢，破隴上諸郡，遂攻冀城。救兵不至，刺史太守俱欲降。參軍楊阜號哭諫阻，刺史不聽，開門迎超。超殺刺史太守，阜假葬妻出，時外兄姜叙擁兵屯歷城，阜見叙及其母，歔欷悲甚曰：『守城不能完，君亡不能死，亦何面目視息於天下？超背父叛軍，虐殺州將，豈獨阜之憂，州士大夫皆蒙其恥。』叙母慨然曰：『韋使君被難，亦汝之負。人誰不死，死於忠義，得其所也。當速發，勿復顧我，我自爲汝當之，不以餘年累汝也。』叙乃與同郡趙昂等合謀討超，令趙衢等爲内應。超取趙昂子月爲質，昂謂妻異曰：『吾事必萬全，奈月何？』異曰：『雪君父之大仇，喪元不足爲重，況一子哉！』叙進兵鹵城，昂據祁山討超，超怒，趙衢紿超出自擊之。衢閉城，殺超妻子。超進退失據，乃襲歷城，得叙母。叙母駡曰：『汝背父之逆子，殺君之桀賊，天地豈久容汝？敢面目向人乎？』超殺之，又殺昂子月。阜與超戰，身被五創，超敗奔張魯，阜以功賜爵關内侯。

謝　娥　東漢

謝小娥，幼有志操，許聘段居貞。居貞與娥父同爲商販，盜申蘭申春殺之。小娥詭服爲男子，托傭申家。因群盜飲酒，蘭春與群盜皆醉卧，娥閉户斬蘭首，大呼捕賊，鄉人擒春，得贓巨萬，娥乃祝髮爲尼。

孫氏 晋

虞潭母孫氏，孫權族女也。初適潭父忠，有婦德。忠亡，誓不嫁。潭幼，母訓以忠義，長而聲望允洽，爲朝廷所稱。永嘉末，潭爲南康太守，值杜韜構逆，率衆討之。孫氏勉以必死之義，傾其資産以餽戰士，潭遂克之。及蘇峻作亂，潭時守吴興，又假節征峻，孫氏戒之曰：『吾聞忠臣出孝子之門，汝當舍生，勿以吾老爲慮也。』仍盡發其家僮，令隨潭助戰，貿所服環佩以爲軍資。於時會稽内史王舒遣子允之爲督護，孫氏又謂潭曰：『王府君遣兒征，爾何爲獨否？』潭即以子楚爲都護，與允之合勢。其憂國之誠如此。拜武昌侯太夫人，加金章紫綬。潭立養堂於家，王導以下皆就拜謁。咸平末卒，年九十五，成帝遣使弔祭，謚曰定夫人。

王廣女 晋

王氏，王廣之女也，美姿容，性慨慷，有丈夫節。廣事劉聰爲西楊州刺史，蠻楊芳陷楊州，廣被殺。女時年十五，芳納之。女夜從暗室中擊芳，不中，芳曰：『何故反？』女曰：『蠻畜，我誅父賊。吾聞之，父仇不共天，母仇不共地。汝害人父母，復以無禮凌人，吾所以不即死者，欲誅汝耳，恨不得梟汝首通衢，以塞大恥。』遂自殺。

荀灌 晋

晋荀崧，都督荆州江北諸軍事，屯兵於宛，爲賊杜曾所圍。崧兵少食盡，欲求救於故吏，襄陽太守石覽。崧小女灌，年十三，帥勇士數十人，踰城突圍夜出，且戰且前，遂達覽所。又爲崧書求救於南中郎將周訪，訪遣子撫帥兵三千，與覽共救崧，曾乃遁去。

范氏 隋

宇文化及既弑煬帝，給事郎許善心執節不屈，化及收執殺之。母范氏，年九十二，撫棺不哭，曰：『能死國難，吾有子矣！』不食，十餘日而卒。

王舜 隋

王舜，趙郡王子春女也。子春與從兄長忻不協，齊亡之際，長忻與其妻同謀殺子春。舜時年七歲，有二妹，粲五歲，璠二歲，並孤苦寄食所親。舜撫二妹，而陰有復仇之心，長忻殊不爲備。妹俱長，親戚欲嫁之，輒拒不許，乃密謂二妹曰：『我無兄弟，致使父仇不復。汝輩雖女子，何用生爲，我欲共汝報復，汝意何如？』二妹皆垂泣曰：『惟姊所命。』夜中，姊妹各持刀踰墻入，殺長忻夫婦，以告父墓。因詣縣請罪，姊妹争爲謀首，州縣不能決。文帝聞而嘉嘆，原其罪。

冼夫人 隋

隋得天下，嶺南未有所附。數郡共舉高凉郡太夫人冼氏爲主，高凉太守馮寶妻也，號聖母，保境拒守。詔遣柱國韋洸安撫。晋王廣遣陳叔寶遺夫人書，諭以國亡，便歸隋。夫人集首領數千人，盡日慟哭，遣其孫馮魂帥衆迎洸，諸州皆定。表魂爲儀同三司，册冼氏宋康郡夫人。後番禺王仲宣反，夫人遣其孫馮暄將兵救廣州，暄與賊將陳佛智素善，逗遛不進，夫人大怒，執暄繫獄。更遣孫盎討佛智，斬之，進令諸將擊仲宣。冼氏被甲，乘介馬，張錦繖，引彀騎，從裴矩巡撫二十餘州。朝廷拜盎爲高州刺史，贈馮寶廣州摠管譙國公，册冼氏譙國夫人。開幕府，置官屬，給印章，便宜行事。仍赦暄罪。皇后賜夫人首飾宴服。夫人并梁陳賜物，各藏一庫，歲時大會以示子孫曰：『我事三代，惟一忠順之心。』又遣長史上封事，論安撫之宜。論總管趙汭貪虐之罪，上致汭於法，委夫人招慰降叛。夫人親戴詔書，歷十餘州宣述上意，諭諸俚獠，所至皆降。上賜臨振縣爲湯沐邑，賜馮僕崖州總管平原公。

狄姨 唐

狄公仁傑爲相，有盧氏堂姨，居橋南别墅。姨止一子，未嘗入都城。狄公每伏臘晦朔，修餽甚謹。嘗休暇候姨，適姨子挾弓矢携雉兔歸，顧揖狄公，意甚輕簡。公因啟姨曰：『某今爲相，表弟何樂，願悉力從其旨。』姨曰：『相自爲貴耳，姨止有一子，不欲令事女主。』狄公大慙而退。

高叡妻 唐

高叡妻，秦氏女也。中宗朝，叡爲趙州刺史，爲默啜所攻，州陷，叡仰藥不死。夫妻至默啜所，示以寶帶異袍，曰：『降我，賜爾官；不降且死。』叡視秦，秦曰：『君受天子恩，當以死報。賊一品官，何足榮？』自是皆瞑目不語。默啜知不可屈，乃殺之。後贈叡冬官尚書，謚曰節。

王義方母 唐

唐高宗時，李義府恃寵用事。洛州婦人淳于氏有美色，繫獄，義府囑大理丞畢正義枉法出之，將納爲妾。事覺，義府逼正義自縊以滅口，上知而不問。侍御史王義方欲奏彈之，乃先白其母曰：『義方爲御史，視奸臣不糾，則不忠；糾之則身危，憂及其親，則不孝。奈何？』母曰：『昔王陵之母，殺身以成子之名，汝能盡忠以事君，吾死不恨。』義方乃舉義府事劾之。對仗，叱義府，猶顧望不退；三叱，義府方始趨出。上以義方毁大臣，貶之。

僕固懷恩母 唐

代宗時，僕固懷恩反，其子瑒爲其下所殺。懷恩聞之，入告其母，母曰：『吾語汝勿反，國家待汝不薄，今衆心既變，禍必及我，將如之何？』懷恩不對而出。母提刀逐之曰：『吾爲國殺此賊，取其心以謝三軍。』懷恩疾走得免。遂與麾下三百渡河北，走雲州。懷恩母至長安，給待優厚。月餘以壽終，具禮葬之，功臣皆感嘆。

李日月母 唐

朱泚之亂，奉天被圍，將軍高重捷與泚將李日月力戰城下。日月死，泚歸其屍於長安，厚葬之。其母不哭也，罵曰：『奚奴，國家何負於汝而反，死已晚矣。』初城下之戰，重捷死之，賊以其首去。德宗撫其身而哭，結蒲爲首而葬之。泚見其首亦哭，結蒲爲身而葬之。嗚呼！忠義之士，感於寇賊，悖逆之人，見嫉父母。兩人之事，可爲萬世勸懲矣。

楊氏 唐

楊氏，董昌齡母也。昌齡嘗爲泗州長史，世居於蔡，少孤，受訓於母，累事吴少誠、少陽。至元濟時，爲吴房令，母常密戒曰：『逆順成敗，兒可圖之。』昌齡未决。元濟又署爲郾城令，楊復戒曰：『逆黨欺天，天所不福，汝當速降朝廷，毋以前敗爲慮，毋以老母爲念。汝爲忠臣，吾雖没，無憾矣。』及王師逼郾，昌齡乃以城降，且説賊將鄧懷金歸欵於李光顔。憲宗聞之喜，急召昌齡至闕，即拜郾城令兼監察御史。昌齡謝曰：『皆老母之訓也。』憲宗嗟嘆良久。元濟囚楊氏，欲殺之者數矣。蔡平，楊氏幸無恙。元和十五年，陳許節度使李遜疏楊氏之强明節義以聞，乃封北平郡太君。

楊氏 唐

建中四年，李希烈陷汴州，復遣兵數千抵項城，將掠玉帛妻女。縣令李侃不知所爲，妻楊氏曰：『君縣令也，寇至，力不足，死焉，職也；君如逃，則誰守？』侃曰：『兵與財俱無，將若何？』楊曰：『若不守縣，吾民爲賊所得矣。今倉廩皆積也，府庫皆財也，百姓皆戰士也，重賞罰以令士，其必濟。』於是召吏胥百姓於庭，楊曰：『縣令，民主也，然歲滿則罷去，非若吏人百姓，墳墓斯存，宜相與致死以守，忍失其身而爲賊之人耶？』衆皆許之，乃誓曰：『以瓦石中賊者，與千錢；刀矢兵刃中賊者，與萬錢。』得數百人。侃率之以登城。楊親爨以食之，無少長必周而均。使侃與賊言曰：『項城父老義不從賊矣，皆悉力以守，賊得吾城，不足以威，不如亟去，徒失利無益也。』賊衆皆笑。忽流矢中侃手，侃傷而歸。楊曰：『君不在，則誰固守？與其死於戰，不猶愈於家乎！』侃裹傷復將趣城。有以弱弓射中其帥，墮馬死，即希烈壻也。賊勢沮，遂散去。刺史上侃功，超遷緒州太守。

嗚呼！婦人女子之德奉父母舅姑，盡恭順和柔者，則賢矣；守土保民，忠誠勇烈之道，此公卿大臣之難事。斯時也，憑堅城深池，儲畜山積，財貨自若，冠胄服甲，負弓矢而馳者，不知幾人？其勇不能以自守，其忠不能以自死，棄其城而走者，彼何人哉？

竇桂娘　唐

李希烈入汴州，聞户曹參軍竇良女桂娘美，使甲士至良門，取桂娘以去。將出門，顧其父曰：『慎無戚，必能滅賊，使大人取富貴於天子。』桂娘以才色在希烈側，復能巧曲取信，凡希烈之密謀，雖妻子不知者，悉皆得聞。希烈歸蔡州，桂娘謂希烈曰：『忠而勇，一軍莫如陳先奇。其妻竇氏，先奇寵且信之，願得先往來，以姊妹叙齒。因徐説之，使堅先奇之心。』希烈然之。桂娘因以姊事先奇妻。嘗間曰：『爲賊遲晚必敗，姊宜早圖遺種之地。』先奇然之。興元元年四月，希烈暴死，其子不發喪，欲盡誅老將校，以卑少者代之。計未決，有獻含桃者，桂娘白希烈子，請分遺先奇妻，且以示無事於外。因爲蠟帛書曰：『前日已死，殯在後堂，欲誅大臣，須自爲計。』以朱染帛丸如含桃，先奇發丸見之，言於薛育。育曰：『兩日希烈稱疾，但怪樂曲雜發，晝夜不絕，此乃有謀未定，示暇於外，事不疑矣。』明日，先奇薛育各以所部譟於牙門，請見希烈。希烈子迫，出拜曰：『願去僞號，一如李納。』先奇曰：『爾父悖逆，天子有命誅之。』因斬希烈及妻子，函匕首，以暴其屍於市。後兩月，吴少誠殺先奇，知桂娘謀，因亦殺之。杜牧之傳

李漸榮 唐

朱温謀弑昭宗，遣判官李振與統軍朱友恭、樞密使蔣玄暉率牙官史太百人，夜叩宫門入，殺宫人裴貞一，問帝所在。昭儀李漸榮臨軒呼曰：『寧殺我曹，勿傷大家。』帝方醉，遽起，單衣繞柱走，太迫而弑之。漸榮以身蔽帝，亦見殺。玄暉矯詔，稱漸榮、貞一弑逆。

歌者婦 唐

南中有大帥，頗恣横。有善歌者，與其夫自北而至，頗有容色。帥聞而召之。每入輒與其夫

偕，更唱迭和。帥欲私之，婦拒不許。帥密害其夫，而置婦於別室，多其珠翠以悦之。逾年往詣之，婦亦欣然接待，情似婉孌。及就榻，婦忽出白刃於袖中，擒帥而欲刺之。帥掣肘而逸，婦逐之。適有二奴居前闔其扉，由是獲免。旋遣人執之，已自斷其頭矣。《太平廣記》

劉　氏　後漢

高祖時，鳳翔節度使侯益謀叛，歸蜀，帝使大將軍王景崇往圖之。益趨入朝而帝崩。益家富，厚賄執政，而毀景崇。景崇怨朝廷，遂稱兵殺益家七十餘人。益子仁炬，前天平行軍司馬，在外得免。仁炬子延廣尚在繈褓，乳母劉氏以己子易之，抱延廣而逃，乞食至大梁，歸於益家。

劉仁贍夫人　南唐

周師圍壽州，節度使劉仁贍固守。及周主至淮，唐城邑多不守。唐君臣表請，稱臣納貢，獨仁贍不肯。仁贍憤悒成疾。其幼子崇諫夜汎舟渡淮，爲小校所執，仁贍命腰斬之。監軍使周廷搆哭於中門救之，不許。廷搆復求救於夫人，夫人曰：『妾於崇諫，非不愛也。然軍法不可私，名節不可虧。若貸之，則劉氏爲不忠之門，妾與公何面目見將士乎？』趨命斬之，然後成服，將士皆感泣。

劉安世母 宋

劉安世除諫官。未拜命，入白母曰：『朝廷不以兒不肖，使居言路。諫官須明目張膽，以身任國，脱有觸忤，禍謫立至。主上方以孝治天下，若以老母辭當可免。』母曰：『不然。吾聞諫官爲天子諍臣，汝父平生欲爲之而不得。汝幸居此地，當捐生以報國恩。使得罪流放，無問遠近，吾當從汝所之。』安世受命。正色立朝，面折廷諍，人目爲殿上虎。

趙氏 宋

慶曆中，貝賊王則倡亂，率衆閉門爲不軌。知城中子女無如趙氏女美，致帛萬端，金千斤，聘爲妻，且曰：『女若不行，即滅爾族。』父母不敢違。獨女不可，曰：『吾雖女，戴天子天，履天子地，十九年矣，縱不能執兵討叛，奈何妻之？』泣涕不食。父母族人守之，以所得后服衣之。女曰：『妻賊，何后也？』家人掩其口，卒逼以往。女登輿，自殘於輿中。賊盛禮待之，聞報皆失色。而賊之親信自殺者三人，縋城逃者七十四人，懼爲賊所魚肉也。自此賊焰漸衰，以至於敗。

嗚呼！識去就，知廉恥，仗節死義者，天下皆以是望士君子，而不以是望衆庶常，以是望男子，而不以是望婦人。今趙氏一民家女耳，表表之節如是，可謂出於人所甚難而天下之所未嘗望者。彼士君子，號爲男子者，觀之，寧不有愧於心耶？

徐　氏　宋

徐氏名觀妙，歷陽人，江東曹閎中之女也，嫁郡士張弼。建炎己酉，金人犯維揚，官軍望風輒潰，多肆擄掠。和人大恐，弼與鄰皆往裕溪避賊，獨徐氏不去，爲亂兵所掠。大罵曰：『朝廷畜汝輩以備緩急，今寇犯行在，不能赴難，而乘時爲盜，我恨一女子，力少勢弱，不能斬汝，寧肯爲汝曹所辱以苟活耶？』賊慚恚，以刃刺殺，投之江中。

嗚呼！士方平時目視霄漢抵掌大言，以節義自許，一落賊手，則蠅營狗苟，乞一旦之命，或出力而助虐者多矣。徐氏眇然一婦，乃能奮不畏死，與秋霜烈日争嚴。嗚呼，壯哉！以上二氏俱宋沈俶《諧史》

撒合輦妻　金

撒合輦妻獨吉氏，金平章政事千家奴之女也。元兵圍中京，輦時爲留守，疽發背，不能軍。獨吉度城必破，謂輦曰：『公本無功能，徒以國宗得至高爵。君恩良厚，今城在圍而身病，命也夫。城旦夕亟矣，當率精兵力戰而死，幸毋以我爲慮。』輦力疾巡城。獨吉取平日衣飾玩好，布之卧榻，家貲悉以分人。乃盛飾謂女使曰：『我死則舁之榻上，覆面以衾，閉户舉火，無令軍士見吾尸也。』言訖而縊。輦歸，慟哭曰：『夫人不辱我，我肯辱朝廷乎？』因命家人焚之。俄而城陷，輦力戰不克，投水而死。

八妙貞姑　明

八妙貞姑，宣城唐氏女，父壽五，兄貞一，元爲翰林承旨。貞一死，子安七幼，姑方爲處女，憐其孤，誓不嫁，遂留於家撫安七。安七長，洪武時坐事戍嶺南，貞姑遂主其室。或媒嫁之，俱不聽。會赦，安七歸，貞姑以壽終。新陡唐氏族頗繁，皆安七後也，實貞姑之力，人以方趙氏嬰臼云。唐氏謚之曰貞，至今世世祀勿絶，爲唐氏不祧之祖。

歐陽妙聰　明

歐陽妙聰，彭澤縣民永噎之女。噎妻生妙聰及男子四人。而永噎卒，久之喪其二男，噎妻不勝痛，嘆曰：『嗟乎！四子而天奪其二，其存者亦安可必，我其終老無所依怙。而藐焉孤，誰輔立之。』妙聰泣涕跪母前，掠髪自誓，願養母，弗復有家願也。於是謝媒妁，與母朝夕。家貧尤孝，母以哭失明，妙聰朝夕奉侍左右，焚香籲天，目以復明。母年八十且死，以手援妙聰曰：『汝女身而丈夫行，負汝青春，我之過也。我死，汝宜適人，勿泥前誓。』妙聰謝之。母卒三載，服除，鄰母來勸妙聰適人。妙聰曰：『如前誓何？吾弟有子，何患無依？』遂絶鄰母。正德十年旌表。

萬義顓 明

義顓，鄞縣萬氏女。祖斌，從高帝起兵爲指揮，死北征；父鐘，死遜國之難；兄武，襲，死交趾；次文嗣，以禦倭射龍死海中。文妻吴氏有遺腹，生男曰全。時文母在堂，嫂陳氏無子。顓盛年，有議昏者，顓見門祚單微，喟然曰：『吾家三世，而四人死國事，俱不得寸骨還。今三嫠婦主家，而所遺孤在乳下，衰宗血脉之係在此，吾若行，則復失一臂矣。』於是謝媒氏弗通。而家人亦思藉顓助，遂不奪其志。顓日夜同三嫠婦撫兒治家，營立門户。全成童，嗣父官，手書訓之，歷叙先世戰功，及死事狀如見，使勉力承先志。後年七十乃卒。全喪之若妣。萬氏子孫祀之，與射龍將軍列坐，世世不絶。

侯氏女 明

南京白塔街，富室侯氏有女年及笄，媒氏爲議婚。時其兄死子幼，女願撫兄子，遂謝媒氏，誓不嫁，而爲之經理其家業。兄子稍長，使從師讀書，已又爲冠且婚。人多慕其義者。媒氏曰：『姪成立矣，不可以有家乎？』女笑謝曰：『豈年三十餘，而猶爲人合巹者乎？且姪猶子也，我庸患乎孤寡？何嫁爲？』遂終老焉。崇禎朝，有司上其事。皇帝旌其閭，御題句曰：『春秋六十四齡，猶然處子；《史記》三千餘載，獨此完人。』姪後中某年舉人，佚其名。

崇禎宮人費氏 明

闖賊陷京師，費氏年十六，投眢井。賊鈎出之，見其姿容，争相奪。費氏紿曰：『我長公主也，若等不得無禮，必告汝主。』群擁之見李自成。自成命内官審之非是，以賞部校羅賊。羅攜出，費氏復紿曰：『我實天潢之胤，義難苟合。惟將軍擇吉行禮，死生惟命。』賊喜，置酒極歡。費氏懷利刃，俟賊醉，斷其喉立死，因自刎。自成大驚，令收葬之。君子擬之丹陽孫翊徐夫人。本書不録徐氏，以其雖節烈，與義例不合也。

友悌 未詳時代

友悌者，邵易邑任延壽之妻也，字季兒，有三子。季兒兄季宗，與延壽争葬父事，延壽與其友田建陰殺季宗。建獨坐死，延壽會赦，乃以告季兒。季兒曰：『嘻！獨今乃語我乎！』遂振衣欲去。問曰：『所與共殺兄者爲誰？』曰：『田建，建已死，獨我當坐，汝殺我而已。』季兒曰：

『殺夫不義，事兄讐亦不義。』延壽曰：『吾不敢畱汝，願以車馬及家財物盡以送汝，聽汝所之。』季兒曰：『吾當安之。兄死而仇不報，與子同枕席，而使殺吾兄，內不能合夫家，又縱兄之讐，何面目以生，而戴天履地乎？』延壽慙而去，不敢見季兒。乃語其大女曰：『汝父殺吾兄，義不可以畱，吾去汝而死，善視汝兩弟。』以繈自經而死。馮翊王讓聞之，大其義，令縣復其三子，而表其墓。

蔣氏 時代未詳

蔣氏，全州人，父希敏。十歲喪母，十七而希敏卒。有二弟，幼且疾，蔣氏誓不嫁，以育二弟。母家或爲之媒，蔣曰：『己從夫，而二弟誰爲撫者？棄之不仁，况能保吾蔣氏千百年之祀，則一身於我爲日幾何？』遂力持父遺業，謹視弟。弟長，各爲妻婦，爲經理其家財，家亦饒。二弟終身母事之，鄉人稱曰仁姑。

卷十一

義奄

街南氏曰：『古奄寺之禍人國，不可勝數。漢唐毋諭已，明高皇帝鑒往轍，令不得干預政務，鎸鐵後宮，并不令習書識字，載在典章，可謂深切著明。然其後有若振若直若瑾者，煽權播毒，迄於忠賢，禍延宗社，再世以亡，然則奄寺誠不可一日近左右明矣。雖然，人主豈必贄御之悉屏也哉！苟能慎顰笑，戒狎暱，終其身不假之事權，以毋失明高帝之意，奄何能爲？且夫奄亦人耳，而或者曰：「是生而無一善類也者。」彼吕强、張承業，抑何以稱焉。《周禮》「内小臣奄，上士四人」，鄭氏曰：「稱士，異其賢也。」噫！使古今奄寺盡强、承業其人者，安在不可假之事權？惟不能盡若强、承業其人，而有國者宜慎矣。亦惟不盡强承業其人，而有比德於强與承業者，乃俱足以誌矣。表而出之，庶天下知閹茸下流，猶有某某其徒者，而爲奄寺者，亦有以自厲焉耳。』

吕強　漢

吕强，少以宦者爲小黄門，再遷中常侍。靈帝時，例封宦者，以强爲都鄉侯。强辭讓再四，因上疏陳事。言中常侍曹節等讒諂媚主，佞邪徼寵，放毒人物，疾妬忠良。陛下不悟，妄授茅土，又并及家人，重金兼紫，相繼爲蕃輔。臣誠知言之無益，所以陳愚忠者，願陛下損改既謬，從此一正耳。又聞前召議郎蔡邕，對問於金商門。邕承旨毁刺貴臣，譏訶竪宦。陛下不密其言，至令宣露。群邪項領，膏唇拭舌，競欲咀嚼。致邕極罪，室家遠徙，老幼流離。是令羣臣皆以邕爲戒，不敢盡忠言也。故太尉段熲，武勇冠世，習於邊事，垂髮服戎，功成皓首，歷事二主，勳烈獨昭。而爲司隸校尉楊球所誣，一身既斃，妻子遠播。天下惆悵，功臣失望。宜更徵邕授任，反熲家屬，則忠貞路開，衆怨以弭。帝不聽。

時帝作列肆於後宫，使諸綵女販賣，更相盗竊，帝著商賈服，從之飲宴。又駕四驢，躬自操轡，京師轉相倣傚，驢價遂與馬齊。又爲私藏，收天下之珍，每郡國貢獻先輸中署，名爲導行費。强復上疏極諫，言調廣民困費多獻少，奸吏因其利，百姓受其敝，願陛下詳思臣言。亦不省。及黄巾賊起，乃召問强所宜施行。强言宜先誅左右貪濁者，大赦黨人，料簡刺史二千石能否。帝納之。先赦黨人。於是諸常侍人人求退，又各徵還宗親子弟在州郡者。然中常侍趙忠夏惲等，怨强入骨。

因共搆强與黨人共訕議朝政，數讀《霍光》《廢昌邑王傳》。帝不悦，使中黄門持兵召强。强聞召，怒曰：『吾死，亂至矣。丈夫盡忠國家，安能對獄吏。』遂自殺。時宦者濟陰丁肅、下邳徐衍、南陽郭耽、汝陽李巡、北海趙祐等五人，並清謹，退在里巷，不争威權。又小黄門甘陵吴伉，善爲風角，博達有奉公之稱，知不得用，常託病退還寺舍以自養。

趙思 後燕

慕容寶爲魏所破，遣中黄門令趙思至鄴求内之，鄴人執而囚之。時慕容德自立爲南燕，將以殺寶，以思閑習典故，執留用之。思曰：『昔關羽見重曹公，猶不忘先主之恩。思雖刑餘賤隸，荷國寵靈，犬馬有心，而况人乎？』乞還就上以明微節。德留之。思怒曰：『周室衰微，晋鄭夾輔。漢有七國之雄，實賴梁王。殿下親則叔父，位則上台，不能率先群后以匡王室，而幸根本之傾，爲趙王倫之事。思無申胥哭秦之效，猶慕君賓不生莽世。』德怒斬之。

田鵬鸞 北齊

齊宦者田鵬鸞，本蠻人也。年十五爲閹寺，頗好學讀書。使役苦辛，時伺間隙，挾書周詢。覩古節義事，未嘗不感激沉吟久之。後被賞遇，賜名敬宣。周代齊，齊主緯與穆后馮淑妃等奔青州，遣其西出參伺動静，爲周軍所獲。問齊王安在，紿曰：『已去。』不信，毆捶之，每折一支，辭色愈厲，竟斷四體而卒。

高力士 唐

高力士，爲玄宗内給事。初太宗制，内侍省不置三品官。中宗時多衣緋，除三品將軍。力士以將軍侍上，四方奏請，皆令先省後進，小事則專决。帝曰：『有力士，我寢乃安。』是時，宇文融、李林甫、韋堅、楊國忠等雖以才寵進，皆厚結力士。始林甫、牛仙客知帝意不欲幸東都，而京師漕不給，乃以賦粟助漕。及用和糴法，數年國用稍充。帝謂力士曰：『我不出長安且十年，海内無事，朕將以天下事付林甫若何？』力士對曰：『天子順動，古制也，且税入有常，則人不告勞。今賦粟充漕，臣恐國無旬月蓄，糴不止，則私藏竭。又天下柄不可假人。威權既振，孰敢議者？』帝不悦，力士頓首謝。及帝走蜀，力士從，進齊國公。

肅宗即位靈武，帝聞而喜曰：『吾兒應天順人，尚何憂？』力士曰：『兩京失守，生人流亡，河南漢北盡爲戰區，天下痛陛下，而陛下以爲何憂，臣不敢聞命。』後從玄宗還京，居興慶宫。李輔國譖之肅宗，言將與上皇謀不利於陛下。已詐言帝請上皇按行宫，劫居西内。上皇至睿武門，忽見射生官五百，露刃遮道不得前，馬驚幾墜。輔國以甲騎數十來，力士厲聲曰：『五十年太平天子，輔國欲何爲者？』叱使下馬。輔國失轡而呼曰：『翁不解事。』乃斬一從者以殉。力士向前曰：『太上皇問將士各好在否，可各納刀，呼萬歲。』將士皆納刀再拜。力士復曰：『輔國可御太上皇馬以行。』輔國乃與力士共執轡，還西内。上皇執力士手曰：『微將軍，朕且爲兵死鬼矣。』於是輔國復譖之於帝，除籍流巫州。巫州地多薺，不食，力士感詠曰：『兩京秤斤賣，五谿無人採。夷夏雖不同，氣味終不改。』寶應元年赦還，見二帝遺詔，北向哭，嘔血而卒。

初太子瑛廢，李林甫等皆屬壽王，帝以肅宗長，欲立之。未決，居常忽忽不食。力士曰：『豈以嗣君未定耶？推長而立，孰敢争者？』帝遂決。天寶中，邊將争功邀賞，帝嘗曰：『朕春秋高矣，朝廷細務付宰相，蕃夷付諸將，寧不自暇逸乎？』力士對曰：『臣間至閤門，見奏事者，言雲南數喪帥，又北兵阻礙。臣恐禍成，不可禁遏。』十三年大雨，力士曰：『自陛下以權假宰相，法令不行，陰陽失度，天下事可復乎？』帝不答。明年而禄山反。力士怙寵，然多所匡救知大義，故録存之。

曹日昇 唐

禄山之反，節度使魯炅守南陽。賊攻之，久不下。城中食盡，一鼠直錢數百，餓死相枕籍。上遣宦官將軍曹日昇往宣慰，圍急不得入。日昇欲單騎入致命，襄陽太守魏仲屋不許。會顔真卿自河北至，曰：『曹將軍不顧萬死以致帝命，何爲沮之？設使不達，不過亡一使者，達則一城之心固矣。』日昇與十騎偕往，賊畏其鋭，不敢逼。城中自謂望絶，及見日昇大喜。日昇復爲之至襄陽取粮，以千人運粮而入，賊不能遏。

馬存亮　嚴遵美　唐

馬存亮，元和時累擢知内侍省事。敬宗初，染署工張韶與卜者蘇玄明謀爲變，帝大驚，遽幸左軍。存亮出迎，捧帝足涕泣自負遣。左神策大將軍康藝全、右神策大將軍康志睦率騎兵討賊，射韶及玄明殺之。賜存亮實封户二百。存亮一時功最高，乃推委權勢，求監淮南軍。太和中，致仕，封岐國公，卒。存亮逮事德宗，更六朝，資性畏慎，始去禁衛，衆皆感泣。唐世中官以忠謹稱者，惟存亮及西門李玄、嚴遵美三人而已。嚴遵美父季實爲掖廷局博士，大中時有宫人謀弑宣宗。是夜季實直咸寧門下，聞變，入射殺之。遵美歷左軍容使，嘗嘆曰：『北司供奉官以胯衫給事，今執笏過矣。』後從昭宗遷鳳翔，求致仕，隱青城山，年八十餘卒。

楊復光　唐

復光，禧宗時内侍也。黄巢陷長安，周岌降之。嘗以夜宴，急召復光。復光時爲忠武監軍，左右權復光勿往，曰：『周公臣賊，將不利於内侍。』復光曰：『事已如此，義不圖全。』即詣之。酒酣，岌言及本朝。復光泣下，良久曰：『丈夫所感者恩義耳，公自匹夫爲公侯，奈何捨十八葉天子而臣賊乎？』岌亦流涕曰：『吾不能獨拒戰，故貌奉而心圖之。今日召公，正爲此耳。』因灑酒爲盟。分軍八千人爲八都，遣牙將八人將之。復光帥之以擊朱温，敗之，遂克鄧州。王重榮爲河中留後，患巢兵之强也，與復光謀以墨敕召李克用於雁門，與合軍焉。復光慷慨喜忠義，善撫士卒。及卒也，軍中慟哭累日，八都將各以其衆散去。田令孜專權，人莫敢抗，惟復光與之争得失云。《綱目》書曰：『左驍衛上將軍楊復光卒於河中。』蓋深予之云。

曹知慤 唐

知慤有膽畧。黄巢陷長安，知慤集壯士據嵯峨山，數遣人變服夜入長安，攻賊營，賊驚疑不自安。朝廷嘉之，就除内常侍。田令孜矯詔，使邠寧節度使王行瑜襲殺之。

張承業 後唐

張承業，禧宗時宦者也。昭宗爲茂貞所迫，將出奔太原。先遣承業使晉，因以爲河東監軍。其後崔胤誅宦官，在外者悉詔所在殺之。晋王李克用憐承業，匿之斛律寺。及晋王病革，以莊宗屬承業曰：『以亞子累公。』莊宗兄事承業，甚親重之。莊宗在魏，與梁戰河上十餘年，軍國之事，皆委承業。凡蓄積金粟，收市兵馬，勸課農桑，而成莊宗之業者，多承業之功。莊宗歲時自魏歸省，須錢蒱博，而承業主藏，錢不可得。莊宗乃置酒庫中，酒酣，使其子繼岌爲承業起舞。舞罷，承業出寶帶幣馬以贈，莊宗指錢積語承業曰：『和哥乏錢，可與錢一積，何用帶馬？』和哥，繼岌小字也。承業謝曰：『國家之錢，臣不得私。』莊宗語侵承業，承業怒曰：『臣老敕使，豈爲子孫計耶？惜此欲佐王成霸業耳。王若欲用，何必問臣，財盡兵散，豈獨臣禍耶？』莊宗顧元行欽曰：『取劍來！』承業起持莊宗衣而泣曰：『臣受先王顧托之命，誓雪家國之仇。今日爲王惜庫物而死，死不媿於先王矣。』太后聞之，使召莊宗。莊宗懼，乃酌兩卮謝承業曰：『吾以盃酒之失，得罪太后，願公飲此，爲吾分過。』承業不肯飲。莊宗入，太后使人謝承業。明日，太后與莊宗俱過承業第，慰勞之。

天祐十八年，莊宗已許諸將即皇帝位矣。承業方卧病，聞之，自太原肩輿而至，見莊宗曰：『大王父子與梁血戰三十年，本欲雪國家之讐，而復唐之社稷也。今元兇未滅，而遽以尊名自居，豈王父子初心哉？且梁，唐晉之仇賊，今王誠能爲天下去大惡，復列聖之深仇，然後求唐子孫而立之，使唐之子孫有在者乎，夫孰敢當此者，使其無則誰可與王争者。臣唐家一老奴耳，誠願見大王之成功，然後退身田里，使百官送出洛東門，而令路人指而嘆曰：「此本朝敕使，先王時監軍也。」豈不臣主俱榮哉！』莊宗不聽。承業知不可諫，乃仰天大哭曰：『吾王自取之。』輿歸太原，不食而卒，年七十七。

林延遇 五代

閩主王璘娶漢主劉陟女清遠公主，使宦官林延遇置邸於番禺，專掌國信。漢主賜以大第，廩賜甚厚。數問以閩事，不對。退謂人曰：『去閩語閩，去越語越，處人宫禁，可如是乎？』漢主聞而賢之，以爲内常侍，使鈎挍諸司事。聞閩主被弒，求歸不許，素服向其國三日哭。

張士良 宋

章惇、蔡卞與邢恕謀，欲陷元祐諸臣，言司馬光等結内侍陳衍，與宣仁太后謀廢立。時衍先已得罪配朱崖，以内侍張士良與衍同主后閣，使蔡京襍治之，以實其説。京列鼎鑊刀鋸於前，謂之曰：『言有，即還舊職；言無，則就刑。』士良仰天大笑曰：『太皇太后不可誣，天地神祇不可欺。』乞就戮。京等鍛鍊無所得。

邵成章 宋

宋建炎初，高宗任汪伯彦、黄潛善二人誤國，時盜賊四起，二人匿不以聞。内侍邵成章上疏極言之，高宗怒，除成章名，編管南雄州。

羅銑 宋

元既發宋諸陵，而楊璉真珈發徒從，至斷殘支體，攫珠襦玉粽，無所不至。中官陵使羅銑者，守陵不去，與之極力争執，爲楊髡痛笞之，脅以刃，令逐去，大哭而出。遂光發寧宗理宗度宗楊后四陵，劫取寶玉，事竟，銑買棺製衣收斂，大慟垂絶，鄰里爲之感泣。已復發徽欽高孝光五陵，孟韋吴謝四后陵，而光寧及諸后皆儼如生，銑亦如前棺殮，後悉從火化。是時收宋諸陵者，爲義士唐珏，又林德暘收高孝二陵，葬永陵。莫有知銑者，或曰：『銑與唐林二義士蓋同舉云。』

雲奇 明

奇，南粤人，洪武初，入爲宦者，守西華門。當是時，胡惟庸爲丞相，擅權納賂，陰蓄異志。奇業覘知之，冀其因隙以發。未幾，惟庸誑上，所居井湧醴泉，要上往觀。車駕當西出，奇慮上及禍，奔衝蹕道，勒馬銜以言，氣喘舌駃不能達。法犯蹕者當斬，左右撾捶之，奇垂死忍痛，指賊第向上悲啼。上悟，遂命駕登城，近胡第而觀之，見其内伏壯士於屏帷、門數匝。亟還，罪人就縛。亟命召奇，奇氣絶矣。上悼恤久之，贈官，賜葬鐘山之西。

沭敬 明

敬，不知何許人，建文朝入爲宦者。永樂中，從上北征，大軍出寨逾月，未嘗一有所遇，人馬困頓，上猶未已也。敬伏地苦諫，請班師，不聽。上怒詈之曰：『反蠻敢爾？』敬仰視曰：『固不知誰是反蠻？』上大怒，命曳出斬之。顔色不動，上霽顔曰：『我家養人皆若是，豈不有益？』釋之。

金英 興安 明

金英，景泰朝繼王振掌司禮事，一矯振之所爲。虜挾上皇入寇，京師譁然，帝命英及興安問計於群臣。王通請濬濠，安叱去之。徐珵以星卜曰：『南幸以避之。』英叱出。已而于公及練綱請固守京師，英深以爲然。乃宣言於朝曰：『君臣效死而勿去，言去者斬。』固守之議遂决。當是時，雖于公主之，而實英左右之力云。已而使南京，公卿皆餞江上，薛瑄獨不往。英還京，言於上曰：『南京好官，惟薛卿一人，且宜之朝。』瑄遂得召。帝欲易太子而立見濟，謀之英而難於言，謂英曰：『七月二日，東宮之誕也。』英知其意，對曰：『陛下誤矣，太子之生在十一月之二日。』帝默然。私與太監王誠舒良等謀之，及黄竑之疏入，下群臣議，群臣會議午門，諸大臣莫敢言。興安曰：『即以爲不可，勿署，毋持兩端。』羣臣卒唯唯無異議者。及帝不豫，群臣問於左順，安出禁中，語曰：『惟社稷之安危是急。』問安何益？蕭維楨曰：『識安意乎？』於是謀立儲未果，而上星復辟矣。

覃吉　明

覃吉，廣西人。成化時，命掌東宫典璽局，識大體，通書史。時孝宗在東宫，《大學》《中庸》《論語》《孝經》諸書皆口授，動作舉止，悉導以正。太子嘗與諸内侍誦高麗經，吉至，驟然曰：『老伴來矣！』亟以《孝經》自携，吉跽曰：『得毋誦梵書乎？』曰：『否，讀《孝經》耳。』其見憚如此。嘗侍太子出講，講竣，急具湯，請於講官曰：『先生飲斯。』丞張端非之，吉曰：『尊師重傳，禮也。』又時時爲太子言五府六部，及天下民情、農桑軍務，以至宦者所以擅權蠧國事，曰：『吾老矣，安望富貴，但得天下有賢主足矣。』帝嘗賜太子庄，吉謂太子曰：『普天率土，皆王之有，何以庄爲？勞民傷財，爲左右利而已。』辭之。孝廟之毓德青宫也，吉有力焉。

懷恩　明

懷恩，蘇州人，成化朝司禮監也。當是時，内侍梁芳進妖僧繼曉，曉獲奇寵，勅建大鎮國永昌寺，毁民居百家，發帑金萬計。都御史林俊上疏切諫，帝大怒曰：『俊訕我，我必殺之。』詔下俊錦衣獄。恩叩頭諍曰：『不可殺俊，將失天下心，奴不敢奉詔。』帝益怒曰：『若黨於俊，是謀也，汝實主之，不然禁中之事，俊何以知之？』提硯擲恩。恩以首承之，不中，伏地而哭曰：『臣不能事陛下矣。』命左右扶出之。至東華，使人謂典獄者曰：『毋比梁芳而傾俊，俊死，若等亦不得獨生。』遂稱疾卧不起。上意解，俊得免死。俊之下獄也，恩諷言官論救，言官謝不敢。恩曰：『外庭可謂無人。』既而王公恕在南京疏至，恩曰：『天下忠義，斯人而已。』時傳奉官八百餘人，多因梁芳以進，帝以星變欲去之。御馬監張敏請馬坊傳奉者得勿黜，持疏謁懷恩，跪庭下，恩徐曰：『起，起，病足不能爲禮。』問何爲。曰：『奉詔馬坊傳奉，可無出。』恩大聲曰：『天之示警，實我群豎之由，外臣何能爲，法甫行而汝又隳之，霆且碎汝首。』指其坐曰：『吾不能居此矣。汝家人偏居要地，又欲居我位乎？』敏驕貴且老，聞其言，不敢出聲。歸憤致疾死。

章瑾進寶石，上命爲錦衣鎮撫，命恩傳詔。恩曰：『鎮撫詔獄，武臣之良選也，而以貨取乎？』上曰：『若敢違命？』恩曰：『非敢違命，懼違法耳。』改命覃昌。恩出謂人曰：『外庭有諫者，予言尚可行也。』因諷余子俊執奏，吾且從中左右之。上又欲易太子，恩免冠叩頭曰：『奴死不敢從，寧陛下殺恩，無使天下之人殺恩也。』伏地哭不起，上不懌。已而出恩鳳陽守陵。聞萬安劉吉彭華尹直四人之入閣也，嘆曰：『國無人矣，胡入閣者四人哉！』孝宗即位，召還掌司禮監，力請去萬安，而用王恕尚書。何喬新之出爲南京，恩詣萬安曰：『新君即位，喬新不宜南。』

安默然。言官有斥内臣爲刀鋸之餘，恩曰：『彼言是也。吾輩本刑餘，何怒焉？』明年正月卒。上悼之，特隆賻邺焉。

何文鼎　明

文鼎，餘杭人，性儉素，好讀書，弘治朝太監也。張鶴齡兄弟以外戚負寵矯恣，出入禁中。文鼎見輒憤曰：『祖法具在，何斯人之闌入也？』一日，上與鶴齡飲，起更衣，如厠，鶴齡取帝冠冠之，又酣狎宫人。文鼎愈忿，持金瓜於門外，伺而擊之，李廣語鶴齡得免。明日上疏極諫，卒爲皇后杖殺之。

黄偉　李榮　明

劉瑾之肆虐也，有疏其罪爲匿名書，遺之朝者。瑾詰之不得，乃令五品以下官皆跪於午門以俟命。已而復命起立如次，視遺書處，執其人。太監黄偉曰：『惟四品以上立如爵，四品以下皆襍無次，何以驗之？且遺書者，復肯立此乎？』瑾命武臣即群臣家索其稿，偉曰：『彼爲此者秘矣，即妻子莫之知，肯存稿乎？』乃止。於是群臣家賴以安。而跪者過午猶未釋，暍死者至十餘人，曳其尸出之。偉曰：『誰爲此者，非忠君愛國好男子乎？盍自承，即死不朽，徒禍人爲。』瑾大怒曰：『朝廷之上，肆謗若此，猶謂愛國者乎？』遂怒起入內，令李榮監之。榮憐衆且憊，令皆就地伏，急命內使擲冰瓜食之。已而瑾出，榮麾曰：『出矣。』急起跪。瑾望見之，怒，遂出偉於南京。榮就閒住，暮械衆送錦衣獄。訊之，以李西涯言得釋。

李榮者，故嘗事孝宗，孝宗之任劉忠宣也，語多密勿，時時顧左右，內侍屏退不敢前。一日奏事，伏地不能起，命李榮掖之出，且出且語曰：『吾儕舉動不能無失，惟公於上前隱之。』忠宣曰：『上聰明，無微不燭，予於政事外未嘗他有毀譽也。今日之語，上謂公實譽某，某與諸老太監踪跡疎矣，何以得此？』榮曰：『當宁大臣，誰右公者，榮何敢蔽賢。』正德時，韓司農等劾內監劉瑾等，榮不與八人列，而出入將命，榮實主之。瑾之泣請上前以免也，外庭莫知，榮出語庭臣云。

王岳 明

岳，正德時青宮監也，諸大臣劾劉瑾等八人，而岳實與列云。然岳實剛厲無阿，頗亦惡其儕。閣議持諫官章，不肯下，岳獨曰：『閣議是。』及瑾輩繞上前哭，上爲之動。而瑾輩輒進曰：『害奴儕者，岳也。』上曰：『何也？』曰：『岳前掌東廠，謂諫官曰：「先生有言第言。」而閣議時，岳又獨是閣議，此其情何也。夫上狗馬鷹兔，岳嘗買獻之否，今獨咎奴儕。』上於是怒，收岳及范榮，竄南京，尋殺之途中。

呂　憲　明

正德中太監呂憲者，以清謹著聞，甚惡其曹所爲，第不能拯耳。憲常鎮守河南，有獲白兔以獻者，中丞臺送憲，約共爲奏，上之。憲乃置酒召中丞飲，腊兔送酒。中丞大愕，問故，憲笑曰：『夫貢珍禽異獸以結主歡，此乃吾輩所爲，公爲方鎮大臣，奈何獻兔？』中丞大慚。憲，濟南陽信人也。

陳　準　明

陳準，順德人。東廠太監尚銘以專恣敗，準代掌之。準爲人平恕清儉，初涖事，令諸校曰：『大逆者告，非此則有司之事也，我無與焉。』由是中外安之。久之，有欲入某罪并籍某産者，令準案覆，準不忍，逡巡累日。詔下促之，整衣冠，閉門自經死。

田　義　明

萬曆朝，礦使稅使皆中官，所在恣虐擾民，民不堪命，争以贖貨求媚。司禮太監田義，獨疏請罷之。及上不豫，召閣臣沈一貫，命罷礦税等事。上疾瘳，收回前命。義曰：『天子無戲言，何爲反汗？』上怒，手劍擊之，不爲動。一貫繳前諭，義甚嗤之，各税監進金三十六萬，人益多田義。

王承恩 明

崇禎甲申之變，烈皇事急，手刃公主及袁妃，遂自縊。承恩縊其旁，死猶跽不仆。承恩大興人，謚忠愍。

王德化 明

李自成陷北京，諸從賊者，俱於黄極門囚服以待。王德化見大司馬張縉彦，不勝其憤，罵曰：『誤國賊，天子何在，汝尚爾爾？』奮拳毆之，爲賊所殺。

吕胖子 明

吕胖子，崇禎朝内奄，佚其名。闖賊陷京城，金駕部鉉投御河殉節，胖子見而歎曰：『公嘗疏糾吾輩，不比於人，吾初亦怨之，然公能死，吾獨不能死乎？公生欲遠我，我今以義近之，必不拒我地下也。』遂亦死。已而，二屍并浮，一内監收掩。久之，鉉諸弟往省，惟亂骨二叢，共葬御河之側。

高時明等　明

高時明，北直永清人，司禮監太監。寇急，預懸棺於中堂，左右前後繞十餘繯，與名下十人誓同死。賊入，時明自投棺中，十人各投繯，舉火焚之。自題壁云：『崇禎十七年二月十九日巳時，司禮監掌印太監高時明率名下李繼善等十人死節。』繼善，新城人；贾彝倫，固安人；馬文科、李廷弼，文安人；郝純仁，陝西人；徐養民、張行素，寶坻人；馬鯨、王家棟，容城人；宗輔震，任丘人。

年　永　明

河南陷於闖賊，崇藩王承奉年永，罵賊投井死。永，汝陽人。

崔　升　明

福王內官崔升，年甫十三，賊陷河南府，升勸王寧死勿屈。王被害，抱王足勿去，同死。

李鳳翔　張國元　史賓　明

鳳翔，陝西人，司禮監太監，城守提督。京城陷，自刎於城頭死。國元，亦司禮太監，城守提督，自刎，與鳳翔同。一云自縊。史賓，清苑人，亦司禮監太監，被執，罵不絕口，立夾死，年九十六歲。又王之心自縊，方正化罵賊死。

韓　贊　周

贊周，弘光時内臣，上前多所規切，移疾寓所。馬士英等益無所憚，及南京不守，自縊死。

卷十二

義隸

衡南氏曰：『周禮五官之屬，各署府吏胥徒，徒最卑。隸也者，殆古之徒者與，唐宋列於輿臺，國家齒於四賤，庶人而在官者稱也。嘗竊以官之有隸，猶王者有奄寺。其職趨走，分均也；狐鼠而城社穴，地均也；官於蠹而民於噬，害均也。然而世知害奄矣，莫害隸也。自世之末，隸不官辟而私鬻，即稱貸亦爲之，以是爲利丱古礦字。吾見朝藍縷而夕崇愷矣，里無賴藪以逋逃；吾見朝盜賊而夕牙使矣，一其役，半其名。而參兩其人，謂之縫，是狼顧也。强者主之，弱者奴之。主一奴伍，主縱奴走，是虎倀也；父院而子司，伯郡而季邑，是兔窟也。兩造未具，而竭其家半矣；五刑未擬，而鑠其家全矣。官猛則官倚，官明亦官蔽，詭法恣奸，莫能數其横也。苞苴行而墨吏心膂之，請謁盛而猥紳肘翼之，訟結紛而蠹劣黨比之。以故官無不蠹，民無不噬，而隸勢日以固。官以敗去，則移之官，憲以訪緝，稍委其從，卒莫誰何也。間有一二縫掖之士，不勝忿而攻之者。士攻隸則隸以官角士，士憤，則官率隸以辱士。士衄以遁，而臺以辱官誣矣，褫者褫，繫者繫，且孥僇隨之，如吾邑近事者。嗚呼！焚坑之虐，於今爲烈矣，而孰知以隸始哉，漢何竇、唐李鄭之所以不勝奄寺也。余集義隸，蓋不勝腕扼而三歎云。』

徒人費　春秋

齊侯游於姑棼，遂田於貝丘。見大豕，從者曰：『公子彭生也。』公怒曰：『彭生敢見，射之。』豕人立而啼。公懼，墜於車，傷足喪屨。反，求屨於徒人費。弗得，鞭之見血。走出，遇賊於門，劫而束之。費曰：『我奚御哉？』袒而示之背，信之。費請先入，伏公而出鬬，死於門中。

侯孺　春秋

晋文公城濮之戰，執曹伯而分曹衛之田。已而許復曹衛，遂復衛。十月，晋侯有疾，曹伯之豎

按《周禮》：豎者，内小臣，非奄，則胥徒之屬，故附隸部。侯孺貨筮吏，使曰以曹爲解：『齊桓公爲會而封異姓，今君爲會而滅同姓。曹叔振鐸，文之昭也。先君康叔，武之穆也。且合諸侯而滅兄弟，非禮也。與衛偕命，而不與偕復，非信也。同罪異罰，非刑也。禮以行義，信以守禮，刑以正邪，舍此三者，君將若之何？』公悦，復曹伯。

王義 唐

王義，裴度之隸人也。吳元濟不法，朝廷欲討之。李師道數爲請赦，而武元衡主兵事，於是師道遣人刺之。元衡入朝，遂遇害。時度爲御史中丞，賊并刺之。度傷首，墜溝中，以氈厚不死。王義自後抱賊大呼，賊斷其臂而逸，義遂死。度乃自爲文以祭，厚給其妻子，進士撰王義傳者十一三焉。

御史臺隸 宋

御史臺有闌吏，隸臺中四十餘年，善評其臺官優劣。每以所執之梃，待中丞之賢否。中丞賢，則横其梃；否，則直之。此語喧於縉紳，凡爲中丞者，惟恐其梃之直也。范諷爲中丞，聞望甚峻。一日視事，見闌吏忽直其梃。范大驚，立召問曰：『豈覩我之失耶？』吏初諱之，固問。乃言曰：『昨見中丞召客，親諭庖人造食，指揮者數四。庖人去，復呼之叮嚀者數四。爲政當有體，彼不治事，當有常法。而中丞如此，假令中丞宰天下，亦能人人事事而詔之乎？竊心鄙之，不知其梃之直也。』范大笑，慙謝。

閻進 宋

閻進，爲宣武隸。朝廷遣使通問二帝，進從行。既至雲中府，金人拘留使者散處之。進亡去，

闡義

追還。金留守高慶裔，問何爲亡？進曰：『思大宋耳。』又問：『郎主待汝有恩，汝亡何故？』進曰：『錦衣玉食亦不戀也。』慶裔義而釋之。凡三亡，乃見殺。臨刑，進謂行刑者曰：『吾南向受刃，我皇帝行在也。』行刑者曳其臂，令之北，進挺身直起，盤旋數四，卒南向死。

楊義忠 宋

楊義忠，本縣吏。德祐時，元兵狥寧國，令趙與穗戰死。義忠率衆城守，几六十晝夜。出戰，亦死之。

馮三 元

馮三者，湖廣省一公使也，素不知書。湖廣爲寇陷，皁隸輩悉起，剽殺爲盜，亦拉三以從。三辭曰：『賊，惡名也，我等豈可爲？』衆强之，終弗從，怒將殺之。三遂唾罵，賊力縛諸十字木，畀之以行而封其肉。三益罵不止。抵江上，斷其喉，委去。其妻隨三號泣，俯拾封肉，納布裙中。伺賊還，收三血骸，脱衣裹之，大泣投江而死。

佚名吏 明

成祖殺方孝孺，令人食其肉，食肉一塊，銀一兩。有吏人僕，食肉得銀，歸家説其事。吏聞之大怒，喝僕一聲，怒激裂腦而死。義哉吏也，惜佚其姓名。

劉昱 明

昱，山西人，爲翰林小吏，從事勤毖，翰林諸公皆喜之。永樂中，從學士楊榮。金幼孜扈駕北征，昱有弟亦從軍，隸成山侯戲下，至應昌死。昱不勝痛，坎地藏弟尸，欲待師還而火之。及還，發屍就火，無所取薪，北土苦寒，屍亦僵不朽，若枯腊然。昱乃負之以行，六日至開平，始得薪化，化而裹其燼。二學士怪其衣背，隱隱有屍痕，因自言故。二公曰：『雖小吏，士君子也，處弟如此，况君父乎？』齊咨涕下。

張文 明

楊公繼宗，爲刑部主事。河間府獲盜，遣隸張文郭禮解送京師。夜至中途，盜釋刑具而逃。張語郭曰：『人言縱盜者罪與盜同，予二人俱死無益，不若留其一。汝母老，寡兄弟，汝可爲解人，予爲盜，以予解官，可全汝母子之命。』郭感謝，如其言。乃自嬰刑具，往詣部。公疑其言動，非盜也。審得其情，二人遂俱得釋。其真盜後亦尋捕得。

鄭　牢　明

山雲出鎮廣西，有鄭牢者，老隸也，性鯁直敢言。公紿之曰：『世謂爲將者，不計貪，我亦可貪耶？』牢曰：『公初到，如一新潔白袍，一有污玷，不可湔也。』公又曰：『人云土夷饋送，却之則疑且忿，奈何？』牢曰：『居官黷貨，則朝廷有重法，乃不畏朝廷，反畏蠻子耶？』公笑而納之。鎮廣西十年，廉潔如一日，固不由牢，牢實足尚云。

凌國俊等九人　明

崇禎癸未，賊破武昌，襲岳州，遂入長沙。司理蔡道憲力屈不支，危坐以待。賊刃加頸，怒罵不已。賊斷其足，以手揮之，復斷手，遂寸磔死。贈太僕寺少卿，謚忠烈。初幹役凌國俊等九人者，從道憲不去。賊欲其勸降，國俊曰：『使我公肯屈節，吾去不俟今日矣。』賊以刃脅之，復笑曰：『使吾畏死，亦去不俟今日矣。』賊并殺之。内四役奮曰：『願葬我主骸，而後就死。』賊義而許之。四役乃解衣，裹道憲屍，葬之南郭，乃自刎。國俊婦年少，撫其子文志守節，常語文志父死難事。文志遍籲當事，以國俊附忠烈公祠，配食焉。

卷十三

義僕

街南氏曰：『嗚呼！自教衰而俗漓，主僕之義不明於天下。余蓋感憤於宋氏，而難僕義云。宋氏居粤南鄙，世以財雄，家奴不勝數，有豪家與争田，相訟也，已而相毆，又數啖其逆奴占其地。亡何，寇起於鄉，劫殺宋氏妻妾以下，百十餘人，空其室以去。豪遂乘間入有其田，上之人陰主之，諸疏屬式微，遠竄莫敢争。而諸奴前以寇故，或死或匿，向受啖爲豪地者，遂事豪，忘其主之仇也，曰主死於寇，不豪預也。而莊孽利其財，亦争來事豪，曰吾向者童豎耳，宋不我恩也，抑不思其祖父實嘗爲宋綱紀僕。嗚呼！安得張忠定者，盡手劍若屬哉。方宋之盛也，諸奴漁租攘橐肥妻子，不可算，一旦有急，既無有裴旺沈鸞其人，斯亦恝矣，而掉臂反顔，仇之弗卹，亦何忍若此？乃南粤人，則又爲予言宋之死，有子幼，不知所在，或云走死田間，或云爲人傭齊魯間，莫可問。然則李善王安之誼，又安可少哉，集義僕。』

李 善 漢

李善，字次孙，淯陽人，李元齊蒼頭也。元齊家俱以疫死，惟孤兒續甫生數旬。而貲財累萬，諸奴欲共謀殺續，分其財。善乃潛負續以逃，匿山陽瑕丘界中，自哺養之，乳爲生湩，備嘗艱苦。雖繈褓，奉之不異長君，有事，輒長跽請白行之。閭里感其事，皆相屬爲義。及續長，奉之歸理舊業焉。時鐘離意爲瑕丘令，上書薦之，光武詔拜善及續，並爲舍人。後補日南太守，還過其主墓，未至一里，乃脱朝服，持鋤解衣拔草，泣拜甚悲，身自炊爨，執鼎俎以修祭祀，盡哀數日而去。

許貢奴 三國

孫策殺吴郡太守許貢，貢奴某客潛民間，欲爲貢報仇。孫策性好獵，所乘馬精駿，從騎絶不能及。卒遇貢客三人，射孫策中頰，孫策創甚，遂卒。《孫策本傳》言貢小子與客亡匿江邊，擊傷孫策，與《江表傳》畧異。

王 安 晋

祖逖有胡奴曰王安，甚愛之。逖弟約從蘇峻反，敗而奔趙勒，以既滅劉曜，當明順逆，欲夷其族。安嘆曰：『豈可使祖士雅無後乎？』時逖庶子道重，生十年矣，安乃往匿之，變服爲沙門以免。

甄蒼頭 北魏

甄琛，中山人，舉秀才。入都積歲，頗以奕棊棄日，至乃通夜不止。手下蒼頭常令執燭，或時睡頓，大加杖捶。奴不勝其楚，乃曰：『郎君辭父母仕宦，若爲讀書執燭，不敢辭罪。乃以圍棊日夜不息，豈是向京之意，而賜加杖罰不亦非理乎？』琛悵然慙感，遂假書研習，聞見日優，後仕諫議大夫。

都兒 唐

陽城隱夏陽山中，啜菽飲水，莞簟布衾。後歲荒屏跡，每採桑榆皮屑以爲粥。有蒼頭曰都兒，與主人同志相協。里人饋食稍豐，則閉户不納，散之餓禽。

杜亮 唐

唐蕭穎士該博三教，然性嚴急無比。傭僕杜亮事之十餘載，每箠楚不堪其苦，遵其指使如故。

或勸之擇木，亮曰：『愚豈不知，愛其才學博奧，以此戀戀不能去。』卒至於死。《朝野僉載》

李　敬　唐

李敬，夏侯孜之僕也。孜久厄塞名場，敬事之寒苦備至，終不易。或曰：『當今北面官人，入則内貴，出則使臣，何不從之，而落落事一窮措大乎？』敬𩑔然曰：『使頭及第，還擬作西川留後官。』衆皆非笑。時孜於壁後聞其言，竊自喜，愈益愛敬。然孜伶俜自若，所跨蹇忽無故墜井，及朝士之門，或逆旅舍，所在齟齬，時人目之曰『不利市秀才』。凡十年，果自中書，出鎮成都。臨行有以邸吏託者，一無所諾。至鎮則用敬知進奏。向之笑者率多服敬曰：『觀敬誠可以壯忠僕之氣云。』

段　章　唐

段章事進士司空圖，爲馭者。圖歸蒲久，以困乏不足贍給，乃謝去之。廣明後，寇犯京，圖寓崇義里，遂自里豪楊瓊所，轉匿常平倉下。將出而羣盗至，有擁戈拒門者，熟視良久，乃就持圖手曰：『我段章也，係掠而來，未能自脱。然懷養育之仁，今乃相遇，天也。僕所主曰張將軍，喜下士，往必無他，可免暴横。』圖誓以不辱，章惘然泣下，道至通衢即别去。圖得從達門以遁至咸陽，遇韓鈞之，乃抵鄠縣，達行在。

毆寶 五代

毆寶，不知何許人，其主某死，貧不能葬，寶鬻己子爲築墓，搆茅屋墓傍守之。寶妻事紡績，供幼主甚恭。寶居墓三年，旦暮號泣。後四時祭墓，每有虎啣時物，及麇鹿來助，時人謂義感云。

趙延嗣 宋

趙延嗣者，主曰趙晳，太宗擢典制誥，逾月而卒。子東之，亦以職事死塞下。家如洗，三女皆幼，無半畝以養。延嗣念事晳久，義不可去，營衣食以給之。勞苦竭力十餘年，三女長，延嗣未嘗見其面。至京師，往見宋翰林白、楊侍郎徽之，大哭，且道所以。二公驚謝曰：『吾被衣冠，且與舍人友，而不能恤舍人之孤，不逮子遠矣。』迎三女擇良士嫁之。三女有歸，延嗣乃去。徂徠先生石守道爲之傳。

李沆僕 宋

李丞相沆，有一僕逋緡十千，一夕自遁去。有女十歲，乃繫一券於其帶，願賣宅中以償。丞相令夫人育之如己女。及長，爲具奩擇婿而嫁之。後僕歸，感公入骨。丞相疾，僕乃與其婦刲股作羹以食。公薨，爲服衰三年。雖公德厚哉，要其僕亦知所感云。《語林》

吕蒙周僕 宋

吕蒙周，任江南幕職，既受代，携家室以歸。一僕病劇，寢舟中。蒙周以暑盛，妨於出處，又慮其染也，中流而擠之江。僕久熱，得水涼而頗善泳，雖憊，强隨波上下，相次至岸。有漁叟憫而收之，與之蘆席而卧焉。未移時，忽聞两岸間喧甚，僕力疾而出，則見一舟傾倒風浪間。遥識之，則蒙周舟也。篙檝莫制，已遂沉溺。僕雪涕咨嗟，與漁父聞於官。官俾爲索焉，不數日，盡得蒙周及家人尸。而僕病已起矣，於是悉心致哀，舁致其櫬，辨棺立標瘞焉。乃跋涉走白其所親，不懷擠江之怨焉。君子曰：『趨走事人，供爲掃役，蒙周厭其卧疾而致之死，及其自遭覆溺，蓋莫不曰：「有天道焉。」僕乃不念舊惡，以德報怨，嗚呼難矣！彼名列章服，而高厚之不邮，一旦有事，倒戈相向，反顔背主，亦獨何歟！』

王達 宋

王達者，屯田郎中李曇僕夫也。事曇久，曇親信之。既而去曇，應募爲兵，以選入捧日營，凡十餘年。會曇以子學妖術，妄言事，父子械繫御史臺獄。上怒甚，獄急，曇平生執友，無一人敢餉問之者。達旦夕守曇門不離，給飲食，候信問者，四十餘日。已而曇貶恩州别駕，仍即時監防出城，諸子皆流嶺南。達追哭送之，防者遏之，達曰：『我主人也，豈得不送？』曇河朔人，不習嶺南水土，其家人皆辭去曰：『我不能從君之死鄉也。』數日，曇感恚自縊死，旁無人焉。達乃使母守曇尸，而自出爲治喪事，朝夕哭如親父子，見者皆爲流涕，殯曇於城南佛舍而後去。《涑水記聞》

呂直 宋

司馬公置獨樂園，當春明之際，卉木繁秀，許人觀之。觀者咸以錢與園丁呂直，謂之茶湯錢，積十千而納於公。公却之曰：『吾豈少此哉？』就與之。直曰：『天地間只端明不愛錢耶？』以錢創一井亭，以便行客，不私其錢。

顏勝 宋

從事郎卜吉卿，居湖州之樊澤顧村。僕顏勝椎鈍無能，主人待之，未嘗加惠也。卜調台州監倉，久病羸瘠，浸成勞瘵，無生理。顏徹夜禮北斗，哀祈甚切。迨天明，揮刀割胸間，肝即突出，取煮進於卜。卜母知而恐食之致嘁，令止嘗一片而止。勝不樂曰：『是我未誠，致主母如此。』再剖之，復取一片，往卜兄縣尉家庖飪以薦。卜啖之甚美，病若頓減，日以安愈，至於復常。初勝再持刀時，殊不知痛，少定，困頓呻呼，其勢危甚。卜招良醫爲縫合瘡口，極力救療，踰兩月乃平。自是逐月給之三十千，以報其德。

洪福　子大源大淵　宋

洪福，兩淮宣撫大使夏貴家僮也，從貴積勞知鎮巢軍。貴以淮西叛降元，招福，福不聽；又使其從子往，福斬之。元兵攻城，久不拔。貴至城下，好語語福，請單騎入。福信之，啟門而伏兵起，執福父子，屠城中。貴菈殺其二子，大源大淵呼曰：『法止諸首謀，何乃舉家爲戮？』福叱曰：『以一命報宋，何至向人求活耶？』次及福，福大罵，數貴不忠，請南向以明不背國也。

符守信　元

符守信，總管符翁僕也，本姓郎氏，符翁愛其謹信，字之如子。符翁得痺疾，家貲寖廢，守信日夕營致以養，凡二十年。翁卒，守信卜安陽西原葬之。又事其主母，凡三年卒，合葬，治墳表樹。

劉信甫 元

劉信甫，楊州人，郡商曹氏奴也。曹瀕死，以孤託之。孤漸長，孤之叔利孤財，乃詐訴於府曰：『家産未曾析，今悉爲姪有。』郡守察其詐，直之。叔之子以父訟不勝，慙且憤，乃毒殺其父，而復訴於府曰：『弟挾怨殺吾父。』適達魯花赤馬火者，受署之初，與守不協，竟欲置孤法，并得以中守。引致百餘人，皆抑使誣服，且曰：『守受孤賄。』鞫信甫，信甫曰：『殺人者某也，以子弑父，孤實不知，守亦無賄。』被鍛鍊無完膚，終無兩辭。而信甫則已先使人密送孤至京師以避，囑之曰：『慎毋出。』至是乃厚賄達魯花赤，孤得無預，而信甫減死。既而叩蹕陳告，達魯花赤以罪罷去，守復官。凡訟獄道里費幾萬計，孤歸悉償之，信甫曰：『奴之富，皆主之庇蔭也。主有急而奴救之，分固宜爾，豈望報哉？』力辭不受。

趙一德 元

趙一德，龍興新建人。至元十二年，被俘至燕，爲鄭留守阿思蘭家奴，歷事三世，號忠幹。至大元年，一日，拜其主鄭阿思蘭及其母，求歸省父母。因伏地涕泣，阿思蘭感動，許之。及歸，則父兄俱没，唯母在，年八十。欲少留，懼得罪，如期往。阿思蘭母子見其孝，裂券從爲良。一德將辭歸，會阿思蘭以冤被誅，詔簿録其家，羣奴各亡去。一德曰：『吾忍同路人耶？』爲詣中書訴枉狀，得昭雪，還其所籍。阿思蘭母稱爲疾風勁草，因分美田廬遺之。一德堅辭不受，曰：『得歸養母，主恩厚矣。』皇慶元年旌其門。

楊不花僕 元

楊不花，文宗時除通政院判。將行，遇陝西諸軍，見殺。二僕亦見執，曰：『吾主既爲國死，吾從爲人奴，今苟得生，他日何以見吾主於地下？不若死從吾主。』欲起殺仇，仇要斬之。

胡忠 元

胡忠，新塗富人胡制機僕也。制機初無子，養張頤孫爲子。後自生子而死。頤孫利其貲，與弟珪謀殺制機子，賂郡縣吏獲免。後頤孫爲參政，忠訴主之冤於官，乃誅頤孫及其弟珪，其貲悉還胡氏。時元貞四年也。

王御醫僕 元

王御醫者，浙江人，家貲巨富。賊入城，同其老僕王宜瘞金宅後，王乃更敝衣，携二子匿僻寺。宜守宅中，而心念主人父子，時時往問，遂爲賊所獲。究其主何在，宜曰：『已出城遠矣。』賊知其詐也，火宜者三，終不語而死。王乃獲全。

揭容 元

揭容，揭文昭家僕也。容不知書，而孝敬天出，或得佳味，必歸獻主人，次及其母。母死，遂辭主人，廬墓上。先是容父出亡，欲訪求之而未果，至是喪畢，誓曰：『見吾父，雖天涯吾往。』乃刻其親像，戴於首，衲衣跣足，無問寒暑。自江而浙，歷荆湘，過建業，直抵燕遼，行丐於市。歷幾歲不能得，人咸哀之。容所值有朱壽昌之不幸，而復不幸，不獲如壽昌卒遇其親，亦足悲已。

《建昌志》

詹寄 元

元至正丙申，賊陷歙城，歙人羅宣明請兵於江浙行中書。宣明妻蔣氏在香山，賊急攻之。蔣氏炮炙行觴，以享左右，以二子驢兒、馬兒屬蒼頭詹寄、詹勝寶曰：『事至此，我誓不受辱，一死足矣。然不可使羅氏無後，汝宜護二兒還主翁也。』言訖，勝寶負驢兒出，媵負馬兒繼之。蔣隨之，遇賊，以不屈殺死崖下。驢兒罵賊，亦死，勝寶遁，寄獨不勝其忿，執木戟擊傷賊，與媵人皆遇害。賊退，蔣氏從姪從積尸緣崖下得蔣尸如生，傍有篋，窣窣然動，啟視之，馬兒在焉。

施　慶　明

浦江鄭氏，世有純德。國初時，鄭濂鄭湜兄弟皆以行義聞，上擢湜福建布政司參議。施慶，其家僮也，居親喪，哀泣不輟，亦三年不視酒肉，士大夫稱爲義僮。

顧黑子　明

顧黑子，楊州人，其主曰顧圭，以戎籍頴泉州。洪武初，圭坐事繫獄，累歲，黑子採薪給圭。圭釋歸，復以甘脆爲圭養。圭死，其子蕩而窶，黑子爲酒家傭，給贍其衣食，且爲之婚娶。人以黑子微賤，而士君子不如也。

侯來保　明

侯來保，尚書陳廸家人也。廸靖難中抗節，被極刑，六子同日就死，時下令且族，姻友莫敢問。來保痛憤慨至，潛拾其遺骸，還葬宣城，士人義之。《寧國府志》

周健 明

周文襄挾幼子與甥飲壻家，夜歸，僕周健執炬前導。有賊持兵火尾其後，突前刺襄，捽襄地上。甥子咸潰走，健直前手執賊，一手奪刀插泥淖。賊大怒，舍襄捽健。健與抱持，襄遂得脱。已而後賊大至，投刀亂砍，視健腸胃皆出。賊去，健乃甦。會襄率人來援，與遇，掖歸。視襄中刃處，爲作楚聲，又見襄子與甥俱無恙。因索糜，食盌許，嘔血一斗死。童佩曰：『周健者，不過一析薪奴耳，文襄又非貴介多財之人，健乃能脱襄之難，而自捐其身，豈不賢哉！』

王振僕 明

薛文清公瑄既忤王振，詔縛諸市殺之。振有老僕，是日大哭廚下。振問何哭，僕對曰：『聞今日薛夫子將刑，故哭耳。』振聞而怒解。《從信録》

張禮 明

張禮，劉養正之僕也。初寧濠有異志，養正與密謀，禮心憂之，常於屏處泣諫不聽。有方士言長生者，館養正所，養正北面禮信之。一日夜定，禮叩頭方士，願有請也。方士曰：『欲方術乎？』曰：『非也。吾主與寧王日夜有謀，異日者必及禍，而諸人莫有爲言者。今獨信先生，竊觀於往來爲主公所禮敬，毋踰先生者，殆天以先生悟吾主也，願先生爲一言。』方士乃大驚，暴起去不知所之。後養正果以同逆死獄中。禮收葬之，爲木主懷以歸。尋簿録養正家，禮請從，吏不許。禮曰：『我主母行，家人安得去？』徒跣京師，餽其妻獄中。妻死，復以尸歸，合養正葬之，歲上冢祀之。

唐馬 明

唐馬，參政唐錦舟之僕。錦舟父給事中仁，劾劉瑾杖死。瑾并欲害錦舟，錦舟罷歸。瑾黨御史劉潛者，巡按蜀中，搆大獄且連及，子弟請解之，參政不可。唐馬故善相人，乃亡去，與其徒夜半歃血飲酒，往刺潛於道。至則不刺反，奔告曰：『公勿憂也，小人相潛，數日内必敗。』已而潛果敗，乃免。

范信 明

范信，崑山人，龔泰家奴。泰家貧，鬻信夫婦於蘇州夏雉濆某家，數年不通。正德初，泰貧益甚，無依。遇信於途，信泣拜於地，延至其新主家，謂新主曰：『此信故主，流落至此，心不忍。

欲望容留，信夫婦願早暮傭力，報主人，兼圖供養故主。』主人義而聽之。信即背負小販，往來村落，市賣以給，久而不衰。

王環 明

曾石塘銑有僕曰王環，滄州人也，本回回族，虬髯鐵面，負膂力而善射。石塘總制時，聞其勇，致之幕下，俾教射焉。後爲嚴嵩所陷，詔逮石塘。石塘曰：『死自吾分，顧妻子流落邊鄙瘠溝中，奈何？』環泣曰：『公無憂，予能力歸之。』公既被刑，妻子安置城固，環乃以小車載夫人與二子從間道去。環日具湯粥，夜則露宿邸舍外，間關數千里不懈。後遇赦歸維揚，酬以金帛，不顧而去。環以能書給事陸錦衣家，改給事朱錦衣家，以壽終。

孫明 明

孫明，丁尚書汝夔之僕也。尚書坐事誅，仲子懋正謫戍遼陽，明從焉。居半歲，懋正死，亡何，妻亦死，生一子方五日。明日夕抱兒，泣走村媪丐乳，或市牛羊乳哺之。每監司行部至，輒哭訴呼冤狀，淚盡繼之以血。當事者憐之，爲脱其籍，得歸。乃負兒行乞，寧己不食，不令兒餒也。夜則擇燥處與同卧起，間月始得抵家。事兒如主，仍追理其遺産爲族戚所乾没者，白之官，具尺籍爲記其出入費。及長，悉以付之，仍孑然一身也。兒名繼志，爲邑庠生。明以壽終。

金俸 明

金俸，醫官金璞之僕也，宣城人，本姓嚴。嘉靖中，璞輸歲額，死金陵。子咬甫在繈褓，俸破產走京師，了公逋歸。即所贏百金營繕田廬，勞悴萬狀。妻聶氏，内撫藐孤，外佐羣務，同心效力，卒克其家。俸年七十餘，其幼主集客，必躬致食品如官長云。邑參政梅公守德，言於守羅公汝芳，旌焉。見《寧郡志》

嚴辛 明

分宜嚴相誕之日，宜春令劉公名廷舉者，以入覲與視焉。嚴相倦，令閽門，劉公後不得出。有嚴辛者，紀綱僕也，導劉公間道，過其私居，飯劉公。飯已，辛曰：『他日望公垂青耳。』劉曰：『相公方赫奕，何言及此？』辛曰：『日不當午，盈滿者造物所忌，願無忘今日之托。』及嚴相敗且死，劉公適守袁，辛坐繫獄，劉公憶昔語，憫其知幾，爲減罪出之。《瑣言》

沈鸞 明

沈鸞者，海監孫曰峰鑛義子也。曰峰爲鄱陽教諭歸，居海監城外。嘉靖甲寅，海寇至，曰峰率義子四人，登舟避之。賊追且及，曰峰棄舟，奔城東之蠏作瀉。賊至，三僕遁去，鸞獨向賊叩頭曰：『寧殺我，毋殺我主。』乃延其頸。賊加以刃不爲變，賊舍去。俄而他賊隔河向曰峰將發矢，鸞方倉皇間，前賊適回，鸞求救。前賊揮他賊，乃得解。時賊縱横，且方雨泥濘，曰峰又病不能行，鸞尋得一舟，携主登之，即前所棄舟也。人皆以爲曰峰死矣，其子惶遽來求尸，見曰峰乃大驚喜。曰峰曰：『吾餘生，鸞與之也。』嗚呼！鸞可敬哉，伸頸加刃之際，士君子猶或難之，而未嘗學問知禮義如鸞者，可不謂尤難乎！《海監記》

金養 明

金養者，樂清人，王華之僕。嘉靖中，倭寇至，華族女婦數十人前遯。賊望見，逐之，衆大窘。養麾之曰：『第走，予能撼之。』即扼橋格賊，白刃如林，養以孤梃出入死鬭，良久而仆，則主人遠矣。王氏思養功，而欲祠之，竟不果。

葉得辛　明

萬曆中，寧夏土酋哱拜及其子承恩反，而推軍鋒劉東暘者爲長，攻陷城堡。總督魏學曾、都御史葉夢熊等討之，不克。或謂夢熊曰：『賊可間而携也。』夢熊然其言，乃使蒼頭葉得辛者如賊中。承恩發其謀，賊黨許朝折得辛脛，繫之獄，遣使詐降夢熊。夢熊以張傑嘗帥寧夏，使傑蒞降。朝謂傑曰：『督府給我。』乃出得辛，使正之。得辛詈曰：『奴反，督府實授我計，使殺奴，不幸謀泄，有死而已，而何喋喋？』朝怒殺之。

胡文訓　胡文學　明

胡僉事者，諱某，徽人也。舉進士爲尚書郎，遷貴州僉事。以道遠不欲携家，所從蒼頭曰胡文訓、文學者，爲書室掌記，最能得其意。僉事所按部曰畢節，常早暮撬行瘴霧中，感脾疾，羸削且殆。文訓憂之甚，曰：『吾聞老者言，寢瘵非人肉不起。』乃齋沭刲股肉，襍粥菜進之，僉事病爲小損。居月餘益篤，且易簀。而是時文訓方以股創卧疾，文學痛不忍見僉事死，曰：『死而倘可代也，吾六尺直鴻毛耳，即不獲代，而主君不諱孤鬼萬里外，誰與從者，有先死以俟而已。』遂自剄，其咽喉所不合者，僅指許，然竟不死。而僉事死矣。

嗟乎！子之於親，有刲股而藥者，婦之於夫，有以死殉者。此皆緣於深愛至契，發於不得已之痛，而始捐其所不易捐。是二蒼頭事僉事非久，寧復有以固繫其心，又豈有詩書禮教摩浹於胸腑。而一旦慨然争先赴義若此，人心固不與末俗而俱死也。畢節即安氏酋地，安氏之先，君長不知其幾，然代有篡逆矯攘之禍。僉事能感僕以義，其僕能奮然以義殉其主，誰謂酋非人，覩此而不奮發興起哉！《王弇州集》

金祖　明

武林邵司城之僕曰金祖，貌陋而憨朴。歲壬申，司城謁選入都，携二僕俱。其一練世故，稱紀綱而託心膂，祖供薪水，傭奴畜之。舟次天津，夜行遇盜，勢頗猛厲。所稱諳練世故者，輒竄水潛遁。祖見主之受創也，倉惶奔救，以身擁衛司城，背中七創，畧不知楚，而主竟以洞脇斃。祖呼號撫慰，猶冀主之無恙也。天將曙，視血污遍體，始覺背創甚，一暈而絕。半日始蘇，從扶病力懇主族之客天津者，一切含歛，稍得成禮，扶櫬南歸。幾六匝月，衰绖持齋，跬步不离柩側。抵杭停厝畢，始入城，叩首號泣於主母前，曰：『扶生者往，扶死者歸，罪莫贖矣。』自是夫婦益勤，事幼主益謹。祖常出外經營，每遇司城諱日，雖盛暑中，不憚數百里，素服匍匐疾歸，涕泣盡哀。人笑見詰之，輒曰：『此吾至死不忘之辰也。』蓋數年如一日云。

蔣　凡　明

張公恝，愓庵大中丞蔭子也，官順德府別駕，以勤廉爲當路所簡用。偶馬蹶而墜，亟扶歸，不能言矣。相隨只一僕，名蔣凡者，泣告太守公曰：『吾主飲順德一口水耳，積貸未償，今若此寥落，行囊請封識以戒途，庶知吾主之爲清白吏也。』語畢，引刀自刲其股，和藥以進，籲天願代主死。少間，別駕公亦稍蘇。太守親見其事，作義僕傳，行於順德。

王東津僕　明

常熟老儒王東津者，貧老無子。僕某謂其妻曰：『主老矣，當養之。』妻曰：『諾。』後王年益高，夜卧多醒，醒輒索食。夫婦盡力營甘旨，互爲出入，無頃刻離側。二十年如一日，王以壽終。

高永　高厚　明

天啟元年，廣寧陷，巡撫王化貞、經畧熊廷弼皆敗走。諸守臣入關，監軍高邦佐見廷弼於松山，同事諷之走，不許，謂其二僕高永、高厚曰：『我受國厚恩，誓以死報。若二人其守吾骨以報吾母，即葬之吾父墓側，使知有死事子，不絶也。』沐浴衣冠，西向拜，自經死。永亦自經死。厚曰：『主有死僕，亦有生僕，不然，毋乃暴骨於莽乎？』遂收斂之。奔京師以告其姪世彦，扶櫬還鄉，厚年才十九歲。

顧甲

顧甲，靖江隱山里人之僕也。其主與主母相繼亡，顧與妻乳其繦褓之子如己子。長而爲之婚配者載，躬佃田事，操作以養之。且其子有顛疾而愚，顧不以其故，失主僕禮。客至輒趨令陪坐茶飯，而己侍立其傍，執役甚恭。或有問，必直告之。《靖江縣志》

蕭効用

蕭効用，漢上諸生蕭堯寀僕也。寀買巨猾孫景三田，而仍令佃之，歲納其租。一日，効用以主命徵租五十金以歸，行里許，景三忽鳩衆誘奪之。効用訟於官，捕之急，景三窘，復鳩衆偵効用夜宿處，列炬合圍，挺如雨下。旁一兇者手刃老嫗，大呼蕭堯寀午夜殺人，然寀實不與也，竟坐寀論死。効用日夕狂走，請諸解事者，解事者紿之曰：『誠得若代主死，則若主死而生也。』用喜，覓代列冤狀數千言，復密向冶人鑄尺鐵，佩之肘後。遍辭諸姻族，長跽啟主媍，願珍重自愛，勿多傷，絶不一語及妻孥，慷慨出户。適按臺應公者大讞之日，寀踵足蓬首，雜諸囚中，不復有生氣。効用伏其側，不忍逼視。忽左手持冤狀，右手出利刃，撫膺呼曰：『天乎，殺孫氏老嫗者蕭効用，非堯寀也。』即自刎，刎再，劃然有聲，血射如注，竟赤憲墀，濺繡衣矣。應公太息久之，署其狀，速爲解釋，命負之出。出而瞑目囁嚅，氣三日不絶，兩手擊拍不休，氣微出，謂吾死而主不得生，徒死耳。守者告之曰：『若主已生，可無憾。』遂死，年三十有八。時按臺及諸監司皆給予葬，反坐景三，而堯寀克免。

王九兒

王九兒，圻水人，州判王悦民僕也。負擔隨主，與賊遇，探擔中得金，意其主必富，問其主所在，九兒不言。賊加之刃，九兒慷慨受，且秉間肘悦民使去。賊先剮九兒目，次斷其手，每一刀一問其主所在，九兒終不言。

王子兒

王子兒，文學王三慎僕，各被賊創，兩無生理。主欲自投水中，子兒曰：『僕雖重傷將死，忍傷負主行，倘可抵家俱死，幸也。』遂負三慎，山險風雨，亂尸堆積中，走七十里抵家，聚觀涕下

者如堵。以上《三楚文獻録》

阿寄 明

阿寄者，淳安徐氏僕也。徐氏昆弟別産而居，伯得一馬，仲得一牛，季寡婦得阿寄。寄年五十矣，寡婦泣曰：『馬則乘，牛則耕，蹌踉老僕，乃費我藜羹。』阿寄嘆曰：『噫，主謂我曾不逮馬牛耶？』迺畫策營生。寡婦悉簪珥之屬，得銀十金以畀寄。寄則入山販漆，期年而三其息，謂寡婦曰：『主無憂，富可立致矣。』又二十年，而致産幾數萬，爲寡婦嫁三女，婚兩郎，賫聘皆千金。又延師教兩郎，皆輸粟入太學。而寡婦則卓然財雄一邑矣。頃之，阿寄病且死，謂寡婦曰：『老奴馬牛之報盡矣。』出枕中二楮，則家計巨細悉分之，曰：『以此遺兩郎君，可世守也。』言訖而終。寄敏而幹，執僕役禮甚恭，見徐氏之族，雖幼必拜，騎而遇諸途，必控勒數百武以爲常。見主母不睇視，女使雖幼，非傳言，不離立也。死之日，徐氏諸孫或疑寄有私，竊啟其篋，無寸絲粒米焉。一嫗一兒，敝緼掩體而已。田汝成撰傳

楊忠 明

四明戴獻可者，世雄於財。凡客至必延欵，士聞風而歸者，皆若平生歡。獻可死，一子伯簡，

年十八九，承家業，用度無藝。里中惡少因得與交狎邪，不數歲破家。有昌國縣魚監竹木之利，舊僕楊忠主之，自獻可時，出納無纖毫欺。伯簡家業既蕩，獨楊所掌猶可賴爲衣食資，遂往焉。楊忠拜哭盡哀，日與婦共事之，籍其貲財之簿以獻。伯簡大喜，仍復妄爲，其游從輩聞之，又欲誘蕩焉。忠哭諫不顧。一日，伯簡與其徒會飲呼蒱，忠挺刃而前，執其尤者，捽首頓之地，數曰：『我事主人三十餘年，郎君年少，爾輩誘之爲不善，家産掃地。幸我保有此業，汝必欲蕩之靡有孑遺邪？我斷汝首，告官請死，報我主人於地下。』又大叱之，令伏地受刃。其人伏地承罪哀請：『自今不敢復至。』忠嘿咽良久，收刃卻立：『爾畏死，給我耶？』其人號曰：『請自今不敢復至。』忠曰：『如此，貸爾命；再至，必屠裂爾軀。』遂出帛數端曰：『可負此亟去。』其人疾走。忠遂揮伯簡曰：『老奴盡心力役，不二三年舊業可復。不然，老奴當即日自沉於海，不忍見郎君餓死，以貽主人門户羞也。』伯簡慙泣。自是謝絶羣不逞，一聽忠所爲。果數年，盡復田宅。

陳鵬舉僕 明

陳鵬舉，崇禎時刑部員外也。李賊至被執，叱使跪不屈，抶之幾斃。一僕泣而跪，請以身代，賊義而釋之。《甲申紀事》

魏學濂僕　明

崇禎甲申，逆闖陷京城，初破彰義門，傳聞帝崩，魏學濂踟躕不决，而欲以謀立太子爲詞。一僕曰：『主公臨難，安用躊躇？但思主公之父及兄耳。』蓋學濂父大中死於逆璫，而其兄學洢哭父而亡也。濂曰：『汝欲我死耶？』僕曰：『何敢然，但無碍家世芳名耳。』濂曰：『汝退，吾自思之。』遂自縊。

倪吴二氏僕　明

户部尚書倪公元璐之自縊也，勑家人毋得救。衆僕欲解之，一老僕跪於前，哭止之曰：『此吾主成名之日也。』細入姑息，無所用之。太常少卿吴公麟徵之死也，僕之從容從死者四人焉。

徐尚書僕

乙酉嘉興陷，吏部尚書徐公石麒自縊死之，二僕祖敏、李成皆從死。

武愫僕　明

甲申賊陷京師，進士武愫夤緣僞官以求選，遣其僕索吉服親友所。僕泣曰：『主辱臣死，奴雖卑賤，亦竊聞之矣。今皇上何在？主公不奔喪哭臨，已出奴意外，乃取吉服何爲者？主公平生忠孝，即奈何爲他人所誤也。』遂叩頭出血，愫不聽。僕出而語人曰：『吾主不聽吾言，後必悔。逆賊貪淫無道，干天怒，拂人心，不久且敗。吾不忍見主公之失所也。』遂不食而死。後愫果伏誅於南京。君子曰：『觀魏武二僕，豈不慨然士行者哉！』夫僕者，忠所事已耳，愛人以姑息。若夫臨難致忠，殉主於亡，若吴太常之僕，斯已難矣。乃欷歔激烈，厲主於義。學濂之死，僕成之，愫何以見其僕於地下哉！

春華　明

春華，安福人，伍氏老僕也，生平賣屨爲業。年七十。乙酉鼎革，兵破江西，不肯薙髮，自置酒席别左右，以身後爲託，沐浴古衣帽，自經而死。

云滿　明

云滿者，潛山張清雅僕也。崇禎十年，獻賊掠安慶，清雅舉家出避。清雅父八十餘，病將革，清雅獨與其幼子超藝及云滿同侍。已而父死，超藝云滿潛舁棺具衣衾以斂。賊將至，滿趣清雅去，清雅不忍，曰：『汝與超藝伏澗中以俟，倘焚廬，吾以身殉。』滿曰：『奴年七十餘，敢惜死，願同守待賊。』於是清雅蹲伏梁上，超藝匿厠舍。賊擁入，索財物不得，欲開棺。滿捧茶叩頭乞免，賊將加刃，一人曰：『徐之，老漢尚知禮。』一賊刃逼之曰：『出汝主貸汝。』因裂帛拭膏，縛竿首，將以發火。滿仰首睨清雅，清雅從梁間墜，賊大驚。斫棺，清雅撫棺哭。賊怒斫清雅仆地，超藝聞之，從厠旁躍出，乞求貸。賊復舉刀碎其首，父子俱死焉，超藝死年十六。賊發火後堂而出，滿登屋以帚漬水撲滅之。三日賊去，滿泣告鄰里，乞具兩棺殮清雅父子，遂長號不食而死。後鄰人焚滿尸，踰晝夜，心堅赤不化，羣烏飛噪不啄，路人哀之。

卷十四

義婢

街南氏曰：『人無有不善，豈間男女哉？女有士行，豈問貴賤哉？婢，婦而賤者也。昔程嬰公孫杵臼謀匿趙孤，至今稱之，彼猶男子也。視郭斌女奴輩，未奇也。范曄作《烈女傳》，不去蔡琰，終玷史册。晋亡，羊氏爲劉曜皇后，視碧玉輩又何如者，彼猶貴婦人也，集義婢。』

碧玉 唐

碧玉，喬知之婢也，姝艷能歌舞，有文華。知之時幸，爲之不婚。武承嗣暫借教其姬，遂納之不還。知之作《緑珠怨》寄之，碧玉讀詩，飲淚不食三日，投井而死。承嗣撩出尸，於裙帶上得詩，大怒，乃諷羅織人告之，斬知之於市。語曰：『美色不可以保身。』其知之之謂乎？而碧玉以

賤婢事人，感憤以死，其義有足以書云。張鷟《朝野僉載》

杜秋 唐

李錡之擒也，侍婢一人隨之。錡夜裂衣襟，書己筦摧之勞，教婢曰：『結之於帶，我死，汝必入内。上問汝，汝當以進。』及錡伏法，大霧三日。憲宗乃於婢得帛書，婢言錡冤，上勅京兆府收葬之，賜錡子弟。或曰即杜秋也。錡聲色冠一時，入掖庭者曰鄭曰杜，鄭幸於憲宗，是生宣宗，爲孝明皇后，杜名秋，有寵於穆宗。《國史補》

柳仲賢婢 唐

唐柳僕射仲賢鎮西川日，嘗怒出一婢，鬻於大校蓋巨源宅。一日，蓋臨街呼賣縑者，親於束内手揣厚薄，酬酢可否。柳婢於窗隙偶見，因作中風狀，失聲仆地，自是送還。既出外舍，或問汝有此疾，幾何時也？婢曰：『不然，我曾服事柳家郎君，豈忍更事賣絹牙郎耶？』

郭斌女奴

郭斌守會州，元將按竺邇攻城，城破，驅妻子聚一室焚之，乃自投火中。忽火光中，有女奴抱兒踉蹡而出，授人曰：『將軍盡忠，忍使絶嗣？此其兒也，幸哀而收之。』言畢，復投火死。按竺邇聞之惻然，爲養其孤。君子謂女奴於是乎有四善焉：爲主存嗣，仁也；感激將士，義也；倉卒不變，勇也；蹈火不污于亂，節也。仁義勇節，君子之行也。

朵　那　元

朵那者，杭城東偉兀氏之女奴也，年十九。其主卒，朵那奉主婦謹而有禮。至正壬辰，寇陷杭，掠於城，至偉兀氏，無所得。乃反接主婦柱下，拔刀將殺之。諸婢皆走匿，朵那獨以身覆主婦請代，且曰：『將軍利吾財，寧利殺人耶？若免吾主母，當悉所有奉將軍。』寇解其主母，縛朵那，乃探金帛等散之。寇争奪之，復欲犯朵那，朵那持刀欲自屠，寇驚止之。朵那泣拜主婦曰：『棄主貨，全主命，權也。妾受命主鑰，今失貨而全身，非義也。請從此死。』遂自殺。

趙淮婢　未詳時代

趙静齋淮被執於溧陽豐登莊，至府辭家廟，即登櫂去，至瓜州被刑，無敢埋其屍者。有一寵姬在焦僉省處，姬啟僉省云：『趙知府今日已死，妾其婢子也，望相公以妾之故主，許妾焚其屍，相公德也。』焦許焉。乃作一棺焚之，又啟收骨散之水，亦許之。遂以裙盛骨殖到江干，大慟，投江

而死。蔣子正《山房隨筆》

翟青青

會稽翟素，士族女也，聘而未婚。某賊至，欲犯之，臨以白刃，不從。其婢名青青，跪而泣曰：『無驚我姑氏，青乞代死。』賊竟殺素，又欲犯青。青曰：『我欲代姑，冀全其名節性命耳，姑既見殺，我生何爲？』遂駡賊。賊怒，復殺之。《閏範》

真奴　阿菊

真奴，黄岩縣人，媵鐘氏嫁於苻松，十三日而松死。松母解氏尚存。鐘有異志，真奴知之，告於松之從父諷之。鐘怒不省。因泣告於解曰：『安人不幸至此，真奴雖欲奉以終身，勢不可得，惟求他日見安人及安人子於地下而已。』言訖，血淚俱下。是夜沐浴縊死松柩上，聞者驚嘆泣下。衆議祔松以葬，鐘不顧，卒焚其尸以去。同時邑中有阿菊者，媵陳氏嫁於郭崇文，生一子而郭死。陳改嫁，菊夜竊其子歸於郭，謝方石爲之傳。

孫氏 明

太平將陷，花雲妻郜氏，生子煒三年矣，抱而哭於廟，謂家人曰：『吾夫且死，余從之，孰生吾兒，以無匱花氏祀乎？』侍兒孫氏曰：『妾也能。』及雲執，郜氏遂溺於水。孫瘞其尸，負兒以逃。漢人獲焉，軍惡兒啼將殺兒，孫乃匿兒漁者鞠之。已漢敗，孫脱身入漁家，復竊兒去，涉於江。漢軍之潰者奪其舟，捽而投之水。附木入於蘆渚，采蓮哺兒，凡七日不死。夜半逢老父稱雷翁載之舟，送之帝所，孫氏泣，帝亦泣，撫兒曰：『此將種也。』急賜雷翁，遂不見。帝厚賚孫氏，命撫其兒。《通紀》

陳氏 明

良鄉易爲昇之妻曰汪氏，有美色。賊至，欲與亂。汪不從，罵之，賊斷其一指，愈益罵，賊怒，竟斷其首。汪乳一兒數月，婢陳氏負而逃，復爲賊所得，兒顧賊而嬉，賊乃喜，命其婦子之。婢夜俟其賊之出也，向賊婦而哭曰：『主婦只此兒，乞憐而釋之。』賊婦教婢携兒入敗屋匿焉，且與之財。婢祝曰：『天不殺此兒，即毋啼。』兒果不啼。賊歸，索兒不得，婢竟以兒歸。兒名天祐，謂天所祐云。

輕雲　明

隆慶間，歙隱士黃梁有小婢名輕雲，洪氏女也。生數歲鬻於梁家，極端重，梁愛之如己女。有僮名司琴，侍梁甚謹，梁亦愛之，嘗語之曰：『俟汝長成，當以輕雲配汝。』輕雲聞之，益慎往來，絶不與司琴一面。後司琴隨梁自遠歸，夜深，路經木橋，忽聞水中若有人急呼黃梁，梁驚墮，司琴倉皇赴水救之不虞，失足没焉。兩岸居人取火視之，見梁卧於沙，袯除而甦，始知爲妖所迷。及覓司琴，已滅迹矣。輕雲才十三，聞而痛絶，請死之。主人曰：『汝毋癡，司琴於汝何親？前言戲之耳，當自爲汝覓配。』輕雲益感憤慟絶曰：『向聞主翁一言，遂私定盟，何忍背？倘主人憐我而全其節，則願終侍主以畢其年，若更他議，雲何愛一死？』主人奇之，姑許可。雲由是少損哀慟。然終日抑鬱，遂染沉疴，後司琴三年亦卒，時年僅十六云。

祥梅　明

萬曆初齊瀛者，建文殉難齊泰之裔也。三歲時墮水，其婢祥梅急入深處，手援加諸額，屹立水中，及他人救兒起，而婢仆死矣。君子謂其死以全幼主。

秋香 明

方節婦鮑氏有婢曰秋香，幼侍節婦，椎樸而勤。節婦樓居數十年，所須器用悉倚秋香。初節婦以其年長，欲配以夫，秋香曰：『主母自守節，予何得有夫？不可。』善賃舂，日代人舂，得值以供節婦。佐不逮，族諸姬予以蔬果糟脯之微，必懷之以進節婦。長年執杵操作，力悴，遂成傴僂。口訥訥終日不與人言，蓬首垢面，與主母形影相依。節婦死，悲號冷竈敗帷中，鄰人憫而衣食之。一日不聞嗚咽聲，人方念其痛餓也，視之，已氣絶積草中矣，以處子終老云。《江文石集》

卷十五

義丐

街南氏曰：『丐之窮極矣，其藍縷猥鄙，世莫與偶。余感稗史及人言，有以義著者，集義丐。而掩卷歎曰：嗟乎，天下事，獨難在取於生死間耳。孟子謂蹴而與之，乞人弗屑也，丐可忽乎哉？若齊人者，固妻妾之所羞而相泣也已，況可以對義丐乎？』

杜可均 唐

僖宗末，廣陵有丐人杜可均者，年四十餘。每日常入酒肆，巡坐求飲，亦不見其醉，蓋自量其所得。人有憐之者，命與飲，三四杯輒止。有樂姓者，列旗亭城西，常許以陰雨往諸旗亭，不及，即令來此與飲。可均有所求，即弗至，或無所獲，乃過之。里人以爲廉。

吴門丐者 明

吴門有貴人，月夜過橋上，聆其下有謳聲，下覷之，則丐子也。坐一老嫗瑰上，以所丐酒捧缶而跪進焉，謳蓋以侑也。貴人訝，召而問之。丐子曰：『儂窶人，聊爲阿母懽。』貴人嗟歎良久歸。明日轉相傳語，稱異。後時時窺之，所以娱其母者，猶昔也。自是諸貴人每宴輒置餘豆間，曰以待孝丐兒。

相城丐兒 明

長州之相城丐兒，每詣沈孟淵所乞食。凡所得，多不食，以貯筐中。沈異之，令人瞷所往。至野岸，一舟雖敗陋，頗潔，有老嫗處其中。丐出另陳母前，傾酒跪奉，伺母持杯，方起跳舞、唱山謌，嬉以娱母，常日如之。母死，丐不復見。陳眉公《讀書鏡》

石門丐婦 明

正德五年，崇德石門東橋上有丐婦，年少有姿。初歲歉，其夫負母及婦行乞而至，人往往聚觀之，婦甚以爲醜。候姑與夫乞市上，遽躍入水中死，不知其姓氏鄉里也。

石電　明

石電，常熟人也，僑居長洲之彩雲里。崇禎八年，流賊躪中都，圍桐城，江南震動。電所與游壯士陳英，從指揮包文達往援，要電與俱。電曰：『吾老矣，不食軍門升斗粟，奚而往？』英曰：『我輩平居以君爲眉目，君若不往，是無渠帥也，幸强爲我一行。』電曰：『諾。』襆被而出，終不反顧。二月十二日，追賊於宿松，恃勇輕進，陷賊伏中，文達死之。電大呼往救，賊圍之數重，電力盡舍鎗，手弓射殺數人。賊群斫之，頭既斷，猶僵立爲擊刺狀，良久乃仆。皖人招其魂，祀之余忠宣廟下。吳人陸嘉穎賦詩哭之，買隙地，具衣冠瘞焉。錢謙益爲作石義士傳，具略曰：電捐軀報國，身膏草野，而不得與於死事之衄，則亦以其丐微之。嗚呼！斐豹隸也，請焚舟書；汪錡嬖僮也，孔子曰勿殤；若電者，其亦可以免於丐矣乎？丐名於朝，丐利於市，人盡丐也。彼丐，電亦丐，彼丐之名未有適主也。余悲世人之群丐電也，而不察其實取春秋之法，大書之曰義士。雖然，世人之不丐也，不足以爲榮，則電之丐，其可以爲辱乎？電而知吾之以義士易丐名也，其不將聽，然而失笑乎。

百川橋丐兒　明

弘光元年，南畿陷，丐兒題詩百川橋上，云：『三百年來養士朝，滿朝文武盡皆逃。綱常留在卑田院，乞丐羞存命一條。』遂投秦淮河死焉。《明季遺聞》

黑　牯

黑牯，安福人，有妻有兒。改革後，落髮爲頭陀。焚其衣，衣草以蔽體。別妻爲丐，自稱曰乞人，乞錢每以贈貧民。

卷十六

義屠

街南氏曰：『孟子之諭矢人曰「術不可不慎也」。屠之爲術，不又矢人下哉。有以義著者，君子不得而没也。古百工賤伎，皆講於道義，况秉彝之好同耶？屠其術何傷，夫杜蕢宰蒯，所謂隱於屠沽者非歟？若聶政者，抑亦末世俠流矣。然今之世，莫隱也，莫俠也，乃或不屠其術而屠其心也，悲夫！』

晋屠蒯

晋荀盈如齊逆女，還，卒於戲陽，殯於绛，未葬。晋侯飲酒，樂。膳宰屠蒯趨入，請佐公使尊，許之。而遂酌以飲工，曰：『女爲君耳，將司聰也。辰在子卯，謂之疾日。君徹宴樂，學人舍業，爲疾故也。君之卿佐，是謂股肱。股肱或虧，何痛如之？女弗聞而樂，是不聰也。』又飲外嬖嬖叔曰：『女爲君目，將司明也。服以旌禮，禮以行事，事有其物，物有其容。今君之容非其物也，而女不見，是不明也。』亦自飲曰：『味以行氣，氣以實志，志以定言，言以出令。臣實司味，二御失官，而君弗命，臣之罪也。』公説，徹酒。初公欲廢知氏而立其外嬖，爲是悛而止。

杜蕢

知悼子卒，未葬，平公飲酒，師曠、李調侍，鼓鐘。杜蕢自外來，聞鐘聲曰：『安在？』曰：『在寢。』杜蕢入寢，歷階而升，酌曰：『曠飲斯。』又酌曰：『調飲斯。』又酌，堂上北面坐飲之，降趨而出。平公呼而進之，曰：『蕢，曩者爾心或開予，是以不與爾言。爾飲曠，何也？』曰：『子卯不樂，知悼子在堂，斯其爲子卯也大矣！曠也，太師也，不以詔，是以飲之也。』『爾飲調，何也？』曰：『調也，君之褻臣也。爲一飲一食，忘君之疾，是以飲之也。』『爾飲何也？』曰：『蕢也，宰夫也，非刀匕是共，又敢與知防，是以飲之也。』平公曰：『寡人亦有過焉，酌而飲寡人。』杜蕢洗而揚觶。公謂侍者曰：『如我死，則必無廢斯爵也。』至於今，即畢獻，斯揚觶，謂之杜舉。二事疑一人，一見《國語》，一見《檀弓》，並存之。

屠牛吐

齊王欲以女妻屠牛吐，而厚送之。屠牛吐辭以疾。其友曰：『子終腥臭之肆而已乎，何爲辭之？』吐應曰：『其女醜。』其友曰：『子何以知之？』吐曰：『以吾屠知之。吾肉善而去，苦少耳；吾肉不善，雖以吾附益之，尚猶賈不售。今王厚送子，子醜故耳。』其友後見之，果然。

屠羊説

楚昭王失國，屠羊説走而從焉。昭王反國，將賞從者。及屠羊説，説曰：『大王失國，説失羊，大王反國，説亦反屠羊，臣之業已復矣，何賞之有？』王强之，説曰：『大王失國，非臣之罪，故不伏其誅；大王反國，非臣之功，又焉敢當其賞？請歸我屠羊之肆。』

君子曰：『王女，貴戚也；爵賞，顯功也。二人者寧終身處於下賤而不貪乎顯貴之資，一何智且廉也！其不欲染濡於利，必其真能喻於義者也。故均列之義屠焉。』

聶政 列國

聶政者，軹深井里人也。殺人避仇，與母、姊如齊，以屠爲事。濮陽嚴仲子事韓哀侯，與韓相俠累有郤，亡去，求可以報仇者。至齊，或言政勇，於是造請。數反，乃具酒觴政母前，酒酣，奉黄金百鎰爲壽。政驚怪其厚，固謝，仲固進。政曰：『臣家貧，客游爲狗屠，可旦夕得甘毳以養母頗備，不敢當賜。』仲子辟人語之故。政曰：『臣所以降志辱身，居市井屠者，徒幸以養老母。老母在，政身未敢以許人也。』竟不受。仲子備賓主禮而去。久之，政母死。既已葬除服，政曰：『嗟乎！政乃市井之人，鼓刀以屠；而嚴仲諸侯之卿相也，不遠千里，枉車騎而交臣。臣之所以待之，至淺鮮，未有大功可稱者，而仲子奉百金爲親壽，我雖不受，然深知政。夫賢者以感忿睚眥之意，而親信窮僻之人，政安得嘿然而已乎！且前日要政，政以老母在；老母今以天年終，政將爲知己者用。』

乃西至濮陽，見嚴仲子曰：『前所以不許仲子者，以親在；今不幸母以天年終。仲子之仇爲誰？請從事焉！』仲子具告曰：『臣之仇韓相俠累，韓君之季父也，宗族盛多，居處兵衛甚設，臣欲使人刺之，衆終莫能就。足下幸不棄，請益車騎壯士，可爲足下輔翼者。』政曰：『韓相去不遠，今殺人之相，相又國君之親，此其勢不可以多人。多人不能無生得失，生得失，則語泄，語泄是韓舉國而與仲子爲仇，豈不殆哉！』乃辭謝。獨仗劍，行至韓。俠累方坐，兵戟侍衛，政直入，刺殺之，左右大亂，政大呼擊殺數十人。因自破面決眼，自屠出腸以死。韓取政尸暴市，購問，莫知誰子。政姊榮聞之，乃於邑曰：『其是吾弟與？嗟乎，嚴仲子知吾弟！』立起如韓市，伏尸哭極哀，曰：『是軹深井里所稱聶政者也。』市人皆驚，曰：『王縣購其名姓，夫人不聞歟，何敢來識之？』榮曰：『聞之，彼以妾故，重自刑以絶踪，妾其何畏歿身之誅，終滅賢弟之名？』乃大呼天，於邑悲哀，死於政之傍。

墨君和 唐

鎮川節度使王鎔，爲李克用所攻，盧龍節度使李匡威統兵救之，克用引退。匡威弟匡籌忿匡威臨别醉而淫其妻，遂據府自稱留後，以符追其營卒，卒皆潰，匡威無所歸。鎔德其救己而失地，迎之鎮，爲築地而父事之。匡威以鎔年少，潛謀奪之。匡威親亡，鎔弔之，匡威素服，衷甲伏兵劫刧之。鎔趨抱匡威曰：『我因公不至於亡，公欲得四州，予之願也，請歸府以位讓公，將士莫敢拒矣。』匡威信之，相與入府。會大風雷雨，瓦屋皆震。匡威入東偏門，鎮之親軍閉之。有屠者墨君和自缺垣躍出，拳毆匡威，甲士挾鎔於馬上，負之登屋。鎮人既得鎔，攻匡威而殺之，并其黨。鎔時年十七，體疎瘦，爲君和所挾，頸痛頭偏者累日。

張二 宋

鄂州大吏丁某死，妻年方三十，與屠者朱四通，其子二郎尚少，不能制。至於成立，朱略無忌憚，白晝宣淫，反怒丁子不揖，以爲見我無禮，蓋欲假父自處也。丁憤懣，以母之故，且慮醜聲彰著，隱忍弗言。有哮張二者，密州諸城人，遭亂南徙，亦以屠爲業，壯勇盛氣。丁意可屬此事，而每與儔輩詣市飲酒，張擔肉過前，輒呼買之，而厚酬厥價，久或至數倍。他日邀之飲，問何以不作區肆而行賈僕？張曰：『非不能之，但赤乎乏本耳！』乃付之數百緡。默念彼當感我恩，從容曰：『君知我心中有不平之事乎？』曰：『不知也。』丁以乞毆朱爲請，張艴然曰：『訝汝貸我錢，蓋欲陷我於争鬬。』奮衣而起。自後相遇，邈然如不相識，迨於交絶。衆哂丁不知人，而下交非類，丁亦銜之。未幾，張拉朱同渡江，買豬於漢陽，争舟相毆擊。既歸，夜入朱室，殺朱與男女并三人，自縛告官，終不及丁一辭。時岳少保領大兵駐鄂，嘉其志義，移檄取隸軍中，不問其罪，後以功補官。

宰夫佩　明

嘉靖時，倭寇蘇松，副使任環屢破之。環有宰夫佩者，償從禦賊，賊窘環，佩輒衣環衣疑之。又嘗陷於濘，佩掖之登，賊以刃尾之，佩前以手搏賊，被創死，環得以間逸去。環以母喪不得歸，毀痛死。

卷十七

義盜

街南氏曰：『「君子喻於義，小人喻於利」，苟喻於利，無所不至矣，其於義，若冰炭然，盜賊之謂也。跖之言曰「分均，仁也；出後，義也」，謂盜而義，何以異於是？曾子曰：「上失其道，民散久矣。」宋張齊賢遇盜山中，盜曰：「君異日加民上，其念我輩非得已也。」然則盜豈生而不肖哉！其秉彝往往有以自寤，非分均出後之，仍爲盜濟，而自美其名比也。集義盜。』

梁刺客 漢

漢梁王怨袁盎，刺者至關中，問袁盎，稱之皆不容口。廼見盎曰：『臣受梁王金刺君，君長者，不忍刺君。然後刺者十餘曹，備之。』盎心不樂，之棓生所問占。還，梁刺客後曹果遮殺盎。

姜肱所遇盗 漢

姜肱兄弟友愛天至。嘗與季弟江謁郡，夜於道遇盗，欲殺之。兄弟更相争死，盗兩釋之，但掠去衣資。既至郡中，見肱無衣服，怪問之，托以他辭，終不言盗。盗聞而感悔，後乃就精廬，求見徵君，肱與相見，皆叩頭謝罪，而還所略物。肱不受，勞以酒食而遣之。

楊賢 漢

杜林拘於隗囂而不屈節。弟成物故，囂聽林持喪歸。既遣而悔，追令刺客楊賢於隴坻遮殺之。賢見林身推鹿車，載弟喪，乃歎曰：『我雖小人，何忍殺義士？』因亡去。

趙咨所遇盗 漢

趙咨爲敦煌太守，以病還，率子弟耕農爲養。盗夜往，咨恐母驚懼，乃先至門迎盗，請爲設食。謝曰：『老母八十，病須養。居貧，朝夕無儲，乞少置衣粟、妻子物，余一無所欲。』盗皆慙歎，媿而辭曰：『所犯無狀，干暴賢者。』言畢奔出。咨追與之物不及。

梁冀客　漢

崔琦以激刺梁冀，冀怒遣琦歸，令刺客陰求殺之。客見琦耕於陌上，懷書一卷，息輒偃而詠之。客哀其志，以實告琦曰：『將軍令吾要子，今見君賢者，情懷不忍，可亟自逃，吾亦於此亡矣。』琦得脱去。

琅琊寇　漢

琅琊魏譚爲飢寇所獲，等輩數十，皆束縛以次就烹。賊見譚以謹厚，獨令主爨，暮仍縛之。賊有夷長公者，特哀念譚，密解其縛，語曰：『汝曹皆應就食，急從此去。』譚曰：『我爲諸君爨，恒得遺餘，餘人皆茹草萊，不如食我。』長公義之，乃俱得免死。

牛盜　漢

王烈里中有盜牛者，牛主得之，盜曰：『邂逅迷及此，將改之，幸相赦，毋使王烈知也。』人以語烈，遺之布。或問其故，烈曰：『是知恥惡者，善心將生，故勸之。』踰年有老父荷重行路間，一人代之，數十里而去，問姓字，不以告。已老父復行，失劍。有遇者，欲置而去，恐後人得之，乃守之至暮。老父還識之，則前代負人也。老父執其袂，謂曰：『有是哉，子之仁耶！請告吾名。』乃語之。老父以告烈，烈使人跡之，乃昔之盜牛人也。烈嘆曰：『韶樂九成，虞廷以和，人能有感，乃至於斯。』遂令國人表其閭。

楊球客 漢

蔡邕以中常侍程璜怨，得罪，徙朔方。程璜女夫楊球使客追路殺邕，客感其義，皆莫爲用。

劉平客

先主領平原相，郡民劉平素輕先主，耻爲之下，使客刺之。先主不知，而待客甚厚，客不忍刺，語之而去。

陶升 漢

袁紹破公孫瓚，魏郡兵反，與黑山賊於毒等攻鄴城。賊陶升者，自號平漢將軍，獨反諸賊，將部衆踰西城入，閉府門，具車重載紹家及諸衣冠在州内者，身自捍衛，送到斥丘。紹還，因屯斥丘，以升爲建義中郎。

吕玄伯 南宋

魏安南將軍王慧龍，幼時其家爲劉裕所誅，慧龍賴僧彬以免。後爲魏所任，屢侵南宋，檀道濟、到彦之時避其鋒。宋文帝遣刺客吕玄伯購慧龍首，二百户男，絹千匹。玄伯爲反間，求屏人，有所論。慧龍疑之，使人探其懷，有尺刀，玄伯叩頭請死，慧龍釋之。及慧龍卒，人士於墓所起佛寺，圖慧龍及僧彬像而讚之。玄伯感全宥之恩，留守墓側，終身不去。

沭謙 南宋

後魏司馬楚之，方劉裕誅夷，司馬楚之逃匿得免。及宋受禪，楚之規欲報復，收衆據長社，歸之者常萬餘人。宋武憚之，遣刺客沭謙圖害楚之。楚之待謙甚厚。謙夜詐病，知楚之必來，欲因殺之。楚之知謙病，果自齎湯藥往省之。謙感其意，出匕首於席下，以狀告，遂留事之。其推誠待物，得士心，皆此類也。

按先主、司馬楚之皆以待人不疑，消釋不肖之心，因自免於倉卒，故史稱先主得人心，楚之得士心。以予觀之，乃不盡然。蓋漢四百年，晋百年有天下，而賊臣者，一日篡之，非天下心。先主漢景帝子，中山靖王勝之後，楚之晋宣帝弟，大常馗之後，方將以一田一旅，有祀祖配天之志，天下人心之所係也。名義所在，其服人固已遠矣，豈特一朝一夕之故耶？然二客，亦可謂義俠矣。

皖口盜　唐

唐李涉過皖口之西，遇大艦遏其前，數十人持兵仗，問來者何人？從者曰：『李涉博士也。』其豪首曰：『若李涉，聞詩名已久，但希一篇，金帛非所愿也。』李乃贈一絶云：『暮雨蕭蕭江上村，緑林豪客盡知聞。相逢不用相迴避，世上而今半是君。』一曰『游宦而今半是君』。豪喜，釋之去。

張師政　唐

唐太子承乾以于志寧强諫，大怒，遣張師政刺之。見志寧憔然在苫塊中，不忍殺，乃去。

張顥刺客　宋

淮南楊渥爲張顥等所殺，幕僚嚴可求陰附徐温。顥夜遣盜刺之，可求知不免，請爲書辭府主。盜執刀臨之，可求操筆無懼色。盜能辨字，見其辭旨忠壯，曰：『公長者，吾不忍殺。』掠其財以復命曰：『捕之不獲。』顥怒曰：『吾欲得可求首，何用財爲？』温遂與可求謀誅顥。

刺韓魏公盜 宋

魏公以使相出鎮相州，因祀宣尼，宿於齋館。夜有偷兒入其室，褰帷挺刃，顧謂公曰：『不能自濟，故來求濟於公。』公曰：『凡几上器具可值百千，盡以與汝。』偷兒曰：『非謂此也，願得公首以獻兩人。』公即引頸。偷兒投刃稽顙曰：『以公德量過人，故來試公。然几上之物已荷公賜，願毋泄也。』公曰：『諾。』

明日於宅庫如其數取償之，終不以語人。其後盜以他事坐罪，當死。乃於市中備言其事，曰：『慮吾死後，惜公之遺德不傳於世也。』

苗劉刺客 宋

宋張浚之討苗劉也，師次於秀州。嘗夜坐，警甚嚴。忽有客至前，出一紙懷中曰：『此苗劉募賊公賞格也。』浚問因如何？客曰：『僕粗讀書，知順逆，豈以身爲賊用，特見爲備不嚴，恐有後來者耳。』浚下執其手，問姓名，不告而去。

葛從簡卒 宋

葛從簡爲忠武節度使，聞許州富人有玉帶，欲取之，不可得。遣二卒夜入其家，殺而取之。卒夜踰垣，隱木間，見其夫婦相待如賓。二卒嘆曰：『吾主欲敚其寶而害斯人，吾必不免。』因躍出告之，使速以帶獻，遂踰垣而出。金壘子曰：『鉏麑之不賊趙宣子，感於君臣者也；楊賢之不殺杜林，感於兄弟者也；張師政之不忍殺于志寧，感於父子者也；隱垣之卒，以情告富人，感於夫婦者也；梁王之客不殺袁盎，梁冀之客不殺崔琦，程楊之客不殺蔡邕，苗劉之客不殺張浚，感於忠邪順逆者也。盜亦有道，不信然哉！』

發塚盜 唐

光啟天順之間，褒中有盜發塚墓者，搜之不獲，長史督之急。一日獲一人，置所司，淹延經歲，不得其情，拷掠楚毒，無所不至。獄既具，連及數人，皆以爲不謬。及臨刑，忽一人攘袂大呼曰：『王法豈容枉殺人者乎？發塚者我也。我日在稠人之中，不爲獲，而斯人何罪，欲殺之，速請釋之。』旋出丘中所獲驗之，略無差異；具獄者亦出前人贓，驗之無差。藩帥怪而躬自誘問之，對曰：『雖自知非罪，而受捶楚不禁，遂令骨肉僞造此贓，希得一死爲幸。』藩帥大駭，且以聞於

朝廷，坐其獄吏，枉陷者獲免，自言者補衛職而賞之。《玉堂閑话》

南山盜

蔡五九之亂也，汀州寧化民賴禄孫負其母挈妻，遂衆入南山避之。盜至，衆散走，禄孫守母不去。盜將刃其母，禄孫以身翼蔽曰：『寧殺我，勿傷我母。』時母痛渴，覔水不得，禄孫含唾呴之。盜相顧駭嘆，不忍害，反取水與之。有掠其妻去，衆責之曰：『奈何辱孝子婦？』使歸之。

湖廣江盜 明

金日岐嘗渡江，同舟一人無渡錢而有飢色，金憐而代給之，且與之食。後數年往真州，過驛門，一人呼金至，則前同舟者也，鋃鐺繫驛中。金問之，曰：『得十二銖即脱械。』金如數與之。後二年，金於湖廣江中遇盜，登舟已胠篋矣。俄而一人遽呼曰：『此非金先生耶？』金應曰：『然。』其人急躍而前，執金手而泣，語前事，告其徒曰：『此於我有大恩，何以劫之？』亟裒已囊，得銀十數兩，腊肉數十斤，贈之。金臨别謂之曰：『汝亦良民子，即貧甚，不宜久爲緣林玷，曷且休矣。』其人復垂泣悲咽而去。

湯若士遇盗

明

湯若士應公車北上，有髯而偉者，遇諸塗，行止必偕。已相語稍狎，謂湯曰：『橐金幾何？』湯告以實。又曰：『吾令人負，以休從者可乎？』湯曰：『可。』弗疑其爲盗也。每憇，其人輒先驅爲具食，以待湯。凡數日，乃視湯而笑曰：『長者哉若人！予固緑林豪也，利子之囊，將不利於子，不謂子推心置人腹中，不於疑也。竊已驗囊中，果如君言。予雖盗，然何忍以金故賊長者。前途多吾屬，且送子。』於是送之，度且抵燕境，曰：『往矣，可從此别。』遂去。湯至京久之，有邏者梏盗赴市，湯適過而見之，則前所遇也。湯愕然，意欲前致問，遥目湯，令勿語，蓋恐相累也。於法，盗而騎鏑者，無所事鞫，獲則斬之，湯無如何，愴然而已。

孝　賊

賊不詳其姓名，相傳爲如皋人，貧不能養母，遂作賊。久之，爲捕者所獲，數受笞有司。賊號曰：『小人有母，無食以至此也。』人且恨且憐之。一日母死，先三日廉知鄰寺一棺寄廡下，是日召黨具酒食，邀寺中老闍黎痛飲，伺其醉，舁棺中野，負母屍壅焉。比反，闍黎尚酣卧也。賊大叫，叩頭乞免，闍黎驚，不知所謂。起視廡下物，亡矣。後不復作賊。

街南曰：『予讀王子于一書，而有感於孝賊云。貧莫養也，而賊物以食之，死莫斂也，而賊棺以殯之，王子謂其可風也。雖然，孝可風也，賊以爲孝，不體虧親辱哉，抑非也。夫彼知有親耳，固知體親安知辱，夫使其知有體，又知其不可辱，不亦士君子之孝與！夫巾幘冠纓以冒之，裾黻韦帶以被之，詩書滑其口，而文詞以棁其手，而曰非士君子焉，莫或聽之矣。乃武斷於鄉鄙，螯噬於朝市，在族賊族，在官賊官，而承之親者，牲醴養也，珈帔榮也，紈纊斂而貍首苧絮棺也，亦孰非由賊焉以得之，然莫名之曰此賊也。而其父母里鄙，方嘖嘖以艷之，欣欣以享之，而不知其虧且辱也已甚矣。嗚呼！彼特倖無出而聲之，若老閹黎者之爲，而其爲賊也，遂居然莫之省憂，一旦身名俱敗，而刑戮斥抑隨之，即父母其庸免乎。且夫斯人也，得一廡下物蓺其親，遂終不復賊。而今之賊於野賊於朝，百千廡下不啻也，而果其爲親計也哉。親死而莫悛，及生而無父母焉者，亦何說與。嗟夫，賊以爲親者，不得爲孝子，而爲妻子計者，且得爲良夫，爲慈父乎哉！』

卷十八

義優

街南氏曰：『予幼觀劇矣，爲忠孝，爲節義也者，靡不感以欷；爲奸邪，爲横逆也者，靡不眦以怒。夫彼其善惡，所爲優孟衣冠，贋焉耳，然其感人，吾不知其何也，又况其真焉乎！夫人亦何弗爲其真者。吾因是求義於優。或以諷諍回君德有之，古大臣之格非也；或以軀命圖報效有之，古忠臣之遂志也。噫！彼何人斯，贋衣冠而真行義，其不動人欷歔觀感者，吾不信也，集義優。』

優孟 列國

優孟者，楚之樂人也。長八尺，多辯，常以談笑諷諫。莊王時有所愛馬死，使群臣喪之，欲以棺槨大夫禮葬之。左右争之，以爲不可。王下令曰：『敢以馬諫者死。』優孟聞之，入殿門，仰天大哭。王驚問其故。優孟曰：『馬者王之所愛也，以楚國之大，何求不得？而以大夫禮塟之，薄；請以人君禮葬之。』王曰：『何如？』對曰：『臣請以彫玉爲棺，文梓爲槨，楩楠豫章爲題凑，發甲卒爲穿壙，老弱負土，齊趙陪位於前，韓魏翼衛其後，廟食太牢，奉以萬户之邑。諸侯聞之，皆知大王貴馬而賤人也。』王曰：『寡人之過，一至此乎！爲之奈何？』優孟曰：『請爲大王六畜葬之。以壠竈爲槨，銅曆爲棺，齎以薑棗，薦以木蘭，祭以糧稻，衣以火光，塟之於人腹腸。』於是王乃使群臣以馬屬太官，無令天下久聞也。

高漸離 列國

高漸離，燕之善擊筑人也。初荊軻游於燕，與高漸離相善也。相與飲燕市，酒酣，漸離擊筑，荊軻和而歌於市中，相樂也，已而相泣，旁若無人者。久之，荊軻受太子丹命，往刺秦王。既祖道至易水之上，漸離擊筑，荊軻和歌，爲變徵之聲，士皆垂泣。及軻擊秦王不中，秦忿滅燕，漸離變名姓爲人庸保，匿作於宋子，久之作苦。聞其家堂上客擊筑，每言曰：『彼有善有不善。』從者以告，召使前擊筑，一坐稱善，賜酒。而高漸離念久隱約無窮時，乃退，出其裝匣中筑，與其善衣，更容貌而前，客皆驚，於是宋子争客之。已聞於始皇，始皇召見。人或識之，秦皇惜其善筑也，重赦之，乃矐其目。使擊筑，未嘗不稱善。稍益近之，高漸離乃以鉛置筑中，復進得近，舉筑朴秦皇帝，不中，遂見殺。

優旃 列國

優旃，秦倡侏儒也，善爲笑言，然合於大道。始皇嘗議欲大宛囿，東至函谷關，西至雍、陳倉。優旃曰：『善。多縱禽獸於其中，寇從東方來，令麋鹿觸之足矣。』始皇止。二世立，欲漆其城。優旃曰：『善。主上雖無言，臣固將請之。漆城雖於百姓愁費，然佳哉！漆城蕩蕩，寇來不能上。即欲就之，易爲漆耳，顧難爲蔭室。』於是二世笑，遂止。

雷海清 唐

海清，玄宗時樂工也。安禄山既叛，克長安，命捕樂工，運載樂器舞衣，驅馬犀象，皆詣洛陽。禄山宴其群臣於凝碧池，盛奏衆樂。梨園弟子往往欷歔泣下，賊皆露刃睨之。海清不勝悲憤，擲樂器於地，西向慟哭。賊怒，縛於試馬殿前，支解之。

鄧慢兒 唐

黄巢陷長安，樂工鄧慢兒善琵琶，巢頗愛之。慢兒因炙其右手，託以風發，終不爲彈。一日，謂其友曰：『吾聞忠節之士，有死而已。吾頻爲大寇所逼，終不能爲之屈節。今日見召，吾當以死拒。』遂與妻兒訣。入見巢，巢促令一彈琵琶，曰：『某出身名役，朱紫之服，皆唐天子所賜，予不忍負前朝之恩，以此樂樂他人也。』巢大怒，斬之，屠其家。

摘星胡來生 唐

摘星胡地來生，角抵者也，尤善射，發無不中。渭橋爲官軍所奪，巢親領兵禦之。既至橋，命來生引射，凡十數發而不中。巢詰之，對曰：『聖唐兵士，非親即故，故不欲中爾。』巢怒，亦殺之。初，巢入長安，慢兒、來生與工人劉萬餘者義不爲賊用，竊相與謀，有以困之。事見義工部。

鏡新磨 後唐

莊宗好畋獵，獵於中牟，踐民田。中牟令當馬切諫，爲民請，莊宗怒，叱縣令去，將殺之。伶人鏡新磨知其不可及，率諸伶走追令，至馬前，責之曰：『汝爲令，獨不知天子好獵耶？奈何縱民稼穡以供税賦，獨不能空此地以備吾天子馳驅，汝罪當死。』因前請亟刑之，諸伶共唱和。莊宗大笑，令乃得免。《五代史》

申漸高 南唐

烈祖時，關征苛急，屬畿内旱。一日，宴北園，烈祖顧侍臣曰：『近郊頗沾足，獨都城未雨，何也？得非刑獄有冤抑乎？』優人申漸高遽進曰：『大家何怪，此雨畏抽税，故不敢入京爾。』烈祖領之。明日下詔馳税，信宿大雨。《南唐書》

楊花飛 南唐

楊花飛，南唐樂工也。元宗嗣位，留心内寵宴私，擊鞠無虚日。乘醉命奏《水調詞》，花飛唯唯，歌『南朝天子好風流』一句，如是者數四。元宗悟，覆盃大懌，厚賜金帛以旌其諫，曰：『使孫陳二主得此一句，固不當有銜璧之辱也。』翌日罷諸歡燕，留心庶事，幾致治平。《南唐近事》

蔡卞時優人 宋

蔡京弟卞爲元樞，尊崇無比。其婦翁王安石，封舒王。孔廟釋奠，以安石配。優人乃設孔子坐，安石侍，孔子命之坐。安石揖孟子，孟子曰：『達尊有三，爵居其一，軻僅忝公爵，君貴爲王，何讓焉？』遂揖顔子，顔子曰：『陋巷匹夫，平生無尺寸功，敢先公邪？』請辭。安石遂上坐。孔子不能安，亦避。子路外入，憤然作色，挽公冶長臂而出，公冶曰：『長何罪？』乃責數之曰：『汝獨不能爲婦翁地耶？試看他人作壻，何如者？』意以譏下也，時方欲躋安石於孟子，遂止。《夷堅志》

紹興優人　宋

紹興十五年，賜秦檜第望仙橋，又賜銀綺等以萬數。詔假以教坊優伶，宰執咸與，中席，優長誦致語退。有參軍者，前褒檜功德，一伶以荷葉交椅從之，詼語雜至，主賓歡洽。參軍方拱揖謝，將就椅，忽墜其幞頭，乃總髮爲髻，如行伍之巾，後有大巾鐶爲雙疊勝，伶指而問曰：『此何鐶？』曰：『二勝鐶。』遽以朴擊其首曰：『爾但坐太師交椅，取銀絹等物，二勝鐶，掉腦後可也。』一坐失色。檜怒下伶於獄，有死者。二勝鐶，謂二聖還也。

阿丑　明

汪直之任於憲宗也，諸不合於己者輒陷之，中外莫敢言。而陳鉞、王越尤傾附之，遷鉞兵部尚書，越封威寧伯，直出監軍塞上。内伶有阿丑者，善詼諧。會宴，丑戲爲醉者，戟手呼於道，或言貴官至，令辟不顧，又有衛士行蹕者，曰：『駕至。』復不聽。已乃曰：『西廠汪公至矣。』醉者輒驚而走。或問故，曰：『予知有汪公，不知有天子也。』帝遂疎直，尋納御史言，罷西廠。己丑，又爲貴人裝，自稱汪直，左右皆仗鉞，恣睢而前。或問故，曰：『吾將兵，仗此兩鉞耳。』或問之，曰：『王越、陳鉞也。』帝微哂焉。後因馬儀之劾，免陳鉞，用萬安之謀，移王越於延綏。

時保國公朱永掌十二團營役兵，治私第。丑作儒生誦詩曰：『六千兵散楚謌聲。』或曰：『誤矣，乃八千也。』丑徐曰：『汝未知耶？其二千爲保國治屋矣。』上遣使察之，保國即罷工役。成化末，刑政多頗，倖進者衆。丑於上前作六部差遣狀，命擇之，得一人曰姓公，問其名，曰道，丑曰：『不可，不可。』次一人曰姓公，名論，復不可。最後一人曰姓胡，名塗，乃肯，曰：『於今之世，惟胡塗乃可以免。』上哂之。

君子曰：『談言微中，阿丑有焉，是謂譎諫。古者瞍賦蒙誦，正執菽事以諫，苟利於國，孰謂詼譎不足爲義乎！』

成化優人　明

成化時，傳奉官至八百餘人，多因太監梁芳以進。會内宴，優有爲老人部粮者，責解户米濕，解户曰：『非我之罪，實船縫爲之。』老人曰：『盍塞之？』對曰：『欲塞船縫，無粮方可耳。』嗣群臣有言傳奉之非，上遂罷傳奉。

孔四郎

勳衛嘗守經，鳳陽人，有優人孔四郎者，嘗愛之。四郎紹興人，通文尚誼，感其德，遂托身事之。嘗每出入縉紳家，必與俱。嘗雖武職，而家累萬。賊至，因與四郎謀瘞金他所。賊將宮撫民知之，縶嘗至，搒掠。又執四郎，四郎無已，遂示之瘞。而嘗卒解闖所，同諸勳戚被害焉。撫民以四郎狡好而慧，遂愛之，留麾下。四郎意怏怏不樂。明日撫民醉，呼酌，命四郎謳以侑。四郎益憤，俟夜分撫民睡，潛起拔刀刺之，中其股，喊。四郎知不免，乃提刀罵曰：『我與嘗守經不啻骨肉，誓同生死。奴取其財，復隕其命。我今爲守經報仇，顧事不成，死必爲厲，且將扼爾喉，食爾心矣。』遂自刎，頭已隕，屍猶僵立不仆。賊大懼，衆推之始倒。

汪張飛

汪某者，宣城優人也，嘗給事華陽諸民家。以事系獄中，富民施氏爲憐而出之，遂深感焉。已而盗掠施氏，汪集諸少年執兵而禦之，盗爲之却。乙酉，宣城義兵起，所在以千數。而汪亦以勇，聚徒數百人，健鬭敢死，號張飛云。被執不屈，大罵而死。

卷十九

義娼

街南氏曰：『予鄉梅禹金先生輯《青泥蓮花記》，廣擴伎蹟，例凡十，卷凡六，其間紀貞、紀從，有可取者。或曰凡傳諸娼者，皆豔史溢情，舉不足信。予節録之，而間補其逸，凡數十人。毛惜惜無論已，惜惜而外，從一勿貳，至不有其生者，咸足述也。雖情鐘乎，猶是膏澤市門，而卒如此哉，如此哉，故不繫義婦，繫義娼。』

李娃 唐

李娃者，長安娼也。天寶中有士人試長安，與娃游。歲餘而資盡，姥意怠以賺生徙他處。生遘癘疾，邸主徙之凶肆，乃執繐帷，學爲哀歌以自給。適生父入京師，遇而怒，鞭之而斃。同黨哀而飼之，遂乞食於道。時雪甚，户多不發，一門獨啟，娃第也。生不知，疾呼，娃自閤中聞而識之。

出則見生，枯瘠疥癘，殆非人狀。問曰：『豈非某邪？』生憤懣不能言，頷頤而已。娃以繡襦擁而歸，失聲長慟曰：『令子及此，我之罪也。』姥聞大駭，欲逐之。娃歛容涕下曰：『生故多金，以我故蕩盡，設詭計而逐之，殆非人行。父子天性也，今其情絶，殺而棄之，又困躓若此，伊誰之咎？予爲姥子二十歲，計貲不啻千金。今姥年六十餘，願計廿年衣食之用以贖身，當與此子，别卜所詣。』姥度其志不可奪也，因許之。

乃置生别院，衣食之，卒歲而愈。娃命市書肆中，俾夜作晝，矻矻三年，而業大就，遂登科。復以應詔直言，策名第一，授成都府參軍。娃請去，生泣留之，不可。送生江上，遇生父於途。父大驚，乃留娃别館，命媒氏備六禮迎之。後生累遷官，娃封汧國夫人，四子並顯。初生讀書院中，倦，則莊昜之，論以綴詩賦。乃游長安，登甲科矣，識者争慕其文。娃曰：『今秀才得一科，則自謂可取朝職，擅天下美名。子行穢迹鄙，不侔於他士，當礱淬利器，以求高等。』凡生之得成其名，皆娃力云。《異聞集》

張紅紅 唐

大曆中，有才人張紅紅者，與父歌於衢路乞食。過將軍韋青所，青納爲姬。有樂工製新聲，即從屏風後記其拍。尋入宜春院爲才人。一日，内史奏韋青卒，上告紅紅，乃上前嗚咽奏云：『妾本

風塵丐者，一旦老父死，有所歸，致身入内，皆自韋青，妾不忍忘其恩。』乃一慟而絶。上嘉之，即贈昭義。《樂府雜録》

楊 娼 唐

楊倡者，長安殊色也，名冠諸籍中。有嶺南帥甲，貴游子也，初貴喜淫。内苦其妻，乃陰出重賂削去倡籍，而挈之南海，館之他舍，往來其間。倡事帥尤謹。會間歲帥得病，且不起，思一見倡而憚其妻。有監軍紿其妻曰：『將軍病，思得善捧持煎調者。某有善婢，久給事貴室，動得人意，請以安將軍四體如何？』妻許之。未幾而事泄，妻擁健婢數十，列白挺熾膏鑊於庭而伺之。須其至，投之沸鬲。帥聞大恐，促命止之。大遺其奇寶，命家僮榜輕舠，衛倡北歸。自是帥益憤，踰旬而死。而倡之行，適及洪矣。問至，倡乃盡返其所遺，設位而哭曰：『將軍由妾而卒，妾安用生爲？妾豈孤將軍耶？』即撤奠而死之。《虞初志》

盼 盼 唐

盼盼關氏，張建封歌妓也，知書，有殊色。建封鎮徐州，初納之燕子樓，後别搆新樓貯寵之。公薨，盼盼感恩，誓不他適。有《燕子樓集》一二百首，白樂天爲和其詩而序之，並贈絶句云：

『黄金不惜買蛾眉，揀得如花三四枝。歌舞教成心力盡，一朝身去不相隨。』聆聆聞之，泣曰：『自公薨背，妾非不能死，恐百載之後，人以我公重色，有從死之妾，是玷我公清範也，所以偷生爾。』乃和白公詩云：『自守空樓斂恨眉，形同春後牡丹枝。舍人不會人深意，訝道泉台不去隨。』聆聆得詩後，旬日不食而死。《張慶集》

叚東美 唐

薛宜僚，會昌中充新羅册贈使。由青州泛海，舟泊青州，郵傳有籍中飲妓叚東美者，薛頗屬情，置於驛中。薛發日，祖筵與東美流涕而别。薛到新羅以病卒，櫬廻。及青州，東美乃請告至驛，素服執奠，哀號撫柩，一慟而卒。《唐賢抒情集》

韓香 宋

韓香，南徐娼也，色藝冠一時。與大將葉氏子交，閉門謝客，將終身焉。葉父恚，投牒有司，集鰥軍於射圃，中者妻之。一老卒中，香忻然同歸，謂曰：『夫婦有禮，爾買羊沽酒，召吾親故以成禮，方就婚耳。』賓至酒行，香出所賚金帛，高下獻之。入更衣，久不出，已自刎矣。《隨隱漫録》

郝節娥 宋

郝節娥，嘉州娼女，生五歲，母娼苦貧，賣與洪雅良家爲養女。始笄，母奪而歸，欲令世其娼。娥不樂，娼日逼之。娥曰：『少育良家，習織作組紃之事，又輒精巧，粗可以給母朝夕，欲求此身使終爲良可乎？』母益怒，且箠且駡。洪雅春時爲蠶叢祠，娼與邑少年期，因蠶叢具酒邀娥。娼與娥徐往，娥見少年，倉皇驚走，母挽捽不使去。不得已坐，坐中時時顧酒食輒垂首，强飲之，則嘔噦滿地，少年卒不得侵淩。暮歸，過雞鳴渡，娥度他日必不可脱，佯渴求飲，自投於江而死。鄉人謂之節娥云。《宋史》；《樂善録》『良家』作『趙氏』

毛惜惜 宋

毛惜惜者，高郵妓女也。端平二年，别將榮全率衆據城以畔，制置使遣人招之，全僞降，欲殺使者。方與同黨王安等宴飲，惜惜恥於供給，且責之曰：『初謂太尉降，爲太尉更生賀，今閉門不納使者，縱酒不法，乃畔逆耳。妾雖賤妓，不能事畔臣。』全怒，遂殺之。《宋史》

《隨隱漫録》：高沙榮全據城畔，召官妓毛惜惜佐酒。駡曰：『汝本健兒，官家何負於汝而反，吾有死耳，不能爲反賊行酒。』全以刃裂口，立命腐之，駡至死不絶。事聞，封英烈夫人，賜廟祭。

潘柴嚴有詩云：『淮海豔姬毛惜惜，青娥有此萬人英。恨無匕首學秦女，向使裹頭真杲卿。玉骨花顔城下土，冰魂雪魄史間名。古今無限腰金者，歌舞筵中過一生。』鄭所南詩云：『誰謂伊人賤，猶懷事賊羞。挺身持大義，正語叱狂酋。名在春逾豔，骨香花不愁。有靈知國事，地下笑公侯。』

薛希濤

祖無擇，熙寧中知杭州，坐與官妓薛希濤通，爲王安石所執。希濤榜笞至死，不肯承伏。《武林志》

長沙義娼 宋

長沙義娼者，不知其姓氏，善謳歌。尤喜秦少游樂府，得一篇，輒手筆口詠不置。久之，少遊坐鉤党南遷，道長沙，訪妓籍可與言者，乃往娼居。初甚易之，及見其姿美，而所居殊可人意。坐語間，顧見几上文一編，就視其目，曰《秦學士詞》。因取閱，皆己平日所作，竊怪之。問曰：『秦學士，何人也，若何得其詞之多。』娼不知其少游也，具道所以。少遊曰：『能歌乎？』曰：『素所習也。』少游愈益怪曰：『樂府名家無慮數百，若何獨愛此？不惟愛之，而又習之謳之，彼秦學士亦嘗遇若乎？』曰：『妾處僻陋，秦學士京師貴人，焉得至此？即至此，豈顧妾哉？』少游乃戲曰：『若愛秦學士，徒其詞耳，若使親見其容貌，未必然也。』娼曰：『嗟乎！使得見秦學士，雖爲之妾御，死復何恨？』少游察其語誠，因謂曰：『若欲見秦學士，我即是也。以朝命貶出，因道來此爾。』娼大驚，色若不懌者，稍稍引退。入謂母娼，乃設位坐少游於堂，立階下，北而拜已。且張筵飲，虛左席，示不敢抗，母子侍觴。酒一行，率歌少游一闋以侑之，比夜乃罷。少游感其意，留數日，愈加禮敬。將別，囑少遊曰：『不肖之身，幸侍左右，今學士以王命不可久留，妾欲從，恐重以爲累，唯誓潔身以報。他日歸，幸一過妾，妾願畢矣。』少游許之。

別數年，少游卒於藤。娼既與少游約，因謝客，誓不以此身負少游。一日晝寢，寤，驚泣曰：『吾自秦學士別，未嘗見夢。今夢來別，非吉兆也，秦其死乎？』急遣僕覘之。數日果得凶報。乃謂媪曰：『吾昔以此身許秦學士，今不可以死故背之。』遂衰服以赴。行數百里，遇於旅館，拊棺繞之三周，舉聲一慟而絶，左右驚救，已死矣。《夷堅志》

李姝 宋

李姝者，長安女娼也。家貧，年未笄，母以售於宗室四王宮，爲同州節度之妾，能敬事主意。一日忤旨，命車載之刺史張侯別第。先是張於宴席見之心動，不能忍，私願得之，雖竭死無憚。既而獲焉，喜不自勝，罄所蓄妓樂，張筵五六日不息。姝事之亦曲有禮節，大率如在王宮時。然每至調謔誘狎，輒莊色斂衽，餌以奇玩珍異，却而勿顧。張必欲力制之，間乘其理髮，直前擁之。姝大呼啜泣，走取其佩刀，將自刭，婢媵救止之。由是浸不合張意。張恥且怒，被酒，挺刃突入室逼之。姝自若謂之曰：『婦人以容德事人，職主中饋。姝不幸，幼出賤流，鬻身宫邸，不獲託久要於良家。幸同州憐愛，許侍巾履。偶因微譴，蹔寓於君，蓋以君爲可託也，不圖君侯乃至此，誠烈誼丈夫所不忍聞。姝寧以頭血污君侯刃，願速斬姝頭送同州，死不恨。』遂膝行而前，拱手就刃。張羞媿流汗，掖之使起，曰：『我安敢如是？而今而後，何面目復見同州哉。』姝竟縊死。他日，張晝寢，見姝披髮而立曰：『爲姝報同州，已辨於地下矣。』張大懼，悒悶數日，不食而死。《筆奩録》

張鳳奴 金

元興元年，北兵攻城。矢石之際，忽見一女子，呼於城下曰：『我娼女張鳳奴也，許州破，被俘至此。彼軍不日去矣，諸君努力，爲國堅守，無爲所欺也。』言竟，投濠而死。金主遣人馳祭於西門。《金史》

徐娼 元

至正間，邊寇陷常州，守吏望風奔潰。徐婦娼者，寇命以佐飲，徐憤駡勿從，竟刺死之。嘉興張翔南翼作忠徐娼詩。

李哥 元

霸州娼女李哥，年十二三時，母教之歌舞，泣曰：『女率有工，繫我獨爲此乎？』母告以業不可廢。哥曰：『若此，聽母，母亦當從我好，否則有死而已。』母陽許之。因是不粉澤，不茹葷，有召者必先詢主客姓名，然後往，人亦預相戒毋戲狎。哥凝立筵前，酒行歌闋，目不流眄，與之酒勿飲。州判官嘗忤哥，徑還，誓不與見。孟津縣達魯花赤厚賂哥母，夜抵舍，哥懷利刃閉卧内，罵之曰：『汝職在牧民，而狗彘之不若，可急去，不且血污吾刃矣。』慚怒以回。明日知州聞之，嘆曰：『州有貞女而牧不知，吾次子明經舉秀才，真若配。』以禮聘娶之。未幾紅巾入寇，夫婦被執。見哥妍麗，將殺其夫，哥走前抱夫項大呼曰：『吾斷不從汝求活。』寇並殺之。

愛卿 元

羅愛卿，嘉興名娼也，工詩詞，人敬慕之，稱爲愛卿。嘗避暑玩月，各賦詩，愛卿輒先成，坐皆閣筆。同郡有趙氏子，家巨萬，以禮聘焉。愛卿修婦道，擇言而發，非禮不行。聘二年，而趙父尚書公以書召之。趙子欲往，恐貽母妻憂；不往，又失功名。會躊躇未決，愛卿謂之曰：『妾聞男子生而桑弧蓬矢，以志四方。丈夫壯而立身揚名，以顯父母，豈可以恩情之篤，而悮功名之期邪？君母在堂，温清之奉，甘旨之供，妾任其責有餘矣。但年高多病，而君有萬里之行，李令伯所謂「事陛下之日多，報劉之日少」，君宜常以此爲念，不可不早爲歸計耳。』趙子遂行。置酒爲別，愛卿自製《齊天樂》一闋以侑之。

趙子至都而尚書以疾廢，遷延久不能歸。而太夫人亦以憶子之故，遂得疾，愛卿事之甚謹。湯藥必嘗，饘粥必親，曲説以寬其意。卒不起。愛卿如禮具棺槨，葬之白苧林。既葬，旦夕哭靈几前，悲傷過度，爲之瘦瘠。至正十六年，張士誠陷平江。十七年，苗師楊完拒之，不戢軍士，大掠居民。趙之家爲劉萬户者所據，見愛卿欲逼納之。愛卿紿以甘言，接以好容，沐浴入閣，以羅巾自縊而死。萬户趨救之不及，即以繡褥裹屍，葬後圃杏樹下。未幾，趙子間關海道至家，則已蕩然，尋其母妻不可得。遇蒼頭於路而問其故，遂與俱至白苧林，悉道其事，以指其墳壟松柏而告之曰：『皆娘子之所植也。』趙子大傷。即至銀杏樹下，發妻屍，顔貌如生，肌膚不改。趙子拊屍大慟，乃易以華服，買棺附葬於母墳之側焉。《剪燈新話》

劉盼春　明

劉盼春者，汴梁樂工劉鳴高女，年十八。初定情於汴人周恭，恭父嚴禁之，絶不通者見半載，盼春杜門以待。有雲間富商賫金帛往，母必欲奪其志。固不應，加之箠楚。恭聞之，致書，使且從母命。盼春笑曰：『妾豈常人比哉？既委身於子，可他適耶？』居數月，復逼之，投繯而死。及火其屍，餘燼悉焚之，而所佩香囊獨鮮好。取而發之，中藏周恭詞簡一紙宛然，衆皆驚異。事在宣德七年。

邵金寶 明

邵金寶，故娼也，口西俠戴綸與之遊。綸爲京營參將，以善咸寧侯下獄。將坐重辟，念事非朝夕可免，去家數千里，無可庇朝夕。罄囊金千餘，屬邵曰：『余生死不可知，若其念我乎，持此贍余以待命。』邵含泣收之。爲畫策日費，以給權貴公子驩，而買少妓博市井富兒金，輾轉周旋，十餘年所如一日，而需綸用不缺。綸卒藉其力以出。尋補建昌游擊，贏金尚四千有奇，悉付綸而從之任。綸妻自其家來省，請邵升高座，命侍女强持之，委身下拜，令勿答，報其救夫恩也。居旬而返，將行，語綸曰：『夫難，妾以疾不能爲力，而邵能代之，妾當愧死矣，無以謝邵氏，惟君念之。』垂泣而去。

噫！金寶出於娼，而能委身以全大義，難矣。其妻以不能救夫之難，而能念爲救者，且以結髮嫡拜下風而避去，不亦晋趙氏夫人之遺風哉。

高　三　明

京師娼女高三者，自幼美姿容，昌平侯楊俊與之狎，猶處子也。昌平去備北邊者數載，娼閉門謝客。天順中，昌平與范都督廣爲石亨所構誅，以土木之變昌平坐視不救爲不忠。二人赴市，親戚故吏無一往者。俄有一婦人縞而來，乃娼也。楊顧謂曰：『若來何爲？』娼曰：『來事公死。』因大呼曰：『天乎，忠良死矣！』觀者駭然。楊止之曰：『已矣，無益於我，更若累耳。』娼曰：『我已辨矣，公先往，妾隨至。』楊既喪元，娼慟哭，吮其頸血，以鍼線縫接著於頸，顧楊氏家人曰：『去瘗之。』即自取練，經於旁。《寓園雜記》

王翹兒　明

王翹兒，故臨淄民家女也。鬻於娼家，雅不喜媚容，假母數苔苦之。後與少年計，脱徙海上，與文儒貴客游，得纏頭無算，然更以施諸所善貧者。久之，倭寇入，竄桐鄉。倭復陷桐鄉，被執於寨主徐海。海，故越人明山和尚者也。知爲翹兒，絶愛幸之，尊爲夫人。凡海一切計畫，惟夫人指使。乃翹兒亦陽昵之，陰實幸其敗，冀歸國以老也。

會督府胡公宗憲遣華老人諭海降，海怒縛華老人，將斬之。翹兒諫曰：『今日之勢，在君降不降，何與來使？』乃親解其縛，並與金勞苦之。華老人，海上人也，翹兒故識之。而華老人亦私覰所謂王夫人者，心知爲翹兒，不泄也。歸告督府曰：『賊未可圖也。第所謂王夫人，臣視之有外心，當藉以磔賊耳。』督府善之。乃更遣人詣海説降，而益市金珠以陰賄翹兒。翹兒日夜在帳中，從容言：『大事必不成，不如降。降且得官，終身當共富貴。』海許之。約降於督府。督府選日整兵稱逆降，海從翹兒言，不爲備。督府遽麾兵進斬海首，並諸倭人殲焉，凡皆翹兒力也。督府獲翹兒，以賜永順酋長。翹兒悒悒不自得，歎曰：『明山遇我厚，我以國事誘殺之，殺一酋而更屬一酋，何面目生乎？』去之錢塘，夜半投江死。

噫！誘海以報國，義誠偉矣，而卒死以殉海，其亦何負於海耶！《海隅志》

張小三 明

張小三者，南京女妓也。稚齒雅容，頗不欲就門户，曰：『能妻我者，即與偕。』有松江商人楊玉山者，以金求之殊懇，乃允焉。逾月，楊辭去。小三曰：『奴固已誓之矣，不歸君，復何歸乎？』楊心欲之，而念其妻妒不敢許，以半載爲期而去。妓遂守志不渝，父母欲奪之不可得。數寄聲楊所，楊感其誠，歲四五至，至必留旬月，所贈遺以萬計。久之貲日削，已而田產悉空，男女未婚，饔飧不給。妻孥交謫，怏怏失明。妓怪其久不來，使使諗之，知其盲，乃扁舟下江，直造楊氏，登堂拜主母，捧楊首大慟曰：『主君貧困，職我之由。奴當爲君婚嫁，君幸無苦。』悉出前所贈珠璣器具，以爲資妝，嫁其二女；又出儀物筵設之費，爲二子納室。留侍湯藥者一年。楊鬱鬱心恚以死。妓又脱簪珥殯之，守其柩不去。妻亦哀憫其志，語之曰：『姊院中衣食自豐，何爲困此，與我同辛苦？』妓謝曰：『奴非碌碌市門女也。少有不污之誓，與主君交往廿載，名雖在風塵，身固楊氏貳室也。且主君爲我而死，何忍背之？願從主母，執庖湢之勞，歿且不悔。』聞者莫不歎異之。既免喪，其父母强不歸。訟諸禮曹，移牒逮之甚急。妓不得已，乃泣别其靈而去。後卒不面一男子，考終於舊院云。

王烈女　明

王氏者，山東人，家貧，八歲貨與淮安娼家。及長，知處身失所，欲脱去不得。娼婦百誘之，執意不爲動。一日，强使與上客合巹，因涕泣謂客曰：『妾本良人女，因家貧故至此，妾久忍死者，未及見父母一訣耳，今忍遂污吾身耶？』引刃自刎。客大驚，抱救不及。事聞於官，令厚瘞之。後有吴主事在淮，一日夢女號泣拜堂下，驚問之，對曰：『妾烈女王氏也。』具陳其故，且言塚居五壩上，願君白之。黎明，吴君訪得其墓，遂令修葺之，復會張御史疏聞，建祠祀之。嘉靖年間事。《留青日札》

白女 明

白女者，娼也，與吴興人袁節游，誓不以身他近。其姥阻截百端，而白志益堅。有富商求偶於白，不從，母箠之成疾。以書招節一見，節憚母不敢往。白憂念且死，囑其母曰：『塟吾須吾袁郎來。』言終而絶。及舉塟，柩堅重，十餘人不能勝。母曰：『嘻！其是袁郎未至也。』即促節至，撫棺曰：『郎至矣。』應聲而起，人以爲異。

薛鐵兒 明

薛鐵兒，家世淮陰，從母僑藉廣陵。母，娼也。鐵頎然玉立，聲名噪甚，有豪者奪而主之。然鐵性恬寂，憚於豪舉者，至輒跳身匿。而稍稍親文士，得郝生。生有内子賢，遂以爲副。鐵入室獨勤操作，執婢子事，不敢當夕。生善病，時躬侍湯藥，然必從内子以莊見。及生病革，意拂拂不能無眷鐵，寧保無他，鐵固默頷之，遂内决筴以殉，私浴紉身自閟死，蓋先郝生餙巾三日也。梅氏《青泥蓮花記》

劉引静 明

劉引静，南京妓也，少爲一商所眷。後商死，引静爲持服，歲時修齋設祭，哭泣甚哀。日以女紅自養，拒客不納，家人不能奪也。商家零落，推所有以周之。有富翁聞其賢，欲娶之，卒不從，而止。

京師妓 明

郭七公子者，定襄伯登之從子也，常昵一妓。而公子死，妓方少年，剪髮爲尼。屠寶石，京師大賈也。以罪謫遼東軍，家破無可托，以白金萬兩寄所昵妓。後數年赦回，妓以金還之，封識如故。

李姬 明

李姬者，名香，母曰貞麗。貞麗有俠氣，嘗一夜博，輸千金立盡。所交接皆當世豪傑，尤與陽羡陳貞慧善。姬爲其眷女，亦俠而慧，略能書，能辨别士大夫賢否。尤工《琵琶詞》，然不輕發也。雪苑侯生己卯來金陵，與相識。姬嘗邀侯生爲詩，而自歌以償之。初，皖人阮大鋮者，以阿附魏忠賢論城旦，屏居金陵，爲清議所斥。陽羨陳貞慧、貴池吴應箕實首其事，持之力。大鋮不得已，欲侯生爲解之。乃假所善王將軍，日載酒食與侯生游。姬曰：『王將軍貧，非結客者，公子盍叩之？』侯生三問，將軍乃屏人述大鋮意。姬私語侯生曰：『妾少從假母識陽羨君，其人有高義，聞吴君尤錚錚，今皆與公子善，奈何以阮公負至交乎！且以公子之世望，安事阮公！公子讀萬卷書，所見豈後於賤妾耶？』侯生大呼稱善，醉而卧。王將軍者殊怏怏，因辭去，不復通。

未幾，侯生下第。姬置酒桃葉渡，歌《琵琶詞》以送之，曰：『公子才名文藻，雅不減中郎。中郎學不補行，今《琵琶》所傳詞固妄，然嘗昵董卓，不可掩也。公子豪邁不羈，又失意，此去相見未可期，願終自愛，無忘妾所歌《琵琶詞》也！妾亦不復歌矣！』

侯生去後，而故開府田仰者，以金三百鍰邀姬一見。姬固卻之。開府慚且怒，且有以中傷姬。姬歎曰：『田公寧異於阮公乎？吾向之所贊於侯公子者謂何？今乃利其金而赴之，是妾賣公子矣！』卒不往。侯生名方域，字朝宗。

黎應祥

應祥，緬中女伎，廣東人也。永曆帝敗亡，奔緬國。緬以茅舍居之，諸從官無復憂危意。值中秋夜，馬吉翔、李國泰等酣飲爲樂，命應祥歌舞奏劇。應祥泣曰：『此去行宫不遠，且上體不和，旦夕呻吟，此何時而猶忍爲歌舞耶？雖死不敢承命。』翔泰怒笞之。鄧凱《也是録》，《劫灰録》作「惟雅」

卷二十

義獸

街南氏曰：『無父無君，孟子擬之以禽獸。嗟乎！人所受全於天以自别於禽獸者，顧不重與，彼含牙帶角者安得而有之？先儒謂人得其秀而最靈，故能具四德，發四端，物則偏而塞矣。然父子之相親，君臣之相統，亦間有僅存而不昧者。余集義物，先之以獸，獬之觸，麟之教，然之相恤，其性耶，其得理於氣中者耶？往予龍溪莊，有牝犬，衆羨而食之，犬子瘞母骸庭桂下，守之悲以嗥者三日夕，予未嘗不欷歔太息焉。稗史所紀載豈或誣歟，若乃明皇之舞象，昭宗之供奉，抑又奇矣。夫鷹犬象猿之屬而義若此，謂之獸可也，雖不謂之獸，亦可也。』

象

唐明皇嘗教舞象。禄山之叛，至東都，大設聲樂，禄山揣幽燕土蕃酋長多未之見，紿之曰：『我當有天命，此自南海奔至，頃見我必拜舞，鳥獸知天命有歸，况人乎？』左右引象至，則瞪目憤怒，畧不爲動。禄山乃大恚怒，命置檻穽中，烈火熱之，俾壯士投以刀槊，洞臆流血而死，伶人無不掩淚。吴長卿曰：『此玄宗舞象也。玄宗嘗教舞馬四百蹄，奮首鼓尾，縱横應節，其曲謂之《傾盤樂》。後禄山以數匹賣范陽，爲田承嗣所得，襍戰馬中。一日軍中樂作，馬舞不已，厮養以爲妖，擁篲擊之，馬抑揚頓挫，更爲作態。廄吏以馬怪白承嗣，鞭笞之，至斃櫪下。時人或知之而不敢言。嗟夫！舞象以不舞死，馬以舞死，枉自獻伎媚人而不免，毋寧爲象乎？』

霑烏聯水蘭大舉寇滇黔，鋭不可當。有陸帥者，勇而善戰，士卒皆恇怯。時陶家軍有一象伏小塹，鼻飲水泥數斛，伺賊至突出，咆哮躍丈餘，衆皆辟易。噴所吸水泥，若雨霧然，直搏賊所，蹂躪人馬如糜。復鼻捲一賊，擲之空中，墮地而死。陶帥遂乘勝擊賊，大敗之。戰罷，象猶勃勃，且賈餘勇焉。龍城中百姓争芻食之，象稽首而謝之。次日創病，出矢鏃三升餘，鼻中毒矢，卒瘁極而死。街南子曰：『嗟乎！賊之來，勢不可當，使象知有衆寡，有趨避，必憧憧於勇怯。即不然，而匿伏不深，沉幾不預，敵必因變設奇，勝敗未可知也。象蓋無心合道，善藏爲勇者乎？』」見楊師孔《烈象傳》，師孔，未詳何時人，其自云守安普，知其事最真。又云歲乙丑，不知何朝所稱。陶兵，或陶魯軍耶？容攷。

始興郡陽山一人行田，忽一象以鼻捲入山中。見一病象，足有巨刺，其人爲出之。病象起，即載其人入一紆紲地，掘長牙數條送之還，示報恩狀。先是郡苗常爲象所苦，因語之，戒勿犯，象作馴解。於是一家安業，田卒無患。《湘中記》

閬州莫徭樵山中，一象負之入澤中，見老象喘息甚苦。舉足視之，有竹丁，莫徭以繩繫出之，流血數升。小象復取艾，莫徭爲摘艾塞之，少能行動。回顧小象，呦呦有聲。須臾小象取一牙至，老象大吼，意若嫌之。復易一大牙，並取山栗食之。乃送人及牙行五十里，忽卻轉，乃還取其刀，畢送至原所，以頭抵地搖耳，久之乃去。莫徭以牙獻天后，中有二龍躩立，截之爲簡，每年給其人五十千，以終其身。

崇禎甲申，逆闖陷京師。賊坐朝，呼象守門如往事，有一象竟不肯往，悲哀不食而死。

馬

秦公叔寶所乘馬號忽雷駮，嘗飲以酒，愛重之。及公卒，嘶鳴不食而死。

宋仁宗御馬名玉逍遥，行步有尺度，徐行中節，御者行速，則以足欄之。一日燕王借行，長鳴不動，王怒還之。帝升遐，從塟至陵，悲鳴不食而死。《邵氏聞見録》

吉水王維楨通判夔州，與賊戰，維楨陷围中，奮罵，賊殺之。自死所至城三百餘里，公所乘馬歸，毛鬣盡赤，衆始駭，已知公死。家人盡售行李，並售馬與同知王某，王得馬不償值。夜半，馬哀鳴特異，王命以莝豆，猶不已。王自視之，馬驟前齧其項，王仆地不省，異日嘔血數升卒。《宋史》

陳璋自朝歸，中路馬蹶而墜。因怒，命弗與芻秣。圉人竊飼之，馬達旦竟不食。累日，圉人以告，乃召之曰：『尒知罪，當赦爾。』乃飲食如故。璋後鎮宣城，罷歸而卒，馬亦悲鳴死。《稽神録》

僞蜀渠陽鄰山有富民王行思，嘗養一馬，甚愛之，喂飼倍他馬。一日乘馬出，遇夏潦暴漲，舟子先渡馬，廻舟迎行思。中流風起，船覆，馬自奔入駭浪接其主，蒼茫之間，得免沉溺。

畢再遇，兗州將家也。有戰馬號黑大蟲，駿駔異常。再遇死，家人以鐵絙羈之圉中。適遇獄司迎神，聞金鼓聲，意謂赴敵，長嘶奮迅，斷絙而出。其家命健卒十餘人挽之，因戒之云：『將軍已死，汝莫生事累我家。』馬聳耳以聽，汪然出涕，喑啞長鳴數聲斃。《齊東埜語》

九江校王成者，於淮上得病騟養之。嘉定間，成爲峒冠李元礪所殺，騟悲鳴屍側。賊將異而取之，爲元礪弟所得，馳騁良愜其意。後乘之犯永新柵，我軍出迎，騟識旗幟亟馳。賊覺有異，大呼，勒挽不止。擊以鐵槊，胯爲盡傷，騟不復顧，冒陣以入，遂執之以狥於軍。軍士鼓噪爭奮，遂敗之。居二日騟歸，病傷不食而死。

孫堅討黃巾，乘勝深入，於西華失利，被創墮馬，卧草中。軍衆分散，不知堅所在。堅所騎驄馬馳還營，掊地呼鳴，將士隨馬向草中，乃得堅，扶還營。《吴書》

古道行，宿遷副總兵，史忠靖公可法部將也。賊袁時中冠江淮，道行與戰雙溝，力不敵，慷慨赴陣死之。其所乘馬負傷而逸，自雙溝馳歸宿遷。宿遷人見之曰：『是古副總所常乘也。』馬歸，人安在？』已而訃至，一城士民皆哭。馬亦以傷重，哀鳴不食而死。乙酉四月，楊州陷，總戎劉肇基者，從史公狥難，其僕歸秦郵，報其主母。主母大哭，忽持斧擊僕，裂其腦曰：『主死封疆，爾當從，而背主遄歸耶？』君子曰：『世之擁旄仗節，往往敝屣其主，甘自同于劉氏之僕，而曾不及古公之馬，可慨也夫！』

張公家玉，嘗所乘戰黄馬，神駿勇捷，每臨陣，風沙慘淡，作勢悲鳴，以鼓士氣。及增城陷，家玉殉節，馬亦自躑溪水之側以死。君子曰：『國亡主死，馬亦知痛憤云！』

猴

蜀鄧芝見猿抱子在樹，射之，中母。子爲拔箭，以木葉塞母創。《史記》

唐昭宗時有猴，號孫供奉，衣以緋衣，能隨班起居。朱温篡位，猴奔走號躑，徑趨温所，奮擊温，褫其衣冠。温怒，叱令左右殺之。唐之舊臣目屬之，無不變色。《江鄰幾雜志》

廣德中橋鄉有作猴戲者，一日捧猴擔笥，於山中遇虎，爲虎所食，猴匿林樹以免。久之有客過焉，猴急躍而下挽客。客驚，隨猴所至，猴乃於莽中曳一物出示之，笥也，啟笥得人骭骨一肘一。猴躍而悲鳴，又探笥底，有錢二緡，列錢作棺狀，指地上掘土示客，客悟曰：『吾葬爾主矣。』遂買棺葬其遺骨。猴臨穴傍徨，悲不自勝。客解其繩，麾之入山，猴不肯去，遂從客歸依焉。晝爲飼雞豚、省場圃，夜伺門籬惟謹云。友人沈赤城述

吴越間有鬈髯丐子，編茅爲舍，居於南坡。嘗畜一猴，教以盤鈴傀儡演於市，以濟朝夕。每得食與猴共，雖嚴寒暑雨，相依不舍，如是者十餘年。丐子老且病，不能引猴入市，猴每日長跪道旁，乞食養之，久而不變。及丐子死，猴乃悲痛旋繞，如躃踴狀。哀畢，復長跪道旁，悽聲頫首，引掌乞錢。不終日，得錢數貫。悉以繩錢入市中，至棺肆不去，匠果與棺，仍不去。伺擔者，輒牽其衣裾，擔者爲舁棺至南坡，殮丐子埋之。猴復於道旁乞食以祭，祭畢，遍拾野之枯薪，廪於墓側，取向時傀儡置其上焚之，廼長啼數聲，自赴烈焰中死。行道之人，莫不驚歎而感其義，爰作義猴塚。宋曹《義猿傳》

武平産猿，毛若金絲，閃閃可觀。性可馴，然不離母。母黠不可致，獵人以毒附矢，伺母間射之。母自知不能生，灑乳於林飲其子，灑畢氣絶。獵人取母皮向子鞭之，即悲鳴而下，斂手就制。每夕必寢皮乃安，甚者輒抱皮，跳躑而死。劉元卿《賢奕編》

山西督學汪可受令金華時，有丐者作猴戲，猴巧而錢常不乏。一丐者忌且羡之，因醉以酒，誘至破窑内，椎殺之。遂繩其猴，從己作戲乞市頭。一日適公至，猴聞警道聲，遂嚙繩斷，脱走公車前，作泣訴狀。公令人隨猴所至，猴乃引入至窑内，得屍，遂捕得後丐者，鞫問伏罪，杖殺之。命焚前丐者屍，焰始發，而猴號嘶赴火，抱屍共爲煨燼。《湧幢小品》

牛

元嘉中，益州刺史吉翰遷爲南徐州，先於蜀中載一青牛，常自乘，恒於前養視之。翰搆疾多日，牛亦不食，及亡，牛流涕滂沱。吉氏喪未還都，先遣人驅牛，向宅不肯行。人知其異，即待喪，喪既下船，便隨去。《幽明録》

黄定者，於紹聖間有以牛冤事質司馬温公，公因作《冤牛問》，曰：『華州村，往歲有畊田者，日晡疲甚，乃枕犁而卧。乳虎映林間，欲啖而食之，屢前，牛輒以身立其人之體上，左右以角抵虎甚力，虎不得食，垂涎而去。其人則熟寢，未之知也。虎行已遠，牛且漸離其體。人則覺而惡之，意以爲妖。牛不能言而犇，輒自逐之，盡怒而得，愈見怪焉。歸而殺之，解其體，食其肉，而不悔。夫牛有功而見殺，盡力於不見知之地，死而不能以自知。向使其人早覺而悟虎之害己，則牛知免而獲德矣；惟牛出身捍虎於其人未覺之前，此其所以功立而身斃也。觀此可見天下之大，甚於捍虎，忠臣之功，力於一牛，嫌疑之情，過於伏體，不悟之心，深於熟寢，固有忠臣獲罪，亦猶此夫！客有因冤牛之事，親過而弔焉。余聞其語，感而書之。』又自跋曰：『是牛也，能捍虎於其人未悟之前，而不能全其功於虎行之後，其見殺宜哉。』《陶朱新録》

高淳東鄉有兄弟析箸者，田宅俱均執無它，惟一水牯未有耑屬。時方春耕，其兄曰：『須以次用。』其弟曰：『我種它田，且三倍，安能以次？』兄弟相與争辨，鄰人解之不已。時牛繫林下，遂斷其鼻繩，奔至兄前，伏而稽首者數四，又趨弟前，伏而稽首者數四，視其目淚涔涔下。兄弟遂相感悟而泣，以牛爲閒牛，相與飼收無缺。街南曰：『不謂之牛也，而有高伯通之盛德焉！嘗見兄弟析産，而左右袒者，讒言構釁，遂致同室操戈，摧衂同氣，蓋不少矣。嗚呼，是牛之不若也！』

齊河縣洪店有盜殺人，王臻者適在側，衆執臻，臻誣服。知縣趙清過洪店，一牛奔清前，跪而悲鳴，若有所訴。清曰：『誰氏之牛？』衆曰：『王臻牛也。』清曰：『臻有其冤乎？』抵邑即辨，釋臻父子。後鞫大盜王山，得其殺人狀。齊河人稱神明，作《義牛記》。清，代州人，成化癸卯鄉薦。《齊東野記》

陸遠知海州，發奸如神。一日出，途中有小犢，鳴於馬前，驅之不去。使人隨犢至坡間，有盜牛者，正殺其母，見使者至，遺刀而遁。遠至鎮所，托思牛肉，密於屠中得其人。

洪武時，天長縣民戴甲出，其妻牧牛於埜，所豢犬隨之。一日，犬入莽中，牽牛尋之，犬方爲虎所據，虎見人即棄犬，而戴爲虎所搏矣。牛乃忿而前，與虎角。虎釋人而應牛，虎哮吼弄爪牙，牛亦側兩角奔擊。不逾時，虎負逸去，戴妻竟無恙。縣牧以聞朝廷，賜一牛代耕焉。

犬

晋大興間，吴人華隆好獵，一犬號的尾，每自隨。後至江邊，被大蛇圍繞周身，犬咋蛇死，而隆亦斃卧於地。犬彷徨嗥吠，往復路間。家人怪之，隨犬得。載歸家，二日乃蘇。其未蘇時，犬終不食。《幽明録》

太和中，廣陵楊生畜一犬自隨。後生飲醉卧草中，時方冬燎原，犬周匝嗥吠，生不醒。犬乃就水自濡，還卧草上者數四，草皆沾濕，得免於焚。後生夜行墮智井，犬又嗥吠至曉。有人經過，怪而視之。生因求出，許後報。其人請得此犬爲酬，生曰：『狗曾活我，不忍，餘可任君所取。』其

人方遲疑，犬乃引領視井中，生知其意乃許焉。人始出生，繫犬去。五日，犬夜走還。記聞

譙縣崔仲文有一犬善獵，所得甚多。時與石和同爲撫草吏，和欲以奴易之，不許，因恨之。一日因獵，乃殺仲文草中，欲取其犬。犬嚙和，守主屍，爬地覆之。後諸軍出獵，識其主，因啟撫軍，方不知殺者爲誰，適石和假還，至府門，犬便往牽衣號吠。人白撫軍，此人必殺犬主，拷問果得實，乃殺和。《廣古今行記》

會稽人張然滯役於外，婦與一奴通。然歸，奴謀殺然。盛作酒食，婦語然：『大別，可强啖此。』奴已挾刃以須。然泣涕不能食，以肉投犬，祝曰：『養汝經年，能救我乎？』犬故名烏龍，然愛之，常相隨。得食不噉，注目視奴。然拍膝大呼曰：『烏龍！』犬應聲咋奴，奴驚，失刀仆地。犬咋其陰，然取刀殺之，以妻詣縣置法。《續搜神記》

隋鄭韶愛一犬如子，守閩中時，有使到，將遠迎之。從者薛元周，以素忿將伺殺韶。犬乃急遽唧拽衣襟，不令出宅。館吏馳告，使入郭矣。韶欲出，犬拽衣不放，怒令縛於柱。方出門，犬斷繩而走，拽衣如前。韶撫犬曰：『吾有不測事乎？』犬乃嗥吠，跳隊内咬殺元周。搜之衣中，果藏短劍。《太平廣記》

盧江人楊褒，舍一親家，其人欲烹犬以食。犬乃跪前，若哀泣狀。褒異而止之，並將犬歸，隨出入歲餘。褒妻有所私，一夕乘褒醉歸，與所私者將伺殺之。其人方入室，犬嚙其足仆地，乃入齧其妻。褒醒而搜之，見其人懷刀，因並妻送縣，並處於法。《集異記》

唐諫議大夫柳超以罪黜嶺外，唯領二奴掌書、掌閣，並一犬隨。至江州，超以郁憤成疾。二奴欲圖其資，紿超曰：『人言有密詔到，不全諫議並家族，爲奈何？』超曰：『不如飲毒死。』奴聞之，進珍饌。食次，忽見其犬，乃分食語之曰：『我死，汝託何人邪？』犬竟入廚咬掌閣喉，咆哮至堂，復齧掌書，奴俱爲犬害。超方未悟。數日勅詔還京，始知二奴逆謀。《集異記》

唐齊瓊家畜四犬，畋週輒飼以肉。中一犬獨茹肉齒牙間以出，已復至，齊竊異之。一日，令僕伺所往。則北垣枯竇，犬母在焉，老瘠疥穢，犬吐哺飼之。齊大歎異，乃命篋犬母歸餌之。犬搖尾俛若感恩者。後効力倍平日，獵必重獲。逾年，犬母死，而齊亦適以病卒。犬乃嗥吠終夕，呱呱不輟。及齊塟，懸窆之夕，犬忽來，足踣墳土坳，首扣棺見血，掩土未畢而犬斃。《述異記》

范翊以裨將使淮南，與副陳福成仇隙。福搆翊罪，潛申主帥，乃停翊職，翊飲恨歸家。一犬素良，乃往福舍，伺其睡，咋斷其首銜歸示翊。翊驚懼，將福首及犬詣帥，請罪。帥詰之得前事，留

其犬而復翊職。《集異志》

開元中，吴興姚氏流南裔，以二犬自隨。家奴附子及子小奴悉勇壯，謀害其主。姚所居遠僻，因謂姚云：『郎君遠來，忽有不祥，當扶持喪事，頃者覺衰憊，恐溘然之後，其餘小弱，則郎君骸骨不歸，願圖之。』姚氏云：『欲令我死邪？』曰：『正爾慮之。』明晨，奴父子具膳，勸姚飽食。姚執觴哽咽，心悸，初不能食，但以物飼二犬，因撫犬云：『奴等殺我，汝知之乎？』二犬亦不食，顧主悲號。俄附子至，一犬猝乘之，咋斷其喉，一犬至廚咋少奴喉亦斷，又咋附子之婦，三人俱斃，姚氏獲免。《廣記》

孫權時，襄陽人李信純家一犬，號黑龍，行坐相隨，飲饌必與。一日飲城外，醉卧草中，適太守鄭瑕出獵，見田草深，使人縱火爇之。犬見火來，倉卒曳純衣，純不爲動。比有一溪，相去可五十步，即奔往入水，濕身來卧處，以身濕之，純免火難。犬運水困乏，致斃於側。信純醒，見犬死，遍身毛濕，周迴覩火蹤跡，甚訝之，因慟哭。聞於太守，太守憫之曰：『犬之報恩，乃能如此！』即命具棺槨衣衾葬之。今紀南有義犬塚，高十餘丈。《搜神記》

宋袁粲父子以舉兵爲齊所害，有小兒數歲，乳母將投粲門生狄靈慶，靈慶遂抱以首。乳母號泣呼天曰：『公昔於汝有恩，故冒難歸汝，奈何欲殺郎君以求小利？皇天有知，我見汝滅門。』此兒死後，靈慶兒常見騎羝狗戲。經年餘，忽見一狗走入其家，遇靈慶於庭，噬殺之，少時妻子皆沒，此狗即袁郎常所騎也。《南史》

梁張彪爲東揚州刺史，陳文帝來攻，彪使沈泰守城。後泰叛彪，與將申進比而圖彪。彪敗，與妻楊氏逃去。唯常養一犬名黃倉，在彪前後，未會捨離，乃還入若邪山中。陳文帝遣將章昭達領千兵重購之，並圖其妻。彪眠未覺，黃倉驚吠，便囓一人中喉即死。及彪被害，黃蒼號叫彪屍側，宛轉哀泣。昭達迎楊氏，楊佯許諾，請殯彪喪。墳塚既畢，黃倉又俯伏塚間，號呌不肯離。楊氏爲笑語給昭達曰：『容貌辛苦，請過宅粧飾。』楊氏入屋，割發毁面不從。文帝歎息，許令爲尼。街南曰：『按《南史》，彪少亡命若邪山爲盜，後從王僧辨爲名將，與陳文帝爲寇，卒以致死。而其妻與犬，爲時人所矜重。吁！果何以致此哉！然能感其犬而不能感其人，何與？趙稜爲侯景山陰令，棄官從彪，忽懷異志，刺之而未殊。沈泰、申進二人，其部將也，二人於陳文比而圖之，皆不逮黃蒼遠矣。抑楊氏先爲河東裴仁林妻，因亂爲彪所納，故匪貞女，而甘爲彪也死，亦一女中豫讓乎？不終於中行，乃不二智伯。吾常曰：士爲知己死，女爲悦己容。』

咸溪童鏞家畜二犬，一白一花，共出一母，性狡獪知人意。後白者忽目盲，勿能進牢而食，主家以草藉簷外卧之。花者日銜飯吐而飼之，夜則卧其傍。及白者死，主人爲埋之山麓間，犬乃朝夕往繞數匝，若拜泣狀，卧其傍，必移時而返。《建寧志》

成化間，一富商寓京師齊化門。寺僧利其貲，遂約其徒先殺二僕，遂殺商置坎中，而以二僕屍壓其上。俄有貴官游寺前，寺犬噭噭不已。官疑之，令人隨犬所至，犬至坎所，伏地悲嘷。使發視之，見二屍。啓屍而下有呻吟聲，乃商人復甦也。以湯灌之，少頃能言，白其事，乃置僧於法。

遼陽錢良用家所畜獵犬，夜忽躍起，銜良用衣，引至林薄，亦自伏無聲。俄有兵過，良用以是得免。有蕭氏愛是犬，重貲購之，經年犬不爲用，復以返良用。良用貧不能償，以語犬，令隨之，犬始爲蕭氏用。

浙西某子甲某子乙，居相接也。甲擁官勢而貪，乙席父産既饒，甲常朶頤之。已而家失盜，因誣乙與盜通，而指乙家所有爲己物，悉乾没之，而乙卒斃於獄。先是乙有高犬，善伺，絶憐愛之。自是常往食甲家，甲遂善畜之。而夜則歸故宅悲泣，時作詬聲，人無不異者。年餘，甲有疾方卧，犬忽跳躍上床，噬其頭，斷其喉。家人驚救，以刀斷犬首，而其齒猶切切有聲。街南謂犬於是乎忠臣！感恩圖報，物誠有之，顧豢養可期，安能擇主？雖或情深，久將易念，事新忘故，仇或爲親。而乃含怨忍志，卒得當以報故主，犬於是乎亦志士！

沈處士恒吉，吴郡人，嘗畜一金絲犬，長不過尺，甚馴。處士日宴客，犬必卧几下。後三載，處士病，犬即不食。數日處士卒，殮於正寢，犬盤旋而號，竟夕方罷。停柩者期年，犬日夜卧其側。將葬，遂一觸而斃。

秦邦，永樂時人，家饒裕而子尚幼，將貿於京。卜之不利，妻諫弗聽，遂解纜。家有白犬銜衣裾，若阻行者，邦不悟，挈之偕行。舟次張家灣，有寇王甲王乙者，執刀登舟，遂被刺死。犬乃從後艙躍出，嚙乙手幾殞，持刀逐犬，犬赴水遁。二賊悉有其貲，埋邦屍水滸而去。犬潛尾二賊抵家，而還守邦屍。晝則乞食，夜伏其側。數月，人咸異之，莫測也。巡河御史吕希望駐節道傍，犬號呼而向，若有訴者然。吕異之曰：『此得毋有冤邪？』吏從犬守處視之，則犬以足爬土掘地，而屍見焉。吕曰：『必故主被害耳。』因問犬曰：『能知害者處乎？』犬摇尾欣然，引吏卒行里許，至一户。二賊方與衆聚飲，犬先入嚙甲衣裾，次嚙乙履。吏因縛至御吏前，拷掠未服。俄一人啼而至曰：『屍，吾主也，予與俱被刺，以落水幸不死，乃有今日哉。』二賊遂伏法，而追還其貲。僕乃扶舁主柩歸，犬亦隨之，仍晝夜伏柩傍，時時悲號，顧者無不墮淚。及厝柩，犬復隨柩至墓所，墓甫畢，犬卒觸樹而死，人爲埋犬塚傍。

豐城人李明道，元末乘亂起兵附徐壽輝，後附陳友諒，見獲於胡大海。太祖釋之，命爲行省參政，後復叛歸友諒。及友諒敗，明道薙鬚髪，匿武寧山中爲僧。有識之，縛送武昌。上惡其反覆，磔於砧魚口。明道常有所畜犬，爲我軍所牽，攜至武昌。犬見明道被戮，嗥鳴躑躅不已，銜聚其肉，跑沙瘞之。上義此犬，命斂瘞明道。《湧幢小品》

丹陽市中有僧牽一守犬賣之商人，商人爰出值留之。僧見客之携貲厚也，輒謀殺之，匿其屍水巷石砌中。一日，犬伺縣尹未出，突入上縣尹座上，左右逐之，百方不動。俄尹出坐堂，犬乃下俯伏爲稟控狀。尹曰：『若有冤乎，不能自白？』犬乃嚙隸衣行，隸與至水巷中得屍，回語尹。尹復謂犬曰：『知剚刃者，可拘之來。』犬復摇尾曳隸衣出，至僧家，嚙僧頸，因與俱至，一訊而服。尹爲置銀牌一，鐫曰『義犬』，且歲飼之粟以勸云。

中書令晋國公宣宗朝再啟黄閣，因請假將入齋，惟所擾犬名卑腳花鴨從之。既啟扉，而花鴨連銜公衣，叱去復至。既入閣，花鴨仰視，吠轉急，公亦疑之。乃匣中拔千金劍按於膝上，向空祝曰：『若有異類陰物，可出相見。吾乃大丈夫，豈懾於鬼輩而相迫邪？』言訖，欻有物從梁上墜地，乃人也。朱髪，衣短褐衣，色貌黝瘦，頓首連拜，惟曰：『死罪。』公止之，且詢其姓名，何爲？對曰：『李龜壽，盧龍塞人也。或有厚賂龜壽，令不利於公，龜壽上感鈞化，復爲花鴨所驚，形不能匿，令公若貰龜壽萬死之罪，願以餘生服事台鼎。』公曰：『待汝以不死。』遂命元從都押衙傳存隸之。明日旦，有婦人至第門，服裝單急，曳履而抱持襁嬰，請於閽曰：『幸爲呼李龜壽。』龜壽乃出，其妻曰：『訝君稍遲，昨夜半自前來相見耳。』遂與龜壽同止。及公薨，龜壽盡室亡去。

闖賊之亂，兵破永平樂安縣。其鄉民家一犬，獨守不去。後鄉人逃難者歸，見衆犬伺一屍，欲食之，一犬橫阻其中，則其主屍也。衆咸義之，糾鄉人瘞其主屍。犬於塚旁自爪一穴，入其中，不移趾死。土人爲立義犬亭云。

吴有富家奴，徵租於佃者，佃無以應，飲而餽之犬曰：『以食汝。』奴牽犬挐舟。道有客附舟，弗忍犬烹也，請償以值。啟橐，金燦然，奴睨而心動。乃佯語客：『若實行仁，而我受金乎，曷以值沽飲？』遂沽酒强客醉，乃以二囊囊客擠水中，悉有其貲以去。客之溺也，犬躍入水中，曳囊泊渚上。沿隄而望，有二農人耦而治田，解衣畔間。犬往嚙其衣疾走，農追犬至渚，則囊見焉。遂解囊，而客以酒故，雖濡水猶惛然微動，不即死，徐之乃甦。叱問，乃知所以，相視而嘻。客乃大哭曰：『嗚呼！微犬，吾腐魚腹矣。』然莫知奴主名。而囊故有識宛然，視之，主人姓字也。於是携囊抵主人，主人大驚，匿客室中，俟奴至。而奴以爲客固已死，久之乃來，施施如也。主問租，奴詭辭以對。主出囊擲示之，奴愕然。主呼客出，奴乃伏，置之法而還其貲。客以犬歸，終身養焉。

予友李坐山自吴歸爲予言如此。客之脱其烹也，感恩之義，物庸有之；而跳身波濤，力援而拯之，以及渚間，亦豈僅以死殉者哉！然使非嚙衣致農於渚，客生未有期也，又可不謂智焉。彼貪忍之奴，自貽厥戚，悲夫！

刑部陳某居莘村别墅，鄰有鄔氏犬甚猛，晨夕過舍搖尾，衆皆叱之。刑部令蒼頭尤愚時飼以餘食。至春月，刑部携愚從田舍飲且醉，歸行阡陌中，菽麥莘莘，不見前後。有蚩蚩然出於草間者，則瘈狗也，迎人突如，相距五步。世傳瘈狗噬者必死，方皇遽間，且奔且廻顧。忽見鄔氏犬從間道横截之，相嚙狺狺，因得以脱。明日視之，二犬俱斃矣，蓋瘈者屈於猛良者，殄於毒也。刑部命愚瘞之竹林。嗟乎！桑下之餓夫，以一飯而免宣孟，苟非其人，雖歲禄萬鍾，日享之太牢，無益也。

陳大樽《三概》之一

庄鄰詹氏子死，而厝於野。常所畜犬伏柩前累日，餓而死，里人異之。予間行陌間，有猙犬前吠且嚙予，予倉卒莫知所避。俄一犬嚙猙足而曳之，又兩足蹴其頸向地，弗使前。而回首視予，若速予行者，待予遠而始釋之。二犬皆詹畜也，嗟夫！彼感恩而死固宜，且稗史所誌及耳目覩記，如是者夥矣。乃予則何德於犬，急而護我，豈熟其隣而然耶？抑人有恣睢爲暴，有排難解紛者，犬亦有然耶？予嘗遭齮齕於人，吠聲吠影，而莫予卹，予能無異茲犬哉？予能無異茲犬哉？壬寅仲春晴，嚴氏記。

獬豸

獬豸，神奇之獸，一名任法，狀如羊，故亦曰神羊。古者决訟，令之以觸不直，黄帝時有獻者。今餙御史服，蓋取此意。

虎

進賢人包實夫，力學孝親，父希魯學行有聞，人稱忠文先生。實夫館於邑之太常里，歸省，道遇虎，進退皇遽。虎忽前伏，類拜者，徐銜其衣之左腋，曳之行。至莽中，釋而蹲。實夫無如何，亦踞對之，語曰：『將啗我乎？命也，奚憾？吾父母年七十餘，汝知之乎？能容我畢養，命苟屬汝，終莫能逃。』虎起曳其裾，復至故處，舍之而去。人謂孝感云。《名山藏》

滄州有人野行，爲虎所逐。既及，伸左足以示。有竹刺貫其臂，虎俯貼耳，若請去之狀，其人爲拔之。虎宛轉摇尾，隨其人至家乃去。是夜投一鹿於庭。自是數月益馴，投麞鹿常不絶，家稍豐。因潔其衣，虎不識而誤囓殺之，家人收瘞。虎後復來，其母罵之曰：『吾子爲汝去所傷，而汝顧殺之，向謂汝之知所感也，卒負義若此。禽獸無常，果若人言。』虎慚而去。然數日常往還跡其

人，既不見，始知誤殺，乃號呼悲惻，入至庭前，奮躍折脊而死，遠近異之。《太平廣記·虎卷》

晉郭文舉與虎探去鯁，虎送鹿以報之。

景定間，郢州有姊與弟樵薪養母。弟爲虎所逐，姊拏虎尾曰：『虎食我，無食弟，弟死誰養母者？』虎回視，輾轉而去。

童恢爲太守，有虎害人，檻捕得二虎。恢曰：『殺者頫，非者吼。』於是一垂首，一鳴吼自奮。洪武時，周鬱山陞渾源知州，境南虎噛人，鬱設籠山下，榜曰：『傷人者入此。』果一虎入籠中。又成化間，張昺爲鉛山令，虎食人，二虎伏庭中，昺令不傷者出，傷人者乃伏地待罪。

街南曰：此雖三公異政，然而刁瞷悍逆不啻虎，骫法爲姦，繩之不率。而不仁之獸，可以義感，聖人謂『苛政猛於虎』，而猛虎顧可政服也，不愈於頑民哉！若進賢之虎感於孝，郢州之虎感於悌，雖至性所孚，然以視氓之凶頑者，誠不足以動，虎亦可謂義焉。

山西孝義縣一樵者行叢箐中，失足墮虎穴。有兩小虎卧穴内，穴如覆釜，三面石齒廉利，一壁稍夷，高丈許，蘚落如溜，虎所户也。樵踴而躄者數四，傍惶遶壁，泣待死。日落風生，虎嘯踰壁入，銜生麇飼兩小虎。見樵蹲伏，張爪奮搏。俄巡視若有思者，反以殘肉食樵，抱小虎卧。樵私度虎飽耳，朝必及。及朝，虎躍而出，停午復銜一麇來飼子，仍投餕與樵。樵餒甚取啖，渴自飲溺。如此者彌月，浸與虎狎。小虎漸壯，一日虎負之出。樵急仰天大呼：『大王救我。』須臾虎入，拳雙足，俛就樵。樵竟騎虎騰壁上，虎乃置樵，携子去。行陰崖灌莽，禽鳥聲絶，風獵獵生黑林。樵益急，呼大王，虎卻顧。樵泣告曰：『蒙王活我，今日失路，恐不免他害。幸終活我，導我中衢，死不恨也。』虎頷之。遂前至中衢，反立視樵，復告曰：『我西關窮民也，當畜一豚，候王西關三里外郵亭之下。某日時過饗，無忘吾言。』虎點頭，樵泣，虎亦泣。歸而家人驚訊，具道所以。至期具豚，方事宰割，虎先期至，不見樵，乃入西關。居民皇遽，呼獵者閉關柵，矛挺統弩畢集，約生擒之獻邑宰。樵奔告衆，虎有大德於我，願舍之。衆不聽，擒詣縣，樵擊鼓大呼。官怒詰，樵具告前事，不信。樵請驗之。於是至虎前，抱虎慟哭曰：『救我者王耶？』虎首肯。『王以約入關耶？』復首肯。『我爲王請，若不得，願以死殉。』言未訖，虎淚如雨。觀者數千人皆駭歎，官趣釋之。驅至亭下，投以豚，矯尾大嚼，顧樵而去。後名其亭曰義虎亭。作縣者嘉靖時萊陽孫某也，孫與宋琬談，屬作《義虎記》，而王猷定爲之傳，縣名孝義，以唐人鄭興故云。

狐

有僧聞黄精能駐年，欲試之。乃多取黄精置枯井，誘人入覆以磨。忽一狐臨井語其人曰：『君注視磨磐孔，久當飛出。吾昔爲獵夫所獲，賴君贖命，故來報君。』人用其術，旬餘得免。《王氏彙苑》

鄭生婦任氏，有美色，鄭生依王某以居。王俟生出，逼任與通，任力拒，歎曰：『鄭郎可哀也，卒不能庇一婦人，托君廡下，致褻侵若此。苟糟糠自足，豈止是？』王乃止。後生携任遇獵犬，任忽墮地，化一狐而去。蓋此地多狐，每與人雜，人莫識也。然狐以媚惑人，而以節自持，世所未聞。

貓

姑蘇齊門外一小民負官租，空室而遁。家獨一貓，催租者持去，鬻之於閶門徽客，客頗愛之。已踰年，小民過其地，人叢嘈雜，貓忽躍入懷中。客奪而還，輒悲鳴顧視不已。小民知其所蓄，無如何也，去。夜卧舟中，聞篷間有聲，視之則貓也，啣一帨置前，啟之，得金五兩。民買魚以飼之，貓飽食，遂傷腹而死。

鄭氏有貓善捕鼠，主母鐘氏愛之甚篤。坐卧步履不少離，終歲無嚙衣翻盆之患。及鐘氏死而瘞，貓朝夕伏塚上，饑則食於家，而復往若廬墓然。如是凡三載。孔子曰：『可以人不如烏乎？』吾於是貓益信。先博士《城南集》

狁 音寵，按字書户浪切，杭去聲，猰也，云人屬，疑猩猩狒狒之類。

狁，人屬，出於暹羅之崛巄，短小精悍，圓目而廣睛，性絶專慤，木食如猿猱。古檝蒙密者，率數十巢，蓋舉族所聚也。山居夷獠，每諳其性，常馴擾以備驅使。蒙以敝絮，食以鱷鮍，飲以漓酒，即躍然喜，似得所主者。舉族受役，至死不避，雖曆世不更他事。嘗令採片腦雀頂，皆如期而獲。其山多犀象，主者利其齒角，授以毒鏢，狁挾以歸。遇犀或象往刺之，升木而匿，犀象或怒索，毋得也，毒發而殪。狁乃群嘯，若誇其捷者。相聚以守，經月俟其腐，所遺齒角，齒則負以數狁，角則一狁肩之，以輸其主。遇奪他姓，亦至死弗畀也。舶人編竹爲籠，紆深其制，置所必由之逕，機而取之，以獻於夷王。王大愛玩，酬以蘇方木至數千斤，衣狁以番錦，飼以嘉實，置之爽

墤，猶以非其主，終不附也。稍近煙火，淚目而死。黄衷《海記》

麍 古孝切，按麍，鹿屬也。《説文》：『麍，觸人之不直者，於人如有所教，故字從鹿從教省。』俗本贊《寧志》僞作麍，非。梅氏《字彙》入鹿部，作麍，《汪目》瑞獸名子部作麍，注曰：獬鹿之屬，分而二之。楊桓《六書統》麍麍兩存，分音切，俱非。張爾公增正《字彙》曰從孝，當讀爲孝，俗音教，因《説文》以教省而悟也。予按從《説文》，音教爲是。

天麍，鹿屬，形如狐，赤白色，大尾，有君臣父子昆弟之别。見獸必教之，曉則號鳴高峯之上。

果然 《周禮·巾車》『然幭』，注『然』，果然也。以其生相叙、患難相赴，故以飾幭。

果然，猨屬，青目黑頰有髯。自愛其類，生相叙，死相赴。《國史補》云，楊州取一果然，數十果然皆至，聚族面啼，雖殺之不去。吴長卿曰：『嗚呼！道義衰而朋友之交不講，翻手爲雲覆手雨，當面論心背面笑，此猶古人事也。小利則蠅附，小害則獸駭，小患難則賣友，大患難則驅而内諸陷阱。小人至此無朋，君子自稱不党。聚族悲啼，殺之不去，即古人中，可多得哉？』

卷二十一

義禽

街南氏曰：『闈義而及物，不誕乎？及禽，不愈誕乎？禽之性，塞於獸，古聖王於鳩取孝焉，於雁取别焉，抑何也？其不皆與於梟鴟之惡審矣，而况其爲瀘南秦吉了，天寶鸚䳇哉！或者譏吴子稗官野史之惑，不足語於經史之正。吴子曰：「固也，予以吉了鸚䳇爲丘隅黄鳥，讀是録者，亦必無以異於綿蠻之詩也已。」』

秦吉了

瀘南有畜秦吉了者，能人語。有番首欲以錢五十萬買之，其人告秦吉了曰：『貧將鬻爾。』秦吉了曰：『我豈忍去彼中。』遂不食而死。

天后時，劉景陽使嶺南，得秦吉了二隻，解人語。至都進之，留其雌，雄者煩怨不食。則天問其故，雄曰：『予配爲使者所得，頗思之。』乃呼景陽曰：『卿何故藏其雌？』景陽叩頭謝罪，乃進之。

鸚鵡

唐玄宗宮中養鸚鵡數百，一日問之曰：『思鄉否？』對曰：『思鄉。』遂遣中貴送還山中。後數年，有使人過隴山，鸚鵡問曰：『上皇安否？』使臣曰：『上皇崩矣。』鸚鵡聞之，皆悲鳴不已。使臣爲賦詩曰：『隴口山深草木荒，行人到此欲斷腸。耳邊不忍聽鸚鵡，猶在枝頭説上皇。』

《天寶遺事》

長安城中，有豪民楊崇義者，家富數世。妻劉氏有國色，與鄰舍兒李弇私通，意欲害崇義。一日乘其醉寢也，遂與弇殺崇義，而埋枯井中，僕妾輩莫有知之者。妻故令僮僕四覓之不得，因訟於府衙，言夫不歸，恐爲人所害。守令日夜捕之，僮僕被拷掠者數十人，無所驗，守令詣崇義家檢視之。初崇義被害，惟所畜鸚鵡在架上。守令至，鸚鵡忽聲屈，令取置臂上問之。鸚鵡曰：『殺主人者劉氏、李弇也。』遂縛劉，捕李弇鞫之，服罪。事聞，明皇歎訝久之。命劉氏及弇抵罪，而取鸚鵡命宮中飼之，封之爲緑衣使者。張燕公傳其事。

萬曆中，大梁山貨店養鸚鵡甚慧，東關口有了哥亦能言，兩店携二鳥相較。鸚鵡歌一詩，了哥隨和，音清越不相下。了哥再挑與言，不答。一士人問其故，曰：『彼音劣而黠勝我，我開口，便爲所竊矣。』臬司有愛子病篤，購以娱之。賈人籠之以獻。鸚鵡悲愁不食，留之五日，苦口求歸。乃返之山貨店，垂頭氣盡，人稱爲首陽鸚鵡。

祝鳩

祝鳩，孝鳥也，古者以明主教之官。舜耕於歷山，思慕父母，見鳩與母俱，飛鳴相哺食，益以感思，乃作歌。《琴操》

吴中李氏養一鳩甚慧，日則飛翔於欄楹簾幙間，不遠去，夕宿於籠以避貍鼠。見僮僕有私持物，及摘花者，必告其主人。晋人賈於吴者見之，願以十金易焉。鳩覺其意，告主人曰：『我居此久，不忍去。公必欲市我他所，我且不食。』主人紿之曰：『我友有欲觀汝者，即携汝歸。』至賈家，則舍之去。鳩竟不食，哀鳴告歸。賈人憐其意，且恐鳩死而金無取償也，遂捐金十之二，而以鳩還焉。鳩乃食。陳子曰：『鳩，拙鳥也，不輕去就，其儀一兮，詩人比之君子，而屈氏猶惡其佻

巧，何也？』陳大樽《三概》之一

雉

《禮記》曰：『雉性剛而守節，故贄用雉，取其文采而守節也。』陸佃曰：『雉死耿介，妒壟護疆，善鬬，雖飛不越分界。一界之内，以一雉爲長，餘者雖衆，莫敢鳴雊。』

雁

昔迦尸國有五百雁爲群侶，雁王名賴吒，有臣名素摩。時賴吒爲獵師捕得，五百群俱棄飛去，唯素摩隨逐不舍，語獵師言：『請放王，以身代之。』獵師不聽，以雁王獻梵摩曜王。雁王曰：『願大王放一切雁，使無所畏。』五百群雁在王殿上，空中作聲。曜王問何雁，雁王曰：『是我家屬。』曜王勿聽，殺雁王。《華夷考》

元裕之赴試並州，道逢捕雁者，獲一雁殺之，其脱網者悲鳴不能去，竟自投於地以死。因買之葖汾水上，累石爲志，號曰雁丘。同行者俱爲賦《摸魚兒》詞。《梅磵诗話》

元郝經充國信使，宋賈似道拘之於真州，羈於犴狴，凡十有六年。每夕稽顙告天。有以雁獻者，經命畜之。雁見經鼓翼引吭，經感悟。擇日率從者，具香案北向拜，手書尺帛，親係雁足而縱之。詩曰：『霜落風高恣所如，歸期回首是春初。上林天子援弓繳，窮海纍臣有帛書。中統十五年九月一日放雁，獲者勿殺。國信大使郝經書於真州忠勇營新館。』後虞人獲之以聞。元主曰：『四十人留江南，曾無一人雁比乎進。』師南伐，宋亡，秘監帛書尚存。《輟耕録》

鶻

有鷙曰鶻者，集於長安薦福浮圖。冬日之夕，是鶻也必取鳥之盈握者完而致之，以燠其爪掌，左右易之。旦則執而上浮圖之跂焉者，縱之。延其首以望，極其所如往，必背而去之。苟東矣，則是日也，不東逐，西南北亦然。柳集

鸛

永樂時，李光學知興化縣。廳前有鸛巢，乳三雛。一旦引二雛去，其一以折翅獨留。光學令人取飼之，瘡愈亦飛去。後光學搆危疾，思食鮮魚。忽一鸛銜一鯿置庭前，烹食之，疾亦愈。《耳談》

澗之焦山有鸛巢於松者，生三子，羽將成。一日鸛從外覓食，有巨蛇長丈餘，緣松巔，入其巢而吞其子盡。鸛歸知爲蛇也，繞樹悲鳴，三日乃去。去之七日，有僧坐殿側，見鸛率群雀至，前後以十數，皆繞殿飛。一小鳥獨入殿中，啾啾向梁間語。梁間忽有巨蛇昂首直出，將攫小鳥噬之。小鳥則忽近忽遠，若相誘者，蛇遂出半身以攫鳥。忽一鳥從佛後突出，喙長利如錐，霍然破其腹而去。蓋先伏以伺者。蛇遂腸裂墜殿前死。鸛入殿，翺翔不已，群雀皆噪，久之乃散。山僧異其事以語客，客曰：『蛇所噬不知凡几矣。夫鸛固食蛇者也，飼之以子，無可如何。率群雀以攻，而復仇者乃得之小鳥也，異哉！』賀天士記

衛衙有梓，鸛巢之。鸛父死於弩，頃之衆擁一雄來匹其母，母哀鳴百拒之。雄却盡啄殺其四雛，母益哀頓以死，群凶乃挾其雄逸去。徐文長爲詩以記之。詩曰：『鸛嫠只一時，古語亮匪誣。戟門巢梓者，俠斜挺羅敷。少年繫青絲，蹶張戍矦衙。胡不自長守，轉殪雪色顱。乃向琴瑟杪，落此貞女夫。群雄太無賴，挾鰥匹子都。有如惡媒姆，送贅填門閭。借衣盛綷蔡，吽呶傾百壺。玩習爲故事，指雁翻闊迂。孰知狹斜内，而有羅大家。賊雄殺黃口，希以威怖圖。殉夫義可族，何計收其孥。此事去已久，三紀頗有餘。其時裂肝膽，狂走日夜呼。安得毛摯俠，以此鷹活雛。弇州隔幾海，有物暗高梧。』《文長集》

吴報恩寺浮屠之顛，鸛有二巢焉，以遊以宿，出返必俱。一日，其雄罣脛輪索中，奮翼自擲，空懸勿脱。雌下首大鳴，若籲於人。衆憐之，莫能升，遂宛轉而絶。雌依其傍勿去。群烏欲磔之，輒引喙怒逐，不使近，逮毛骨盡化乃已。余居直寺東，嘗見其彷徨飛旋，形貌慘悴，風雨之夕，哀鳴嗷嗷，若號慕然。余念夫世固有伉儷相悦者矣，一旦失所天，哀未久而已他適。塗膏自媒，唯恐非艾，晨咷夕噱，曾無含忸。世嘗以禽喻惡人，寧不辱是鸛哉！乃贊曰：『嗟爾鸛乎，維鳥之特猗。雄死自守，禦鳥之賊猗。獨棲於標，夜失其匹猗。哀嘶返顧，不啄而食猗。厥質始化，豈貞之魄猗。匪魯黄鵠，孰配爾德猗！』《高啟集》

黄雀

弘農楊寶嘗見一黄雀，爲鴟梟所搏，墜於樹下，又爲螻蟻所困。寶取置巾箱中養之，唯食黄花。百餘日毛羽成，放之，朝去暮還。後忽與群雀俱哀鳴遶室，數日乃去。

烏

飛鳥中有烏至孝。《古今注》曰：有虞至孝，三足烏集其庭。曾參鋤瓜，三足烏萃其冠。《孝子傳》：吴順居喪，赤烏巢門。李陶治墓，群烏銜土。顔烏至孝，有銜鼓之異。蕭傲居喪，有助喪之義。《拾遺記》載晋文公焚林求介子推，白鴉繞煙而噪。烏有善性如此，世人惡其鳴以爲不祥，何耶？按烏有二種，其一小而白頭，名慈烏，性至孝，能返哺母。其一純黑色，長喙，世人惡爲不祥者。即白公所賦，大嘴烏也。

盱眙有商乘蹇就道，而驅者隨之。見二鴉争枝墜地，驅者攫其一，商曰：『是不足當一鬻，可縱之。』驅者難之。商曰：『吾以一鬻資給汝，可乎？』發囊而金見，頗饒。驅者睨之。遂抵前僻途，近夜摧商墮地，而鞭撞殺之，置深穽而挈其囊去。明發，鴉噪邑令堂，若有訴，令異之，遣健卒視鴉所往。鴉故低傍人，引而至穽所，乃得屍並鞭以白，然莫知其誰何也。鴉復噪，若有所訴。又視鴉所往，而至驅者家。其人甫歸，而金尚未發，顧見鞭而色沮，遂吐實，令抵其罪，而籠鴉以飼之。

鴛鴦

鴛鴦，雌雄未嘗相離，人得其一，則一者相思死，謂之匹鳥。故韓馮夫婦死，有鴛鴦相墓樹。成化六年，監城太湖漁人見鴛鴦交飛，獲其雄烹之。雌戀戀飛鳴，竟投沸湯而死，漁人爲之棄羹不食。因賦《烈鴦詩》曰：『雄已死，雌依依，寧同鑊中烹，不向湖上飛。生來相從不相舍，如今奮翅同所歸。何事楚宫嬌不語，露桃脈脈東風里。』

鶴

陳州倅盧某畜二鶴甚馴，一創死，一哀鳴不食。盧勉飼之，乃就食。一旦鳴繞盧側，盧曰：『爾欲去耶？有天可飛，有林可棲，不爾羈也。』鶴振翮雲際數四，徊翔乃去。盧老病無子，後三年歸卧黄蒲谿上。晚秋蕭索，曳杖林間。忽一鶴盤空，鳴聲淒斷，盧仰祝曰：『若非我陳州侣耶？果爾即當下。』鶴竟投入懷中，以喙牽衣，摇舞不釋。盧撫之泣曰：『我老無嗣，形悲影弔，爾幸留者，當如孤山逋老，共此殘年。』遂引之歸，爲寫溪塘泣隺圖，中繪己像，置一鶴其傍。後盧殁，鶴亦不食死，家人爲瘞之塚左。《湧幢小品》

噲參養母至孝。曾有玄鶴爲戎人所射，窮而歸之。參收養之，瘡愈放去。後鶴夜到門外，參秉燭視之，雌雄各至，銜雙明珠報參焉。《搜神記》

張禧，字彦祥，除效轂令。有鶴負矢集禧庭，禧以甘草湯洗之，傳藥留養十餘日，瘡愈飛去。

月餘，銜赤玉珠二枚置禧庭。《張氏家傳》

宋元嘉中，王仲德鎮彭城。左右出獵，遇一鶴將二子，悉禽之，歸以獻王。王使養之。其小者口爲人所裂，遂不能飲食，大者輒含粟哺之，飲輒含水飲之，先令其飽，未嘗忘也。王甚愛之，令精加養視。大者羽翮先成，每翥翀天，小者尚未能飛。大者終不先出，留飲飴之。又於庭中騫躍，教其飛。六十餘日，小者能飛，乃與俱去。

許氏園有二鶴，其雄斃焉。歲餘，客有復以二鶴贈者，孤鶴踽踽避之，不同飲啄也。雄鶴窺其匹入林澗間，意挾兩雛，翛然躡跡。則引吭長鳴，相搏擊，至舍之去乃已。夕，雙鶴宿於池，則孤鶴宿於庭，其在庭也亦然。每月明風和，雙鶴翩躚起舞，嘹唳嗚和，孤鶴寂處不應。或風雨晦明，寒湍瀉石，霜葉辭柯，哀音忽發，有類清角，聞者莫不悲之。主人長其羽翮，縱之去。是故縞帨之操，鋒刃不能變也，彀鳥之信，寒暑不能奪也。九三不恒，亦孔之醜也。陳大樽《三概》之一

黑鳥

福州陳魯廬母墓。有黑鳥如鴽，爲鷹所搏，投其懷，魯以衣蔽之，得免。分羹糝以蓄之。里民有心疾，求是鳥肉，魯不可。毛羽成，乃以綵線系其羽上縱之，鳥廻翔嗚咽乃去。十年，魯視其父

戍所，雪迷失道。至僊霞關腹餒甚，自分必死。須臾，一黑鳥盤旋不已，魯祝之曰：『果吾所養，當前引我。』鳥立展翔，若聽許者，引行三十餘里，夜分始逢一鋪。噤不言，以手擊門，主人疑鬼物，啟視之，曰：『人也。』令圍爐，久之問曰：『汝識陳魯孝子乎？』曰：『我是也。』主人固魯父執也。明旦視樹上黑鳥翅，彩線尚存。

鷹

婺州州治有鷹巢，一卒探其子。守方按事，忽飛下攫一卒之巾去。已而知非探巢者，銜巾來還。又攫探巢者之巾，擲守案前，守乃杖此卒逐之。誤攫其巾而復銜還，尤非文過者比也。

廣州之東南爲吕宋，其地産鷹。有鷹王飛則衆鷹從之。或得餘獸，鷹王先取其精，然後群鷹啖其肉。

白鷗

崖山之敗，陸秀夫抱祥興帝與俱赴水。時御舟一白鷗奮擊哀鳴，與籠墜水中死。

鵝

天寶末，德清沈朝家有鵝，育卵而腸出以死。其雛悲鳴不食，啄敗薦覆之。又銜芻草母前，若祭奠狀，長吁數聲而死。沈氏異而埋之，因呼爲孝鵝塚。《寰宇記》

鷄

白雞來自吴江，畜余家。最善鬬，數攻敗其群，聲息所至，鄰雞率望風徙去。而其雌之來與雄俱，一飲一啄必偕焉。亦時藉雄勢，侮他雞。一日，田家復詒一雞，黑鬣絳身，内之群。會暮，失白雞所在。移時，白雞血淋漓，被毛羽，與黑鬣者鬬方罷也。初角時，各無聲，似銜枚然。又似恐人中解之，各不相舍以至困，白雞遂失明。值老嫗至，分置他所。而雌適以其雛來，見之驚，遂狂吗不止。轉而奔雞群熟睨之，見黑鬣者，兩翮血縷，奮翅搏之，逐數百步，觀者壯焉。然雄亦從此憊矣。雌遂不復食，相徙倚一夕死。而雄之死，顧反後其雌。主人憐而瘞之圃。自是之後，黑鬣者霸雞群矣。銘曰：『生乎雄，死乎恫，取而瘞之同其宫。楚子之葬馬，與夫子之埋狗也，嗟！寧從其隆。』《魏學洢文集》

鴿

謝昌寓，陳郡人也，爲劉悛廣州參軍。性至孝。嘗養一鴿，昌寓病二旬，而鴿二旬不食。昌寓亡，鴿遂飛去。《南史》

燕

姚玉京，娼家女也，嫁襄州小吏衛敬瑜，溺水而死。玉京守制養舅姑。常有雙燕巢梁間，一日爲鷙所獲，其一孤飛悲鳴徘徊，至秋翔集玉京之臂，如告別然。玉京以紅縷系足曰：『新春復來，爲吾侶也。』明年果至。因贈詩曰：『昔時無偶去，今年還獨歸。故人恩義重，不忍更雙飛。』自爾秋歸春來，凡六七年。玉京病卒，明年燕來，周章哀鳴，家人語曰：『玉京死矣，墳在南郭。』燕遂至墳所，亦死。張燕公《燕女墳記》

漢臨江王榮，坐寢廟壖爲宫，畏罪自殺，葬藍田。有燕數萬，銜土置塚上，百姓憐之。《史記》

王莽開丁姬塚，有燕數千，銜土投其窟中。《漢書》

元貞二年，雙燕巢於燕人柳湯佐之宅。一夕家人舉燭焰爇，雄驚墮，爲貓所食。其雌徬徨悲鳴不已，朝夕守巢，哺諸雛成翼而去。明年獨來，復巢舊處。

長安民郭行先，有女紹蘭，適巨商任宗。爲賈於湘中，數年音信不達。紹蘭覩堂中雙燕戲於梁間，蘭長吁而語燕曰：『我聞燕子自海東來，往復必經湘中，欲憑爾附書我壻何如？』言訖淚下。燕子飛鳴上下，似有所諾。蘭復問曰：『爾若相允，當泊我懷中。』燕遂飛於膝上。蘭遂吟詩一首云：『我壻去重湖，臨窗泣血書。殷勤憑燕翼，寄與薄情夫。』蘭遂小書其字，係於足上，燕遂飛鳴而去。任宗時在荊州，忽見一燕飛鳴於頭上。宗訝之，燕遂泊於肩上，有一小封係足上。宗解閱之，乃妻筆也，感而泣下。燕復飛鳴而去。宗次年歸，出詩示蘭。後文士張說傳其事。

涇陽趙伯韶死，妻劉氏年二十五，矢志守節，撫其子元深。嘗有雙燕巢於室，忽失其雄，其雌孤棲，秋去春來，凡三十年，同人作《貞燕詩》。《王山史》

鴿

張九齡少時，家養群鴿。每與親知書信往來，只以書系鴿足上，依所教之處，飛往投之，九齡目之爲飛奴。

顔清甫，曲阜人。嘗卧病，其幼子彈得一鵓鴿，歸以供膳。於梢翎得一緘，題云：家書附男郭禹開拆。禹乃曲阜縣尹郭仲賢也，蓋其父自真定寄者。時仲賢改授遠平縣尹去，鴿未及知，盤桓尋覓，遂遇害。清甫見之，責其子，便取匣函鴿，抵仲賢官所獻書，且語其故。仲賢戚然曰：『畜此鴿已十七年矣，凡有家書，雖隔數千里，亦能傳致，誠異禽也。』命左右瘞之。以清甫長厚君子，留之累日。《輟耕録》

卷二十二

義蟲魚

街南氏曰：『宋袁子龍取凡蟲魚得五常之性者，集爲書曰《坊雅》，黄震爲之序。予竊異焉，顧其書予未及見之，抑久而湮弗傳耶？予既録《闡義》，遂取諸小史之紀蟲魚者廿餘事以終焉，而序之曰禽也、獸也及蟲魚之蝡動也，固非口義而心名者也。然其義皆得見取於吴子，且録之使傳於後世，世之人亦知吴子之好義無窮，而不遺物類如此。雖然，吴子又安能使是書之傳，而不爲子龍氏之《坊雅》哉！』

蜂

蜂有將蜂、相蜂、蜂王，蜂王大如小指不螫。蜂無王而盡死，有二王而即分。分蜂之時，老王遜位而出，所分之蜂，均挈其半，從王而出者，飛止必環衛。蜂王皆有隊伍行列，每日有三朝。

楊邃庵公致政歸，游鎮江北固。偶見群蜂推蜂王出遊，遇鷙鳥攖蜂王殺之。群蜂環守不去，數日俱死之。邃庵令其家伻瘞焉，表其蜂曰義蜂塚，爲文祭之。《陰陽變化録》

蛇

漢竇武母産武並産一蛇，送之林中。後母卒，及葬未窆，有大蛇自榛草而出，徑至喪所，以頭擊柩，涕血皆流，俯仰蛣屈，若哀泣之狀，有頃而去。

蛟

長沙有女澣江邊，身動懷妊，遂生三物，乃蛟子也，會天雨俱去。後女亡，三蛟俱至墓所，哭泣經日，聞其哭聲如狗嘷。《搜神記》

龜

晋咸康中，豫州刺史毛寶戍邾城。一軍人得一白黿，長五寸，置甕中養之。漸大，放江中。後遭石氏敗，赴江者莫不沉溺。所養黿人被甲投水中，如立一石上，視之，黿也。既抵岸，回顧而

去。《搜神記》

臨江郡劉京，孝行鄉里推敬。時江水暴溢，居者皆漂溺，京負其母號泣。忽有大黿至其前，舉家七口俱上黿背。行十里，及高岸，遂失黿所在。《九江記》

蝦蟇

房壯麗巡按蘇松等處，一商客舟行，遇一人捕蝦蟇數千满舟内，將剥鬻之。客見蝦蟇鳴躍無已，意甚惻然。問所值，因取笥中銀如價與之，取蟆悉置水中。而囊内白金燦然，其人心動，夜乃劫至僻所，殺商客埋沙中，盡有其貲。一日，群差以捕他盜夜經其地，見蝦蟇數萬，環列而鳴。其人怪之，視其土哀然，掘之得客屍，以鳴府。而客家認其屍，捕舟人至，始知以劫見殺。而蝦蟇之感義如此，人爲作義蝦蟇説。

蝌蚪

紹興郡丞張公佐治擢金華守，去郡至一處，見蝌蚪無數，夾道鳴噪。公異之，下輿步視，而蝌蚪皆跳躑爲前導，至田間，三屍疊焉。公有力，手挈二屍起，其下一屍微動，命湯灌之。逡巡間，復活，曰：『我商也，道見二人肩兩筐適市，皆蝌蚪也，意傷之，購以放生。二人允復曰：「此淺水，雖放之，而人復獲之，無益也，不如與爾至清淵。」我從而至此，則斧出，遂被害。不知何幸，得不死以見公。其二我僕也，有腰纏，必求之不獲，解金以購而纍纍者見，故誘至此，並殺而奪之也。』因命急捕之，人金皆得，以屬其守，一訊吐實，抵死而歸其腰纏，皆蝌蚪力也。

鼠

宋景平中，東陽大水，永康蔡喜夫避往南壟。夜有大鼠浮水而來，伏喜夫奴牀角。奴憫而不犯，每以飯與之。水既退，喜夫返故居。鼠以前腳捧青囊，囊有三寸許珠，置奴床前，啾啾如欲語者然。《異苑》

魚

海中有魚，名斯得白，長二十五丈。性最良，然能保護人。或漁人爲惡魚所困，此魚輒往鬭解之，故彼國法禁人捕之。一名薄里波，其色隨物而變，如附土則如土色，附石則如石色。一名仁魚，而書記此魚嘗負一小兒登岸，偶鬐觸傷兒，兒死，魚不勝悲痛，亦觸石死。

鼉

盧伯玉文璧，至正初尹荊山日，忽有一巨鼉登廳前，兩目瞠視，類有所訴者。令卒尾行之，去縣六七里，有廢井，遂跳入不出。既得報，往集里社，汲井獲屍。乃兩日前，二人同出爲商，一人謀其財而殺之，掩捕究問抵罪。死者之家屬云，其人在生不食鼉，見即買放。豈一念之善，爲造物者，固已鑒之，鼉爲鳴冤，良有以也。《辍耕录》

蟹

松江幹山人沈宗正，每深秋設簖於塘取蟹入饌。一日，見二三蟹相附而趨，近視之，一蟹八腕皆脱，不能行，二蟹舁以過簖。因歎曰：『人爲萬物之靈，兄弟朋友有相争相訟，至有乘人危困而擠陷之者。水族之微，乃有義如此。』遂命折簖，不復食蟹。史長卿曰：『古語以手足痿痹爲不仁，非也。兄弟，手足也，兄弟而不仁，乃真痿痺也。蟹無足不能行，二蟹負之而趨。吾不知其兄弟乎？朋友乎？然此乃真手足也。一象被傷，則群象相扶之，病則相守之，死則向南跪拜，哀鳴三匝，相與以木覆之。吾不知其兄弟乎？朋友乎？然此亦真手足也。』

螻　蛄

廬陵太守，太原龐企，字子及。自言其遠祖不知幾何世也，坐事繫獄，而非其罪，不堪拷掠，自誣服。及獄將上，有螻蛄蟲行其左右，因謂之曰：『使爾有神，能活我死，當不善乎！』因投飯與之。螻蛄食飯盡，去，頃復來，形體稍大。意每異之，乃復與食。如此去來至數十日間，其大如豚。及報當行刑，螻蛄夜掘壁根爲大孔，乃破械從之出。去久，時遇赦得活。於是龐氏世世常以四節祠祀之於都衢處。後世稍怠，不能復特爲饌，乃投祭祀之餘以祀之，至今猶然。

《搜神記》

後序

嗚呼，吾師街南先生，奄逝已數年，今乃得藉手光禄劉公，雕刻其《闡義》一編，以報吾師地下，余感且滋愧矣。蓋光禄公與師，無生平一日之歡，没而爲任棗梨之役，噫，是可於今人中求之歟？

吾師著述極富，若《街南文集》《大學旨述》《讀書論世》《讀禮問明》《語林》諸書，俱版行於生前。其未刻者，仍不下十餘種。師病亟時，指謂余曰：『吾老病侵尋，一孫尚幼，遺書願以屬吾子。』余泣頷之。未幾，師易簀，余館春穀，聞訃奔視，篋衍依然，未忍遽啟。越二年乙酉五月，爲文告師遺像，前取《通識》凡百有二卷，藏之姑山。盖《通識》爲有明一代典憲，吾師畢生精力所存，視他書尤重。

而《闡義》一書，綴部醜類，遠引博徵，其例嚴，其旨深，先大父貞文公，嘗稱是書得書家藏鋒、醫家反治法。今年春，余携至慕園，光禄公見而激賞，謂讀之足以有裨名教，生人節烈之感，命諸嗣君授之梓，余小子竊効讐校。至晨夕參訂，則吾友次雲暨霖起兄弟之力居多云。舊總十二卷，余以每部各有小序，宜以類相從，今離爲二十二卷。所採掌故，以本事爲主，旁及他事者略焉。小序内亦間有同異，而『義貊』一卷，詮次未成，將存以有待，師或能默鑒余小子苦衷也耶。

康熙丁亥八月中浣，門人沈廷璐拜書

厝亭雜記

趙某　撰

歐陽健　校點

題解

《厝亭雜記》一卷，題虞山趙某撰。趙某，常熟人，生平不詳。書中謂『吾師主考閩中黄車崖景昉』，又謂『余鄉舉同年吕翕如』，則於禎間鄉舉中式。此書所記最晚爲康熙癸卯（一六六三）事。有《虞陽説苑》本，今據以校點。

居亭雜記

曹欽程以逆案論死，十餘年來，遂爲牢頭。每一縉紳入獄，需索萬端，必大有所獲而後已。乙亥，滋陽令成德入獄，欽程亦如例需索，成大怒，拳擊之數百。一無所得，而身負重傷，月餘乃愈。在獄縉紳，莫不稱快。

保舉州縣正官，原限舉人生員，不及童生。宋令礎之普，在垣中保一童生。或問之，宋曰：『此人年老，不能服官，聊復塞責，以免連坐之累耳。』其人既經保舉，即於里中具冠，張蓋，乘輿。其兒婦偶有小過，其人怒甚，曰：『吾今已爲官，當行官法。』集親族杖兒婦於庭。或言以其夫代者，不許，竟杖之。其婦當夜縊死，父母訟之於官。未及訊質，而童生亦斃矣。

登州有王赤脚者，不知其名，但以赤脚爲號。或見其方坐，上忽在樹杪。土人多言其術甚奇，往往出人意外。有從之學道者，即言不可。間指數歲童子曰：『他却學得。』嘗出其陰以示人，則一如童子也。一日將死，遺言葬城門橋下。如言掘之，得石碑，鎸『赤脚王』三字，因埋。數日後於縣，有人見焉。

夢有至奇者。陳演之祖名某，巡按遼東御史也。家本寒素，未生時，里中富室夜夢有人送匾至其家者，署曰『光禄第』。其人有兩子，皆諸生，以爲科第可待也。未幾，兩子俱死，諸孫零落，漸貧，鬻第於御史。會差遼東，卒於任，贈光禄少卿。去富翁作夢時，已五十餘年。後有司送匾其家，前夢始驗。不知此事何急，而預於五十餘年之前，且所兆者乃死後之贈官也。

辛巳冬月，忽起大風，午門及左右掖門，門關一時俱折，如截斷者，亦可異也。癸未既復内操，一日雷震奉先殿，毁其脊。上天仁愛，能無惕然於其間歟？

戊寅四月、六月、八月，京師皆有火藥之變，而四月爲甚。石板平起空中，民家醬瓿，或移至屋脊，而醬不傾。乘驢者，人驢俱飛空中，驢腹腸潰破，而人徐墮地無恙，似有物憑之者。京城寓中，有聲自遠而至，地如簸揚，由門窗殷殷而過。説者謂火藥至精，碾作極細，置少許於掌上，焚盡而膚不傷，精之至也。八月之變，正值太學丁祭，井研陳演爲祭酒。黎明祭畢，飛磚及陳之肩而不傷。四月變，火藥飛至西山，其下如雨。須臾地下厚寸餘，監督主事劉某，飛石傷其足甚重。是日，約御史宋學朱同往，宋有他故，未往得免。

謝陞爲內閣，於上進先帝御容之日，上出甚早，陞後至。行禮時，印綬墮地，上揭參班役及裁縫參班役，以其赴朝遲也；參裁縫，以綴繫不堅，臨期而落也，可發一噱。以上出楊師《玉堂薈記》。

天啟六年五月，王恭廠之變，震及大內皇極殿，大工高危處，一木未隕。乾清宮大殿東煖閣，窗扇震落二處，擊傷二內官，皇貴妃、任娘娘宮中器物俱碎，皇二子受驚而死。出內臣劉若愚《酌中志》。

黃鉞，字叔揚，常熟人。祖明德，夢神受以鉞，因名。少明敏好學，家無藏書，日游書肆徧觀之，竟日不歸。時朝廷新以重法繩下，士不樂仕，詔求賢才，悉集京師。鉞父見其好學，恐爲郡縣所知，數懲之不能止。家有田十數畝在葛澤陂，因令督耕其中。鉞至陂讀書，託市鹽酪，合一二日即入城，從友人家借得書，道中披覽。比至陂，輒盡，每以爲恨。楊滎者，元末隱士也。嘗避雨泊舟錢舍傍，窺見鉞持書倚篷讀不輟聲，乃就視之，曰：『豎子好學至此哉！日讀幾何？』鉞答曰：『苦無書讀，過目能不忘也。』滎曰：『我有書在洋海店，去此不遠，能從吾游乎？』鉞喜再拜，即從滎舟至其舍，與數册去。數數來易，滎怪其頻，舉所借書問之，悉能憶。滎大喜曰：『吾架上書不下萬卷，不能舉付汝；汝當就吾舍讀。』因令其子福同室而居者。三年，遂盡其書。縣聞之，并辟福賢良。滎怨之曰：『吾不幸遭亂世，家破族散，今獨携一子，耕讀遠郊，以畢餘生。以子好學，盡以藏書奉覽，奈何不自韜晦，卒爲人知，貽累我家。』鉞徐曰：『第勿患，當爲公説尹罷之。』乃教福結束如農夫，且曰：『即尹有問，子但操吴音，勿有所對。』福唯唯。因同詣尹曰：『鉞與福同筆硯數載，知福深。福才能學問，並出鉞下，而福父老身病不可行，即行，不足以應詔，君且得罪。』尹知其詐，不得已，獨遣鉞。因父殯，在陂上舊廬往居之，足不入城邑。有御史按部至，問曰：『此地有黄給事何在？』邑中無知其家者。一老人居與鉞鄰，知之，引御史舟至陂。時方秋，收禾堆積村巷，路又泥淖，御史乃徒步抵其舍，鉞從幕中對語移時日。家人以貴客至，欲割雞具饌，鉞以居喪不許，卒以菜粥對食而别。死時，北兵四出捕黨，訛言并録鉞家，親戚悉驚伏。楊福獨具棺衾，晝夜泣橋側，百方求鉞屍不得。更數日，屍忽自出立水中，福慟哭親抱而走，易其衣，體猶不潰，成禮葬之，存此以見處新國之難也。

王艮與胡靖、解縉、吴溥皆同鄉。靖難兵入城時，適集溥舍，縉陳説大義，靖亦憤激慷慨，約艮同死，艮獨流涕不言。溥曰：『三子受知最深，事在頃刻。若溥去就，固可從容也。』隨别去。溥子與弼尚幼，笑曰：『胡叔能伏節，大是佳事。』溥曰：『不然。獨王叔死耳。』語未竟，隔牆聞靖呼曰：『外鬧甚，可看豬。』溥顧與弼曰：『一豬之不忍，寧自忍乎！』須臾，艮舍哭聲動，已伏鴆死矣。此可爲觀人之法。二條出《表忠記》

癸未歲京師五六月，有疙瘩瘟人，身中不拘何處起一塊，週日即死。至冬十一月間，又起吐血。瘟人忽咯血一口，週日亦死。東城一匠家鬻棺，有人將錢數千銀幾錠，來買十二具，約於前門某衚衕内某家，於次日送來。其匠果於次日送去，至其家，人都死矣，果有十二人，符其棺之數。亟歸，整昨所貯銀錢，皆紙錠紙錢也。是年，人已去其半，故至次年闖圍城時，京花子亦無處僱倩，故有一人守五堵之事云。

丙子壬午間，清兵圍城京師，每堵派五人守城，一人造飯，一人往來城下，其三人輪替看堵。其人乃京營兵，僱倩足數。至癸未大疫，凡京城窮人盡死。故至甲申初守城，每人守五堵，至内相上城，凡大小火皆往。又多方僱倩，始得一人守一堵焉。

濟寧諸生陳益修，於崇禎年間與人廝打，被人剜去雙目。後復生雙眸如故，中順治乙酉丙戌鄉會，現選池州府貴陽縣。

余癸未冬入都，見縉紳忽易小袖，予疑而問之。云：『新奉功令，不得過尺。』似爲先兆焉。

黄州童謠云：『月亮兒光光，騎馬兒燒香。二個女兒齊拜，拜到來年好世界。』黄澹巖爲余言，月亮者，弘光；騎馬者，馬閣老也；二女者，某字也；拜到者，明朝拜倒也。蘇州向有童謡云：『若要蘇州亂，除非楓橋攤。』乙酉二月忽壞，傷百人，人以爲奇兆云。

乙酉三月間，致道觀廊下忽有一僧云：『貧僧五臺來，今將至九華。天下大呱呱，將盡做小呱呱。』於街坊大叫，人咸異之。

乙酉正月，蘇州童謡云：『大人家，莫造屋；小人家，莫吃粥。到四五月，大家一個鰍漉禿。』五月，果清兵至，官遁城降。

乙酉，清兵破南京。錢牧齋謙益，時爲禮部尚書，粘蘇州示云：『大兵東下，百萬生靈，盡爲虀粉。招諭之舉，未知闔郡士民以爲是乎，非乎？便乎，不便乎？有知者能辨之矣。如果能盡忠殉節，不聽招諭，亦非我所能强也。聊以一片苦心，與士民白之而已。』又與常熟知縣曹元芳書云：『主公蒙塵五日後，金兵始至，秋毫無犯，市不易肆。却恐有追師入越，則吴中未免先受其鋒。保境安民之舉，不可以不早計也。犧牲玉帛，待於境上，以待强者而庇民焉，古之人行之矣，幸門下早决之。想督臺自有主持亡國之臣，求死不得，邑中怨家，必攘臂而魚肉之矣，恐亦非便計也。如何？急足附此，不多及。』是時，邑中有創立謙益生祠者，一日扶鸞，以八絶句諷之，云：

『誰云三代無遺直？自是人人解感恩。亦念兩京宗廟否，可能還安在天靈。』『節義文章洵可風，人心那不屬吾翁。應將拂水巖頭石，并與新王勒頌功。』『佇看功德紀豐碑，的的英雄舉動奇。不料黍離宫闕後，旋鳩出木構生祠。』『父老懽聲動地來，争教九廟不成灰。人人盡説錢夫子，一代功勳兩代才。』『經營何必更徘徊，明發堂前選地開。寄語多情諸弟子，好將名姓密緘來。』『有君何必問華夷，三百隆基一日欹。君死君亡渾閒事，身前博得惠民祠。』『皇朝豈是無恩澤，不及錢君有異功。一任銅駝荆棘後，共隨胡馬嘯秋風。』『城頭處處樹降旗，何用區區獻媚兒。恐到九原先帝問，誰將社廟易新詞。』

弘光選后屢不中，特旨至浙東，揀選三女子，一祁彪佳族也，其父爲諸生。清兵入，弘光避位，其女與父，尚在金陵。禮部尚書錢謙益，送所選女子於豫王，女子父登謙益門而痛哭。一時之人，無不唾罵焉。

蘆溝橋，先帝築外城甚壯，題爲順治門，乃清朝入而以順治紀年，斯亦奇矣。

洪承疇守南京，人粘一聯於門曰：『史策昭垂總未滅胡猶可法，洪恩浩蕩不思報國反成仇。』蓋隱史可法、洪承疇字於中也。

壬午四月，蘇州牛産一馬，馬身牛蹄，鄉人以爲異，搥殺之。人以爲麟云。

常州司理劉興秀，於癸未年春，夢街上樹一坊，云『吕宫坊改作狀元坊』。是年秋，果有吕宫中鄉舉，至丁亥，中清朝狀元。

丙戌正月，吴中有人面鳥。其鳴也，聲如鐘鼓，或如牛聲，在蘆葦荒草中。蘇州各縣皆然。

丙戌，各雞翼上生足，人以爲水兆。果大水四五年。

甲午四月十八日，龍挂於罟里村。有村童卧農舟中，捲至半天落下，船與童俱無傷。

丙申二月，常熟小東門外民張姓之妻，小名白雲，一産三子。於次日産一烏，頭角生於肩下，亦男形者，其首二，男現在。

余姊適蘇城監生徐樹敞。所居臨頓里有拙政園，爲吴中名園，居之五世矣。清朝後爲武弁佔居，其家不得已，得價二千金售與海寧陳之遴，值止五之一也。姊言其曾祖性泉，光禄寺典簿。造基豎樓時，夢二麟至，故題其樓爲致麟樓。今始知爲『之遴』二字，事之前定如此。

順治乙未正月朔日，白茆江濱地名鮎魚口，有老人鼻端忽生角。

丙申五月，六河民馬姓家，李樹生黄瓜。

山東萊蕪縣地方，順治丙申五月廿六日，西錦倉谷口南岸坍陷，出金銀星碎石，傳説是礦。遠近人都來打看，有持鎗刀器械者。恐生不測，巡撫耿隨差守備官查看。有一孔深五尺，高濶二尺四寸，内係青粗石。有碎石將洞孔即時固塞，帶有金星石重一十六兩、銀星石重四十二兩八錢，又長行重石重三十七兩，各封送回覆。隨即送至左部。見邸報

行人司司副疏中，有『臃腫』二字，滿人不解其義。漢官云：『如羊死牛死，駱駝入水膨脹一般。』滿官大喜。

四川保定府，於二月十六日地震。酉時自西北來，東南去。又威茂道呈茂州，於三月十六日酉時地震，由東北方來，有聲如雷，山石崩裂，塵沙蔽空，城垣大半崩坍，壓死男女牛馬等畜甚多，

大路俱斷。十六日起，至二十日大震不止。

丁酉六月，上在海子内造瓊樓珍閣，需用白磁欄杆。今將尺寸圖樣，着江西巡撫燒造。

丁酉六月，奉先殿成。大祭時，有大鳥領羣鳥百餘，大鳥將牢攫去，羣鳥將祭品一時攫盡。予同年謝某言：蘇州王府基府學一帶，至晚有無頭人行走，或呼人姓名，應之者立斃。巡撫至府官建醮禳之。

予表兄黄允公言：見有黑物蹲桌下，無首無足，聞擊竹則於地上滚動，來則有星穢之風，人聞之則昏暈。自常熟遞至蘇州，江北江南盡然。

湖廣岳州府人羅溢期，有稱秀才將天書進京上本，其意授天主秘密。今天下紛紛多事，皆因異姓結姻。且當時堯舜同姓婚姻，即孔子亦稱昭公爲知禮，豈意朱文公註得錯謬，致後人非議。如今上天遣朱文公變豬，現在山中，重三四百斤。我今有二子二女，待題請之後，回家配合，發刑部究問。見邸報里中孫雲伯，以貿易爲業。於順治丙申十月初六日早，開門見一道人，手提草鞋。雲伯問：『師父何往？』答云：『尋一徒弟。』問：『何名？』云：『名心專。』是時雲伯有耳疾，懇療之，道人即書一方。道人去而紙了無字跡。初十日又見之，請其入門，問紙何故無字。道人云：『有。』進覓紙，紙上有偈云：『玄門道理本天然，汝欲延年玄内延。却病須從玄外却，内玄玄外又玄玄。』持出，而其人又去矣。字跡不滅，亦異事也。

丁酉，江南首題『貧而無諂』全章，有《黄鶯兒》一首云：『命意在題中，厭貧儒，重富翁，未若可也分輕重。切磋欠通，往來要工，其斯之謂方能中。告諸公，何如貧樂，詩云子曰，都是一場空。』

戊戌，常熟步道巷皮匠楊奉虞，有使女忽變爲男子，二月起至三月中，其腎始全。是年，崑山女科鄭晋生云：有南門外民婦，胎將産，延之診脈，晋生下一劑，産得雞子二枚，鱉子數枚。

海寧陳之遴，中丁丑一甲第二名，爲其父祖苞爲蘇州巡撫以失機下獄論斬。祖苞自盡，之遴亦奪官。弘光時，夤緣起中允。鼎革後，具呈浙督，云伊父以大兵破城論斬，已與明朝爲仇矣。丙戌年入京，由禮部侍郎陞内院，在朝七八年。至乙未，忽以原官流徙盛京。丁酉，入京歸旗閑住。戊戌，之遴交通内相吴廷輔，希再入揆席。廷輔敗，之遴免斬，并兄弟妻子，流徙盛京。之遴寓居蘇州齊門内拙政園，亦籍没入官。

太倉黄向堅端木，伊父黄含美，癸酉舉人，於崇禎癸未，除授雲南大姚縣令，挈母及從弟之任。後經鼎革，關山阻絶，干戈載道，端木日夜念親，痛傷昧目。於順治辛卯臘月朔，辭家出門，由杭、嚴、衢，抵常山、廣信。壬辰歲朝，從陸至撫州、袁州、醴陵。二月初旬渡湘江，由湘潭、湘鄉，歷寶慶、武蘭、沅靖至貴州界。見苗民懸環椎髻，語言鴂舌，或能通漢語者，亦知留客作供。見釀酒如蜜，春米如雪。但其地亂山環繞，無屋可歇。至明兵防守處，叩籍貫姓名，來幹何事，到那裏去，端木一一訴告，給票放行。至清浪等處，見虎跡歷歷。踰雞鳴關，關隘重重，達鎮遠府，府無城郭，有紫陽書院，爲帥府駐兵。進紫岡、油作諸關，萬山雄要，撐天白雲多異色。至平越府，山勢巍峨，路如羊腸，俱苗蠻巢穴。明兵十里立塘，塘兵時被馱去，駭骨枕籍，時見刵目、劓鼻之人，更有兩手俱去者，猶能負重遠行。入貴陽府，計經一月有餘，驗票進城。城内屢經屠戮，居民寥寥。由安順府，歷老鴉關，過普安州，上雲南坡，過滇南勝境坊。自貴陽至此，合二十站，行二十六日，一路設兵盤詰，驗票放行。

出昆明驛，達寧州，由禄豐縣入黑鹽井，過定遠縣，踰諸葛嶺，達姚安府，至白鹽井父寓。路人屬目，問客從何來，應曰：『從蘇州來，尋父黄大姚的。』入門悄寂，見舊碑坐簷下，定晴熟視，高聲驚喊：『家鄉相公來了！』母不信，時已至堂上，放行囊，號呼父母。時父午睡未覺，驚起問故，母曰：『兒子來了！』入寢室，父囈語揩眼，猛然相視。端木拜倒榻前，相抱號泣。與二親羅拜天地，慰勞途中艱苦。室中無長物，蕭然如僧舍。壁門懸大士像，案頭惟周易、梵書而已。坐燈下，叙兩地僥倖得免；問里黨姻親諸兒女輩，興替存亡，無限忻戚。自蘇至此，驛道萬有餘里，凡行半年半月，得見二親也。

於是商歸計，算路費，至各門生家處置，緣含美曾分滇闈，有取中門生故也。遂又上鶴慶府、劍州縣、浪穹縣，往返三千餘里。壬辰小春，自白鹽井發。扶父母上藍輿，苦無童僕，只兄弟隨行。途中遇無限艱阻，遇兵，遇寇，遇虎，遇水。自滇黔至楚，寫票到扒子船，將草鞋抛却，奉父母登舟。自湘江、長沙、湘陰、洞庭，過嘉魚、武昌、漢陽、蘄州、九江，見榷部係同鄉，某一笑不顧。過湖口縣，入江南界，由望江縣、安慶府、池州、采石磯、金陵、金山進京口，買小艇。癸巳六月十八日抵家。有《尋親記程》一册，讀之，艱難萬狀，毛骨爲悚，予不忍其泯沒，故記於此。

嘉禾庠生俞琳，妻某氏。乙酉七月，北兵臨城，城陷，琳被害，妻爲所擄。女子善伺人性情，兵士愛之甚。挈至金陵，寓於水西門，兩情相得，體同夫婦，絶無猜忌。凡所攎金珠，悉與之。有間，私自縫小布囊幾個，所得金珠盡納焉。一日兵出，女子倚門視。河下水西門，金陵舡會也。目一舟子，招之，以十金僱其船，期以夜半至泊所，不須往候。抵暮，兵自外歸，女子曲致殷勤不少懈。入厨執炊，爲美酒食以須之，甚歡洽。兵醉就寢，女子伺其酣也，旋起，悉取小囊至船，急令解維，順流而下，直抵嘉禾。入其廬，闃其無人。訪諸鄰舍，得翁姑所。翁姑窮老無依，出金珠以贍之，乃爲夫設座服孝焉。

錢受之謙益，生一孫。生之夕，夢赤脚尼解空至其家。解空，乃謙益妻陳氏平日所供養者。孫生八歲，甚聰慧，忽感時疫症，云有許多無頭無足人在此，又歷歷言人姓名。又云：『不是我所作之孽。』謙益云：『皆我之事也。』於中一件，爲伊父孫愛南京所殺柳氏姦夫陳姓者，餘事秘不得聞。其孫七日死。果報之不誣如是。

順治戊戌三月間，未詳其日。據鄉人云，偶一夜，星月俱向北傾去，有聲。又五月間，據云，月如仰瓦，見星入月中，如手受之者。

順治戊戌四月初十日，地震。八月廿三日，吴中地震。是秋九月、十月，大水，田禾淹没。是年十二月廿二日，兩日相鬬，自卯至巳，乃止。以銅盆貯水，視之甚真。

康熙元年壬寅四月初三日，莫城市前李氏基上，農人某鋤地，得蟠龍甏，内有紫金冠一個，五爪龍蟠珠，竇外護以金銀，爲農人搶去。

己亥閏三月廿三日，有道士髪長尺許，手執竹弓一把，竹箭三枝，苕箒三四把，掃箒一把，口稱要進掃殿。守門人不肯放進，隨大駡。將道士拿送兵部。司官審問，不肯下跪，惟破口大駡。呈堂亦左右打數個巴掌，駡更甚。兵部亦不細問口詞，即送刑部訖。刑部將道士一夾，後因口硬，又一夾棍。放起，跳駡不已，自走入監。第二日取出，復一夾，打四十扛以後，大駡不已。不能自行，扶入監中。見邸報

順治庚子四月，奚浦漁人張姓者，網得一大鱘魚，重七十八斤。魚頭上註網者姓名，亦一奇也。

順治辛丑六月初一夜，城内外人家門上，俱有紅圈或白圈，或一畫，或寫佛字，或斬字，間有免者。甚至有圈於屏上梁間者，亦異事也。

丙子夏，以張元佐爲侍郎，撫治昌平，三日未行。時所遣提督天壽山中璫即北行，上謂閣臣

曰：『内臣即日已行，而朝臣三日尚未動身，何怪朕之用内臣耶？』閣臣默然。是年昌平城陷。乃内臣强巡關御史王肇坤，開門納假兵而起内應者，閣臣何不舉以爲詞耶？

遵化知縣秦世英，己未進士，忽調蓬萊，蓋以遵化經己巳之警，不爲善地，登州僻處一隅，可自固也。未幾，孔有德發難吴橋，旋破登州，世英死焉。朱之裔，京師人，爲青州道僉事。戊寅冬，有進表差以青州空虚，移家寄濟南。城破後，母妻妹皆死於井，而青州故無恙也。之裔後改名之馮，以此見禍福之來，非人所得趨避矣。

薛國觀初罷，上令人潛伺何人先至其寓。中書王陛彦往焉，遂執赴詔獄。陛彦，孝廉書中書撰文者，從無掌房之例，欲依附國觀，以就功名，但轉未數月，亦無甚事也。其招詞皆憑空結撰。陛彦，松江人，吴昌時之甥也。赴市時語人曰：『此家母舅爲之。我若有言，便得罪名教矣！』死後，乃見夢於妻曰：『汝二年後看小報應，三年後看大報應。』至癸未，昌時死西市；甲申，遂有鼎革之事。

楊一鵬爲蜀中司李時，曾遇一異僧。至甲戌爲淮撫已二十餘年，忽遣人送書，則四絶句也，皆招隱之意。未幾禍及。楊死數日，主稿郎中紀克家在署，白晝見楊入，遂仆地，舁歸，不三日而卒。其精爽可畏如此。紀引盗陵樹律，雖無共盗情節云云，宜乎楊之見形也。

上於戚畹優厚，而不欲朝臣與之結交。相傳中宮曾指陳仁錫姓名曰：『此我府探花也。』上曰：『既是汝家翰林，莫想做俺家閣老。』又項煜與嘉定家結親，吴中風俗，行禮有綵花，製作奇巧，傳達宫中，上甚不悦，既而有降調之處。上之嚴防戚畹如此。

漕運舊例，有帶土宜償苦之説，沿襲既久，并帶客貨。神廟時，所帶日多，運軍以此爲生計，視船如家，甚愛惜之。其有淺阻之處，自僱剥船，公私兩濟。未有私貨得達，而反憂官粮不達者，祖制寓意深矣。崇禎末，以運事遲滯，一切嚴禁。間遇私載，則没入其貨而加罪焉。運軍日貧，商販裹足，剥載無力，一旦淺阻，惟袖手諉罪於河道，甚且有燒船以圖賴，棄船而潛逃者矣。自古王道本乎人情，利之所在，人争趨之，乃隱以集事。故私不妨公，王者所不靳也。

丙子春，有歲貢生某者，忘其姓名，伏闕上書。上命取覽，以所言無當而罷之。然其言亦有所見，如云裁减驛遞，而槓轎等夫去而爲賊，則復驛遞，爲平賊急着。一時或笑其迂，不知此實至言。天生此食力之民，往來道路，博分文以給朝夕；一旦無所施其力，不去爲賊，安所得食乎？後有自秦晋中州來者，言所擒之賊，多係驛遞夫役，其間肩有痕，易辨也。乃知此生之言不謬。

濟南破於正月初三日。歲内二十九日在圍城中，世子猶令歷城令追債。兗州被圍，世子止捐三百金，乃預借祿粮，取之兗州庫府者。有何太太者，魯先王之妾也，聞事急，自捐五千金，世子留其四千五百金，而以五百金付外。失城之禍，豈盡由天數哉？青州被圍，衡王號泣，召各官，出金銀於庭，恣其所用，青州得無恙。乃事平之後，將寄貯外解各銀，照數扣留，以補所費之額。惟汴城八月之圍，周王費至數百萬，卒以保全。

丙子北兵入，總兵劉澤清赴援。至河間府，擁衆不進，上疏參東撫李懋芳，自誇己爲戰將。無奈，懋芳慽撫標而不發也。上怒，下部議處革職。其實撫標三千，自用不足，能分以與澤清乎？自此，總兵人人有抗章之志，非復督撫所能制，而澤清更跋扈負隅，莫敢誰何。此亂治一大關也。

萊州知府朱萬年，鄉舉出身。孔有德圍萊，自稱欲降，但部下未肯盡從。萬年毅然請往，縋城而出。賊欲脅以賺城。翌日，以輿從擁至城下，萬年大呼曰：『我身已許朝廷，城上火炮可即向我打來。』賊大怒，擁回數武，亂刃交下而死。事聞贈光禄寺卿，巡按御史王道純上疏争之，云如萬年者，宜贈以尚書侍郎之官。

黄石齋道周，朝參不坐中官房。間有用帖處，不用通家字。楊臯岫師謂予云，嘗與一中官同坐，再三稱『不敢』，又稱『通家侍生不敢』，令人失笑。此輩似不足與較。石齋持之過嚴也。予曰：『寧爲伯夷，毋爲柳下。』流至今日，無不稱『通家弟』矣。

周挹齋延儒，進言甚有法。如黄石齋事，上問：『「撼山易，撼岳家軍難」，何以能至此？』挹齋曰：『飛在當時，固是忠勇；然亦未必盡所云。止因秦檜讒構，飛不得其死，後世憐之，所以説得他忒好。即如黄道周，皇上罪之甚。當但此人素有才名，一時文士多稱其美。今在瘴癘之鄉，一旦不保，則後世止知憐他，就與岳飛相類。』蔣北公因曰：『道周在獄逾年，只是讀書，及感戴聖恩。曾手書《孝經》百卷，各有題跋。此人大要，在忠孝一邊，還望皇上憐他。』上曰：『既是卿這等説，豈止赦他；就用他，也不難。』次日降部劄曰：『永戍黄道周，罪無可逭，今特赦免，着以少詹事兼翰林院學士，以見朕重學惜才，赦過宥罪之意。』

壬申，畢司農之入獄也，救者甚多，單疏合疏，共四十餘輩，未有允意。最後，垣中吴甘來疏云：『自嚴之罪，豈獨在蒙狗哉？勷歷多年，不能保其終，罪一也；自嚴不能保其終，遂致皇上不能全其恩，罪二也；望八之年，匍匐入獄，萬一庾死獄中，使人疑皇上薄待老臣，罪三也。』疏上次日，遂令出獄。存此二條，以爲諫法。

陳啟新跪於正陽門，而得拔授科員，由内監曹化淳聞之於内也。自古小人進身，未有不由中璫者。正統年間，有淮安衛軍丁某，以訐授垣中，今二百餘年，復有此事，亦出淮安，豈氣運使然與？丁後以奪情入郊壇，論戍遼東；而啟新被參，乃逸去。此一大闕事也。

皇陵之變，燒燬明樓，見於邸報。有自彼來者云：寶頂被穿一穴，不知深淺，地方官諱不以聞，自此連陷藩封，以至鼎革。得無根本之地，被壞而然與？

甲戌廷試，進士倪學士元璐爲授卷官，與共事者言：文昌星入豫分，今科鼎元當在中州。已而，劉湛緑理順也。甲申之變，劉竟殉節。

丙子，北兵薄都城，張鳳翼爲本兵，自請以身行。總督梁廷棟由南至，張由京出。北兵至雄縣而返，斫大樹白而書曰：『各官免送。』二人度事平必罹罪，惟日服大黄取瀉。北兵以八月二十九日出口，張以九月初一日卒。又數日，梁亦卒。及刑部擬罪，梁擬辭，張免議，則梁死爲幸，張死爲不幸也。

曾就義，江西人，作縣尹，頗著廉名。戊寅考選御史，疏中稱：『百姓之困，皆由吏之不廉。

使守令盡廉，即稍從加派，以濟軍需，未爲不可。』上喜其説，擢第一，入詞林。未幾，有勦餉、練餉之加，實因曾議而決計也。曾進館未久，復上『民惟邦本』一疏，得非有不安於中，而欲以此救前言之失乎？半年許，卒於任。夫國計民生，何等重大，而昧心妄言，以博一己之官，此天地祖宗所不容。曾之死，蓋陰誅也。

宜興周挹齋延儒，再召夫人吴氏卒。踰十年，忽夢阻其出山，宜興意未然之。夫人曰：『不信吾言，可同至一處。』宜興隨往，見一老僧，頸係一索。幽冥指示顯然，而不能割斷，以及於難。

丙子北闈榜發，有下第諸生，投揭於陳啟新，吹索榜首文中字句，啟新疏劾之。吾師主考閩中黄東崖景昉，上疏自明曰：『吏科無核文之責，啟新非衡文之人。先帝塗吏科句，意不懌也。』部議以覈字，罰至四科，而主考亦降級焉。

楊嗣昌初欲練兵十二萬，爲勦賊之用，議餉至千百八十萬。此勦餉所由加也。所練之兵，不過一本册耳。而竭盡天下之民膏，其罪大矣。嗣昌之柄用，實借徑於田貴妃。是時貴妃與中宫不相得，上亦久不見中宫，故嗣昌因星變上疏，陰含譏刺，未幾而入相。

賈村之敗，本由催促。盧總督象昇，感憤出戰，自分死之。有大帥力挽馬勒，盧以鞭以擊其臂。帥失痛脱手，盧遂縱馬，直入死焉。時死者萬人，互相枕籍，皆褫衣暴露。歷日既多，了不可辨。盧屍尚帶一白網巾，人以爲忠孝之報也。盧既死，千總張國棟塘報至，兵部楊嗣昌問以事之始終，欲緣飾退怯之狀，據以上聞。國棟不肯，嗣昌大怒，夾至五次，卒無變辭。但曰：『死則死耳，忠臣而以爲退，力戰而以爲怯，何可誣也！』

有韓經歷者，陜西人，爲濟寧衛候缺經歷。父子寄居寺中，已五六年。戊寅冬，夢至一府署，有多人繕寫造册。問其所以，則陷城死籍也。偶拈一册，僅見有『濟』字，其人亟掩之，警而寤。父子相與謀曰：『濟寧不可居矣！』遂求差往會城。明年正月二日城陷，父子俱死，而濟寧固無恙也。欲避濟寧之濟，而不疑濟南之濟，則不知定數，不可逃矣。

鄭以偉爲内閣票疏，内有『何况』二字，誤以爲人名。票云：『何况着撫按提問。』上駁改，乃悟。

予房師吴梅里本泰，爲銓部文選司主事，以浙人爲東林所忌，兼以年耄可欺。時吴昌時欲爲吏部，苦江南司官有人，周輔延儒當國，昌時爲考察吏部之説，將本泰調南京禮部主事，以北銓而爲南儀曹，一時謂之屈。誰知甲申之變，竟以此得免。弘光即位，本泰爲儀注司郎中，推登極恩，仍陞尚寶司司丞。陳龍正亦嘉興人，以十年之中翰應與考選，東林亦欲去之。垣中某，以其丙子分房中胡維孚事參之，龍正不得考選，告病歸。正月出城，而闖難亦免，弘光時爲禮部主事。吾邑世襲錦衣百户錢國輔，於癸卯冬襲職。伊族錢特齋惡之，貽書於同邑少司空陳益吾必謙云：『此人，小陳履謙也。亟發之出都。』司空承指舊例，錦衣必奉欽差，無部差之理。司空亟欲其出都，以部劄與之往蘇，催工部各項錢粮。邑中人助其路費而歸。迨闖賊追各宦贜，誤認錦衣爲世職，必有厚藏，無不搜覓夾追。余晨出，見途間竹筐舁二三屍首而走，詢之皆錦衣世職也。國輔竟以先出得免。可見禍福相倚，所謂下之石者，反脱之於厄矣。

左懋第號蘿石，萊陽人。辛未進士，爲刑科給事中。同陳洪範、馬紹愉使北。陳馬二人俱髡髮矣，左堅執不肯，南向坐庭下。攝政王問在庭漢官云：『何吏侍郎？』陳名夏曰：『爲福王來，不可饒。』懋第曰：『若中先朝會元，今日何面目在此？』兵侍郎金之俊曰：『先生何不知天時？』懋第曰：『汝何不知羞耻！』攝政王揮出斬之。向南四拜，神色不變，端坐受刑。僉都趙開心啟王赦之，王將從之，而已報刑矣。此柳鳳翽先生爲予言者。

兵科時修來敏，於甲申闖圍中歸，以舟抵家泊南門，邀余夜話，適其母舅王顯忠在坐。顯忠謂修來曰：『錢牧翁意欲得甥歌姬，其肯割愛乎？』修來意不懌，曰：『此我瞑目後事也！』竟席無言。將臥，謂顯忠曰：『頃所言，明晨當奉復也。』次早起，將紅柬手書楚楚、露露、娟娟、紺奴、素娥名，與顯忠曰：『候牧老點中，當備衣飾送去。』未幾，修來以劉鎮澤清之薦還原官，其事遂寢。

顧玉書爲予言：伊僕俞進，崑山人也。於順治丙戌年冬，爲予姻事至崑山，易一羊歸。舟泊大西門外，將行，有一人奔來，係王澄川家人。言此羊肯倍直易之。進問其故，云：『吾家小主人，昨夢老主人云：「我已爲羊，被賣至常熟，明日將就殺。亟贖吾歸。」』其人遂倍直贖去。王名永祚，己未進士，爲鄖襄巡撫，闖破城逃出者也。

癸巳，京師大水，山東亦大水，城内皆成江湖。吴中六月間苦旱，至七月淫雨，八月遂成巨浸，禾將熟，俱沈水底。是歲，江北諸郡又苦旱，赤地千里。

順治十三年四月十三日，大雷雨，震死虹橋民婦歸四妻。次日降乩云：『此婦前生作賊，殺叔父，奪其資。今又欲殺夫之叔也。』是夜，白龍降於龍母廟，入拂水真武殿中，盤旋柱間，人皆見之。

常熟縣東湖州賈人沈姓，以賣絨線爲業，人呼爲沈絨線。於乙酉八月，在蘇葑門外買一小舟至常。入艙，見有紫檀箱甚重，因問舟子從何處來，舟子曰：『從崑山來。有二女人避亂，喚我船去，回至此耳。』沈曰：『我正欲往崑。』即至前二婦人家。其家正以失去首飾箱爲恨，沈即送還二婦。以白金百兩謝，不受；送舟金三兩，即與舟人。後其家豐裕，至丙申歲，子卓入泮。

邑中孝廉翁漢麐，字子安。父憲祥，神宗朝太常少卿。少卿兄弟顯宦，聲勢炎赫。子安中思宗朝壬午舉人，貪財好色。十年之間，攫鄉里少女，教習歌唱，極聲色之娛。丙申秋，送客出門，遇紅面冠帶者，意以爲城隍神也。進廳，見其父少常在庭，捶其腰。入内庭，見向年盜殺之妹二小姐。不三日身死，偏體紫黑傷痕。

邑中陸孝廉明禮，素好龍陽，嬖其家優陸璉。璉因私其媳。伊子兆宣寘璉於死。不旬日，見璉在家爲祟。匝月而祖子孫三代皆死。

余鄉舉同年呂翕如，北直清苑人，庚辰進士。易代後仕爲杭嚴道。地方拿獲明宗室。是時新令，舊宗已聽其改易名姓，蒙寬典，而翕如寘之死。夜夢宗室持刀斫其頭，云：『我已蒙赦，而汝寘我於死！』次日，翕如腦後生一疽，將死，頭墮於地。

邑中諸生陳怡，司空必謙次子也。狹邪無賴。於順治丙申八月，病痢，至落其臟腑以死。

順治十一年十一月十二日夜二更時分，狄港鎮江口下首，突地崩裂，陷民房百餘家，人民男婦數百口，客載貨船十餘號。見邸報

丁酉六月，自揚州至江南，忽有狐祟於鄉村城市，現形夜入人家，有受其指爪之毒者。其形或如貓，如狗，如羊，其色或黑或白，每夜鳴鑼，擊鼓，敲竹以禦之。後至當午亦現形焉。有鄉人以手相搏，忽變人形相敵，大奇事也。

蘇城王府基府學一帶，至晚有無頭人行走，或呼人姓名，應之立斃。巡撫至府縣官，建醮禳之。

丁酉六月，蘇郡進士鄭青山至府學，於檜樹下小便，即昏暈發狂，語云：『我一百二十人一隊在此，汝何得觸我！』舁至家，即死。

小東門外米行，有三客携銀四百兩投其行，家忽失銀一百八十兩。順治十四年二月二十六日，

大雷震繞其屋。盜者自言銀在豆囤中，覓之果然。盜之者，即同伴客也。

通江橋居民楊蘭素，於丙戌年有一牛過門，竟入其家，撞壞其壁，跪下。詢之，乃鄉人持以易錢完折銀也。蘭素即以銀贖之。後修壞牆於其下，得銀千兩。一念之善，獲報如此。

邑中富室姚五文，宣淫無度，臧獲妻女，無不被污。延一長洲士人爲師，士人死，窺其妻蔣氏頗艾，延致於家，姦焉。其妻妾妒而詈之，蔣氏憤而縊死。後有黑人長丈餘，時立倉室前家廟神主，在地走動。未幾身死，家亦旋廢。

浙江錢開宗生時，其父孝廉治昌，夢一人冠帶而入，尋被鎖縛。其父因謂子必舉進士，然不可仕宦也。後開宗中庚辰進士，遵父命不殿試而歸。治昌於戊子年死，開宗於壬辰始殿試，選庶常。丁酉主江南鄉試，以賄敗入刑部獄，以夾棍刑諸同事，開宗即吐實正法。果符前夢。

常州蔡元禧，壬辰進士，任太常博士。丁酉，分考順天，以賄敗典刑西市。元禧先一年，夢同諸人臨刑，手各執文義一篇。後七人同刑，三舉人，三房考，一吏科，即吾邑陸貽吉，以居間故被刑。

吴中邇年來，童生入泮，多是冒他人姓名者。緣京中要道，先以鬼名致提學，至地方尋人頂代，故冒名者十幾六七，其真姓反寥寥也。或云母姓妻姓，甚至有絶不相干者，無耻極矣。此風自明季開其端云。

黄生銘丹，字丹侯，崇明人。居平陽沙家，不甚饒。有屋數楹，田三四頃，補邑庠生。慷慨有志，不問家人生産。娶同邑施氏，施賢而有才，家計不至消乏。乙酉江南被兵，州縣從風，崇明在海中，故無恙。附海士民咸至崇，黄生悉衣食之，座中客常四五十人，有携家至者。生爲謀居處，給衣食。

仲冬，崇明亦被兵，薙髮令嚴，生避之海虞，爲沿海守弁宋運恒所覺，圍其寓，得施氏與女去，解至府，生於是剪髮遠遁。有生業師陳初升者，亦崇明庠生，老而好義，至府賄脱其妻女。丙戌七月，施抵家，生計蕭然矣。無何，生亦歸，座客如故，施亦無悔心。

丁亥春，崇邑守弁將欲尋釁，生度不免，盡室以行。施出橋河，施船遇陰沙不能去，爲追兵所得。施紿曰：『我張氏婦也。居孀有年，避兵舟中，遇風至此。』兵欲縛之，又紿曰：『我婦人也，何能爲？爾欲我，我即爾從。』兵以爲然，去其縛，遂赴海死。時丁亥正月二十六日也。

女方九歲，字午内。兵詰之，如其母言。後捕施翁至案，翁訴曰：黄某及妻於某月日死於海，女午現在某所可證。提女至訊之，乃言張孀婦女，見施翁並不交口，若不相識者。施翁撫而哭，女亦不能忍，不勝號慟。施翁得釋。後守者居女爲奇貨，翁不能援，因久羈兵所。至己丑初，升贖之歸。不特黄生夫婦及女爲異人也，即其師亦有古人風焉。

無錫華允誠，壬戌進士。崇禎時爲兵部主事，弘光時轉吏部。於戊子年，爲蘇總鎮楊承祖所拿。先是，允誠未薙髪，偶至伊壻鄒姓家，爲鄒之姪所首。解至蘇州，撫院周伯達勸之髡，允誠不從。解至南京，遂遇害。同死者有弟允謀之子，年方十六歲。其僕薛文、朱孝聞允誠死，亦於兩日内自盡。此楊尖天台寺僧淳修爲予言者。

兵科時敏，於乙酉兵亂，避至七星橋，爲鄉人所殺。其地乃毛鳳苞所居，殺敏者皆其佃僕也。至己亥，鳳苞病痢，見敏爲祟，備極盛羹筵求免不得。見人以手捋面，云無銀以貽後人，可羞之甚。於七月二十八日死焉。

妹丈郡城姚瑞初，姚文毅公子也。少年時以沸湯灌一女使口中，至腸胃腐爛，眼面出蟲而死。瑞初五十六歲，在閶門外貝葉齋偕友禮懺，忽悶不起。醒後云見女，遂病痢。每服藥即見此女在前，不幾月而死。

庭聞州世説

宫偉鏐　著

邱建新　校點

題解

《庭聞州世説》六卷、《續庭聞州世説》一卷，題『海陵宫偉鏐紫陽述，男夢仁定山重訂』。宫偉鏐（一六一一—?），字紫陽，號紫懸、組弦，别號桃都漫士，江蘇泰州人。崇禎十六年（一六四三）進士，授檢討。入清不仕，築春雨草堂，以著述爲事，工詩詞。著有《春雨草堂别集》《微尚録存》《采山外紀》《寶吕一家詞》。其父宫繼蘭（一五七九—一六五八），字貞吉，崇禎十年進士，授工部吏司主事，統視夏鎮河道，山東兖州府知府。後告養歸，再起爲廣東羅定兵備道、按察副使兼布政使。宫偉鏐將聞於庭訓的泰州舊事編纂成《庭聞州世説》，現據海陵叢刻本校點。

自序

而今乃以余爲文獻也，何以處夫？今之人且所貴乎？賢豪間非多聞見，效𧨿筆之用而已，余愧焉。而及余不爲言，兒輩罔或知，遑論其他。顧欲徧焉，則有遺。以兹所及，半是中憲公晨昏橋衡共緒論。又念《明世説》未有集成者，稱『庭聞』而繫以州，既以備流傳，又俾予後人知所勵，亦當世得失之林也。

説例二則

人皆詳於近而略於遠。略遠則湮，詳近則襲，人事皆然。兹亦不能多溯，於人首紀查周。自科目者，以爲學子觀感，他如吕定公督軍封番禺侯，胡安定布衣對崇政殿，志載彰彰，不必更贅，於事亦然。

其有國史、州乘亦已備載，而一二事迹爲余幼時中憲公指述，筆之簡端者，必欲輯綴存之。其有關政治，史乘所詳，兹或略焉，何則？存乎其人，雖不免重複遺漏之譏，要非欲高下其人，亦各從所好焉云爾。

目録

卷一

宋登科姓名

舊鈔本《海陵志》載宋登科姓名，提舉權州事陳垓記云：海陵在南唐號多士，查道十六歲中進士，入本朝又中賢良方正。渡江初，周麟之中博學弘詞，麟之及張嚴皆參大政，科目之盛如此。舊志謂雍熙前登科記不書，貫莫考，所自雍熙二年梁顥榜，至嘉定十六年蔣重珍榜，幾百餘人。查周王三族累世相繼，宣和元年王俊又對策第一，紹興三十年丁時發第三，習進士者誇慕焉，大比以十一人應詔，紹興二十六年添西北僑寓一人。

查大鈞

查陶，字大鈞，祖文徽，南唐工部尚書，其先歙州休寧人，歸宋徙家海陵。初事李煜，以明法登科，補常州録事參軍。太祖時詔大理寺評事，試律學，除本寺丞。《志》稱，爲太常丞與諫議大夫李符争議事，符屈，由是知名。太宗時除監察御史，知南雄州，俗雜蠻夏，陶至風俗爲變。謂庾嶺遠，疏諸朝置南安軍嶺北，以便輦運。遷秘書少監，知審刑院。陶與從弟道相友愛，自江南平，士族流離，多貧困失職，惟道兄弟盡力收恤，聚食恒數十百人，得任子恩皆與族人，以少長爲先後，無親疏之間，異姓亦分給之。時其婚姻，因是常苦貧，而查氏至今爲海陵望族。《南唐書文徽傳》。年七十。子寶之，石埭令；拱之，淳化三年進士，後爲都官郎中；慶之，太子中舍。

查湛然

查道，字湛然，陶從弟也。父元方，文徽長子。元方事後主爲水部郎，建州觀察判官。王師平金陵，盧絳據歙州。《志》曰福建。遣使傅檄至郡，元方斬其使，及絳擒，太祖聞元方所爲，優奬之，拜殿中侍御史，知泉州道。幼沈嶷不羣，罕言笑，喜親筆硯，文徽特愛之。未冠以詞業稱，年十六中南唐進士第。性至孝，母病思鱖，時方冬，道禱於河，鑿冰得鱖，啖母，病尋愈。後數年母卒，絶意名宦，遊五臺，將落髮爲僧。一夕雷震破柱，道坐其下，了無怖色，寺僧異之，咸勸以仕。端拱初舉進士高第，解褐館陶尉，俄以秘書丞徙知泉州。王均之亂賊至城下，既而相語曰：『查泉州以仁義撫此境，得衆心，未可攻也。』竟宵遁，道追諭之，於是散遣數千人，皆還農畝。史又稱知泉州時，寇黨尚有伏巖谷依險爲柵者，止西充之大木槽，詔書招諭未下，咸請發兵殄之。道曰：『彼愚人也，以懼罪欲延命須臾爾，其黨豈無詿誤耶？』遂微服單馬數僕，不持尺刃，間關林壑百里許，直趨賊所。初，悉驚畏持滿外嚮，道神色自若，踞胡床而坐，諭以詔意。或識之曰：

『郡守也，常聞其仁，是寧害我者？』即相率投兵，羅拜號呼請罪。悉給券歸農，加賜袍帶。驛奏，璽書褒諭。咸平四年，代歸賜緋魚，俄出知寧州，會舉，賢良方正之士李宗諤以道名聞，策入第四等，《志》稱舉賢良方正第一。拜左正言，直史館，遷龍圖閣待制。子奉禮郎，隨之遷大理評事。

畫大第

道性淳厚，有犯不較，所至務寬恕，胥吏有過未嘗笞罰。民訟逋負者，或出己錢償之，以是頗不治。常出按部，路側有佳棗，從者摘以獻，道計直掛錢於樹而去。兒時畫地爲大第，戲曰：『此當分贍孤遺。』及居京師，家甚贫，多聚親族之惸獨者，禄賜所得散施隨盡，不以屑意。與人交情分切至，廢棄孤露者待之，愈厚多所周給。初道未第時，夜坐讀書，忽牕外光彩非常，於竹間見麟蹄金，道曰：『天閔我，貧而錫我耶，』然取之無名，亟掩之。後從鑾輿祀汾陰，上賜金如竹間所棄者。游評蔡間，夜宿村邸，見皮囊緘甚密，爲留一日，暮果有客泣而至，道詢之，客云：『昨抵此，遺金釵四十，今悟而返。』道以囊付之，封緘如故。客請分半，道曰：『吾利此則挈以趨矣，何留爲？』客拜謝而去。初赴舉，貧不能上，親族裒錢三萬遺之。道出滑臺，過父友吕翁家，翁喪，貧無以葬，其母兄將鬻女以襄事。道傾錢與之，且爲其女擇壻，別加資遣。又故人卒，貧甚，質女婢於人，道爲贖之，嫁士族縉紳。服其履行好學，嗜弈棊，深信内典，平居多茹蔬，或止一食，默坐終日，服玩極卑儉，常梦神人謂曰：『汝位至正卿，壽五十七。』而享年六十四，論者以爲積善所延也。有集二十卷。按：《志》先陶後道，《宋史》陶附道傳，以見詞有異同。至《志》稱道麟蹄金事、還金釵事，史不書。而《史》稱道性敦厚、所至頗不治、畫地爲大第、裒錢贖女、摘棗掛錢、年位積善所延，《志》俱未載。今《志》陶初應舉，至襄陽逆旅見女子端麗，詰所從來，乃故人女也，遂以行囊求良謹者嫁之，因而罷舉。又常於旅邸床下獲金釵百隻，留待求者，其人至盡以付還，此與道或一事。

徐神翁

以今所傳查丞相事，丞相諸生時，常跨驢自查家莊入東城，道經萬壽觀，輒有黃冠遲觀門，因以驢付黃冠，如是習爲恒。一日經過，無是也，公心訝，稍詰責之，曰：『某安知公來？神者告丞相至，趨相候耳，意公所爲有虧損盛德者，公宜三思。』公曰：『無，但日前代鄉人寫反婚書一紙，意即此耶？』趨歸索書，焚而往返，迎如初。丞相者，道也。或曰黃冠即徐神翁。《史》與《志》俱未載。

丞相墓

《太僕志》稱查丞相墓，州治東北三十里。查家莊橋西有大土壟存。而查家橋下《太僕志》原未注，今志注『宋尚書查陶墓北』，墓稱丞相，又稱尚書陶，是一是二未考。

查盛

查盛爵行，舊今志俱未傳，而盛下亦不注陶名。舊志宋科舉始查盛，雍熙二年梁顥榜，終蕭谷阮霖，淳祐四年劉梦炎榜。而陶在南唐以明法登科。

查匪躬

查許國，字匪躬，贈兵部尚書，陶之後也。父應辰中奉大夫，孫籥受學於許國，廷對中首甲，乾道中攝貳夏卿，典大藩。

查氏增

舊志稱雍熙以前失載，則南唐亦不止。文徽元方今不記。但就雍熙二年查盛下所注，應增入云：在南唐文徽。文徽長子元方。孫陶。元方子道，道，陶從弟。陶子拱之，進士後爲都官，賨之，石埭令。慶之，太子中舍。道子隨之，奉禮郎，遷大理評事。盛曾孫應辰，中奉大夫。應辰子許國，《志》有傳。許國孫籥，廷對中首甲，攝貳夏卿，典大藩。又得六人。

周孟陽

周孟陽，字春卿，其先成都人。曾祖敬述，太宗時以秘書丞知泰州，因家焉。孟陽登仁宗景祐五年第，爲屯田員外郎，潭王潤王宫教授。嘉祐末，英宗辭大宗正之命，前後十八表皆孟陽爲文，又從容論古事以諷，英宗悚然起拜，命三子出拜。神宗在焉，及仁廟，以英宗爲皇子，遣中使宫嬪趣召，且令宫長宗諤往請。英宗猶堅卧不起，宗諤曰：『召周教授，宜可動。』孟陽至，力勸入侍，意乃决。及即位，除直秘閣，數對隆儒殿，遷集賢殿修撰，兼侍講。孟陽少遊徑山，賦詩：『地高多與風雲會，天近長爲日月鄰。』人以爲遭遇英宗之符。神宗居東宫，詔兼説書，上表力辭，有『親奉堯言，躬承禹拜』之語。神宗即位，孟陽奏事，上望見大慟，左右皆感泣，拜天章閣待制。

周穜

周穜，字仁熟，敬述五世孫，少有遠度，王安石一見奇之。熙寧九年，與弟秩俱擢第，調江寧府右司理，持身謹廉。元祐初，蘇文忠公舉爲鄆州教授。穜上疏乞以王安石配享神宗，朝士愕然。蘇公即自劾舉官不當。議雖不合，然識者猶取其拳拳師表之地。久之，擢著作郎，兼崇政殿説書，陳瑩中力薦於上，權起居舍人。會咸陽民獻玉璽，朝議欲因以改元。哲宗於講筵語及之，穜言所獲者秦璽耳，以之改元，甚無謂。哲宗曰：『卿其與宰相等議。』穜退爲别，白言之卒不能奪，因是忤政府。值鄒道卿之出，陷以罪，貶寧海軍僉判。子方崇，紹興中歷三院御史，擢禮部侍郎。

周 秩

周秩，字重實，歷官有能稱。紹聖中，當國者革元祐政，痛以法繩下，文潞公子及甫與劉唐私語及時相，有族誅之語，讎卒告變，上遣朝臣覆實。命下，即以兵防二家，悉囚其子弟。召秩爲京西轉運使，俾推治之。當國者遣人謂秩還朝，當以大司寇相處。及奏對，哲宗面諭曰：『彼欲盡誅大臣以下，則將置朕何地？』秩到洛，察其實無他，乃一時憤語，譏時相耳。即釋禁防，召二家子弟慰諭之。具奏語元不及乘輿，非有異意，事乃寢。大忤時相意。終集英殿修撰，贈徽猷閣待制。初，五世祖敬述仕蜀爲膳部郎中，歸朝授上蔡令，因論事藝，祖識之，改太子中允。時初平江州，朝廷怒其不順，命敬述知州事，至則撫定遺民，辨罪否聞於朝，得免誅者二千人，又葬暴骨萬餘，作大塚廬山下。江人刻石記德，後子孫累世自科目進爲卿監郎曹，持使節、佩守符者甚衆，人以爲敬述陰德之報云。葉梦得《海陵太守周公陰德傳》。

周 麟 之

周麟之，字茂振，敬述四世孫也。登紹興十五年進士第。調武進尉，未赴，中博學弘詞，更教授宣州，徙太學，録歷學省兼外制。公碩學多識，讎校弗怠，詞章温雅，得代言體。滿二歲出貳徽州，除内翰知制誥兼侍讀。會顯仁太后上僊，充哀謝使。先是，金主暴虐，將命者以酬對爲難，公言辭敏捷，音吐洪暢，金不能屈，爲之加禮，還兼吏部尚書，累官左朝奉大夫、同知樞密院。次年，夏遣使賀遷，復命麟之會，天中節慶使至，持嫚書且索兩淮襄漢地。麟之奏宜練甲，申儆使不當遣。上曰：『卿言是矣，彼將割地，何以應之？』對曰：『講信之始，分封畫圻應有載書，願出以示，請將自塞。』使者果無語。麟之又上疏極諍，曰昔日之和戎，今日之渝盟，不待上智而後知矣，若彼有速亡之形，我有恢復之冀，在陛下審處，而應臣當竭智畢力贊成事幾云云。疏入，謫秘監，分司南京，居瑞州。孝宗立，復左中大夫。

孟陽曾祖敬述

舊志稱周孟陽其先成都人，曾祖敬述太宗時以秘書丞知泰州，因家焉。而周歸貞下不注敬述名。按，敬述仕蜀爲膳部郎中。

周秩重

周秩，熙寧六年余中榜，而政和二年莫信榜又注周秩，必非誤書。《太僕志》、今志竟删去，特表出之。

進德叢桂二坊

進德坊在登僊橋西北，以查尚書陶所居，兄弟子姓皆有世德，故名。西叢桂坊在登僊橋西南，以宋侍講周孟陽舊居名。東叢桂坊在登僊橋東南，以侍講族居名。見余家所藏舊鈔本《海陵志》，此本爲諸新志祖述，新志載未備。

洗白周系略

泰周數家，今俗稱洗白周最爲望族，余曾大父理學公外家也。以吴御史中丞處爲始祖，歷晉武威侯浚，尚書僕射顗，宋濂溪先生惇頤，詞科拜相必大，至二十五世綸爲遷泰始祖。三十世爲理學公外家陽岡公，則洗白周爲宜興長橋周正系。叢桂，又一周也。

查周王許吕

舊志稱查、周、王三族，累世相繼。又有『一學許查周』之句，又相傳查、周、許、吕四姓，科名最盛。

王維熙

王維熙子覯，姪觀，孫咸義、俊乂，曾孫岐，元孫正綱。按《府志》，維熙，如皋人。

如皋建置

如皋縣，晋以前其建置無所考，義熙中分廣陵爲五縣，如皋其一也。隋初省入寧海縣，唐析海陵地置如皋鎮，楊吴爲如皋場，南唐陞鎮爲縣，屬泰州。宋元因之迄今，仍爲泰州屬，併隸揚州府。

狀元坊

狀元坊在大寧橋，新志稱大寧橋河西王右司俊乂所居。右司宣和元年第一人。州爲建坊久矣，寶慶二年太守陳垓重建，弘治間移建八字橋南。

王之純

王之純曾孫諶，曷孫億。又之純前有王彭年、王松年，諶後有王濤，億後有王獻民、王彦存。《府志》俱泰州人。

王伯起

又有王伯起，字興公。父綸，太常博士，伯起有高行，人稱葫蘆河王先生。仁宗、英宗賜粟帛。郡人王覿，志墓未詳，系所出。

金蘭橋

《志》載金蘭橋，昭明太子同邵陵王綸爲樂真人立觀，取《易》『二人同心』義，太子港，王僊翁上升，昭明太子同邵陵王綸由此港往天目山致禮。港久湮，積潦輒溢。乃前五代梁武帝子蕭綸封邵陵王，非王綸也。

断犨飲獄

《志》載王惟熙尉鹽城州犨飲獄：甲斃，疑乙抉之，久不決，州以屬尉。惟熙脱械，勞酒食如平民，問曰：『汝用左手，而死者傷右，尚何辭？』囚曰：『仇此人久矣，幸其醉抉之，官得其情，死不恨。』擢大理寺詳斷官。

宋志科名

《宋志》科名許不見，惟許元子春傳序入《太僕志》，今志俱不載。

許子春

許元，字子春，先宣人。父司封遺澤兄弟，相遜久之，乃以元補郊社郎，稍遷太子中舍，知如臯縣，徙居海陵，養母盡孝。元喜修廢壞，長於治財。先時京師粟少，而江淮歲漕不給，參知政事范仲淹謂元獨可辦，以殿中丞爲江淮等路發運判官，就陞副使，已而爲使，賜進士出身，待制天章閣。乞守郡，乃以知揚州越州，又徙泰州。許氏居州城北有南園，歐公爲之記，謂『君之美衆，特書一節以示』。海陵之人取其孝弟著於三世，與周氏、查氏俱爲郡望族。三家子弟多遊鄉校，故有『一學許查周』之諺云。

史稱子春

《宋史》稱元在江淮十三年，以聚斂刻剥爲能。又稱發運使治所在真州，衣冠之求官舟者，日數十輩。元親勢家貴族，立椎巨艦與之；小官惸獨，候歲月不能得。人以是憤，而元以爲當然，或不盡然。

宋　呂

宋有呂之才、呂安仁、呂安上、呂洙。而呂岱爲漢末人，事孫權，遷上大將軍。志未載之才等世系。

明　呂

明有呂傑、呂懷健、呂志伊。志伊，懷健孫也，萬曆丙子科中北闈鄉試。

鼎　魁　坊

鼎魁坊在崇明橋東，丁左司時發所居。左司紹興三十年梁克家榜第三人，寶慶三年始建坊。

崇　明　橋

崇明橋，南水門入第四橋，舊近税務，俗謂之税務橋。新志謂之太平橋。

宋　設　科

宋有甲科、乙科，詞科即博學弘詞科，有賢良方正科，常選之。外又有制科，即大科。王鞠劬公曾云，朱文公，宋八甲進士。

宋制策

按《宋史·蘇文忠傳》，軾試，禮部主司歐陽修得《刑賞忠厚之至論》，欲擢冠多士，猶疑其客曾鞏所爲，但置第二，復以春秋對義居第一。殿試中乙科，五年調福昌主簿，復對制策，入三等。自宋初以來制策入三等，惟吴育與軾而已。除大理評事，簽書，鳳翔府判官。

卷二

明三元

明三百年來，三元自貴池黄侍中觀洪武甲子乙丑遜國盡節最著。後商少保輅正統乙卯領解浙江，乙丑會試、廷試俱第一。商公年二十二發解，十年成進士，四年以修撰入閣，七年以兵侍歸。歸十年復入，入十年，以少保歸，歸又十年，尤爲奇也。

會狀

會元狀元，吴宗伯寬，成化壬辰。錢修撰福，弘治庚戌。倫宫諭文叙，弘治己未。楊庶子守勤，萬曆甲辰。韓修撰敬，萬曆庚戌。

解會

解元會元，弇州所載黄子澂後共十一人，就稍近者：王少傅鏊，成化甲午乙未；儲吏侍巏，成化癸卯甲辰；汪宗伯俊，弘治壬子癸丑；李太史廷機，隆慶庚午萬曆癸未；内王廷對第三，李廷對第二。

倫氏三元

倫氏三元：諭德文叙中會元、狀元，通參以諒中解元矣。而祭酒以訓，復以解元及第第二人，是父子合三元而贏其二也。

父内閣

父見任内閣而子及第者：弘治乙丑，謝文正子丕；正德辛未，楊文忠子慎；萬曆丁丑，張文忠子嗣脩，庚辰懋修。按：成化戊戌，楊少師廷和，少師十二歲舉鄉試，十九歲舉進士。又三年辛丑，父僉憲春謝公遷以解元會魁中狀元，而子丕以解元會魁及第。

文臣封爵

又臣受封爵者：開國時中書左丞相、韓國公李善長，以開國輔政功封；左丞相、忠勤伯汪廣洋以輔政封，廣洋，高郵人；御史中丞、誠意伯劉基以籌策封；廣東左布政使、東莞伯何真以降附封，何本武臣而受文階；永樂時兵部尚書、忠誠伯茹瑺以迎附封；正統時兵部尚書、靖遠伯王驥以平麓川封；天順時禮部尚書、興濟伯楊善，華蓋殿大學士、武功伯徐有貞以奪門封，楊起家守城生員；成化時都察院左都御史、威寧伯王越以邊功封；正德時南京兵部尚書新建伯王守仁以擒叛封。

揚人物

吾揚狀元宰相，則興化李文定公春芳。宰相則李之前有高文義公穀，後有吴公甡，皆興化人。首甲儀真景公暘，海門崔公桐。會元高郵董公璘，吾泰儲公巏，林公春。解元吾泰張公文，儲公巏，海門崔公桐，儀真王公大化，江都王公納諫。勳爵則吾泰泰寧侯陳公珪，江都鎮遠侯顧公成，定西侯蔣公貴，儀真豐潤伯曹公義，江都咸寧侯仇公鉞。吾揚理學則吾泰宋胡公瑗之後王公艮。經濟則江都曾公銑，通州顧公養謙。節義則太興茅公大芳，朱公㝉。科名中負物望者則前儲公巏，崔公桐。行誼則前林公春，王公納諫，吾泰王公相説，先中憲公繼蘭。文學則江都趙公鶴，寶應朱公應登，子曰藩前，景公暘，儀真蔣公山卿。至於諫南巡、疏逆瑾、議大禮、劾分宜以至居官以廉稱、以能著、居鄉門無雜賓、庭絶干謁者，吾揚不一其人，昔稱廣陵七先生、歐禎伯傳十先生，今合二王公及先中憲爲三先生。要皆品行卓然，理學文章足以師表當代，故叙而傳之，以昭廣陵一代人物之盛，爲後進取則，抑亦有裨世道云爾。

論三元

自商文毅木庵後，未有成三元者，然終宋之世，王孝先曾、宋公序庠爲名宰相，馮當世京爲名執政，三人皆不負科名。

文定留玉帶

句容崇明寺，爲李文定公諸生時讀書處，有題壁詩：『年年山寺聽鳴鐘，匹馬西風憶遠公。異日定須留玉帶，題詩未可著紗籠。』公狀元及第，僧持綾素求書。及賜一品服，僧持詩候謁，公解所賜玉帶付僧鎮山門。

張江陵

相傳張江陵讀書僧寺，江陵大拜後相業至赫灼。或以問僧相公未遇時有何奇異，僧曰：『無之，但無冬夏晦明，就書室省視，必正衣冠危坐，尟有脱帽弛襟帶時。』意崇明僧亦必有窺其微者。

張羅山

張文忠公孚敬，年二十四舉於鄉，後公車屢上，爲羅山書院，聚生徒教授。或曰：『此去秀才寧幾？』張曰：『秀才獨不當書院耶？』後年四十七舉進士，以議禮六年大拜，任師臣者十二年，有旨下所在官司重修羅山書院，故士貴厚自待。

陳泰寧

陳泰寧侯名珪，靖難奪九門，論功進都督同知，封奉天。靖難推誠宣力武臣，特進榮禄大夫，柱國泰寧侯，食禄一千二百石，與世券，贈靖國公，謚忠襄。子愉嗣，曾孫良弼，崇禎間任少傅泰寧侯。

泰寧墓

侯祖墓在淤溪河岸浮水面，水有時淺深大小，墓與之上下不没。相傳侯父微時業漁，舟泊谿岸，夜聞異人説，晨起如所聞，插葭其上，數日不萎黄，因自舊葬所以二瓦器移侯祖父母於此地。日明，視所封土有伐掘狀，心疑之，旋葬如舊，而夫婦泊舟伺其旁。夜耦俱聞鬼役來，神止之曰：『今無庸，侯已入胎矣。』近莊人稱某年畜豚蹂躪，露出一棺角。

儲文懿

儲文懿公巏，先世毘陵人，宋元徙吴陵。相傳諸生時，元旦偕一僧行街市，約徧記宜春帖子，儲記及半，僧悉識不謬。僧曰：『天下個半秀才。』或曰丘瓊山謂文懿語也。公成化癸卯甲辰鄉會試俱第一，廷對二甲一名。相傳公官少司農時，逆瑾用事，偶公讌，瑾奉巵酒致慇懃。公卒爵有頃，中風仆地，遺溺舁歸。歸數年，起南吏部侍郎。府志稱逆瑾專權，公卿奔走瑾前，巏愧憤引疾求去。大學士東陽與巏善，得致仕詔，巏有才望，行且起，賜馳驛歸。無何，瑾誅，起户部左侍郎。瑾雖誅，諸佞幸繼用事，明年又乞休去。七年改南京户部，又改南京吏部。

儲靈徵

文懿葬後數十年，夫人窆合棺，四圍皆梅花竹石，若圖繪。趙叔鳴、顧東橋爲記其事，亦生平不盡文章流形者有然。

儲大父

大而千駟萬鐘，細而一介執道，義爲衡量而王佐出乎其中，甚矣！金之移人也，而冥冥者亦或以此試人。前稱查待制還金釵事，尚矣，陶又同之。余閲《柴墟集》，有寄姪平甫登第書，諄諄以曾大父一傳屬李西涯相國。翁名宏，字仲文，常中鹽遼陽載布數車，值敵騎環城，雨雪浹旬，僵凍者道相屬。宏探囊中布散給焉，衆商止之。宏曰：『此何時，尚利計耶？』比歸，所得息無幾矣。又道拾遺金，坐候遺者，至即還之。此傳西涯自書卷，偶見有持售者，惜中缺一幅，人皆棄不問，余數金購存，以待延津之合，合則歸文懿祠，以文懿特拳拳於此也。又吾泰陳氏宗派至多，而今科第皆秋江公派。秋江名鳶，還金事載《泰志》，不以存亡易念，尤人所難，至足爲貪昧隱忍者戒。嗚呼！昔人不隳行於冥冥，况肯爲白晝之攫哉？至觀查湛然汾陰所賜，宛若竹間人，當憬然悟矣。俗稱色與財，色亦若是，則又有北屏太翁事尤宜深念。

林東城

林東城公春，其先福建福清縣方城里人，以從戎隸泰州守禦所，因占籍焉。少孤力學，恒以竹篇注膏繫衣帶間，隨所適則出膏於篇，燃火讀書。嘉靖戊子鄉試，壬辰會試第一，選户部主事，歷遷吏部文選郎。東城受學於知州王臣、先儒王艮，二君故王文成弟子，歷官行蹟，志載彰彰。一州守黷而虐，力請於部，尚書黜之。舟泊淮，淮守謁最後，供帳又薄。及入覲考下，春獨薦其廉静，懇留之。鹾院洪垣見所居湫隘，欲爲鼎新，力辭曰：『學宫，春發迹地也，脩之愈於春室矣。』洪高其誼，發二千金修學。只此三事，真可爲學古入官者法。

王心齋

相傳心齋公舟行，舟湫隘甚，自卧舟閣板上，而令僕卧其下。僕夜噥噥不休，及早起，呼之跪舟次，令自脱履置冠上，問僕如此可看得。亦冠履不容倒置意。或曰東厓公事。

王遇盜

又傳心齋公途遇盜，盜拔刀將向公。曰：『吾何畏於刀？所畏者刃耳。試銜之，吾將恣所欲。』則推刃其兩頤，盜血肉離披，曰：『好道學！』亦見道學非無用。

黃榜開科

黃榜開科坊，爲張存簡公文發解，中成化羅倫榜進士。羅公草奏劾南陽，未有注語。張過訪，閽者辭，張投詩曰：『狀元及第才三日，扶植綱維世所希。我亦與君同志者，特來相訪莫相疑。』羅見詩，遂以扶植綱維爲注語。存簡夫人雙蛇夾女生，名女曰盤龍，徐北屏公配也。初擇壻，夫人以北屏寒門子，甚不懌，公自備六禮，令壻家羅致其門。北屏生小石，父子同時成進士，官俱中丞，爲雙蛇夾生之應。

文瓛承仁

存簡，成化丙戌榜進士，官憲副州。治前黃榜開科坊爲公建。父頎，宣德乙卯舉人，官助教，贈刑部郎中，同丙戌榜。張公瓛，官瑞安令，以子一山公承仁封主政。承仁，弘治乙丑榜進士，官御史。《泰志》有携甥沈良才登泰山詩。沈少司馬母夫人，瓛女也，見志傳。志稱泰甲科自公始，則瓛亦當爲黄榜開科。後隆慶戊辰榜，張公桐官南兵部郎中，爲存簡從子姓。而瓛又一張。

徐北屏

相傳徐北屏公太翁，故州掾，見一盜情實冤，必計出之。其人銜恩，甚無以報，飾彼婦夜奔。太翁秉燭達旦，數以手畫胸，作天理字。北屏生有天理字在胸。又北屏方新婚，入學往升畫，中道遇蕩婦誘致其家，相持不放。北屏脱金簪爲約，自是必循他路行。太翁事，頗與世傳商木庵誕生相類。

晋得士

北屏爲晋方伯時，録所得佳士文作家書，寄小石，時小石方舉孝廉。家書云：『吕柟康海，冠世奇英。馬理之才，百發百中。』小石與客對奕，用碁枰壓書，笑謂：『來伻三人自高魁，但我先一科。』後果驗，是皆於制舉業有精鑒。

徐墓石

相傳北屏官保定守，巡撫順天，後小石復官保定守。小石幼在守署中，有簪遺署壁，至後啟得之，若羊公事。余家所藏北屏墓石，爲小石公自志，字滅没不完。北屏似未出守保定，小石爲保定守，後巡撫順天。北屏巡撫鄖襄，爲侍郎，提督易州廠，似亦未官順天巡撫。

論逆璫

北屏官給諫，疏論逆璫，被廷杖。小石初授部曹，與議興獻禮，亦廷杖。

徐戲筵

先中憲公年十七，臺取第一，入學方州試已第一矣。而徐君文儒年稍大，以徐公後，譚公特拔之得同入。常爲中憲道其家陵替之故，自父子相繼，每日輒有戲筵子弟，日未晡聚觀，館師亦如是，後人遂未有繼起者。

韓評事

韓公鑾徹夜讀書，臨卧必向天號呼曰：『老天餓死韓鑾。』後成進士，官廉州太守。

華南畹論火星

華南畹公湘精天文，時火星麗貫，索歷家知大臣有下獄者。問以何事，歷家莫對，公曰：『五行於禮屬火，因議禮。』後果議興獻大禮，杖朝臣。

華論劉六劉七

劉六劉七之變，本兵皇遽詣南畹公。公出迎，適簷瓦墮地碎，公曰：『所問已瓦解矣。』本兵謂：『吾問非他，乃劉六劉七也，何得便瓦解？』後報至，果以是日没於江。

華識袁林

南畹精天文，亦美善識鑒，或云數學。偶從市中行，見諸童子散館，下輿引一童子，大稱賞，以女許焉。時夫人以門第見至不懌，公竟許之。童子即袁公巍也。又一日詣林東城公，公適生子，南畹一見曰舉人，即見城公。

林見城

林見城公曜紹東城家學，於舉子業特精熟，比臨場途遇所習，友戲作半揖曰：『莫教文字淌出來，』果以是歲獲雋。《泰志》：見城官刑部員外郎，贈尚寶寺寺丞，乃萬曆時六部疏請建儲，後追贈。

沈鳳岡

沈少司馬鳳岡，年十六入學，家窶甚，時富民劉欽出粟賑諸生，公獨却不受。直指李東試士，奇其才，檄學官備禮婚冠，方行聘至婦家，婦媪哭聲聞外，曰：『好羊肉落狗口。』公自是絶婦黨，不與通，而夫婦偕老，無間言。

進士坊

一前輩諸生時向醫彭取藥，彭不禮送，某怪責彭曰：『待公成進士，記取此地建公坊。』即今王家橋坊是也。成進士得矣，尚存憶一醫士之曾相輕者哉？或者議其隘，必酬志其心始下。

大寧宅

大寧橋河西，既王近山公故居。新志王家橋下注舊不載，當爲王建。又進士坊在焉，然狀元坊，志稱大寧橋河西，爲狀元王俊乂所居，或其來已舊。

儲會墨

王後人貽予儲文懿元卷，較相傳刻墨全非，殊不解，豈先輩文亦或有贋設者？

凌中丞

凌大中丞海樓公儒爲諸生時，州季考後其等得扑教，時天大雨，太公立門外，出復毆之，加以蠟屐橫繫。凌歸，思州公黎故名進士，何不即習其稿，未半載，録科州亟賞拔第一，自是府臺皆首録。州起送，賓興集諸生謂曰：『適有無礙官銀三百金，貯帑以待新雋之士。若二人，當分之。若三人，另設。若一人，則專攫之矣。』因屬目凌曰：『子勉勵，厚望子。』是年果公一人雋。

凌廷杖

時太平無事，言官以廷杖爲榮，亦詩蹈不測。凌慷慨負直節，素不善於奄寺，疏上，廷杖幾殆。一同官牽生羊候朝門外，即時剥取其皮覆所創，後遂合爲一，血漬紙穰，層疊者近一箱，每三伏曝庭中，爲直臣遺事。

黄竹岡

黄吏部竹岡見菖花，是年生女名金蓮。

顧直齋

相傳顧直齋與昭陽李石麓相公特交厚，相公如泰，值顧方治第，曰：『我有梁木，可令人將至。』一木通三間，又桃木也。至今顧第售張，張售潘，潘售陳。問桃梁，曰無之，或以傳聞之誤。然有狐與居，則前此未聞。

顧前戊午

顧以前戊午登賢書，成進士。諸生時，與先曾王父理學公同筆硯，後因争奪塋地大相傾。中憲公年六七歲時聞其事，即期復其地。公輒推而遠之，爲無預。而中憲以後戊午登賢書，里人謂天報施不謬。後里人公呈，爲顧請鄉賢，先大父明經公述其事直指，事乃大寢。顧巡按江西，中邪咒卒，見《府志·方一傳》。顧後人凋落無餘，而支族猶存，至今能道其事，不爲怨。

顧售田

顧田售朱顧二家，朱顧不受，知中憲公欲復之。而中憲以理學公言尚遲迴，然必得中憲言乃售。

理學公

理學公重聱，十年復明，乃在甲寅歲。時明經公方歲薦於舊宅搆廳事，公忽見有兩匠作在檐端。是年劉仁齋公登第歸，又於案間辨劉名刺，中憲公狂喜審視，初開纔一綫，俄頃全開，雙瞳炯炯如漆。《志》稱明經公孝感，則何事不可感？

理學公弟

理學公以弟不謹，相傾者嫁禍公，至蒙巇。有客齒歲薦，中憲公方十餘齡，見曰：『若不然，大父且冠進賢矣。』公作色退，語曰：『汝忘汝叔祖在側耶？』尚恐弟踧踖。

倭犯

先時予家北門外大中橋，倭寇薄城，有媼行且避之。次橋下寇四集，媼不知也，亟詢倭至何處，遂被殺。又對門方姓送眷屬入城中，復來家，舁土石塞門，亦被殺。理學公獨居守柩，目擊了不爲動，居二日厨下米盡，用赤豆爲炊，竟日不熟。時一家男婦俱入城，平時炊豆公未諳也。所在擄掠焚燬，過其廬，知爲篤孝，嘆息久之，以米肉爲饋。

代償木值

理學公當喪父，家貧，從舅氏貸木，償半，而弟應償之半未也。歷五十年，疾革，召明經公前，亟取篋中書若衣代償，曰：『吾詒吾父安寧計，所負屬誰耶？』

還餽錢

理學公門人顧四教，以明經公入學，持緡錢五爲餽，已復稔需乏狀倍之，公不得已暫貯。後補納，顧坳矣，家人皆不記憶，請辭。曰：『若不受，當掘置遂左。』强留而去。

周陽岡公

理學公外翁周公之楨外太翁山甫，即陽岡公，宿學困闈屋。相者謂鼻太露，歸自琢削，血汚卧被，人始覺。有謂晨起呼童婢致損氣，宜敲擊金石聲，則毁大衣鏡，取一角懸卧次，明經公假翁衣送歸，則置衣井石欄，用桃棍擊千餘下，每下作退祟語數聲，擊未完而衣碎裂。陽岡公手録書至多，無嗣續，衣物憑壻姪分取，理學公於書外無取焉。余家藏舊鈔本《海陵志》，公手録也。

曾石塘

曾王妣周太孺人常言六七歲時，猶於父家見曾公石塘，謂中憲貌極似理學公，禁勿言。翁葬城東竇家莊，周太孺人遺命每寒食致酒脯，至今歲以爲恒。并識之，俾後人得勿替。

溥又一周

周溥，弘治己酉科，官餘杭縣教諭，自餘杭得婦科方書歸。至今後人業婦科。乃又一周。

猩紅布

理學公與凌海樓公同時。凌歸里，日約爲詩酒會。一日在凌坐，坐客甚衆，有致猩紅布者，客傳玩不休，而公若不聞。凌曰：『宫恒山可謂介士。』時中憲公十餘齡，歸謂曰：『介之一字誠足以當之。』卒，鄉謚文介先生。

凌公墨

中憲公十餘齡時，偶患頭重不克舉，梦凌公與墨一脡，覺少差。日明而凌過，理學公語所梦，愕然。凌謂幼時曾有此梦，爲建言廷杖之兆，歸致墨以敗其讖。凌梦與墨者似爲耿楚侗，述自中憲，時已不甚記。

九里塋

理學公九里莊塋地，初，中憲公以形家者言，每每乖反，遂輟舉業，學地理，自相度適地。師袁祥宇，寧州人，從江右至，語中憲宜專舉業，進場俟渠代爲相度。袁所畫地圖甚多，而中憲以理學公言樂此地高阜而近。袁怏怏曰：『君人豪，地尚宜稍大，此不足酬也。』中憲不從，開壙得瓦罇，彝六七座，製俱前代。後余奉中憲公共母安人窆合，則周棺槨皆有紫藤繞護，狀似紅染燈心條，極長而多枝節。余問中憲袁有何大地，中憲云：『俱畫爲圖，以不用，故亦不記。』初究心此事欲先人魂魄安，若云邀福，非儒者所當寓意。

潘母孝

母潘安人當曾大父理學公暨周曾祖妣八十外中衣褥具，皆手自浣濯，不令他人代。理學公八十外時，一日呼家人問果曾有所見，俱曰無之，亟召潘安人述所見，謂：『所居屋三楹皆通達，自上而下皆結綺流蘇，頃汝適自綺蘇下行來。』

種德食報

或以種德食報之說，有驗有不驗，儘有父祖薄德，子若孫成科名，居高官，世其家者。中憲公曰：『不然。凡英物之生或自星分，或山川秀氣鍾毓，原不擇地擇人，但富貴自我於盛德或有損，則其後衰落可影響。』卜相傳石麓誕生與陸滄浪同日，是夜陸氏梦神人羽葆旌幢，擁一兒金冠紅袍至其家，索賞錢，尋曰賞不足，送至李某家，即石麓公也。公狀元宰相，陸布衣以文行稱。

陸滄浪

『十年不見陳文讓，今日相逢兩鬢霜。記得濯纓亭上坐，與君握手話滄浪。』濯纓，陸滄浪亭子名也。先時陳文讓偶在亭子上，有道人自外來訪滄浪，俱不遇，道人指地上草，語文讓曰：『此草可治某疾。』後十年，有患此疾者，乩書陳文讓能治。比問陳，陳漠然。延至，則乩書此詩。相傳陸有仙骨，呂祖三過其亭，此其一也。

李科第

李石麓公春芳，辛卯舉人，丁未進士，狀元宰相，相業載國史者不具論。時張江陸家科第甚盛，子姪以爲言。公曰：『汝輩遲數年看。』不十年張削奪，而李科第世其家。家搆祠廟兩榮，效學宫明倫堂，製扁額二，留爲鄉會題名。初公居昭陽，未有支族，或以爲迂。至今題將徧，則其生平居心應事，必有可自信者矣。

李試録

石麓出昆湖門，昆湖典南闈，試以程文，屬石麓公。初時不一言，暨子姓入闈後，則曰：『是科題大難。』家人問故，方悉之。後來科第之盛，即此一念可卜矣。

此道本自己力量做成，從天降下，然後快於心，但以余同時暨後予，而予目擊。論此事，倖成者多不享，此語聞之中憲公。可歷歷數，後生不可不知。

楊侍郎

李映碧《三餘述》載興化楊侍郎果，少讀書拱極臺。忽一夜，聞哭聲甚楚，乃臺下一老婦與衙蠹有私，復思以子媳獻媚，託言子出賈已死者，媳不從，欲自殺。公乃詐爲書，託人抵老婦所，云：『以某日市某貨得銀若干，將以某月歸。』先寄回銀幾兩，乃楊所自斂束者。老婦得書見銀，遂不敢强媳。比夫歸日，皆與書合，但未知所自來，乃反疑公與媳私，礪刃上臺欲殺之。忽聞鬼語相呼曰：『天帝有命，今往東嶽下公文耳。』因言楊秀才當以諸生老，今夜死，目下救一節婦，特與侍郎。夫大驚，同婦即夜叩公書室，兼謝公。公披衣啟闢，忽大風雨，陷榻後一牆，僅得免。其夫乃以鬼語語公，後果至侍郎。

新城王

又山東新城王，科名最盛，每諸老致政歸，則聚子弟課之。得名選房書，讀竟方已不汰也。初觀場，但彙十三省試録讀之，後場便裕如。其子弟飲食皆以文之高下爲豐殺，旁造一魁星樓，三場通貫者方讀書其上，是科無不中。夫登鄉榜，方許妻著綢裙、不執炊婢。嫗皆解讀《四書》，兒能言，即口教，故未經師授已精熟。其盛如此。

卷　三

懸榻三事

諸生時，愛徐仲光坊刻甚，所謂春水春花，雲委波屬者矣。頃得所寄《懸榻編》，載《天上十科記》首孝弟，次正直，再次陰德，皆世稱善行者，以文章殿焉。《换心記》《汴州雷記》《水中瑞像記》《鬼助中式三則》《藍衫鬼》《拜主司冢》《宰鶴》高邑，趙南星房師，井陘令。種遐齡梦大鶴來降，其翮蔽天，因字公儕鶴。《中丞虎》山右和順王公雲鳳晝寢，夫人視之，則虎也，駭而走，遂自號虎谷。《方伯龍》臨川曾公銘西誕前一夕，父梦廳事左楝有物盤挂，鱗甲爍目，知其龍也，因以楝名。《富翁牛》同時同里王翁晝浴，妻見之。與夫忮人自厄，皆於士子進取有裨。而最著爲《史狀元王給諫二則》，予合爲一，以時書後，許、葉、羅張三事以時書前。

靈寶許氏，大族也。其先許翁家貧，偕媪結草舍，中衢飯客，客遺橐千金，翁坎地瘗橐。十年後，客重至，飯罷若重有念者，亡何大哭。翁問故，掘還，對識宛然。孫進爲吏部尚書，謚襄毅。襄毅公六子詔舉鄉試，誥南户部尚書，讚少傅，吏部尚書，武英殿大學士。詩工部尚書，詞郡太守，論兵部尚書。明宦業之盛無如許氏。

葉臺山相公祖翁微時，歲暮過縣，見數人被械，愁嘆問之，皆逋糧不能完者。翁自度橐中金足了此，遂盡與之。是夕夢神告曰：『上帝以爾盛德，令爾生臺閣子孫，然墓地故不佳，明旦視爾羊所在，即吉穴也。』逾年公生。

張文僖昇，羅文肅玘兩家，夫人兄弟也。文僖先及第歸，文肅行酒次，怪其應稍慢，杯擲之，文肅夫人恚甚。未幾，文肅冠北闈，後歷二卿，贈大宗伯，與文僖略相當，而名加著焉。

李光墊

相傳昭陽李相公曾大父家句容，業農，曹尚書山莊傍有青烏家。詣曹獻地，閽人不爲通，天雨雪，無所歸，向李寄宿，住累日，款接甚恭。感其誼，因告以獻地故，即指示李，李請於曹，得葬。葬後挈家昭陽，時筐載一兒，即相公大父也。其提州西山相公葬地，原葉侍郎所卜，相公秀才時，館侍郎家，侍郎約至生壙看梅花，適有乞兒縊壙樹，葉大怒令賣地，相公勸不從，云：『若今秋得賢書，試相付相公。』果是歲與賢書，葉賫地券爲賀，李氏發祥至昌大。葉繼卜地大不如，後亦不振，然葉亦清白吏也。

據公孫沮脩《别紀》云，公夫人徐先公歿，託葬師楊黼山覓地揚州，久而不得。先是黼山曾爲郝姓卜地於揚之西山句城塘，作生壙。竪坊之日，適有乞者仆穴旁死，郝惡其不祥，棄之。楊以爲佳地，終無踰此，惟明堂有寺。移左則吉，欲以報命。而公之邑門人，梦徐夫人示曰：『地在寺側。』亟告公。而楊至，言與夢符，遂購於郝，移寺定兆，即今公與夫人合葬諭塋也。異哉！豈非天巧留此地以報公乎？今并存之。

李進呈

丁未傅臚前一日，石麓公在寓邸小樓與客對弈，或招公下樓，密報及第，公返坐自如，以帖置棋枰下，終局無幾微見顔色。客詰之，徐以帖示客曰：『拙卷亦預進呈之列耳。』衆以此服公之度。

嗔言財

相傳一前輩榜下集飲，坐客言排手指得不漏者發財，羣引視，前輩正色曰：『才成進士，如何言財？』却於席底引手自反覆揣驗，有同年從而捉之不放，問何事。

狀元報

相傳石麓公臚傳隔夕有傳大元李姓者，石麓不爲動，而一前輩李姓者狂喜大歡叫，竟忘其亦李也。於此已卜宰相器。

宗子相

石麓與宗子相之父同舉於鄉，時子相尚做秀才，每晨起必令侍婢呼名：『宗臣，李春芳已中，速起讀書。』後與公同雋南宫，高才盛氣，初不以父執見禮，公弗芥也。

李曲江

李曲江公存文最工書，但未多見，每文成，輒自署曰『馬上扶歸李翰林』，後果成進士，與庶常選。

張鳳樓

張鳳樓公桐，少任誕不羈，善騎射，時公車患響賊，公戎裝效響賊行，中途被執，幾不免，後移查得實，方解。成進士，不耐官職，而清尚彌著，善書，倘亦以書爲寄者歟？

蔣瀛洲

蔣瀛洲公初寒士，質至鈍，積磁盌底跽讀書，必成誦方起，起便終身識不忘。會文光孝後廊，諸友文飲畢，尚塗稿似棋子，諸友戲謂此時還在此著碁。後官南臺，轉霸州兵備，所積阿堵貯木桶，置樓上，樓板多折。盜入，扶公中堂坐，恣所取，未及半，曰：『至足矣。』叩謝去。

蔣被盜

蔣被盜事，與所傳徐氏同。徐父子家北關外，至今徐家橋、徐八老巷，皆其地也。野營田百頃接連，昔稱上上。子弟至莊坐山轎，會食椎一牛。而今盡他業，田亦釜底沈，亦足見海口關係民命。徐公冢嗣，至拆府第梁柱鬻錢爲活，而蔣氏更奇。

蔣公子

蔣潤宇，蔣公冢嗣也，上舍補縣尉，尚數年後，寫訟詞度活。少讀書，書舍最精雅，糊壁用白綾，或曰太滑則不能凝香氣，雜命童子搥鑿如茵毳。初時一二少年勾引擲錢，必故避迹，待其訪求，比入門，尚佯不許，强再四方可。始止出息貸三金償所負錢，後家遂大破若沃雪。曾積累負注幾千金，約如木桶所貯，不暇開視，以衡衡之，其人遂挈而去。蔣乃大喜，趣杜門，家人問故，則曰：『喜未割除桶觔。』

城角聲

相傳城樓角聲乃『創業難，守成更難』。士夫家崛起繼序亦如是，如徐氏父子可謂盛矣。世謂以中材守成業有餘，是不然，直須上焉者自期待。

公子獃

俗稱公子獃，又稱書獃，人能移公子之獃爲書獃，則於書必大有得。而以獃有得於書，愈於不獃者多矣。蓋獃故深於道味，必澹於世味，而此中培植者厚也。視彼智數相高者，誠哉！不如正使此輩生長吾門。吾慮方長耳，其道在教之勿失，而慎所習，遡而上之，則又以所生者處懷行己爲斷，此則人所不得知。

佳公子

以余所聞，未知小石爲公子時若何？而以北屏公爲人，應有佳公子。陳新河公篤學成名，致損於年，以是貽謀可以興矣。而方正迂闊如蘭臺，至今人稱腐儒，誠哉佳公子！

陳蘭臺

陳蘭臺公父汲登，前丙辰榜進士。豎旗日，公齒尚幼，閉書室門坐讀書，有老僕急敲門，問：『何得不一往觀？』公曰：『待我自爲之，則可觀耳。』年十三試童子，州府前茅，學使次庸公直書云：『童生年十三歲，《中庸》尚未講解。』比見黜，大涕泣，父多方解免，挾之任讀書。父卒於官，扶櫬歸，益自勵，年廿二入學，坐卧小樓，去梯傳餐上，歷諸生，未嘗下樓，卒繼父成進士。諸宦蹟不書，督學兩浙，所識拔皆相繼成大名，深於舉子業，於書卷竟成癖，每入姬妾房，但見案上書必展觀，觀必達旦不寐。或出與人事坐，諸姬疊衿袖爲記。

吉水陳

吉水陳氏，自上望遷馬田，道新公避陳友諒之亂，自馬田遷泰州。馬田科第多人，而在宋代者陳執中，嘉祐進士，拜相。又有前五舉、後五舉，皆以同胞五兄弟同榜舉進士稱。前五舉，淳熙丙子榜。後五舉，淳祐文天祥榜。

百歲翁

陳氏自百歲翁後族益繁，百歲翁名佐，字子輔，生子四，鸞、鳳、鵬、鳶。鳶號秋江，三子，淑、汶、汲。汶生應旂，爲文郊公。汲生應芳，爲太僕公。應旂子王謨，字友荀，六兒岳翁，子明尊人也，出繼太僕公後。

太僕樓

子明祖孫父子所居，即太僕舊第，樓在廳事後猶存此屋。秋江公自豎造，有工用簿存複壁中，修壁得之，戒子孫善守成業。其南文郊翁一宅，原韓評事故居，門俱西向，鄔驥山改向南，合兩爲一，而子明乃郎爾，猶得雋。

蔣氏第

陳鴈羣所居稅務橋東宅，爲蔣瀛洲故第。自乃祖二式時，已屬陳，然多狐。二式言於中憲，某歲曾擒數狐，殺之置厠中。

丁谿口

陳太僕舊志，丁谿海口閘，萬曆十年，巡按姚士觀命知州李裕建，以洩泰州境内蓄水。與興化白駒海口閘同時而建。

凌陳

凌陳二公之有功於泰也，其爲錢糧計至周悉，而後乃有因之爲利者。當事因過訪余，余自託於勃之不知，此爲與二公易地皆然，若東施之矉不足效也。

圌山

圌山在大江之南，屬江陰州。然泰州與江陰相值，圌山出雲，泰州未嘗不雨，如他方起雲，山雲不接，雨終散也。英以此山地脈與泰州接連，古人望祀之典當舉也。俗呼圌爲徐，圌爲音屬垂，丙子正月初一日英記。

全公英

全公英，成化丁酉舉人，同丁酉榜胡玉呂傑。前此甲午爲陳公相、冒公政，後此癸卯爲儲公巏也。又英父梦走馬摘杏而生，係《東軒雜識》自記。

今志稱登庸坊在南門外濟川橋之北，爲全英中鄉試建。

靈濟廟

靈濟廟在城西北四里一百步，紹興二十五年建。相傳昔有遊龍自仇湖來，居郭太保潭，祈禱輒驗。會運河决，守王揚英以禱神，蜿蜒水面，河尋塞。事聞於朝，賜廟額，淳熙十一年詔封敷澤侯。又不記何年雨澤，應時僉云：『今歲龍兒來家。』即《志》所記仇湖龍也，人於雲脚或見其蜿蜒湖心。

外家袁

予外家四世科名，初有袁公杉，字子才，與宗子相齊名。後有巍巍子文宇公，世科夫人淩海樓公女，世科子九漈公懋貞，爲淩甥，夫人林見城公女，即予婦大父也。四世相沿，皆以雄才卓犖著。九漈公書刻固多，而文宇公《省蒙要略》一書甚益後學，余常合王漢恭《閱史約書》付兒塾。

劉陽岡

劉陽岡公壯年無子，將買妾，從客樓得裹鏹五十金，下樓問主人曾否漈除者再，知非主人物也，坐樓俟三日，而人泣至，悉付之。是夜梦有神人抱兒送與曰：『將一舉人與做兒。』即念陽老外翁也。翁名時雍，清操盛德表裏如一，常署門曰：『存心要可對天地，作事須當念子孫。』歲以爲恒。然身後門祚衰薄，西華葛練至不能保其故第。豈天道亦間有不可問者？然而君子道其恒。

務劉

泰同時有二劉，北劉、南劉，皆冠冕清白，而此爲務劉著姓，益舊翁令龍泉，又曾與湯若士同官，風雅謹厚自不相爲。

南北劉

二劉公余猶及見之，要皆直道而行，如仁齋公固也。忠孚公之爲人在今日亦不多見，由今溯昔，豈不令人有江河之歎哉？

劉仁齋

先輩交道之厚，中憲公初公車時，劉仁齋公官部曹，有家人至，接家書，亟問：『曾否與某宅寄家信來？』曰：『未也。』公大不快，晤中憲復以爲言。

字章

仁齋與先大父明經公世稱莫逆，長公字章，于中憲爲爾汝交，與余己卯同科貢。

愚公

愚公言：『尊人忠孚公從不曉等子爲何事。』

頭觸牆

一前輩落第，以首觸牆，父謂何用爾？對云：『外廂好田好地，都被他人買去。』語近喫著可鄙，而刻苦如見。而卒亦成進士。

處事

紂之不道曰淫酗，無論内亂，未有淫而不招禍者，酗亦然。相傳鉅富盧某居大寧坊，每日大治具速客，晚設銀鐺局鐍門，令客不得散，至越牆出逃。虜則偃卧地上，雜罵席上，羹胡乃爲人所棄。抵明卒未醒，後遂有惡客致不堪言，而屋乃售劉。此可爲沈湎溷雜者之戒。

劉韞石

劉韞石公有光選貢，中萬曆甲午科鄉試，致有才譽。其緣事出亡，特一二機兵發難，故君子謹微。

韞石亡

韞石之出亡也，相傳顧冲庵公匿於家。公如泰，謁撫軍白其事。時中憲爲諸生，猶及見之。

顧沖庵

顧沖庵公之誕生也，移時不娠，似聞有人相爲言五官俱備，但先有鼻。一人曰：『須到大聖廟，用大聖鼻。』公有僧伽鼻印記，即此也。或曰，大聖者，禹也。

顧寶刀

公行邊時所用刀，每天風雨輒有聲，躍出常數寸。元善公少懸書室，一夜天大風雨，刀盡出，兩館童自殺死。元善以是年戊午與中憲同賢書，後成進士，官給諫。

顧行邊

公行邊，日明當蒞陳，呼一妾侍寢，妾趨寢偶失避。公以軍法行。

顧歸里

公歸里後，日與陳中丞如岡爲文社飲。一晚飲散時，輿人醉，顧覓黄蓋不得，蓋爲輿人送酒家質酒，以百文贖取歸。

唐荆川

唐荆川公剿倭寇至泰，軍法頗嚴厲，軍士誅索甚。州守某進謁及門，上問：『來者何官？』方欲責以供應不備。守答曰：『會魁。』唐曰：『汝會魁，我獨非會元？』從來以能文章居尊官必有不同。守或窺其微，而唐果爲之霽顔。

能文章

從來能文章居尊官者固多，而中道躓者亦不少。在人，文章政事未必兩兼。而天亦若爲之限制。科用舉子業，實是消磨英雄一法，此道獲精，而靈臺已悉爲所用，俗稱書獃。後生須知未獃時於書未必有會。

明經公生

『思之思之，思之不得，重複思之；思之不得，鬼神將通之。』余幼學比偶，大父明經公舉此數語勉勵。先理學公梦謁關帝，帝有伏虎，命抱回，而明經公生。兒時極穎異，年十餘齡，質轉鈍，遇帖括多不得通。夜梦掬水河干，攀龍直上，河水皆沸，心大開悟。

親老不仕

明經公負英敏之姿，加之學問，里中咸大物相期許。而性豪邁，芥視一切，領甲寅歲薦，親年八十，不忍離親入官。迨親歿風木抱悲，竟忘情仕進。

公篆記

有袁生，工篆刻，見明經公笥中牙章，頃刻間鎸作牧童牛背吹笛形。公令篆『光明正大爲人』六字印約，公平生正如是。

公焚券

余尚有兄，乳名歷，先余一二歲生，同時中痘殤，而余得無恙。明經公則對天焚笥中若干券，大凡遇災而懼，側修固應如是。

文公在中

文公在中，陝西三水縣人，進士。自禮曹謫泰州同，即太青公父。太青時十餘歲，督責甚嚴，屬明經公遴坊刻授之，偶怠於成誦，或屬文未工，輒欲以官刑治。每與堂官搆鬪，輒云：『我不濟，我子則書櫝也。』太青名翔鳳，成名進士，文章學問爲一代宗工。

梦中句

明經公梦中自輓：『是處青山可藏骨，到來緑水總堪杯。』前句見蘇文忠，不知或暗合。

明經祀

公以明經崇祀鄉賢，故封誥。有云：『貴雖不滿其德，没而有祀於鄉。』祀典載王言以重，尤異數云。

卷　四

三　垛

高郵三垛至興化下河，相去七八十里許。嘉靖中，忽從三垛遥見興化城，石麓公大拜，尋復隱不見。崇禎中復如前，則吴鹿友公大拜之徵。或曰，近亦曾見之，尚未知所徵。

朱菱谿

寶應朱公菱谿園在湖中，必舟楫方可至，文士之居自不同於俗。近王鐵山亦於高郵爲園湖中，名曰桴園，或亦嚮往於朱者正深。其他以園爲驕奢，中一事不復擇地而蹈，安問其立足耶？

珠　湖

高郵珠湖有珠，珠出時，人從城樓竊視，蚌殼半規若小船，泛湖上，一翅豎起若船篷。李公淮南鄉薦時出現，人見之，李後成進士，官通參，負物望。

李氏墨

李大中丞世臣，中憲公戊午同年，太翁沮修公至上虞山中卜地，夜梦天妃賜一墨曰：『此汝家一卷。』月夜步至古廟，見香案塵積中有墨，再拜取，歸金陵。八月八日往貢院小寓默祝，先入房者授以墨。世臣公先入，以墨授之。第三場大病，小有隔號聞聲，入捉其手，勉完五策。世臣指墨曰：『此神所授也。』小有置夾袋中，抵寓覓之不復見。而世臣是年獲雋，遂聯捷。仲兄少文，乙卯戊辰福建巡方。伯兄小有負才名，顧難一第，以保舉任大令。

李氏芝

孝廉維凝公，宗伯碧海公冢嗣，奉常容齋公孫，相國文定公曾孫也。博學高才，深於制舉業，每爲後生講説文竅文訣。映碧廷尉幼孤，維凝撫育教誨如己子，偶不率，則撻己子，俾知感悟。辛酉報至，維凝久困闈屋，毅然自任，報人索賞訖乃出映碧名，良久維凝報始至。是年其家茶窩稻穰生芽，蓋芝類也。後映碧三郎倚江己酉登賢書，復如是。先維章公子雨商登賢書亦然。維章，碧海公庶子也，又聞龍潭塋地岡上開蓮花一枝，事更奇。

李門楣

映碧三餘述，楊扶山卜五世祖封翁龍潭塋地云：『君家科第緜緜矣。』又云：『外沙甚秀，必有以門楣連掇巍科者。』解公石帆、張公鐘山，皆李氏壻，映碧遂以大兒梦仁與二公并稱。

李解生

三餘述文定公未生時，腹中聞啼聲，解石帆公亦然。一仕至大學士，一仕至太子太保、刑部尚書。

張鐘山

三餘述張鐘山京元督學江右，有狂傲名。一日盛夏，某縣令人見跪揖於庭，鐘山正衣冠南立，忽左手持烏紗，右手持扇扇頭，又一日，一年少太守入見，連罵畜生不已，太守驚問故，則曰：『君年未三十已官郡伯，吾子不肖，猶碌碌子衿，自詈子耳，非詈君也。』

張何試

相傳鐘山試輒前茅，而何公麗泉南金輒蹶。決科同赴白門，詣貢院，張嘆曰：『此地不可不到。』何應聲：『此地不可多到。』二公皆以文章取高第。

張上世

鍾山公上世張公羽，弘治壬辰河南布政使。翀，弘治壬戌御史。翿，正德丁丑兵部侍郎。羽、翀、翿俱同母兄弟。

問天樓

鐘山有樓居，顏曰問天樓。

何公試

何公就督學試，劣置之，乃是大結用《莊子》『風日守河』句，『風之過河也，有損焉，日之過河也，有損焉，而河未嘗損者，恃原而往者也』。因記中憲公述一督學試士文，用『顏苦孔之卓』，劣置之，士抗聲曰：『出《楊子》。』督學取閱云：『這是本院空疎，即刻改前列。』衆共服其虚。公或曰即徐文貞公，督學浙中事。

何會魁

何公會試出場，一士以會元自任，同輩亦咸服，口誦闈篇，何大不然，笑曰：『還得儂家作會魁。』衆問故，曰：『「君子之仕也，行其義也，須句句對《丈人》説才得。」此可爲後生鱻率者對鍼。是年公車，諸公有乩卜者問會試題目，書《丈人》章，衆大笑，問次題，又書《丈人》章，衆以爲妄。比入闈，次題『君子依乎中庸』，見《丈人》章外注。

鐘山書

王鞠劬公不以書名，常云少喜鐘山公書，當年論畫，未知崇尚宋元。書於顔米亦然，張正兼顔米二家而成，亦可知二家似相反而實相爲。

史范書

書法擅長，以余同時所尚史公啟元、范公鳳翼。家大夫稍後，而實兼二家之長。

季鑒別

泰興季因是公自云爲諸生，館通州，與包稺脩有文字契。戊午李公維凝與季俱副車，常自述少時受知，文琅琅堪聽，至爲角藝觸發，書畫精能，富於收藏。近又精於鑒别，家園鉅麗正如金谷蘭亭，無分優劣，亦三十年來人物之盛。

朱明京

吾揚士紳，泰興稱豐厚。朱公一馮寒生，生時家梦馮當世至，故字明京。當年云：『敵國富，亂後不稱。』余常笑問：『季公何道可致計然？』猗頓答曰：『則亦不知其然。』語至可味，要其與人交有古人風，晚近士夫遠不能及。

冒宗起

自袁公了凡著《立命論》，先輩行功過格誦《太上感應篇》者甚多，然必驗，雖感格之道當如是，亦所以收束身心，使無踰越，文章德業出其中焉。中憲公戊午同年冒宗起公，幼時誦《感應篇》，歲戊辰，館師羅先生寄書云：『元旦夢遊某山境，見異人講論《感應篇》，注解至「見他色美起心私之」云：「此是如皋冒某所注，該中該中。」』而公果是年成進士。

冒諸生

先進父兄之教必先。冒公爲諸生時，飲親友家，夜歸及更定，太翁門已閉，立門外不敢自推敲。中憲公云：『大王父理學公有室時，高祖妣孫太夫人至嚴，亦有是事。』

江都某

江都名會魁某，以丁酉登賢書，越三十五年至辛未始成進士。君子易事而難説五句文直書。冒公嵩少坊刻幾半，後冒官山東曹州道。某官，陽穀令。映碧爲書與冒云：『此老師，非直老大人也。』然冒公在時從不聞言及此事，亦先進用心之厚而藴藉處，正可思。

朱泰符

中憲公戊午同年朱公泰符眇一目，乃是太翁夜課讀，投燭籤所中，卒舉於鄉。

蔣羽公

蔣羽公館吾泰時，負才氣，不許可人，而於中憲公有深契。每謂：『進賢冠何定？正如天上落饅頭，聚犬一羣，搶得過便是，却也要許大力量方搶得過。』

園桂

中憲公述一士子應試至某縣，閒遊某士夫園，見桂樹花開爛熳甚，時正春夏，因摘一枝納巾篦中，是年秋獲雋。語同人有此異，有爲士夫道者，不之信。士子轉向巾篚取驗，雖經月淹閣，而花猶在，記是華南畹公事。

維凝交

李維凝公之與中憲公交也，余每謂若以此等爲朋友，今朋友之倫絶之久矣。戊午中憲應試，邸中遲一客，而童子報李相公至，及趨迎，則維凝也。人佇視，不即揖曰：『我爲兄發一兆。』袖出桂花大枝，且云：『兄良苦，先中罷。』中憲感而受之，因問遲何客，答以某。意大不然曰：『此浮名，且非遠當有物議，勿親之。』中憲遂以設具酌維凝，諭童子某至須婉謝。却問今交道中有此等人，説此等語，爲此等事否？

聞桂香

中憲公戊午捷報前數日，聞桂香盈室，舉家中内外人皆時時聞之。

論應制

中憲公謂應制文元取高華，常誦詩『天上碧桃和露種，日邊紅杏倚雲栽。芙蓉生在秋江上，莫向東風怨未開』。中憲生時，王太安人梦自天墮一大杏，取得之，遂爲中憲小字。後中憲有倚雲印記，幼搆書屋堂東，王太安人手自拮据，理學公有搆書屋成，勉進詩。余檢中憲所書『倚雲書屋』爲之額。

白馬廟

北門外白馬廟舊祀蔣子交。中憲公諸生時，自舊宅至東書房輒經過，一日王太安人梦神相告，謂經過時神輒起，非所安。如是梦者再，太安人請於明經公，命匠作小塞門，門至今在。

火神

東書房初成，鄰近數被火，中憲公梦火神載火一箕坐霤端，又梦神謂：『公速來，此宿我且行火。』不數日四週俱火，而書屋無恙。

梦玉等

徐氏居第既壞，餘椽尚可容納大厦有餘，歸吾外翁潘氏。時安人許中憲公，甫十餘齡，外翁梦徐氏送寶物一，呼玉人斲之，得玉筆二枝，令外翁與壻宫氏泰父子。進士自徐公後未有同時者，或以此爲同時成進士之符。至兒輩興起，雖弓冶有承，而父祖意不存乎急就，千磨百鍊等於崛起可也。後此纘緒，又視此崛起者之培護何如？余故必欲分而著之。

中憲蒲團

中憲公看書，用蒲團跪床後，每五鼓搆思，晨起完文稿一篇，然後盥櫛早膳。與文會則一題必奏三四藝。

乙卯梦

中憲公乙卯元旦夢一小兒坐木桶中，昂首謂中憲：『汝那得不我救？我當遲汝一科。』黎明問，則旂价溺所生兒，卒如梦。

戊午咨

戊午元旦中憲公夢當得雋，安人戒勿言。尋又夢州送賓興，不與。天未明，趨白明經公，欲援例入成均。時家無宿舂，致難其事，而中憲決計行。候至八月初，北咨不到，適兩總裁慶千秋，遲至，改首場於十二日，而初九日咨到。意其誠至必孚天道、人事類如是。

辭代筆

咨未到時，先投呈大司成求試，周公如磐試第一。有徽郡富家子持百金求代所作，中憲固辭。

楚孝廉王存初特相契，謂此何害？中憲曰：『我之來，此破釜沈舟而來，我非天之愛子，天之孽子也。得百金天謂足以償，而我生平大事去矣。』王嘆服，至艤舟石頭城，候同公車行。

余八齡

中憲公戊午既聞捷，余年方八齡。是夜中憲語安人所夢，指余曰：『此兒遠要發，安人戒勿言。』遂亦不記爲何。

鳩鳥至

中憲公每赴闈，方牲醴賽神爲發軔之祭，輒有鳴鳩飛舞，翔集階除。余午未行，鳩至亦如是。

顧公樞

憶辛酉余年十一，顧公樞登賢書，錫山顧年伯與沐子也。中憲公舉示問何故不如顧公子，余爾時亦默知自勉。劉忠孕公原中憲同時共事，愚公獲雋，則余年已十七矣，舉示更厲。後余壬午上春官，而二公咸與。

論干謁

博野李公守泰時，富民張太平致傷人命，度無解活者。中憲公爲孝廉，絶干謁，李特敬重。張煩内親宋持五十金求尺一，潘安人力止，且語云：『來時已有被屈寃魂尾之至矣。』宋拂袖去，笑曰：『欲昌後應如是。』不數日，李以免，一農民送五十金，數恰相符，所謂飲啄前定，而得於已無所損。

吴相公

余生也晚，吴相公鹿友最早達，亂後益少有相通者。近見其《憶記》《寤言》二書，《憶記》内一二事間以書類，《寤言》多見道語，存四則令後生知所最。又述鄉闈房師喻養微，工科致知戒以勿爲人囑託公事。比入京又戒以别父母來須保重此身。而公謂多非分之得者，因而喪廉尟恥，淫蕩失身，既損名節，且壞陰德，至引所見爲証，皆名言也。因記中憲公絶干謁附録於左。

《寤言》四則

教子弟有三種人不可令近：柔佞之人不可近，邪僻之人不可近，貪侈之人不可近。

人無志趣便俗，無志趣自不肯學問，故俗病最難醫。人入幽谷曰俗，以其陷溺深方知人須向上。

人生自齠稚以至衰老，中間盛壯曾幾何年？隙駒易駛，振策長途，日征月邁猶恐不及，而悠悠忽忽自安苟賤，徒爲天地間一蠹，豈不可哀？

今日言乖戾難近者，必曰是人有性氣，將性氣二字錯認，不知天命謂性。孟子善養浩然之氣，所謂性氣乃如此。若世俗之人恣肆忿争，妄言躁動，此乃惡習所染，血氣用事可謂之性氣乎？慎勿以惡習爲性，血氣爲氣，而流於乖戾也哉。

論早慧

中憲公常云，有謂幼年了了，長大必不佳，此不然，仍是早慧者易成。觀黄宛懷、冒嵩少公，皆以髫年爲文宗大期許。間亦有以行奪者，强半如所期。

鞠劬布衣

王鞠劬公六歲時，太翁新制一大布衣留爲入塾之用，至遲廻王自爲句，父親疑惑兒子心焦，新做布衫幾時穿著。見墓志。

執溺器

鞠劬公有室，每日明，尚爲父執溺器出，暮復執入，自謂恭敬奉持，若捧盈然。豈無可代，而己以爲至樂。

夜讀樂

鞠劬世家寒士，有貴胄延共講習。公預爲規約，侯門不便出入，必肩輿行，戒館地毋得吏胥牙互溷雜居。無何東君不耐，棄館職歸。致館餼却不受，强再四，納而齎道院矣。少讀書萬壽宫，攻苦自刻勵常，爲余言夜讀之樂，每向晚挑燈，景界一新，又是一番朝氣。更深枯渴，書齋沃酒具，輒用卧榻所籍稻穰，適供陽月迄寒食之用。

論兩榜

鞠劬常云，秀才中兩榜，如一日兩餐，少一餐便饑，决不可耐。做官如飲酒，興會所至，不妨多數行，或主人意懈，又席有罵坐客，便可拂袖去。

王言志

鞠劬幼時同學三人言志，王曰：『辦今生決要完兩榜事業。』一友曰：『我四十爲期，彼時中便中，不然當治財，若有人負我一文，便脱巾幘撻至橋市不爲辱。』一友曰：『二者皆非吾願，吾所願閉户著書，蕭然自樂。』後三人皆卒如所志。

論大言

有場前意氣揚揚好爲大言者，鞠劬曰：『□□□□□□故曰兹道若烹飪，然生熟關乎火候做工，夫有常不間斷，如下廂不住火，却上廂又不可掀鍋蓋泄氣。下不住火，上下泄氣，庶免半生溽熟之患。此言致可思，半生不可，溽熟更不可。』

王戒無

鞠劬久於闈屋，家人相戒不言無有，爲有，若無，則反云多。夫人有叔，高年從下莊來城糴薪，行遠力憊，令先遣人至柴河視有無，反命多甚。而叔直趨至河行愈憊，歸責所對非實語，至今傳爲笑。

王寓舟

鞠劬諸事儉約，獨臨場買舟覓寓必厚值，俾寬然有餘。若謂此身有所用之，則所以奉之者應無所不至。

論積誠

鞠劬素操積誠之說，常謂忠信可孚豚魚，何況主司？

王巾服

中憲公謂鞠劬會試時，儒巾青布衣如舊制，有相謂必售者，逡巡退抑如不敢當，以此知必售。

金石聲

鞠劬壬戌會試，爲林公鶴胎房，相傳卷在低昂時，林聞卷中作金石聲，故力拔。後王官臺中，彈烏程，聲動一時，亦其應。批句有『聞金石聲』語。王公積誠感格之説，觀此尤取應如響。又中憲公道其進場時，謙抑韜斂，甚知能作得此聲。

中憲文

中憲公自明經公見背，遂忘情仕進，每公車不過勉應故事。後鞠劬謝巡，方歸聚同人爲文會。丙子鄉試覓寓淮清橋，余及同人咸集，寓有蕉花一枝，中憲以送余鄉試至秦淮，偶爲八股業，鞠劬大稱嘆云：『文會欲得一新舉人，特未見，轉見一新進士。』謂中憲也。果以春明成進士。噫！若公可謂與人爲善者矣，而亦精識鑒。求之後輩，邈若河山。

王書梦

中憲公登第，鞠劬寄書，述所夢中語云：『兄一第不足奇，獨於吾泰大有功德。老者聞兄之捷而志不衰，其少者亦曰此信貨也，不可不勉。』

中憲學

中憲公於天文地理以至兵占數學方伎無一不洞悉，詩歌、古文詞、書法無一不擅場。余童年就外傅，即以『一物不知，儒者之恥厚』期勉。

謁廟。

余習勤

而余幼日習勤乃過於所期。憶余初婚，鄉俗三日廟見，廟見畢，余旋就宿書齋。時議琴瑟或不叶，如是十年成進士，而夫婦乃益恭。方夜讀書時，母安人縮其膏，則積取飾首油筒爲繼晷用。母安人夜起偵視，匿燈床下，去復燃之，不達旦不休歲，服油緑布袍垂十年一更製，釋褐時仍服之

季師述

季師問業中憲公，中憲命余受業，爲余述徐兼善幼年序所讀坊文：『不是一番寒徹骨，安得梅花撲鼻香？』爲進一語云：『欲得梅花撲鼻香，須是一番寒徹骨。』

袁氏婚

余婦大父九潾公，以南康守覲京師，際中憲公公車，公過視不遇，公見樸被蕭然，曰：『此有道之士。』時孺人及笄，每有媒妁相爲言，婦翁家書馳問公，公曰：『必歸宫。』又於封識外書之時，亦有以女許予者，云色甚華。余大父戲謂余，余曰：『婦貴在德，豈以色哉？』大父喜謂皆前定，而婚約遂成。

袁識鑒

時孺人有妹，許聘沈少司馬後人。少司馬孫道隆，承父廕官别駕，歲時聘問甚周，而余家筐篚至不充，媒氏相竊笑。九潒公意不然，比余年十六七時，讀書屬文大攻苦，而九潒公大許可，曰：『此子非凡，勿凡遇之。』

袁優

婦翁家優童甚盛，余十七八時至其家，略不寓意，見女婢中有色殊服華相，經過輒他視，翁家謂余宫夫子。

袁氏園

出見粉華不悦固然，然寧弗見。至婦大父爲園，則意甚樂之，歸乃在文稿後畫園亭粉本。

白扑教

杜公渶任揚道時，爲言少時從一師，每日扑教必數次，率以爲恒。蓋從來文士才思必如此磨勵始出，據後事似無庸，不知實以此得力。

論試録

予年十六七，文思平平無所加，中憲公見童蟬孫所爲藝大稱譽，謂予何得遜不如。延共切磋，而文大開闢。一日見新貴文，大書批駁，中憲大不快，謂先輩見試録題名必拜，拜訖跪而讀之，於新貴逢年文亦如是。余髫年至不相下，聞言厚自抑，而器業稍優。

于金沙

余丙子與金沙于君明寶共寓，見案上制舉藝一帙，約百餘篇，裝釘極精，皆所自爲稿。于出闈極滿志，首題『畏天命』三句，乃其夙搆，又三四題皆有作簡練揣摩，取效如響。此説先輩不肯言，顧言之亦非工力未優者所辦，後生可知所從事。

徐氏門

中憲公爲孝廉時，徐公蓼莪已自大令擢黄門。丙子，余隨中憲至安豐弔季師母夫人，舟泊海安鎮，月夜閒步及徐門，門徑蕭然。中憲大稱賞，謂賢者當如是，人但知蓼莪彈烏程，官僉憲，要其軼事有足多者。總之未嘗以鄉黨鄙猥自期待。

徐貢京

余庚辰在都時，傳聞母潘安人病危，五内皇迫，病幾殆。蓼莪公每進朝，出必過邸舍省視。時天災流行，人皆遠避，公以麻油塗鼻孔來，至今感其意。

顏五經

甲戌會元李太青顏，壯其茂猷，以五經題請中式，因欽定遂列會元之前。後丁丑揭年伯萬年。庚辰不記。癸未同年三人：譚元孩貞良、馮眉仙元飈，趙平符天麒。

季入雍

予家三世單傳，至予質最弱。十餘齡時，中憲公相習書必通本復，一日復未半，暈仆地。延醫沈小軒胗視，服滚痰丸而甦。中憲公因欲予就成均試，得稍逸便，予意不然。暨余爲諸生，困場屋，中憲决計爲余援例，謂此家世使然，余固不然。季師問故，曰：『秀才猶有一文宗繩束其心，離此更無繩束處，而此生不可知矣。』時季望賢書至迫，中憲遂以季入成均。壬午秋，予與同舉於鄉，而予己卯副榜拔貢，中憲所謂家世却如此暗合。

避皿號

相傳皿號不得領解，以未必本省人。余不入成均，亦此意，但未道破。己卯貢入北雍，人以北於南較易，余却自北改南，寧爲其難。到南又不赴雍試，却具呈文宗，隨諸生録科，因卷面寫選貢生，仍印入皿號。牛師欲取冠本房，以此亞其名。中式後大司成監額有缺，致與文宗大争執，牛師始悟余不樂赴雍，故而春明冠本房。

王司成

大司成王公光復争執時，但以爲襲取其號，京兆金公楚畹習余名，謂此非襲取號，乃志必欲敚解額。王意更不快，謂：『那得鄙夷至此？』笑曰：『先生之志則大矣，先生之號則不可。』

謁王公

余得雋，過謁王鞠劬公。公云：『尊公服官，又嬾於人事，兄宜努力聯發去，不然内外事日繁，而舉業日疎。』至今念其真摯。

春官約

方舟上春官爲愚公天木，愚公倡議立千金約，以遇者爲未遇者設處之資，各袖二紙。余二紙乃皮船額端。至張灣束裝，有老僕欲簡歸行篋，余謂不須。僕不悟，必欲簡歸。予謂果不須，究未簡歸。

名序

癸未之役分較，各以所識拔争前茅，而李師獨不一言，至第十八方及余名。李師戊辰第十八名，亦取宋人衣缽心印之義。

吴世科

午榜吴玉騧拔自余房牛鶴沙師，叙同門。比余癸榜，玉騧與大兄玉鉉俱登第，又余房李二何師力薦，又叙同門。午榜，四兄玉隨名在副車，稱同年。後同昌兒拔貢，入太學，大對探花。三兄玉林已卯壬辰，余已卯科貢，稱同年。爲言太公博學弘詞，以不得一第爲恨，垂死捧腹嘆曰：『一堆黄土蓋文章。』玉隨、玉騧孿生，太公梦對龍，故隨名，對騧名龍。

王冠服

余文會王公園，適傳兵備鄭公當至，備官服待公。偶以他事出，余戲著公冠服，同人更爲余整束得當，而公適回，同人皆端坐作拈思狀，無與解曳者，公轉以命館童。及余登第歸，冠服過公，公笑曰：『正如文會時所著。』

王署壁

余與季師公車，王公署會所壁端云：『自宮紫陽行，而會中完篇者少，自季大來去，而會中講話者多。』於此見公大集同人，課習獎譽初心云。

金魚

中憲公丁丑公車，家人從後井汲得一金魚。余壬午鄉闈，前井復如是。至癸未則展期八月，四月間大雨時行，而北園石盆内飛墮一金魚。

夢雲

余諸生時，問王公酉戌間有何兆夢，曰：『兆無之，夢日日皆是，無三日不夢，此外雖妻子無從知。』余午未間夢境正如是，然無他，但覺五色雲横亘天宇，而余在其中。又若名花爛熳，上下圍繞，仍是文筆爛熳心目間。

墨花

壬午，余方讀書西堂時，一日硯中漾出墨花，團結成瓣，芒色奇甚。或亦積莓所成，然前所未見。癸未春夏，余坐西書房，筆石咸在，硯中復如是，顔西堂『異雲書屋』，西書房『墨花莊』。

卷　五

丙　辰

慶曆至丙辰，世代消長往來一大關係也。無論其他，以余學爲制舉業，自丙辰先後始有不雅馴字句浸淫士子心掔間，而無能振脱，如是十年。至乙丑而風氣大變，亦風氣大開，王之變而伯乎？雖純雜，不侔昔人云『寧爲雄伯，無爲雌王』者矣，子變而經，經變而大家史，漢六朝古人文章與時高下，制舉業亦如之，其間名家輩出，各乘乎風氣之自然沿及。癸未絢熳極於無可加，一時名輩亦蒐采幾盡，以予童年及壯中心慕悦者不一其人，而乘運而出能使景界一新者，俱常存其稿笥中。

史及超

近三十年來諸世事山中可不具悉，而制舉業不可不極論。若史公大成文，可謂有功制舉業者。聞浙鄞有老僧，名大成，精勤了達，爲時所重。示寂日語其徒曰：『明日於史家問我，我當生彼。』一笑爲期。史果舉一子，其徒遂以告，而其家感夢亦然，故仍其名曰大成。先是公車有王孝廉者，途遇雨，向村舍宿，主人前一日夢神語：『來日王狀元至，善遇之。』主人女未笄，意亦欲歸孝廉，而孝廉故年少，私與目成。主人覺，屬鄰子通伐，請爲次室，且告以夢，訂於登第日迎致。孝廉會試中式，比殿試閣中擬第一，進呈時，卷忽從半中析爲二，因以史君大成卷拔第一，而孝廉當中式，後亦感夢，以是女故有所謫，置二甲，選庶常，改給諫。或猶以主人意得輕謫，并識之爲能文章志科名者戒。

三解元

鄒衣白、尹澹如、張席之三科三解元，皆毘陵郡人也。相傳某一科惲香山當發解，才亦相敵，主人述所夢，始涕泣悟有所謫。

血衣婦

壬午楚元沈時霈會霖，述其同年李兄初學闈中『義者宜也』文，乃名宿歐陽刻也。房師擬中歐陽，以李易置出闈，向歐大歎息：『得無行事有所失？』歐曰：『無之。』李云：『何言無？元旦夢魁星至宅上，有血衣婦人推阻出，因而我家祖宗迎至。』蓋姦一婦人未遂，而夫殺之。

包燈

余癸未揚郡得七人，今世相傳包燈，創自包同年穉修。包乙卯得雋，予方五歲，後予郡試童子科，寓西方寺，包過家，大人猶於牖間竊視，又爲余叙鼎社文，癸未同予成進士。

王翼注并王公説書

王螺山同年，觀濤公仲子也。觀濤公，解元進士，官吏部，有《四書翼注》行世，世稱學者。觀濤公《翼注》可謂至矣。戊寅己卯間，鞠劬公評次會文，少可甚。余謂：『何不一四七説書？』公因買高頭《四書》一部，先逐章書數行，於上届期説之。余成名歸，而書始完。此宜與《翼注》并行，得此亦可廢從前諸講義。

王父子湯太公

是科虞山王名曰俞、王名澧父子同榜成進士。豐城庚辰榜湯庵公來賀司理吾揚，太翁名紹中，以癸未榜成進士。

鄭宗梁

鄭、宗、梁三年兄孝廉時，於公祖父母中各認定一家，故於時有三杰之稱。後鄭、宗皆可以無死，而梁從容就義。尚作時文數十篇附家書内，此不可不傳。聞小鄭年兄天玉亦慷慨崛强而死。

楊冰如

楊冰如同年德器端重如其貌，幼受學張公二無。庚辰間二無患病京師，楊與朝夕至，爲諸前賢所重。大魁後鄉士苛責，以余平心論，只交道二十年如一日，其他心迹正相類。余飲冰如家，見外衣内緣褒甚華，頃之更外衣，乃新繒尺餘從褒口接續而成者。每與兒輩言如此爲有道。

黄坤五

問黄坤五當年何所揣摹，云：『我輩所學，寧取高一層。俗學卑之，無甚高論以爲迎合，見者易之，欲躍出儕人之上難矣。須使見者先知其有異，不敢易視，覆閲之而意義益層次出，非妄作者。故所取必高第。』然則所謂高一層，乃反爲捷徑。揣摹者所不知此論，自坤五來三十餘年不變，盛名高第俱出其中。近文章一軌於正，又當爲立極之文，包羅奇平濃澹者百輩，然非易言矣。

予自幼

予自幼學爲大家之文，非爲大家也，實欲自成一家。而爾時風氣趨盛，又以母安人善恙貶技，投時以期速售，正黄公云高一層爲捷徑也。成名後以臙畫名其篇，同人笑之，予不欲自没所學云爾。

姚臨場

姚公永言丁卯讀書金焦，太翁賡唐孝廉就而視之，見案上制藝一册，乃永言揣摹之作也，大詬厲，問誰爲此者，若入試，將不免。蓋緣所作稍出入，太翁去此道日遠故云。而永言是年聯捷。

王臨場

王楚先壬午臨場，讀書僧寺，太翁喜賡就視，見案上所爲制藝，方開卷看一二行，便云：『中矣！』其意自破題，便要一字可著數圈。是年楚先聯捷，喜賡同登春闈。

領闈卷

李維凝公戊午副車，辛酉自知必中，或問故，云：『往年入闈多矜慎，戊午以抱恙振筆書之反被識拔，此亦爲火候已到者言也。』故闈卷必宜許士子領看，北闈不之禁，而南闈秘之，舊無此例，不知何所見。

甘偹騄

辛酉前數科，江右一生甘偹騄梦得雋，座師名王，相説同人以爲笑。及辛酉南録見王名，甘大喜。王聯捷爲袁州推官，甲子分闈，而甘得雋。乃在本房壬申間，自家而泰，自泰而家，皆若或使之然，則師弟之誼固可没乎？

好好

鞠劬公言諸生時，數以會文質林公見城，初猶丹黄稱意，比暮年但書好好爾，時才思盡矣。

李鹿鳴

吾州李鹿鳴能文章，中憲公特交厚。讀書維揚書院，一夕文飲畢，同步月墀，期許甚，『及富貴毋相忘』，便下拜，中憲亦拜之，約以文行共砥礪。李所志未竟而卒，後數年仍於乩書述所夢。中憲曾夢同，大對公外無知者。

小試文

小試文與大場不侔，乃在浮與沈。沈之爲義，正如晋人所謂『茗柯揚之，高華按之』。沈實小試不爾，但使清通之氣浮出紙面，甚者爲尖觸犀利。偏側皆浮之類也，若所謂『鬱鬱葱葱佳氣浮』，則浮又未可少。夏氏昆仲在浮沈之間。予日望其售，而儲爲甚矣。楊程一小試輒冠軍，予延至課兒，漸以予説爲然。比楊數見黜，予亦攢眉，謂焉知非予貽誤？昨歲破的，而予意始怡。程一亦謂『方知未奉教益時，真於此道河漢』。

杜嬾

杜殿公才思高妙，余猶見其會篇，非諸學究比。王爲援例北闈，未竟所志。王每加嘆惜：『只一嬾字，致貽誤一生。』後生須知嬾大不可，直要勤，勤不足盡之。直是安逸不得。要勤苦，勤特勤所業苦，若天降大任，節皆以我身歷歷受過，乃自造得蔗境。

童不戒

童蟬孫赴試郡城，夜暮無所託宿，飲青樓，不得已宿焉，遂染黴毒，至不救。近陳木公、羅公倬皆受此患，後生安可不慎？

耆　英

中憲公家居效耆英故事。鞠劬與中憲同歲，次則楊公贊皇，成公石生，陳公友荀子明父子，劉愚公，陳抑如念共父子，屆期集春雨草堂。余侍中憲周旋主客，酒蔬各有擕取，適飲而已，意不在酒，集必歡笑譚論竟日。或旁及弈事，中憲篤嗜弈，鞠劬不問，余不知，而中憲謂初時乃王公所教。

成石生二則

成石生述一先輩致大位者，年近八旬，尚速客大勸酬，歡笑終日，坐有紅裙，笑語客『他還未厭我老』，其和易如此。至其仁心爲質，真如詩南所稱『騶虞以知致大位』者。如是或子弟於坐中語涉譏刺，便作吴語云『我一生弗喜歡，直恁子剥削』元氣話。

石生相聚猶存直諒風，爲余述某經略語。成云：『快心事做不得。』某曰：『豈特此？快心話也説不得。』此不但論涉世，亦有道者自處當如此。

王中丞

余於高郵，因中憲公自兖府移養歸。司李李某，中憲同年也，復列入許册，王不一察，余以此示大郄，王亦以疎於所事至不自懌。後余北游，王相遇特恭。中憲公在南雍，見劉員嶠廂聯『自家意思一庭草，天下文章五色雲』。

雍　聯

王鞠劬公謝巡方歸，署園曰『好好園』，署齋閣『讀書學陶淵明不求甚解，飲酒似邵康節最喜微酡』，廳事『兩如之何，可以無大過矣；三必自反，豈不有餘裕哉』。

王聯額二則

王公於文會處署『趣園』，署『義聚堂』，署『嚴心室』，署『真工夫在戰兢惕勵，好光景是師友父兄。』又『席上聖賢堪晤語，庭中天日是存心』。又『千秋事業新裁富，一日工夫俗務稀』。又『鳥飛知客到，花發見文成』。又『避損友如虎，遠閑書若仇』。又『開軒對酒怡天性，啟篋觀書識父心』。又『因逢勝友開軒早，爲賞奇文載酒多』。又『損者三樂樂佚遊，損者三友友善柔』。又『會應有知已，惟恐不好名。天餘課子日，人慶得朋來』『事業每懷年既壯，工夫常惜日初高』『梦中猶習先人訓，坐上須聞長者言』『人間白髮存公道，門外春風遠世情』。

中憲聯

中憲公東書房聯：『千秋事業千秋志，一寸光陰一寸金。』『學知不足日有就月有，將遜志無如時敏；過寡未能仰不愧俯不怍，存心只在幾希。』子丑間遷城，中堂成際，余初婚爲聯示『開眼做人，直從初念提醒，作狂作聖争此幾希；留心進步，須防片刻偷安，集菀集枯懸於敬肆。』『式穀有良謀曰忠曰厚，守成無難事克儉克勤』。

論文詩

先時中憲公論文爲詩示：『會題先脈緊，取勢尚機圓。後先常影射，虚實更周旋。詞肥妨冗贅，意複厭牽纏。發軔與終局，當關莫放寬。』又『意翻往局方争勝，字譜新聲始見奇。更有一端難説處，彈丸脱手許譚詩。』

在寅

『一年計在春，一日計在寅』，古語豈欺？且所得爲已多。士讀書自寅至巳，直可當一日工，是較同人多其半。豈獨士爲然？由服官迄宦成皆若是。或曰宦成後又何工，是不然，主人翁失昧旦之義，其下何所不至。

童年

知在春在寅，而不知一生之計，又在童年，在成童後二十年。

晨昏

晨省昏定，視之若繁重，行之極簡便。何則？晨必出，昏必歸，就其時爲其事，非有他務凌，遽至不可行也。而親或於其出曰：『今日何所事？』於其歸曰：『今日何所見，何所聞。』則得失可自考，且得所教得所學也。日學其一，積一年而所學何限？即不日相爲教，而恂恂焉修弟子之儀，固即所以檢束其身心也。至於夙興夜寐，視此爲節懿，戒所稱何加焉？

相接

晨昏冬夏相接也，凡屬文修行皆然，所貴恒而不變。子之於親以及倫理内人亦如是，隔則不入，故俗曰『離間』，惟離而始得間，亦未有離而不間者。

後生

後生凡事必令父母知，劉氏二少至可鑒。

宦遊

先達厥子多不克紹者，子十三四後十餘年，賢者恒於斯，不肖恒於斯，視教學半。而爾時正若父宦遊時，教斯失焉，此不兼矣，其有不肅而成者，既難以概。外是，不以彼易此，寧赴官與俱。

園居

又縉紳宦成，歸得專教矣。而多姬姜樂園居，則若子動静罔聞，知學之不殖毋論也，以此敗德禍及宗祧者，多有厘弓冶慮者，宜兩端擇焉。

教笞

賈生教，笞不可廢，於家亦槩指子弟僮僕言。譬若子弟馴，則教笞可廢，推之僕亦如是。而今世大家子專是子弟撻僮僕，先年諸家失德皆緣此。即一下人不足惜，而心麤氣浮，自於學無所得，於學無所得，他行事又何所不至？

慎疾

子之所慎齋、戰、疾。今齋與戰，士人若無所用，然祀先及所有祀必誠必敬，皆當齋。文場決勝亦曰賀戰勝，是亦戰也，况大而治兵詰戎，亦士人所有事。故子曰：『戰則克，祭則受福。今士人要克，要受福，安得不慎？二者皆兼先事與臨事。至於慎疾，尤慎未然，不外起居飲食之間調護得宜，自可無疾，猶恐一時不虞，又謹於將然。余偶患小癥，便自作贊存篋笥，臨深履薄。爲孝子者用心當如是。失此不圖，日從事草根樹皮何益？』嘗與先輩論《本草》食物，曰：『大抵不可偏勝，凡物益一臟必損一臟。』驗之果然，食物尚爾，况藥物乎？至血肉之藥亦恐不潔能爲害，金石尤不可用。

知醫

爲人子者不可不知醫，匪獨事親，即夫子告孟武伯孟子守身養志，意已俱寓其中。視於無形，聽於無聲，兵可百年不用，不可一日不備，知醫而無所用，是能爲人子者矣。

養志

守身爲事親之本，曾元詎不孝，而孟子獨有取於參者，正從酒肉養志推極於啟予足手，以爲有別於養口體而孝義始全，推斯志也，横天地塞四海，皆臨深履薄一念爲之也。

婚嫁

婚嫁在士夫家尤宜從簡，一切紛華正不欲。少年人漸積而靡，至喪禮一祭殺數十牲，似先人以口腹爲事者。中憲公遺言不爲無見，比葬尤多無益之費，俚俗不堪，俱禮文所不載，至爲可笑。此在暴富家或矜誇以爲勝，在士夫行之，未有不爲有道者竊笑。

耕讀

耕讀相兼，非若士工商之不能相爲也。故爲學先治生，則耕亦不應以讀廢。

午飯

午飯要飽宜肉食。早飯雜蔬菜半素食，非獨省約，亦寓調劑之宜。

某獄成

某之獄成也，乃其妻悍妒大撻婢，而家遂大破，至身被刑辱不堪，致足爲之晨戒。

諸生婢

爲諸生如何可有婢？故某事發，訴於劉，劉有久當杖斃之言。

僕婦

時平温飽之家或以僕婦爲可近，所謂彈雀以珠，即無失，亦於清德大有玷。

初立

大凡人終其身至蒙惡聲，不克自振拔者無他，當是其初不立。

熊司空

熊大司空思城兵備揚州時，中憲公爲諸生，以文字受知，因從講學，所刻集載中憲論難著述至多。云以此才華學問，兩榜是分内，却也該留意天下事。時尚太平，公鰓鰓以天下爲憂。比中憲戊午公車，有僕名寬者路遇一官轎，乃公以尚寳卿典楚省試復命，因約中憲驛館聚話，相見喜甚。云：『昨在棘闈有傳南録至者，詢知泰一人，曰必某也，已而果然。』遂於棘闈誇諫甚、沽酒同夜酌。中憲謂公：『昔以留意天下事勉勵，屬今多事，公方大用，正馳驅共矢時。』公云：『切莫言此，時大不同，比到都門，亦不可輕譚兵。』

辛　巳

吴相公《憶記》云，辛巳蓋州之役，督臣調集各邊鎮兵七萬餘，意在堅守不肯戰，會遣官察情形，公語尚書陳新甲曰：『此遣頗有關係，得老成持重者庶不辱命。』次早以職方郎中張若麒往，公力持不可。張故謝相公同鄉，卒遣行。比至，力主戰疏一日數至，陳信之，晝夜催督臣進戰，以至大潰。

孫白谷

《書影》述吴梅村語曰，大司馬白谷孫公，代州人，長身伉爽，材武絶人。其用秦兵也，將憑巖關爲持久計。檄趣之戰，不得已始出，天淫雨，糧糗不繼，師大潰，潼關陷，獨身横刀衝賊陣以殁，從騎俱散不能得其屍。公之出也，自念必死，顧語張夫人，夫人曰：『丈夫報國耳，毋憂。』

西安破，率二女六妾沉於井，揮其八歲兒以去，兒踰垣避賊，墜民舍中。有老翁者善衣食之，二年公長子世瑞重趼入秦，得夫人尸，貌如生。老翁歸以弟相扶還，見者泣下，蓋公素有德秦人云。公敗由趣戰，且大雨糧絶，此固天意，未可專責公監軍。道喬公以明經奏用，能不負公？潼關破同日死，名元柱，定襄人。按，坊刻亦有述，視此小異，當以後事論定爲正。

樞屬

萬曆間，吾揚一少年官樞屬（不記爲誰），有親識某在屏後見一人素服角帶傴僂入，執禮甚恭，此少年高譚闊論傲岸甚。某意何許卑官？有頃，於坐次一揖稱成梁不敢，時封伯矣。昔右文乃如此。

邊氏

任丘邊氏，世家也。邊公某官秦中，時李自成逆形已成。邊掘其祖塋至數十丘不知所在，一人爲之導，云：『内有黑碗者是。』掘果得之，且已得地氣，有異形。見公《虎口餘生》一書。

園句

余當無所有事時爲小園，雖草草不工，亦欲小異時賢所爲。因爲小園詩：『輞川詎足倫，栗里竟何關？』此情更無可共論者。

小影

曉影四幀：一釋褐，二賣菜傭，三官閣讀書，四歸僧，此辛卯春所繪也。己酉秋客秦淮，爲午影四幀，雖情事如見，感慨係之矣：一抱甕灌園，二釣魚，三騎牛栽花，四伐檀。卷幅有餘，又爲修禊，則文酒友朋外欲何事更期？晚影無訾罨畫耳。

癸榜

癸未一榜，當文章極盛時，多負才譽。後出處懸殊，遂以地遠近爲限，以予氣誼篤厚，至多而聞問不隔，則北鄉王公敬哉、梁公玉立、山東陳公巽甫、南中吴公玉騆、姚公若侯稱莫逆。余挾長次兩兒北游，史公赤豹尚爲詩，寓規勸意，余答詩，并刻《春雨草堂集》中，此誼不可不存。近聞大兒冠南宫，詣敬哉，敬哉自屏後出迎，大喜笑曰：『世間何處求忠臣？何處求孝子？只今便是。』蓋有見於南中人情物態，而大兒能世其家學爲此語也。視古人求忠臣於孝子之門更藴藉有致。

記事作

古人記事必有作，己酉庚戌意有所觸，各爲數詩，附《采山外記》之後，中間叙時事之盛衰，懷媚舊之榮瘁，因及人情物態之朝夕變更，要期於可法可傳。若輩亦但曰駡人，將欲予不爲詩記事耶？將謂予詩專爲駡人設耶？竟不知著述爲何等事。

著述

著述者千秋之事也，眼前合同已異，己之人有何許堪附於千秋？曰罵人，人可千秋乎？罵可千秋乎？而廢寢忘飡篝燈枕藉，濡墨禿潁，頭岑岑然，胸怦怦然而不憚煩，必不然矣。總之諸公亦不知筆墨如此之重。

忮人

《懸榻編》所載忮人自戹一則：辛卯閩闈，一少年夢中四十一名，覺語其師。師疑有所關通，謾已闈中文完，碎題紙少許，書今科四十一名有關節溷置，監臨案下，迨合廉至四十一名，監臨出袖中帖遂以他卷易置。比榜發，原擬者其師，而易置得之者固少年也。

蘇章

《書影》述陳後村云，蘇、章，本布衣交，子厚當國，乃竄坡公於海外。及子厚謫雷，坡公書云：『聞丞相高年寓跡海隅，此情可知。』且勸其養丹儲藥。君子無纖毫之過，而小人忿忮必致之死；小人負丘山之罪，而君子哀憐猶欲其生，此君子小人用心之所以不同歟。

蕭　曹

《書影》謂蕭何與參不相能，及病舉參自代，參聞何卒，告舍人：『趣治行，吾將入相。』何蓋棺後，一腔公忠被參托出，告千古古人真相，知處即在不相知之中如此。

田雄吕忠

三餘述田雄人面瘡宜矣。先年陳伊庵、李竹君、馬培元皆名進士也，一事之失，報應彰彰，可畏哉！而况事關經義之大乎？吴之榮正近事，又姑蘇人吕忠於書肆中獲陳皇士所刻啟禎遺詩，有吴相公贋序，勒詐不遂則出首，其弟苦諫不從，忠出，欲盗諸篋而焚之，啟篋赫然一人頭也，驚懼出。後出首，乃以光棍例斬於市，聞者快之。

卷六

泰舊志

泰《舊志》有《張士誠傳》，亦太史公爲項羽作本紀意，而《新志》顧不存，不知去此者爲誰。

列仙

《舊志》載列仙祠在香嵓南，奉吴陵十仙。又：『《舊志》稱十仙堂在起雲山之下。雖香嵓、起雲前代久廢，而十仙之名宜存。陳潩翁有詩，《新志》不載。《志傳》内載陳毬皮、唐先生、徐神翁、欒真人、王仙翁、周處士、王鹿女七人。而遺其三，陳悟真風、尚書、戚端公也。尚有高存附、陳悟真亦不書，列而存之。

行修

行脩僧之火化也，在乙巳年十一月初一日辰時，千萬人目擊。僧己巳年十一月初一日辰時生，年三十有六，而以乙巳年火化，其月日時皆自定。又季大來師謂王心齋，時安豐場有僧火化，踪跡正同。僧素善心齋，心齋就而拜之，相傳『老僧今年六十六，不分青紅與皂白』，即此僧留偈。

威寧卷

王威寧廷對時，值風大起，試卷乘風上吹至朝鮮。踰三年，朝鮮入貢，乃以卷達上前，以爲此萬里飛騰之兆，授臺臣。此事正可愛。

金壇丞

三餘稱某作金壇縣丞，罷官歸，後王損庵肯堂赴公車，見縣丞著孝廉巾服，於馬上拱揖，驚問其故，則云：『罷官無事，復讀書入泮，今登賢書矣。』

錢狀元

三餘稱錢御冷士升，萬曆乙卯以貢授懸丞，赴吏部過堂，自悲讀書無成，草草小就倚市几兀坐，几有穴，舉一指出入於中，亦無聊極思耳。及啟門，而几穴中指牢不可拔，若有繫之者，遂不得過堂。友人慰曰：『而猶未老，何不姑應北闈候秋選？』是秋竟登賢書，明春丙辰狀元及第，仕至大學士。

東林將

天啟時有爲《東林點將録》者，内黄國賓號黄石，揚州籍徽人上舍，奏立儲被廷杖，官京卿。或曰疏乃汪善卷季舒太翁筆，屬黄上之，遂以成黄之名。又汪文言，徽人上舍，任内閣中書，見《三朝要典》。文言同時中書李可灼，《要典》内進紅丸者。吾泰有沈生，素狂放，與魏蒼嶼世誼，魏招致欲厚遇之，適李至，魏問寒暄，李云：『適從大内胗脈來。』沈知爲李，便云：『汝醫死他家一個，不可又醫死一個。』魏大駭，不敢留，薄贈遣歸。此亦頗不狂。

二十四氣

崇禎壬午間有二十四氣之謡，給諫姜卿墅因召對，疏上被廷杖。先蔣八公、黄東厓、吴鹿友三人同大拜。至是以吴爲首，黄亦與名，二公申救云：『兩臣名亦與其中』，以匿名文書不必窮詰云云，此豈有道之世所宜有？故曰：『天下有道則庶人不議。』

王太常

王太常鍾龐，字慧生，葉臺山相公時任内閣中書。昌兒入直尚共事，政府有疑難必咨而行，又加大銀，臺子若孫皆以任，子官藩臬道府。慧生，余同年，梁公玉立，渭陽也。

王金吾

王金吾鵬冲，字文孫，余在孫北海公坐中相晤時爲大金吾，係文廕，即威寧伯孫枝。

王𡶛生

三餘述儀令王吾軒伉斷金事、姜卿墅埰斷布事、江令軒輳汶湄侑斷衫事，皆可爲書生決獄獨發才思。若如皋令王子凉𡶛生，山東長山人，庭蓄數鶴，愛觀鶴舞。有罪者罰取蛇飼鶴以益舞。一日兩造具陳，却於狀尾揮毫不休，退食取視，但書鶴舞可喜，鶴舞可喜，竟幅竟不知申訴爲何事。

陳黄門

歲丙子間，淮安三科武舉陳啟新上條陳，跪午門，旬日得上達，授黄門。内言『取士不當用時文，有士子呼爲「敲門磚」之語』，一時士夫至鄙薄，後踪跡不聞。雖無家可戀，以營逐者論亦干進，奚譏焉？云入廬山祝髮爲僧。

張總兵

同時有臺中張名任學上疏譚兵事，因改總兵官。顧年伯珠巖過家大夫夏陽，笑謂：『此又棄文即武，可對武舉授黄門。』

蜘蛛珠

淮安胡北襄住胡公祠，祠屋宇有珠，時出現，則舉室有光。丁亥先一年，天大雨，數日不止，雷震震不休，是日一大蜘蛛張皇出，沿屋宇走，蓋不能藏，霹靂破屋取之。

楊宛

三餘述王脩微嫁許霞城，柳如是嫁錢牧齋，楊宛嫁茅止生，俱工詩。以余所及見，楊書至工，曾因田貴妃入宮，亂後回平陵，楊女舊適其武，故相依。後平陵亂，楊亦不能存。

秀閨秀

季玄衣，名静姎，因是吏部閨秀也，適提舉李維章，生雨商。同時徐幼芬，名爾勉，石鍾工部閨秀也，適李孝廉名元豹，爲司農維㝢公公郎。二閨秀皆工詩，有集行世。有《寄題春雨草堂，詩寄旬日》：『數寄問大兒，曾否付梓人？』可見文章家名心士女有同然。大兒，李堉也。

白狼王

白狼王仙佩孝廉二妹皆工詩，一適仙佩同年馬孝廉杏颸，才思悉敵。仙佩曾爲予賦春雨草堂，而杏颸暨二名媛咸與。

泰地形

泰地形前高後下若旄丘，故俗有『官不到尚書，富不滿三代』之説。又云科第以此不首甲，然亦存乎其人，宋不有查尚書乎？不又稱查丞相乎？周春卿不官天章閣待制乎？麟之不官樞密乎？王俊乂釋褐狀元，丁時發廷對第三名，獨非首甲乎？豈泰於宋特棄丘乎？大抵形勝之説宜興復修救之。勿狃目前其一成不可變，而曰是限於地無可爲，則人定勝天之謂何？想前此未必不旄丘自解。先中憲公論文峰正推廣此意，天人交相爲所謂善易者不言易也。明斯義也，爲之自我焉可也。

天人

天之中有人，故士食舊德，讀書而後成名，農服先疇，勤業而後致富。人之中有天，故讀書當修德，作家亦當修德。

文峯塔

中憲公戊午登賢書，是時王公鞠劬刻苦舉子業，以泰科第寥落，議於學宫西南建文峯塔。甫掘地，得宋舊塔基。宋科第鼎盛，公及共事諸君喜甚，是時中憲公車及歸，笑曰：『塔基誠宋矣，而宋學宫正今時道署。』諸公愕然不信，檢舊志果然。欲改築，中憲曰：『無庸，巽辛二方俱天地文章之府，當年設望海樓文昌閣，俱巽隅即此矣，而學宫移東南，文峯於泰爲巽，將來有應者。』王果以辛酉壬戌聯捷，請泰寧侯陳南橋公良弼玉帶爲之鎮。

望海樓

舊志東門城望海樓，紹定二年以貢院青龍建設望海樓，未已也而又設文昌閣，則此樓爲學宫，暨一州形勝不待言矣。癸卯甲辰間，樓圮，見存積樓料皆楠木，大小以數百計，後邵州移爲署内建亭製具用，『邪許』之聲達於察院，張撫猶下令命修復如初，乃有爲邵解説者寢其事，至今樓未成。

樓果修復，或仍宋名海陽樓。

玉帶河

治有中市河、東西市河，如川字形。南北水門交會而横亘其中者，爲玉帶河，在州治，在察院爲玉帶，樓腰在道治，爲水纏玄武。鄭中丞兵備揚州時，三市河開通，此河開止東半，以西爲黄公宛懷書室也，後籍入官，一杜姓者冒領竊踞，上官屢檄行，輒買園丁作居民，多方梗阻，上令遂中斷。

府志

乙巳間修《府志》，不知誰何徑將玉帶河并入市河，滅其迹，而舊志不可滅，新志劉忠孚公增删固也，而亦有宜存者。

南流

舊志市河南水門入，北水門出，實不然。予猶記廖玉巒地師云：『此係誤注，當改正。』劉公則於南水門外築小壩，插柳其上，俗云水忌南流，既知水南流，則劉公非一家自爲明甚。

鳳凰頸

鳳頸之説見新志，初謂劉公一人筆，後東鄉掘注，王公謂宜修復。予以問中憲公，曰：『是何庸？且言不雅馴，即如所論，東鄉田糧既倚爲上流，不以彼易矣。』中憲謂王於地理素不大寓意，而以王立論如是必有前聞。居無何，水無益於東鄉，而鳳頸修復如故。後余問形家，云：『水流高橋則爲環抱，水流鳳頸則爲反張。』中憲言所謂善易者不言易耳，二公謂有關風水元有傳聞。

鳳凰池

志稱鳳凰池在州治之南，舊貢院内。舊貢院在南山寺西首。

西山寺

新志劉公增删多子虚烏有，西山寺創自丙戌，而劉乙酉卒，志已載，方志建，他可類推。

放生庵

放生庵即泰山岳祠後僧舍，亦非鄭公建。西偏有水一區，即小西湖餘波，水中有墩可屋，劉公欲以放生庵移置其上，《志》刻在小西湖。

小西湖

有西水門時有小西湖，乃在泰山東北，《志》載凌中丞詩『殿山連郭小西湖』是也。方洲園建自南宋李公駿，後五年陳公垓建起雲樓泰山上，皆與小西湖接連，舊志方洲乃在經武橋東。

樂真觀

樂真觀在經武橋西，以樂子長故宅爲觀，唐大中移建州治東南，即今萬壽宫是。宋大中祥符元年天書降詔建天慶觀，遂以樂真觀爲之。崇寧中虚静冲和先生徐守信赴闕，有詔展修大觀，三年賜今名。予按宫内當以三楹奉樂真人，而樂故宅在經武橋西者尚巋然獨存亦不宜廢。

徐神翁

『牡蠣灘頭一艇横，夕陽西下待潮生。與君不負登臨約，同向金鰲背上行。』徐神翁赴闕，高宗潛邸召問，書此詩。後南渡問經過地，則牡蠣灘金鰲背也，廟壁題此詩，墨蹟如新。

伏龍橋

舊志金蘭橋在市河西南，王鞠劬公謂即今伏龍橋，不知何據？新志又别載伏龍，及檢陳太僕舊志，止載伏龍，而金蘭失載。新志載金蘭，乃余家藏周陽岡公鈔本補録，或即此橋。又舊志金蘭橋在市河西南，跨太子港。港在橋東稍南，而此港復自崇禎初年。

白馬廟

廟名白馬，按《揚州圖經鍾山》，蔣子文廣陵人常乘白馬，故云。子文自謂：『骨青死當爲神。』後吴王祀之鍾山，鍾爲孫諱因號蔣山。

火星廟

火星廟在州南，其在北關者爲廣倩大士庵。陳澹仙知泰州，亢旱連數歲，又城中數被火，陳以廟居丙丁，移置北關壬癸地，而以其地奉大士，即今潮音寺也。舊志文孝廟在城西偏，新志州治西紹興十二年建，梁昭明太子常至此，州人謂之郭西九郎，以其掌火政，故祀之。

天目山

天目山，王仙翁諸仙常隱是山。陶隱居云『地鉢福地』，在臨淮東，今天目山即其地。又真誥五陵，海陵其一也。

東山寺

城東門外徐侍郎墓，舊東山寺，小石移寺東偏。中憲公謂徐野塋祖墳原最吉，開墳得小龜，爲靈龜，朝北斗。自此地葬後，遂一傳而衰，不宜奪寺宇。

五顯廟

凌公第旁舊有五顯廟，凌移置。光孝後卒爲厲，晝有見之者。

泰山墩鐵錢

泰山墩多鐵錢，較之開通大數規。某年間童豎忽時時掘得之，錢文『大觀政和崇寧』，俱徽宗年號，又『崇寧』迴文，『政和』從衡文。

沈郎錢

《晋書·食貨志》曰：『吴興沈充鑄小錢，謂之沈郎錢。』『李賀詩《殘絲曲》『榆莢相催不知數，沈郎青錢夾城路』，即此也。

鍾韓鑄

《五代史·南唐世家》曰：『李景困於用兵，鍾謨請鑄大錢，以一當十文，曰永通泉貨。』鍾謨常得罪，而大錢廢，韓熙載又鑄鐵錢，以一當二，煜嗣立，乾德三年始用鐵錢。民間多藏匿舊錢，錢益少，商賈多以十鐵錢易一銅錢出境，官不可禁。煜下令以一當十。陶岳謂鐵錢大小一如開元通寶，文亦如之，徐鉉篆其文，比舊錢稍大。

洪遵《泉志》

洪遵《泉志》鐵錢，南唐李煜、蜀孟昶、南漢劉龑、楚馬殷、閩王審知、王延曦、王延政皆有鑄，又鑄鉛錢，文用『乾亨泉寶』『永隆通寶』『天德通寶』『重寶』。

劉仁恭土錢

《五代史·雜傳》唐末劉仁恭令燕人用墐土爲錢，悉斂銅錢，鑿山而葬之，已而殺工以滅口，人皆莫知其處。

銅佛鑄

《書影》謂唐開元通寶錢燒之有水銀，可治小兒急驚，最驗，見《無顔録》。開元錢惟金陵最多，又謂周通元寶錢可以愈瘧，此錢乃周世宗毁天下銅佛所鑄，其卻瘧或亦仰藉瞿曇之靈歟。又金陵人傳難産者持之即下，亦不知其何故。

王　銖

按此即周通元寶錢，李孝美所謂大徑寸，重五銖，文曰『周通元寶』，形製精妙，與唐開元錢同者也。

錢　甲　痕

唐高祖入長安，武德四年鑄開元通寶，徑八分，重二銖四參，積十錢重一兩。歐陽詢制詞，其字含八分及隸體，其詞先上後下，次左次右，讀之自上及左，迴環讀之其義亦通俗，謂之開通元寶錢。鄭處《會粹》曰：『初進蠟模，文德皇后掐一甲迹，故錢上有掐文，亦有兩甲痕者。』記中憲公謂難産者持之即下，正開元錢，或亦以文德賢后掐文故。

正　德　錢

十年前後以重價購求正德錢一二文，可值銀一金。云正德爲游龍佩之，渡江河無波濤之厄。近遂有僞爲求售者，甚或錢背鑄一龍，前此未聞。

鐵盤廠

預備倉東水一區名鐵盤廠，或云鐵砲。相傳尉遲恭鍛於此，時有鐵脚出若山石狀。

庵字

菴字、庵字，近以《説文》未載，至改用闇、盦。大謬。《書影》引用《漢書》固當，亦艸頭广頭奄字，有非臆設賢於天聖所造諸字。

王公星學

王鞠劬公素曉星學，幼科試録遺行國中無可共者，得中憲公方舟甚歡，此爲定交始。中流大風浪，中憲曰：『誤矣，我兩人皆獨子，冒險失守身義。』公曰：『無傷，我兩人非葬魚腹者，兄年最高當至八九十，我年七十六。我墓志兄作，同人杜殿公沈殿甫輓詩我作。』後沈杜終，明經先不禄，公及中憲先後成進士。公年七十外時笑謂余尊公懶於筆墨，墓志事毋至相煩，我自草有年譜，略悉生平，比時稍加首尾數語，足矣。終七十六，遺命墓志屬中憲，而中憲八十壽。

誦杜詩

然余暨同人問業王公時，志科名至迫，文飲間輒微以行年相叩，公亦無所言，但誦杜句云『青眼高歌望吾子』，可知此事亦存乎人，天定勝人，人定亦勝天。

不問命

壬午秋過吴門，謁本房牛鶴沙師，徐勿齋公招同吴玉騧、陸孟聞飲。坐有星士，問生年，送星書一册，余酬以金。其書置寓所床頂槅，不一視亦不攜歸，平時不問命，臨場尤不當問也。

儲王命

王鞠劬公暨中憲公一日集春雨草堂，傳儲年伯中游病劇。王曰：『此其時矣。』蓋以命言，而儲果卒。一日傳老友王真如八十病故，王笑曰：『此老自二十時久當如此矣，亦以命言，真如幼多病，悉方藥，導引寡慾，又環堵蕭然，無所厚資於世，竟似於世無足爲有無者。』王以爲然，此亦天人相爲之説。

郭青螺文鑒

凌公子致有才譽，與劉韞石同筆硯，曾緘所課文就正郭青螺，郭判劉此子可造，判凌氣斷處可憂，凌果不壽，劉以高才舉於鄉。

太素脈

先是凌公官浙中，偶小恙，有胗太素脈者曰：『公無妨，夫人恐有不虞。』公怒斥之去，夫人以是時卒於家。比公子先公卒，遣使求其人，年八十餘矣，悉記不謬，曰：『公性急，彼時還有話説，惜未盡言，今亦已事此，當因公子物故來是，無傷，公有長孫送終者。』皆數十年前胗視時看定，亦奇中也。

鄉賢

鄉賢非文學不與，若心齋以布衣聞，則不在此例。夷考郡邑，心齋外無是。

鄉飲

鄉飲，酒禮之必嚴也，所以爲重先民。謂舉失當，賓主皆自席下蹣跚行，即刻跽堦下，宣讞旨，治如律，有玷樽俎且然，况黌宫何地，千秋俎豆何事，得裒然免於罰？

卷七

前川征倭

中憲公言荆川征倭至泰，戚大將軍繼光奉調來，荆川遣人遠迎，望若大旱雲霓。立趣戰，戚冠服微笑故示温文，趣再三，戚方懸牌下學謁文廟，集諸生問謨略，仍大聲云：『文臣不諳兵事，今偏裨下數千百人鞍馬勞頓，須休息兩月方可出兵。』唐大失望，屬州牧敦請不休，改期四十日。又請，戚云：『以一月爲期至速矣，萬不能倉卒從命。』比中夜，率十餘人出，至大門留數人，至轅門留二人，至城門捫其胸，一猶怦怦焉，留者一人耳。戚自裝一小軍，持小鑼大呼入倭營，云：『戚將軍偷營。』而一人者持短刀鼓噪，而前遇即殺之。時倭中傳一月後方接戰，皆酩酊卧，卒聞兵至，覿面不相識，自相攻殺，遂大潰破。

劉拍羌桃

余婦大父袁九溕公守南康時，飲劉大將軍綎，劉酒後輒附案拍羌桃，應手而碎，終席不辭不謝。隔賓筵三四重，騰身一躍而出。

杜出師

吾泰沈念毅道隆，鳳岡公冢孫也，以大司馬蔭補官。一日邊報，旁午經略命沈請杜大將軍松出師，循例設筵宴迎候。杜至，不一顧遂出師。沈徙倚筵端，但聞殺人聲，若小刀割赫蹏聲。比凱旋，沈鞠躬邀就筵，杜裸體馬上，兩健兒各擁長鎗作靠背，喘不能言，但以手指刁斗，約容酒可二三十觔，令酌酒，一氣飲數刁斗，瞬不及轉。塵隨馬足鶩舉隼發，望如疾風，去已遠矣，沈方在磬折不知也。

顧侯襲爵

顧侯超之肇迹之先承繼偶絶，移文揚州取宗子承襲。時中憲公爲諸生，讀書維揚書院，猶及見之。一秀才鬚鬢半蒼，肩輿至府門，儒服隨衆官跽拜，聽開讀，有頃著侯服入座，鳴金喝道而出，即超之之先公也。

陳侯秋石

中憲公初公車，陳侯南橋良弼以桑梓誼治具相邀，爲言盛年艱於嗣續，有道人傳秋石方服之，生五男皆偉丈夫，因傳其方，亂後不知遺何所。

李看花樓

李大將軍成梁有看花樓在關外，張穉恭同年經過，諸公皆有題咏。

楊文襄傾珠

楊文襄在樞府時，有魄獻甚厚，同官一無所受，楊悉受不辭。適邊鎮十餘人來見，魄有明珠一盤，即悉以珠傾地上，令各恣取去。

沖庵千金贈

顧沖庵公千金贈湯慈明，慈明費盡一貧如故，顧詰責湯，湯曰：『公可贈我，我獨不可贈人？』顧以此愈重之。此中憲公得之顧元善公語。近有以四百贈某，報微時結納大德色，而所奪之田取值正四百。之外又以四十贈某，欲相傾，却不受，疎外之。

顧金甲

相傳顧有金甲，乃外國所貢，一墨吏同寶刀借觀，遂將去。甲片内皆有小刀鎗綴屬，若馬上拱伏，則怒張林立，介胄不可犯。

劉大將軍

劉大將軍功在邊廷，可云威重矣，一日自家至南康郡，謁余婦大父袁九溹公，諄諄以一劣生爲言，云：『百方相犯，因云學生生平不作曖昧事，若在别人門下，差一二健兒便可結果此一家，但不爲此耳。今此人天報，劣案有名，欲明公治如法。』持論慷慨，聞者動容。

曾公石塘

相傳曾公石塘爲諸生，有皮工傳與礮術，後以此制勝，邊人呼爲曾爺爺。曾貴時物色之不得，比曾及於難，皮工周旋其事，乃自言如是。

珠岩陪邊將

冲庵公每遇邊方將領來見，輒令珠岩公陪坐陪席。問何故，曰：『教之知禮數。』

顧老僕

顧珠岩年伯道其大父冲庵公總制三邊歸，有一老僕夜不敢卧，常以頭觸門得少息，一聞京報至即傳，後年耄，時時問可是朝廷來拿。可見功名鼎盛而小心畏懼乃爾。

倪文正

倪文正謂蔡京欲存黨人碑，不知後之君子欲存之更甚於京也。頃閱《三朝要典》亦云。

葛可久醫

葛可久聖於醫，與倪雲林不相下。適倪母有疾，延葛胗視。倪好潔，有清閟閣，閣板用花梨，客脱履方入。天雨，葛著大油屐來，手到病除。倪跪母前涕泣云：『微母恙，必不令至此。』

葛闌鐵弓

又云外國進鐵胎弓，無敢開者。葛大力往開此弓，弓開而葛嘔血數斗，呼其子，令大劑用大黄勅許。子減半飲之，葛入口即覺，子以實對云：『恐是昏潰時亂命，故半減。』葛云：『可也，但十年後病當發，發則不可治。』後如所言。

葛醫狐

葛以醫道重京師，有老嫗攜少婦就胗視。葛云：『病可除，但汝非人，須實告。』嫗下拜不敢隱，云：『母子皆狐也。』天子在滁陽，因以扇謝葛去，但隔扇看城郭人物，知吉凶趨避，葛自北而南以此。

狐醉酒

高監守鳳陵時，有二山魈頻至酒庫竊取酒，報知監，監云：『竊取酒，酒好可知』，乃大喜而潛令人伏兵擒之，一雌一雄，雌語雄：『汝醉也，恐有害。』雄沈湎不休，伏兵偵探斃其一上之，其一逸矣。

泗水明堂

舊聞有淮黄合襟作陵外明堂之説，故高堰爲喫緊處。而此堰又實淮南數郡數千百萬生靈所係，又與漕運至有關，若蟻穴一穿，真令人譚虎變色，固知不僅過宫反跳，爲形家揣摹之見也。

泰謡

泰謡云：『青蒲角上曹皇后，淤谿湖裏泰寧侯。』淤谿湖裏陳泰寧侯是矣，曹皇后墓無從問。或云：『未必宋后，當是淮張。』然淮張，劉夫人不聞曹也。相傳汲水時，水中見兩女官持扇蔽之。又云頭素禿，鸞輿乍臨，禿者如覆盆墮地。内香雲委積長丈餘。

張墓

張墓在草堰場，相傳掘之有異形。又云掘後成大汪，復漸平。又云至今産龍鳳草，他方無此。

東橋撫楚

顧東橋官楚撫時，張江陵僅十歲，應童子試，公曰：『童子能屬對否？』因出『雛鳳學飛，萬里風雲從此始』，張對『潛龍奮起，九天雷雨及時來』。公大喜，解腰間金帶贈之，曰：『他日貴過我也。』

孟子宣王聯

鄒孟子、吴孟子、寺人孟子，一男一女一不男不女；周宣王、齊宣王、司馬宣王，一君一臣一不君不臣。

金陵瑣事

《金陵瑣事》稱家園演劇時，遇東橋縱飲輒停腔，一堂寂然，惟聞公義論風生。俟論畢，徐接元調。今之好演劇者多矣，曾否聞有如許佳話？

顧室華

顧公以室華推重一時，而才與位悉稱是。其弟名瓆，未嘗易居，終年坐起一小樓若不聞。東橋公亦不相迫促，瓆即與治大父也。

東橋卜地

東橋昔爲先人卜地，夜夢一人，緋衣象簡，謂曰：『我宋朝曾子固也，我居此久，君向後數武當更貴。』公如言，後果符所夢。

王子新

顧東橋大庇王子新，爲延譽，廳事壁間非子新詩畫弗善也。而子新但以筆墨聞，則未必非東橋怙之之過。

冒令高陽

冒□□與袁九溕公同贒書，至密。其父官高陽令，識孫公承宗於髫時，延至署中同讀書，以子相託。後冒以熊公請邊才司李遼陽，比遼陽陷，冒被逮而孫在政府相周旋。

王東門第

王驂馬云，先世給諫公紀於韓公鑾爲髫年文字之契，約爲婚姻。後爲同年，給諫公子韓壻也，東門舊第實韓夫人珠翠之餘。公偶不能給，公子趣韓孺人歸，比來但覺輿重不克肩，而第始成。今百客堂其堂也，移至時，尚截去數尺。凌中丞故居之室其室也，惟大門猶存餘，雖增築，視先日規模，十不及一矣。

神州老姥

聞劉忠孕公之先姑蘇人，素業漁，而好施濟，得微資輒濟人，習以爲常。一日，有老姥搭船，船及岸而老姥上。日明，見舟中遺橐數十金，候至數日不至，因登岸尋問。是夜，夢老姥云：『吾非塵世間，乃汝素濟人爲事，特以此相周，可無侯問。』其名曰神州尊神，予猶見大寧橋第宅内奉神州神像。

劉氏北竈

劉氏設竈，竈門多向北，云上世相沿如是，究不如其義云何。

廣陵十先生

《廣陵十先生傳》，歐楨伯著，周公元亮重刻於揚。曾見貽歐原王李輩十子之一也。

安定祠

安定祠在城東，見《湛甘泉祠堂記》，今東察院即其地。又一在鐘樓巷，俱鬻入官。其城西偏書院，淳祐元年提舉直寶章閣陳垓剏建，養士二十人，擇安定子孫，及郡使者選識義理之士居之，諸職亦善士，不然者校議鄉評攻之四。仲月山長就書堂試諸生，論一場，每遇提舉下書堂山長講書，見舊志藝文，隆萬間復置，并祀范文正、胡安定二公，見崔東洲《書院記》。

甘蕉結房

甘蕉不恒結房，自辛卯始西園間有結者。乃在深秋，未幾憔悴。辛丑自春至秋，結至五枝，爛熳晴舒，得詳觀其勝。杜子濂兵備詩所云『醉折花枝噉座客，揚州使者濟南生』是也。

印綬開花

相傳印綬開花爲吉兆，徐蓼莪爲太常時有此祥，俄升僉院。

雷擊石羊

西山李文定公墓數年前雷擊石羊爲二，後漸合，近今爲一矣。

卜地金蟾

映碧次公述句容筐載一兒來興化，爲文定公大父。三餘載楊扶山卜地得金蟾，或是相公葬封翁於句容。

陸錦衣炳

錦衣陸炳爲金吾時，與夫人後堂張筵賞雪，外傳送禮物，啟之得一人頭，再啟之，又一人頭。陸知爲刺客，問所來，曰：『某處有佳石二丸，我得其一，有一在公所，須與我。』陸茫然，則云：『在第幾妾第幾箱乞取付。』更云：『君握重兵，願君相忘，否將不利君。』時兵校已周宅圍，竟不知所去。數年後，陸與某官話往事，偶及之，是夜梁上如有人厲聲嗔責，自是陸密不敢言。

扶鸞

乙丑丙寅間，北門外顧宅即直齋，後因其父患病扶鸞求方藥，判云：『當用沈老兒藥。』子號泣上揚，行至西山中，途遇一人背醫籠，上帖沈小兒，因叩求領至，但見其居廳後多白鬚人，見顧至大詈。求至，再付草數莖，經湯沸益青翠，比抵家，而老者少者已俱坐其家，顧一家之人後遂死亡相續。

攝　亡

甲辰乙巳間，有術士善攝亡者。諸家延之，一日有友延至燈下，見一婦人徐徐出，出漸長，而室人自屏後窺之，驚愕欲絶，遂物故。近日師婆巫覡顧氏與此兩事，可爲炯戒。

廣信署狐

王太守任廣信署多狐，老而能變，聞天師符能治，延至擒得之。王厚遺金帛以酬，曰：『得此至足矣。』蓋納狐於瓶有所用之而以尾贈。王歸時猶存。

硃　圈

己亥不拘大小門牆俱畫硃圈其上，不得其故。或云狐所爲，古人云見怪不怪，亦是至論。

《南西廂》

今世所傳《南西廂》，前幅刻李日華、陸天池。李號竹嵐，浙嘉興人，進士，筆墨絶工，有集行，不知是否出公筆。

《金瓶梅》

《金瓶梅》相傳爲薛方山先生筆墨，爲楚學政時，以此維風俗、正仁心。又云趙儕鶴公所爲，陸錦衣炳住京師西華門，豪奢素著，故以西門爲姓，後有續《金瓶梅》，乃山東丁大令野鶴撰，隨奉嚴禁，故其書不傳。

孟昶鐵錢

孟昶以鐵爲錢，又劉龑鑄鉛錢十當銅錢一。又高郁諷馬殷鑄鐵錢以十當銅錢一，按此錢徑寸七分，重十七銖，圍五寸半，文曰『乾封泉寶』，以銅爲之，豈當時鑄銅、鐵二種耶？

王審知鉛錢

王審知爲閩王，梁貞明元年鑄鉛錢與銅錢并行，又鑄大鐵錢，闊寸餘，甚麤重，亦以『開元通寶』爲文，俗爲之銙劻。

永隆通寶

王延羲立改元永隆，鑄永隆通寶大鐵錢，以一當銅錢十，一當鉛錢百。按此錢徑寸四分，重十銖二參，亦以銅并爲之。

天德通寶

王延政天德二年鑄天德通寶大鐵之一當百，背文穿上有殷字。按延政以建州建國，稱殷故幕文爲殷字，通寶重寶之異，亦當時鑄此二品耳。

時文古文

做時文要以古文手筆行之，做古文要以時文心眼出之，不爾則時文非時也，庸也，濫也，不足爲矣。而古文之汪洋浩瀚可以無所不至，何以古爲？

兵陵也

張鍾山江西録遺，集數千人大教場，令每生攜雨傘一柄，自備一小桌就試，題丘陵也，日明發案，取黄貞父一人，他人作皆以丘陵爲卑小之物，黄説丘陵高則日月益高矣。

不變塞

海門崔君思唯年少時，見叔父從學張賓王，半年未一見。一日辭歸，張自視赧然，檢案間得湯睡庵國『有道不變塞焉』文，略爲開導云：『人當有道，必將變塞，而不變之乃可爲强。若但云該不變塞，則下句少力矣。』

夫子意曰

舊傳一學使較士，出居敬題，文用夫子意曰批云仲弓臨場避考，夫子冒名頂替，置下等。相傳王鐵山乙丑會墨如是。

分闈抽取

夏文忠《幸存録》載袁崇焕分闈日，惟引一老卒問邊事不休，有趣閲卷者，袁云：『此已數定，但焚香抽取如額足矣。』

陸贄知貢舉

陸贄知貢舉，題『不遷怒不貳過』，而韓昌黎被黜。比來科仍陸知貢舉，仍『不遷怒不貳過』題，而韓乃第一。

二虎子

余婦大父袁公與李仲達應昇同官南康，同山行，輿中見山路有物蠢動，視之二虎子初生，因各抱一以歸。或云張鍾山公督學時嫚罵一少年，即李公也。

文茸

袁、李同主白鹿洞文會，遴刻諸會課成，欲署一名。李云：『近見「文在」「文閒」，皆一字，是當用「文」足字。』各沈吟。袁云：『文茸，何如？』遂以茸名。

畫廬山

袁任南康時，畫廬山載前賢題咏爲册，題曰《廬山真面目》。又刻《蓬社高賢傳》，歸來刻詩文及鄉民利弊呈揭極多，近士夫無比心情，亦無此筆仗。

兩吏相毆

袁任南康時，兩書吏相毆來控，問何事，云日昨酒肆，甲欺乙多喫一鍾。袁笑曰：『誤矣，是一鬉。』吏云：『非也，確是鍾。』袁笑而逐之。

磁　桃

袁送賓興多所培植，士子感甚，裝一果盒，進酒公堂。盒五格，二格每用香櫞片二條，二格每用鹽瓜片二條，中一格更奇，乃是陶者所製磁桃，正與所傳木魚相類。

婦家家難

余婦家承四世簪紳，後婦大父初謝世，家難大作，州公大索錢，抵暮一行裝載去四千金。吏貪污所在多有，惟中憲公稍徵發聲色，此外亦似無有不可。則篤舊之謂何？且此風一長，何所不至，以此知泰無人而世家子得所勵。

婦家優僮

余婦家四世科名，文子文孫不數數檢約已然，而十九以優僮壞，至土木之繁困人不自今矣。

父見教

親疎厚薄溷列已乖，一不學則往往至有失，不知何見不種種倒置不休是何故，少成若天性，故父兄之教必先。

婦大父宦遊

予婦大父教失於宦遊固然，然於家人禮數亦至闊絶，正使朝斯夕斯耳濡目染，但如穿衣喫飯，自爾朱赤墨緇。

是以利

或曰是以利，孔門以喻義喻利分君子小人，《大學》『平天下』章以此作結，子輿遂以爲七篇之冠，此字盡人宜湔滌，在倫理内尤不可不嚴。觀其語宋牼輒及君臣父子兄弟，正欲極言之使天下灼見其害如此可畏。

宗袁壻

王袁世交，而宗故袁壻，及門，大治具速客，而王與焉，宗於行禮次微以手揑其僂僮，王歸語人曰：『人家生此赤族兒。』後果驗，王即鞠劬公太翁也。

宗氏獄

當年宗氏世科極盛，中憲公試維揚書院時，投卷縣公。姚贊賞，述先時識拔李君卷『子貢問爲仁』題，起句『問爲仁與同仁異』，姚極賞心，謂此破的矣，應制工夫亦不必求之太過。以手轉向紗帽作彈指云：『取得來便是。』又問揚先達誰爲交厚者，而因及宗。云：『日昨一縣役往呼匠作，乃孫以童子大斥訶。看此行事，不久有禍。』數日後，宗氏有陳先生事，事經姚而獄遂成。

大逆兒

某以一二親族至不安分，大被刑辱不救。平時日進親參二銖，他稱是時親年八十外矣。日啼泣：『兒至孝，天何不佑？所貴教先者何居？小子何述焉直可謂大逆兒。』

三文錢

成石生同愚公讀書焦山，特交厚。劉日撻庖丁，成爲予述相規語云：『汝勿自尊大，汝性命值三文錢，只消三文錢便結果性命。』亦直諒之論。

遺金賑饑

聞新城王公上世甚寒薄，拾遺金千金留還其人，候多時而人不至，乃以沉枯井中。值山左大饑，官沿門勸賑，王欲首列名，衆共訝之，乃悉出井中金發賑，存活至多，後來科第之盛此其一端。

五倫師友

五倫重朋友，朋友孰踰於同年？故謂同年不列於倫者妄也。人生於三事之如一，君親尚矣，至於師，世稱師友，友孰重大於師？故謂師不列於倫者妄也。

士夫不以輩行

映碧述宗伯公云，士夫不以輩行，如維凝公與映碧正叔姪，士夫安得以輩行乎？癸榜超宗、天玉例正同。

同年父父同年

同年之父與父之同年相傳有輕重之説，獨鐵山以爲此世情語，不可爲訓。細思之誠然，不知當初誰爲此語。余謂同年之父有尊之道焉，父之同年有親之道焉，實無所輕重於其間。

年姪年弟

路修期榜下用年姪，王楚先榜下用年弟，旻昭争之，而喜賡年伯謂修期所行未當，兩説未知孰是。記灊柱云：『我輩又有不同，多壬午一層。』似矣，亦恐禮文正不如此詳曲。

執紼載酒

先王制禮，無所損於人，無所害於人，而必有所益於人。予讀禮不飲酒，爲同年執紼以鄉俗行，但不與於禮。然嚴冬必載酒而行，程一教余冬行含薑於口亦可辟寒。不可不知，守禮者尤不可不知。

男女相見

子壻見於中堂，勿入内室。岳母相見勿及雜言。有飲食，岳母不與坐。妻昆弟姪亦然矣。兄妹不親授受，有飲食不與坐。新婦歸寧、父母兩誕日及年朝至矣。母家慶事四十外或可與，非必當與也。母亡則節其行。

妻罵夫

妻罵夫應有罪不待言，亦大不祥事。楊之妻，予同母舅所生妹也，至可鑒。

主母不笞

主母不笞僮僕，即家人婦至小鬟非有大故，聞於夫，亦無得而笞之。

無子娶妾

庶人年四十無子，許娶妾。士夫通籍者，年三十外可也，然勿多，多不過二人，十年後或增一人，再十年或增一人，但不得娶娼妓。家人年四十無子，量令娶妾可也，亦不得娶娼妓。

葬法分金

葬法分金，非眸子瞭焉不能辨。時師年耄不能諦視，然耄而不知則亦昧矣。以一目視之方確，亦可悟人眼天眼之説。

未葬不祭

如何未葬時奠而不祭，只是此時尚以生道事之？曾在王公坐，見有訃帖用先字者，王以爲非，用老字易之至有義。

天文地理

天文地理之説不可不知，故曰風水可遇而不可求，亦此意。有歙人歸葬其鄉，往啟父、大父棺，欲載歸，意甚厚。但啟時見有紫藤纏護，宜亟止之，而必啟。後一二年家世大凌替，此確乎風水之驗。

騎馬奔喪

騎馬奔喪禮有是乎？凡喪欲安重。

王遇僚佐輿迴避

中憲公爲孝廉時，終歲杜門，州大夫訪求，刺由門隙中入，僚佐過門不傳呼。王鞠劬曾與某接輿行，途過僚佐，王令輿人迴避，某問故，王曰：『我原非大出，彼知當避，彼不知我避之，否則於體爲有失。』劉公欲治具邀閔同州，以有通家誼躊躇至再，不果行。曰：『恐外人以爲口實。』

肩輿不入州大門

舊規鄉紳肩輿不入州大門，則必州公出迎可矣。而近日至不皆以公，遂無講求及此者，以此不便逐隊行。

拜州佐

舊規拜佐二官在賓館。亂後孫州同爲北海公，公郎於私衙剏設公館。

拜學官

舊規拜學官在明倫堂。

老大人

前二百餘年，張、儲、林三公合解會四元俱未與館選，其館選不中者亦復寥寥。沈公良材、李公存文皆以庶常散外。猶記余榜下，同江北諸公餞王雷臣代巡，一時任玉仲龔孝升咸與，龔自麻城令官臺諫，任給諫自中翰。任戲問龔云：『年兄在麻城有多少老大人？』龔戲云：『彼一時老大人多似狗客，譙余那得便相輕如許？』

投刺異

士風之下固也，弇州史料記投刺有異者：一大臣於正德中，與太監劉瑾書，云『門下小廝某上恩主老公公』，此戲瑾也。嘉靖中一儀部郎謁郭翊國公勛，則云『眇眇小學生某』，此戲勛也。其曰『神交小子』『未面門生』或即山人遊學，竊附於文墨者，戲王也。其曰『湖海生』『形浪生』，或即譚玄者高自標置也。至『通家不佞』『治下不佞』『通家治下牛馬走』『沐恩』『小的』，則解説益令人捧腹矣，正不知禰正平滅名一刺稱謂若何。

龜齡集

《龜齡集》，英國公得自外國，傳昭陽相公太翁小有服之，遂舉多男，近有驗有不驗，以有數味參差。此卷元高郵彬齋公收藏，相傳白綾卷所書爲真，近白綾卷亦不驗，當有贋設。以小有所存有跋語者爲驗，此亦不可贋。

文郊翁

陳文郊翁承百歲翁之後，生多男，壽至九十令，終云：『日服紫河車大造丸。』

魚膘丸

近鄧元昭盛稱魚膠丸，服之極驗，其藥味甚少，而藥性亦極平和，與世所製微不同。

大造丸

余初婚時，中憲公教服大造丸，生多男。中年忽不慣，成名後疎於世事，藥物非所經心。比年以來，日服六味地黄丸，午間服資生丸，晚間服天王補心丹，惟地黄丸不間。

寡欲多生子

要而論之，總不如『寡欲多生子』一言約而可行。